INFÂNCIAS ROUBADAS

ANGELA MARSONS
INFÂNCIAS ROUBADAS

TRADUÇÃO DE **Luis Reyes Gil**

Copyright © 2021 Angela Marsons

Título original: *Lost Girls*

Todos os direitos reservados pela Editora Gutenberg. Nenhuma parte desta publicação poderá ser reproduzida, seja por meios mecânicos, eletrônicos, seja via cópia xerográfica, sem a autorização prévia da Editora.

EDITORA RESPONSÁVEL
Flavia Lago

PREPARAÇÃO DE TEXTO
Samira Vilela

REVISÃO
Fernanda Simões Lopes

CAPA
Alberto Bittencourt (sobre imagem de Shutterstock)

DIAGRAMAÇÃO
Christiane Morais de Oliveira

Dados Internacionais de Catalogação na Publicação (CIP)
(Câmara Brasileira do Livro, SP, Brasil)

Marsons, Angela
 Infâncias roubadas / Angela Marsons ; tradução de Luis Reyes Gil. -- 1. ed. -- São Paulo : Gutenberg, 2021.

 Título original: *Lost Girls*

 ISBN 978-65-86553-60-4

 1. Ficção policial e de mistério (Literatura inglesa) I. Gil, Luis Reyes. II. Título.

21-59413 CDD-823.0872

Índices para catálogo sistemático:
1. Ficção policial e de mistério : Literatura inglesa   823.0872

Maria Alice Ferreira - Bibliotecária - CRB-8/7964

A **GUTENBERG** É UMA EDITORA DO **GRUPO AUTÊNTICA**

São Paulo
Av. Paulista, 2.073
Conjunto Nacional, Horsa I
Sala 309 . Cerqueira César
01311-940 - São Paulo . SP
Tel.: (55 11) 3034 4468

Belo Horizonte
Rua Carlos Turner, 420
Silveira . 31140-520
Belo Horizonte . MG
Tel.: (55 31) 3465 4500

www.editoragutenberg.com.br
SAC: atendimentoleitor@grupoautentica.com.br

Dedico este livro a Mary Forrest, cujo amor e generosidade tocaram tantas pessoas, inclusive a mim. Mary, você nos ensinou muita coisa, e aquelas lições continuam em nossos corações.

PRÓLOGO

Fevereiro de 2014

EMILY BILLINGHAM TENTOU gritar através da mão que cobria sua boca. Os dedos eram finos, mas prendiam com força seu maxilar. Com dificuldade, soltou um grunhido abafado, jogando a cabeça para trás para tentar se soltar. A parte de trás de seu crânio bateu em algo duro, uma costela.

– Fique quieta, sua putinha – disse ele, arrastando-a pelo chão.

O zumbido em seus ouvidos quase abafava a voz do homem. Ela sentia o coração batendo forte no peito.

Vendada, não conseguia ver onde estava, mas sentia o cascalho sob seus pés.

Cada passo a afastava mais de Suzie.

Emily deu mais um safanão. Tentava afastá-lo com todas as forças, mas ele apenas a puxava para mais perto. Ela se contorcia, lutando para se desvencilhar, mas ele a apertava mais forte a cada movimento. Não queria ir com ele. Precisava fugir. Precisava conseguir ajuda. Papai saberia o que fazer. Papai conseguiria salvar as duas.

De repente, ouviu o rangido de uma porta se abrindo. Oh, não! Era a van.

Ela juntou forças para gritar. Não queria entrar na van de novo.

– Não... por favor...! – implorou, tentando se desvencilhar.

Ele a chutou com força atrás dos joelhos e ela tombou para a frente, mas ele impediu que caísse segurando-a pelos cabelos.

A fisgada de dor no couro cabeludo fez com que lágrimas saltassem de seus olhos.

Com um só movimento, ele a jogou na traseira do veículo e bateu a porta com força. Fez o mesmo barulho de lata que ela ouvira dias atrás, quando voltava a pé da escola para casa.

Agora, sua sala de aula parecia muito distante. Ela se perguntava se algum dia veria seus colegas de novo.

A van deu uma ré brusca, atirando-a contra as portas. A dor explodiu como um rojão na parte de trás de seu crânio.

Tentou endireitar o corpo, mas a van corria rápido, jogando-a de um lado para o outro. Seu rosto bateu com força no chão de madeira, e ela encolheu de dor quando sua panturrilha raspou num prego. Uma trilha de sangue quente escorreu até o tornozelo.

Suzie teria lhe dito para aguentar firme, como quando ela torcera o pulso na aula de educação física. Naquele dia, Suzie segurou sua outra mão e disse que tudo ficaria bem, enchendo seu coração de força. Ela se sentiu bem melhor.

Mas não se sentia bem agora.

– Não consigo, Suzie. Me desculpe – Emily sussurrou entre lágrimas e soluços. Queria aguentar firme pela amiga, mas a tremedeira, que havia começado nas pernas, agora se espalhava pelo seu corpo.

Ela aproximou os joelhos do queixo, tentando se encolher ainda mais, tentando desaparecer, mas o tremor não cessava.

Uma gota de xixi deslizou entre suas coxas. O filete virou um jorro que ela não conseguiu conter.

Emily gemia de dor e pânico, rezando para que aquele suplício terminasse.

Então, a van parou.

– Por favor, m-mamãe, venha me buscar – ela sussurrou, sua voz adentrando o silêncio sinistro.

Ficou encostada à porta, sem se mexer. A tremedeira havia paralisado seus membros. Não tinha mais forças para lutar. Tudo o que podia fazer era esperar pelo que aconteceria em seguida.

O medo formou um nó em sua garganta quando o sequestrador abriu a porta.

CAPÍTULO
1

Black Country, março de 2015

Kim Stone sentiu seu sangue ferver. Começando pelo cérebro, a raiva percorreu seu corpo como uma corrente elétrica, indo até a planta dos pés e circulando pelo sangue novamente.

Se seu colega Bryant estivesse ali agora, pediria a ela que se acalmasse. Que pensasse antes de agir. Que levasse em conta sua carreira, seu ganha-pão.

Então, foi até bom que estivesse sozinha naquele momento.

A academia Pure Gym ficava na Level Street, em Brierley Hill, entre o Shopping Merry Hill e o complexo Waterfront de escritórios e barzinhos.

Era domingo, horário de almoço, e o estacionamento estava lotado. Kim deu uma volta para localizar o carro que procurava e estacionou sua moto Ninja bem próximo à entrada. Não tinha intenção de ficar ali muito tempo.

Ela entrou no saguão e foi até a recepção, onde uma mulher bonita, de corpo torneado, sorriu e lhe estendeu a mão. Kim imaginou que a mulher estivesse esperando receber sua carteirinha da academia, mas ela tinha a própria identificação para mostrar: seu distintivo da polícia.

– Não sou membro da academia, mas preciso trocar uma palavrinha rápida com um de seus clientes.

A mulher olhou em volta como quem procura ajuda.

– Assunto policial – Kim informou. *É, digamos que seja isso*, acrescentou para si mesma.

A mulher assentiu.

Kim olhou para o painel de orientação e soube exatamente aonde precisava ir. Virou à esquerda, entrando, por trás, em um salão com três fileiras de aparelhos nos quais as pessoas andavam, corriam ou subiam e desciam degraus.

De costas para ela, todos gastavam energia sem ir a lugar algum.

A pessoa que procurava estava se exercitando em um canto afastado. Desconfiou que fosse ela pelo cabelo loiro e comprido amarrado num rabo de cavalo. Quando viu o celular sobre a tela de exibição do equipamento, a inspetora teve certeza.

Depois de encontrar seu alvo, Kim não deu mais atenção aos braços e pernas que se erguiam e se alongavam ao seu redor, nem aos olhares curiosos que recebia por ser a única pessoa totalmente vestida naquela sala.

Para ela, a única coisa que importava era o envolvimento de uma mulher na morte de um menino de 19 anos chamado Dewain.

Kim foi até a mulher e parou diante do aparelho em que ela estava. O choque estampado no rosto de Tracy Frost quase amenizou sua raiva, mas não o bastante.

– Podemos conversar um instante? – ela perguntou, embora não estivesse realmente pedindo permissão.

A mulher quase perdeu o equilíbrio – o que teria sido simplesmente terrível.

– Como você conseguiu...? – Tracy olhou em volta. – Não vai me dizer que usou seu distintivo para entrar.

– Podemos conversar *em particular*? – Kim insistiu.

Tracy continuou se exercitando.

– Escute, eu não tenho o menor problema em falar aqui mesmo – disse a inspetora, levantando a voz. – Nunca mais vou ver essas pessoas de novo.

Ela notou que pelo menos metade dos olhares da sala havia se voltado para as duas. Então, Tracy desceu do aparelho e pegou o celular.

Kim ficou surpresa com a estatura da mulher, que devia ter no máximo 1,60 m. Nunca a vira sem saltos de quinze centímetros, não importava a ocasião.

Kim abriu a porta do banheiro com força e empurrou Tracy contra a parede. Por pouco a cabeça da mulher não atingiu o secador de mãos.

– Que merda você achou que estava fazendo? – gritou a inspetora.

A porta de um dos cubículos se abriu e uma adolescente escapuliu do banheiro. Agora, estavam só as duas.

– Você não pode colocar as mãos em mim como se...

Kim se afastou um pouco, deixando apenas um pequeno espaço entre as duas.

– Como é que você pôde publicar aquela matéria, sua estúpida? Ele está morto agora. Dewain Wright está morto por sua causa!

Tracy Frost, repórter local e exemplo perfeito de pessoa desprezível, piscou duas vezes ao ouvir as palavras de Kim.

– Mas... a minha... matéria...

– Sua matéria matou o menino, sua imbecil!

Tracy começou a negar com a cabeça, mas Kim confirmou novamente.

– Foi, sim.

Dewain Wright, um adolescente do conjunto habitacional Hollytree, fizera parte da gangue Hollytree Hoods durante três anos. Quando quis deixar o grupo, outros membros o esfaquearam e abandonaram seu corpo, dando-o como morto. Mas o garoto foi encontrado por um homem que passava por ali, que prestou os primeiros-socorros e salvou sua vida. Então, Kim foi chamada para investigar o crime.

A primeira instrução que recebeu da polícia foi de esconder de todos, exceto da família, que o rapaz ainda estava vivo. Sabiam que, se a notícia chegasse à gangue Hollytree, eles dariam um jeito de terminar o serviço.

Kim passara aquela noite sentada ao lado da cama dele, rezando para que desafiasse o quadro clínico e conseguisse respirar sem aparelhos. Havia segurado sua mão, oferecendo a própria energia para que ele encontrasse forças para recuperar a consciência. Ela se comovera com a coragem do garoto de desafiar o destino para buscar outros caminhos. Queria saber mais sobre aquele jovem destemido que decidira que a vida de gangue não era para ele.

Kim inclinou-se novamente em direção a Tracy e fuzilou-a com o olhar. Não havia como fugir.

– Eu implorei para que aquela matéria não fosse publicada, mas você simplesmente não conseguiu se conter, não foi? Estava desesperada por um furo. Tão desesperada que jogou fora a vida de um rapaz! – Kim gritou para ela. – Mas quer saber? Espero que receba a atenção que queria, porque não há mais lugar para você aqui. E farei de tudo para garantir isso.

– Não foi por minha causa que o...

– Claro que foi por sua causa – disse Kim, furiosa. – Não sei como você descobriu que ele ainda estava vivo, mas, agora, está morto. E dessa vez é pra valer.

A confusão estampava o rosto de Tracy. Ela queria falar, mas não conseguia encontrar as palavras. De todo modo, Kim não teria escutado.

– Você sabia que ele estava tentando cair fora, não sabia? Dewain era um garoto decente, preocupado apenas em não morrer.

– Não pode ter sido culpa minha – disse Tracy, a cor começando a voltar ao seu rosto.

– Ah, Tracy, mas foi, sim – disse Kim enfaticamente. – O sangue de Dewain Wright está nas suas patas imundas.

– Eu só estava fazendo o meu trabalho. O mundo tinha o direito de saber.

Kim se aproximou ainda mais dela.

– Juro por Deus, Tracy. Eu não vou descansar até que o mais perto que você consiga chegar de um jornal seja como motorista da expedição.

As palavras de Kim foram interrompidas pelo toque de seu celular, e Tracy aproveitou a deixa para sair do seu alcance.

– Stone – disse ela ao atender.

– Preciso de você na delegacia. Agora.

O Detetive Inspetor-Chefe Woodward não era o mais cordial dos chefes, mas costumava ao menos cumprimentá-la antes de falar.

Kim pensou rápido. Ele estava ligando no horário de almoço de um domingo, depois de ter insistido para que ela tirasse um dia de folga. E, aparentemente, já estava muito irritado com alguma coisa.

– Estou indo praí, Stacey. Me espere com uma taça de vinho branco seco – disse ela, desligando o telefone. Woodward provavelmente não entendera por que ela o chamara de Stacey, mas explicaria isso mais tarde. De jeito nenhum revelaria uma ligação urgente de seu chefe enquanto estivesse cara a cara com a repórter mais desprezível.

Kim tinha dois palpites: ou ela estava metida em encrenca ou havia alguma coisa muito grave acontecendo. Qualquer que fosse a opção, não havia nenhuma vantagem em deixar aquela boçal ouvir a conversa.

– Não pense que isso acabou – disse Kim, abrindo a porta do banheiro. – Darei um jeito de fazer você pagar pelo que fez. Eu prometo.

– E eu farei você perder seu emprego por isso! – Tracy gritou atrás dela.

– Vá em frente – Kim disparou por cima do ombro.

Um garoto de 19 anos havia morrido na noite anterior, e por um descuido. Ela não estava em seus melhores dias, e tinha a sensação de que aquele estava prestes a ser pior ainda.

CAPÍTULO
2

Kim estacionou sua moto nos fundos da Delegacia de Polícia de Halesowen.

A polícia de West Midlands atendia a quase 2,9 milhões de moradores, cobrindo as cidades de Birmingham, Coventry, Wolverhampton e a área de Black Country. A força era dividida em dez unidades locais de policiamento, incluindo a sua área, de Dudley.

Kim subiu ao terceiro andar e chegou ao escritório. Ela bateu, entrou e gelou.

Sua surpresa não foi por ver Woody sentado ao lado da imponente figura do chefe, o Superintendente Baldwin. Tampouco foi porque Woody estivesse vestindo uma camisa polo ao invés da tradicional camisa branca do uniforme, com dragonas ostentando a insígnia da corporação. O motivo era que, mesmo da porta, Kim pôde ver gotículas de suor cobrindo a cabeça do inspetor-chefe. Ele não conseguia esconder sua ansiedade.

Agora ela estava preocupada. Nunca havia visto Woody transpirar.

Dois pares de olhos a encaravam enquanto ela fechava a porta. Kim não tinha ideia do que poderia ter feito para enfezar aqueles dois. O Superintendente Baldwin era da Lloyd House, o QG da polícia em Birmingham. Ela costumava vê-lo com frequência, mas pela televisão.

– Senhor? – disse Kim, voltando-se para o único homem na sala que significava alguma coisa para ela.

Era impossível olhar para seu chefe e não ver, também, a foto emoldurada de seu filho de 22 anos vestindo o uniforme completo da Marinha. Woody recebera o corpo dele das mãos dos próprios oficiais da Marinha, dois anos após aquela foto ter sido tirada.

– Sente-se, Stone.

Ela sentou na única cadeira disponível, abandonada no meio da sala. Agora, olhava de um para o outro, ansiosa por alguma pista. Na maioria das vezes em que conversava com Woody, ele passava o tempo estrangulando uma bola antiestresse que ficava em cima de sua mesa. Ela costumava interpretar isso como um sinal de que estava tudo bem entre os dois.

Porém, a bola permanecia sobre a mesa.

– Stone, ocorreu um incidente esta manhã. Um sequestro.

– Confirmado? – ela perguntou imediatamente. Era comum pessoas desaparecerem e serem encontradas algumas horas depois.

– Sim, confirmado.

Ela aguardou que ele continuasse. Mesmo com um sequestro confirmado, Kim não sabia por que estava na sala do inspetor-chefe, sentada ao lado do chefe *dele*.

Por sorte, Woody não era um homem do tipo que fazia mistério, então foi direto ao assunto.

– São duas meninas.

Kim fechou os olhos e respirou fundo. Agora ela entendia sua escalada ao longo daquela cadeia hierárquica.

– Como da última vez, senhor?

Embora ela não tivesse participado da investigação treze meses antes, todos os membros da força policial de West Midlands estavam cientes do caso, e muitos haviam ajudado na busca que se seguiu.

Kim sabia várias coisas a respeito daquele caso antigo, mas se lembrara imediatamente do fator principal: uma das garotas não havia voltado.

Foi Woody quem trouxe a inspetora de volta ao presente.

– Ainda não temos certeza. A princípio, parece que foi, sim, como da última vez. As duas garotas são muito amigas e foram vistas pela última vez no Centro de Lazer Old Hill. Uma das mães ficara de buscá-las às 12h30, mas seu carro foi sabotado. As duas mães receberam mensagens de texto às 12h20, confirmando que os sequestradores estavam com as garotas.

O relógio marcava 13h15. As garotas tinham sido levadas há menos de uma hora, mas as mensagens de texto indicavam que não haveria os habituais interrogatórios a amigos e vizinhos, nem esperanças de que elas tivessem simplesmente decidido vagar por aí. As duas não estavam desaparecidas; haviam sido sequestradas, e o caso já estava aberto.

Kim voltou-se para o superintendente.

– E então, o que deu errado da última vez?

– Perdão? – ele perguntou, surpreso. Estava claro que não esperava ser abordado diretamente.

Kim observou enquanto o superintendente reagia. Sem dúvida, tinha recebido um bom treinamento de mídia para policiais. Não havia nem mesmo uma ruga de tensão ou gota de suor em seu rosto. Mas aquilo era de se esperar – havia muitos níveis de insegurança para se superar antes de ter tal postura.

Em resposta, Baldwin lançou a ela um olhar gélido, uma advertência para que mantivesse a boca fechada.

Ela o encarou de volta.

– Muito bem, sabemos que apenas uma criança voltou. Então, o que foi que deu errado?

– Não acredito que os detalhes...

– Senhor, por que fui chamada aqui? – ela perguntou, voltando-se novamente para Woody. Tratava-se de um sequestro duplo. Era uma questão para o Departamento de Investigações Criminais, não para a força local. A gestão de um caso como esse seria dividida em várias etapas diferentes: haveria a busca por pistas, históricos, investigação porta a porta, análise de gravações de câmeras de segurança, atendimento à imprensa... Woody nunca a encarregaria das relações com a imprensa.

Woody e Baldwin se entreolharam.

Ela pressentiu que não iria gostar da resposta. Seu primeiro palpite era de que sua equipe seria designada para ajudar. Isso significaria deixar de lado as investigações de casos de agressão sexual, violência doméstica, fraude e tentativa de homicídio em que estavam trabalhando, assim como o fechamento do caso de Dewain Wright.

– Vocês querem que minha equipe se dedique às buscas...

– Não haverá buscas, Stone – Woody a interrompeu. – Estamos expedindo um bloqueio da mídia.

– Como assim, senhor?!

Isso era algo praticamente inédito em um caso de sequestro. As informações geralmente chegavam à imprensa em questão de minutos.

– Nada foi transmitido por frequência interna de rádio, e até o momento os pais não se manifestaram.

Kim compreendeu. Ela se lembrava de que haviam tentado o bloqueio da última vez, mas a notícia vazou no terceiro dia. Mais tarde naquele mesmo dia, a criança sobrevivente foi encontrada vagando à beira da estrada, enquanto a outra nunca mais foi vista.

– Ainda estou um pouco confusa em relação ao que...

– Você foi requisitada para chefiar esse caso, Stone.

Kim ficou em silêncio por alguns segundos, esperando que Woody dissesse que estava brincando. Ele não disse..

— Isso é sério?

— É claro que isso é um absurdo – disse Baldwin. – Você certamente não está qualificada para chefiar uma investigação desse porte.

Embora não discordasse dele, Kim ficou tentada a mencionar o caso Crestwood, no qual ela e sua equipe haviam capturado o assassino de quatro garotas adolescentes.

Ela girou o corpo na cadeira, de modo a encarar apenas Woody.

— Quem me requisitou?

— Uma das mães. Ela foi enfática ao pedir que você cuidasse do caso. Disse que nem sequer falaria com outra pessoa. Então, precisamos que colha os detalhes iniciais enquanto montamos uma equipe. Você deverá se reportar imediatamente a mim e passar o caso ao oficial encarregado.

Kim assentiu, sinalizando que compreendera o processo, mas Woody ainda não havia respondido totalmente à sua pergunta.

— Senhor, pode me dizer o nome das garotas e da mãe?

— As garotas são Charlie Timmins e Amy Hanson. Foi a mãe de Charlie que solicitou você. O nome dela é Karen, diz que é sua amiga. É isso mesmo?

Kim balançou vagamente a cabeça. Aquilo era impossível. Ela não conhecia nenhuma Karen Timmins, e definitivamente não tinha amigos.

Woody consultou uma folha de papel em cima da sua mesa.

— Perdão, Stone. Talvez você a conheça pelo nome de solteira: Karen Holt.

Kim sentiu seu corpo enrijecer. O nome certamente habitava um lugar em sua memória. Um lugar que ela raramente visitava.

— Stone, pela sua expressão, parece que você de fato conhece essa mulher.

Kim se levantou, encarando apenas Woody.

— Senhor, eu farei o interrogatório inicial e repassarei as informações ao oficial encarregado, mas garanto a você que essa mulher não é minha amiga.

CAPÍTULO
3

Kim pilotou sua Ninja por um longo congestionamento até finalmente chegar à frente da fila de carros. O amarelo do semáforo ainda ameaçava acender[1] quando ela acelerou forte a moto, roncando o motor ao atravessar o cruzamento.

Na curva seguinte, seu joelho raspou no asfalto em uma velocidade a mais de sessenta por hora.

À medida que avançava para o sul, deixava para trás o coração de Black Country, assim chamado devido aos montes de dez metros de altura de minério de ferro e de carvão que afloravam ali.

Historicamente, muitas pessoas da região que viviam em pequenas propriedades agrícolas trabalhavam em fábricas de pregos ou como ferreiros para complementar a renda. Em 1620, havia cerca de vinte mil ferreiros em um raio de quinze quilômetros até o Castelo Dudley.

Quando recebeu o endereço, Kim ficou surpresa. Não imaginava Karen Holt morando em uma das partes mais chiques de Black Country. Na realidade, um pouco da surpresa era pelo simples fato de ela ainda estar viva.

Conforme seguia por Pedmore, as casas começavam a ficar mais afastadas da estrada. Os terrenos eram maiores, as árvores mais altas e as casas mais distantes umas das outras.

Originalmente, a área compunha uma aldeia nos arredores de Worcestershire, mas acabara se fundindo a Stourbridge quando um grande número de habitações foi construído ali no período entreguerras.

Kim saiu da Redlake Road e entrou por uma alameda, o cascalho fazendo barulho ao ser triturado pelos pneus da moto. Quando chegou à propriedade, um assobio de admiração ecoou em sua cabeça.

---

[1] Nos semáforos do Reino Unido, antes de acender o sinal verde, os sinais vermelho e amarelo ficam acesos ao mesmo tempo por dois segundos, alertando os motoristas parados de que poderão seguir em breve e dando um intervalo adicional de segurança aos carros no outro sentido do fluxo, para os quais o sinal muda do verde para o vermelho. (N.T.)

Era uma casa em estilo vitoriano, com frente dupla, perfeitamente simétrica. Os tijolos brancos pareciam pintados recentemente.

Kim parou a moto na entrada, em um pórtico todo ornamentado que sustentava uma sacada com balaustrada. Janelas salientes projetavam-se de ambos os lados.

Era o tipo de casa que dava a impressão de ter sido construída por quem morava nela, e Kim ficou especulando o que diabos Karen Holt teria feito para conseguir aquilo.

Se Bryant estivesse ali, os dois teriam brincado de adivinhar o valor da casa, como sempre faziam. O lance inicial de Kim não teria sido inferior a um milhão e meio.

Estacionado ao lado de um Range Rover prateado, havia um Vauxhall Cavalier da polícia, sem identificação. Bastou uma rápida olhada no terreno para ela perceber que a casa não podia ser vista de nenhuma direção. Conforme andava, Kim ia fazendo anotações mentais, que seriam repassadas a quem quer que Woody tivesse designado como oficial encarregado do caso.

A porta da frente foi aberta por um policial que Kim reconheceu de um caso anterior. Ela adentrou um saguão que ostentava um piso de lajotas Minton. No centro, uma mesa de carvalho redonda servia de suporte para o maior vaso de flores que ela já vira na vida. De ambos os lados do corredor havia salas de estar.

– Onde ela está? – Kim perguntou ao oficial.

– Na cozinha. A mãe da outra criança também está lá.

Kim assentiu e foi em direção a uma ampla escada. Uma mulher a alcançou no meio do caminho. A inspetora demorou um pouco para reconhecê-la, mas a mulher soube imediatamente que se tratava de Kim.

Karen Timmins guardava pouca semelhança com Karen Holt.

Os jeans rasgados, que antes mostravam todas as curvas de seu corpo, haviam sido substituídos por uma elegante *legging*. Os tops decotados e apertados, que mal conseguiam conter seus seios, deram lugar a um folgado suéter de gola V que apenas insinuava seus contornos, como num sussurro, em vez alardeá-los aos gritos.

O cabelo loiro tingido havia voltado ao seu castanho natural, e agora ostentava um corte muito estiloso em um rosto que, embora atraente, não causava nenhum grande impacto.

Havia feito algum procedimento estético. Não muitos, mas o suficiente para mudar seu rosto de modo significativo. O palpite de Kim foi uma plástica no nariz. Karen sempre odiara seu nariz – e antes havia bastante o que odiar ali.

– Kim, graças a Deus você veio! Obrigada. Muito obrigada mesmo.

Kim deixou que ela segurasse sua mão por três longos segundos antes de retirá-la.

Uma segunda mulher surgiu e parou ao lado de Karen. O terror em seus olhos deu lugar à esperança.

Karen deu um passo para o lado.

– Kim, esta é Elizabeth, mãe da Amy.

Kim cumprimentou a mulher, cujos olhos estavam borrados de maquiagem. Seu cabelo curto formava um reluzente capacete castanho. Com uns quilinhos a mais do que Karen, vestia uma calça de algodão cáqui e um suéter cereja.

– E você é a mãe da Charlie? – perguntou Kim, voltando-se novamente para Karen.

Ela assentiu, ansiosa.

– Já encontraram as meninas? – Elizabeth perguntou, quase sem fôlego.

Kim negou com a cabeça enquanto as conduzia para a cozinha.

– Vim apenas colher os primeiros detalhes para o...

– Você não vai ajudar a encontrar...

– Não, Karen. Uma equipe está sendo montada neste exato momento. Estou aqui só para colher os detalhes iniciais.

Karen abriu a boca para argumentar, mas Kim ergueu a mão e ofereceu um sorriso reconfortante.

– Posso garantir a vocês que os melhores policiais estão sendo escalados para essa equipe, profissionais com muito mais experiência do que eu em casos como esse. Quanto mais cedo vocês me passarem os detalhes, mais rápido poderei repassá-los à equipe para trazer suas filhas de volta em segurança.

Elizabeth concordou, mas Karen estreitou os olhos para a inspetora. Ah, aquele sim era um olhar que ela conseguia reconhecer.

E, assim como fazia quando eram adolescentes, Kim o ignorou.

– Vocês receberam alguma mensagem? – ela perguntou.

As duas estenderam os celulares. Kim pegou primeiro o de Karen, no qual leu aquelas palavras frias, sombrias:

Não precisa ter pressa. Charlotte não voltará para casa hoje. Isso não é um trote. Eu peguei sua filha.

Kim devolveu o telefone a Karen e pegou o de Elizabeth.

Amy não voltará para casa hoje. Isso não é um trote. Eu peguei sua filha.

– Certo, me contem exatamente o que aconteceu – disse Kim, devolvendo o celular.
As duas mulheres sentaram-se junto à bancada da cozinha. Karen bebeu um gole de café e começou a falar.
– Eu deixei as duas no centro de lazer hoje cedo...
– A que horas?
– 10h15. A aula começa às 10h30 e termina às 12h15. Eu sempre volto para buscá-las às 12h30.
A voz de Karen estava embargada, e Kim notou que ela fazia força para não chorar. Elizabeth segurou a mão da amiga, incentivando-a a continuar.
Karen engoliu em seco, nervosa.
– Me preparei para sair no horário de sempre. Elas costumam me esperar na recepção, mas hoje meu carro não quis pegar... e então recebi a mensagem.
– Há alguma câmera de segurança na casa? – Kim perguntou. Desconfiava que o problema no carro havia sido criado de propósito, o que teria exigido acesso ao interior da propriedade.
Karen negou com a cabeça.
– Por que teríamos câmeras?
– Não toque no carro de novo – ordenou Kim. – O pessoal da polícia científica talvez encontre alguma pista. – Era possível, embora improvável. – Os sequestradores conheciam bem a sua rotina.
Elizabeth ergueu a cabeça.
– Há mais de um?
Kim assentiu.

— Eu diria que sim. As meninas têm 9 anos, e não seria fácil para um só adulto lidar com as duas ao mesmo tempo. Se houvesse resistência, elas fariam barulho, e ele teria dificuldade para controlá-las.

Elizabeth emitiu um pequeno guincho, mas Kim não podia fazer nada. Chorar não traria as crianças de volta. Se trouxesse, ela mesma tentaria derramar algumas lágrimas.

— Vocês notaram algo estranho ultimamente? Rostos ou carros familiares rondando-as, uma sensação de estarem sendo observadas?

As duas mulheres negaram com a cabeça.

— As meninas mencionaram alguma coisa diferente? Uma abordagem de algum estranho, por exemplo?

— Não — disseram as duas ao mesmo tempo.

— E os pais?

— Estavam voltando do golfe. Só conseguimos falar com eles pouco antes de você chegar.

Isso esclareceu tudo. Os dois pais estavam cientes do ocorrido, o que excluía a possibilidade de um golpe pela custódia das filhas. Também mostrava que as duas famílias eram bem próximas.

— Por favor, sejam honestas comigo. Vocês falaram sobre isso com alguém? Amigos, parentes?

As duas negaram novamente.

— O policial que falou conosco disse para evitarmos isso até que alguém entre em contato — disse Karen.

Havia sido um bom conselho, e fora dado porque o sequestro estava confirmado. As meninas não estavam desaparecidas. Haviam sido levadas.

— O que fazemos, inspetora? — perguntou Elizabeth.

Kim sabia que o instinto natural levaria as duas mães a procurar, a se mexer, a andar, agir, fazer alguma coisa. As garotas haviam sumido há mais ou menos uma hora e meia, e a coisa ficaria bem pior.

A inspetora balançou a cabeça.

— Nada. Estamos partindo do pressuposto de que o sequestro foi planejado por pessoas que sabem o que estão fazendo. Que conhecem a rotina de vocês e vêm observando-as de perto. O mais provável é que as garotas tenham sido atraídas para um local mais afastado da entrada do centro de lazer, e isso costuma ser feito de três maneiras. A primeira é por meio de alguém que elas conhecem. A segunda, por meio de uma pessoa que elas supõem ser confiável. A terceira é por meio de alguma promessa.

– Uma promessa? – perguntou Karen.

Kim assentiu.

– As meninas estão crescidinhas demais para serem atraídas por doces, então é mais provável que tenham usado algum cachorrinho ou gatinho.

– Ah, meu Deus! – Elizabeth suspirou. – Há meses a Amy me implora por um gatinho.

– São poucas as crianças que conseguem resistir a essa tentação. É por isso que funciona – Kim comentou, respirando fundo. – Ouçam, vão impor um bloqueio de mídia sobre esse caso.

Àquela altura, as mães não precisavam saber o motivo. Quanto menos soubessem a respeito do caso anterior, melhor.

Kim prosseguiu.

– Isso significa que não haverá buscas. Não faz sentido. Não vamos encontrá-las numa caçada humana. O crime foi planejado e eles já fizeram contato. As meninas não estão em um descampado esperando serem encontradas.

– Mas o que eles querem? – Karen perguntou.

– Tenho certeza de que irão lhes dizer, mas, até que façam isso, vocês precisam ficar em silêncio. Não contem nem para familiares. Sem exceções. Se a imprensa ficar sabendo, vai atrapalhar muito a investigação. Mesmo que centenas de pessoas vasculhem a área, isso não trará as meninas de volta.

Pela expressão no rosto das duas mulheres, Kim percebeu que não estavam convencidas. Logo haveria encrenca envolvendo outras pessoas, mas por enquanto precisava insistir para que ficassem quietas. Pelo menos até que ela voltasse à delegacia e isso se tornasse problema de outra pessoa.

– Talvez a primeira reação de vocês seja querer que todos saibam para ajudar a procurar, assim como vocês também gostariam de sair por aí procurando, mas isso não vai ajudar em nada. – Kim se levantou. – O oficial encarregado pelo caso chegará em breve. Seria bom aproveitarem esse tempo para fazer uma lista das pessoas que precisarão contatar nos próximos dias para explicar a ausência das crianças, assim como a de vocês.

Karen a olhou perplexa.

– Mas eu queria que você... Você não pode...?

Kim negou.

– Vocês precisam de alguém com mais experiência em casos de sequestro.

– Mas eu queria que...

Antes que Karen terminasse de falar, uma criança começou a chorar na sala ao lado. Elizabeth empurrou a cadeira para trás. Kim saiu em seguida, dirigindo-se à porta da frente.

Karen a agarrou pelo braço.

– Por favor, Kim...

– Karen, eu não posso assumir o caso. Não tenho experiência suficiente nesse assunto. Sinto muito, mas garanto que o policial designado fará o possível para...

– É por que você me odiava antes?

A inspetora ficou surpresa. As suspeitas de Karen não eram infundadas, mas Kim não permitiria que aquilo influenciasse alguma coisa agora que a vida de duas garotinhas estava em jogo.

Sentiu crescer sua frustração por não poder ajudar aquela mulher desesperada, mas seus superiores haviam sido bem claros quanto à posição dela no caso.

– Por quê, Karen? Por que eu?

Karen abriu um meio sorriso.

– Lembra quando estávamos com a família Price e os tênis da Mandy gastaram até abrir um buraco? Você pediu à Diane um par novo e ela disse que não daria.

Mandy era uma criança tímida, quieta, que raramente falava. Na ocasião, a sola do seu pé ficara toda esfolada e inflamada.

– Claro que lembro – disse Kim. Os Price foram sua sétima e última família adotiva.

– Eu lembro o que você fez. Descobriu o quanto eles recebiam por mês para cuidar da gente. Então, anotou o quanto gastavam em supermercado, contas e aluguel.

Era verdade. Kim havia observado as compras, que chegavam todo sábado de manhã, e foi a pé até o supermercado para calcular tudo. Certa noite, ficou acordada até bem tarde e conferiu as contas da casa.

– Um mês depois, você mostrou a eles uma folha de papel e disse que enviaria ao serviço social.

Os Price ganhavam a vida cuidando de crianças órfãs. Sempre escolhiam as mais velhas, porque o Estado pagava mais por elas.

– Nunca esqueci o que aconteceu depois que você foi cobrá-los – disse Karen, com um sorriso amarelo. – De repente, estava todo mundo de tênis novo. – Ela balançou a cabeça. – A gente não sabia nada sobre você naquela época, Kim. Você não falava com ninguém sobre seu passado... Na realidade, raramente falava... mas havia uma determinação em você.

Kim sorriu de canto.

– Então você quer que eu chefie este caso porque te arranjei um par de tênis novos?

– Não, Kim. Quero que você chefie este caso porque sei que, se você decidir ajudar, verei minha filha de novo.

CAPÍTULO
4

Woody estava sozinho em sua sala quando Kim surgiu à porta, vinte minutos mais tarde.

– Senhor, eu quero fazer isso – disse ela.
– Isso o quê, Stone? – ele perguntou, recostando-se na cadeira.
– Assumir esse caso. Quero ser a oficial encarregada.

Ele coçou o queixo.

– Você não ouviu o que o superintendente disse sobre...
– Sim, ouvi muito bem, mas ele está equivocado. Sei que conseguirei trazer essas crianças para casa; então, me diga de quem eu preciso puxar o saco para...
– Isso não será necessário – respondeu ele, pegando a bola antiestresse.

Droga, ela já estava perdendo antes mesmo de conseguir vender seu peixe. Mas ela já conseguira arrancar a vitória das garras da derrota outras vezes.

– Senhor, eu sou persistente, determinada, tenho muita energia...

Woody recostou-se novamente e inclinou a cabeça.

– Sou obstinada, teimosa...
– Sim, sim, você é tudo isso, Stone – ele concordou.
– Não vou parar para comer, dormir ou beber até que...
– Tudo bem, Stone. O caso é seu.
– Ninguém vai trabalhar mais do que... Espere, o quê?

Ele endireitou o corpo e largou a bola antiestresse.

– O superintendente e eu tivemos uma longa conversa depois que você saiu. Usei muitas dessas suas palavras, e outras mais. Garanti a ele que, se existe alguém capaz de trazer essas garotas de volta para casa, esse alguém é você.

– Senhor, eu...
– Só que nós dois, você e eu, estamos apostando nosso pescoço nisso, Stone. Se não der certo, o superintendente não será responsabilizado. Principalmente depois do que houve da última vez. Não há escapatória nesse caso. Um passo em falso e nós dois já éramos. Entendeu?

Kim sentiu-se grata pela confiança que Woody depositava em sua competência, e não iria decepcioná-lo. Tentou imaginar que tipo de conversa teria ocorrido entre seu chefe e o superintendente. Aquele homem diante dela devia ter pintado um retrato muito apaixonado para conseguir dobrar Baldwin.

– Do que você precisa? – perguntou ele, pegando uma caneta.

Ela respirou fundo.

– Do arquivo completo do último caso. Lá constam todas as informações que preciso saber sobre como a investigação foi conduzida.

– Já estou providenciando. O que mais?

– Quero ter o mesmo oficial de acompanhamento familiar que foi designado da última vez.

Woody anotou o pedido. Sabia que seria complicado realizá-lo, mas, para Kim, aquilo era indispensável. O oficial em questão ficaria o tempo todo em contato com os familiares, podendo oferecer uma visão privilegiada dos eventos e aconselhá-la caso detectasse similaridades entre os dois casos.

– Vou correr atrás disso. O que mais?

– Pretendo montar uma base na casa dos Timmins. Vou comandar a investigação a partir dali.

– Stone, isso não é muito...

– Preciso que seja assim, senhor. Preciso estar lá, à disposição. O primeiro contato dos sequestradores foi por mensagem de texto. Não sabemos se continuarão a se comunicar dessa forma, e preciso estar lá o tempo todo, pronta para agir em qualquer situação.

Woody pensou por um momento.

– Terei que confirmar com o Superintendente Baldwin, mas isso é problema meu, não seu. Espero que você me mantenha bem informado, e me refiro aqui ao que *eu* considero um nível adequado de comunicação, não você.

– Claro – ela concordou e se levantou, indo em direção à porta. – Preciso convocar minha equipe.

– Eles já estão no andar de cima esperando por você.

Kim franziu o cenho, intrigada.

– Como assim, senhor? Eu acabei de pedir para chefiar o caso...

– Convoquei todos assim que você saiu. Eles não têm a menor ideia do que se trata, portanto fica a seu cargo colocá-los a par.

Ela inclinou a cabeça.

– Como é que você tinha tanta certeza?

– Porque disseram que você não poderia assumir o caso, e eu sei que você não gosta nadinha que alguém a contrarie.

Kim abriu a boca para falar, mas desistiu. Dessa vez não tinha como discordar.

CAPÍTULO
5

Kim entrou na sala de operações e fechou a porta. A atenção de todos voltou-se imediatamente para ela. Era raro aquela porta encostar no batente.

– Boa tarde, chefe – disseram todos juntos.

Ela fez uma rápida avaliação da equipe. Sim, Woody estava certo quando disse ter convocado todos eles.

O Sargento Detetive Bryant ainda vestia a camiseta de rúgbi do seu treino da tarde e ostentava uma mancha de terra debaixo do olho esquerdo. Embora seu porte físico fosse naturalmente adequado ao esporte, aos 45 anos, estava agora mais perto dos 50 do que dos 40, sendo incapaz de sair do campo sem se machucar – algo que tanto Kim quanto a esposa dele já haviam ressaltado muitas vezes.

Já o Sargento Detetive Dawson estava impecável como sempre. Acreditava que todos são julgados pelo que vestem, e sempre cuidava para que seu metro e oitenta de estatura estivesse adequadamente trajado o tempo todo. Mesmo num dia de folga, as roupas bem-alinhadas de Dawson mostravam o resultado de suas idas regulares à academia. Se Kim tivesse que adivinhar o que fizera mais cedo, diria que ele havia jogado *squash*, tomado uma ducha e trocado de roupa para ir a um "almoço líquido" com os amigos. Mas isso não importava.

Ao contrário dos demais, a Detetive Stacey Wood vestia seu uniforme de trabalho – uma calça azul-marinho e uma camisa branca simples –, o que indicava que provavelmente andara entretida no seu computador, lutando contra bruxos e duendes no game *World of Warcraft*.

Kim sentou-se em um lugar vago na extremidade da mesa, ao lado de Bryant.

Dawson encarou a porta fechada.

– Então, chefe, o que foi que nós aprontamos?

– No seu caso, tenho certeza de que poderia listar algumas coisas, mas nessa rara ocasião o problema não somos nós.

– Aleluia! – disse Bryant.

– Maravilha! – Stacey acrescentou.

– Antes de mais nada, o quão sóbrios vocês estão? – perguntou Kim. Sim, era domingo, mas todos iriam trabalhar agora.

– Na maior secura – Stacey lamentou.

– Não bebi nadica de nada – garantiu Bryant.

– E eu quase nada – Dawson grunhiu.

Kim não ingeria uma gota de álcool desde os 16 anos. Então, estavam prontos para ir em frente.

– Ok. Sei que Woody deixou todos vocês no escuro, mas há uma razão para isso. – Ela respirou fundo. – Há cerca de duas horas, duas garotinhas de 9 anos foram levadas embora do Centro de Lazer Old Hill. O sequestro foi confirmado. As garotas são muito amigas, e os pais também.

Kim fez uma pausa para que todos tivessem tempo de digerir a informação.

Bryant olhou para a porta fechada.

– Bloqueio de mídia *e* de força policial, chefe?

Kim confirmou.

– Apenas quatro pessoas no local sabem do ocorrido e juraram manter segredo. Nada deve ser transmitido pela frequência interna de rádio. Não podemos correr o risco disso vazar.

– Como confirmaram o sequestro? – Dawson perguntou.

– Ambas as mães receberam mensagens de texto.

– Misericórdia – sussurrou Stacey.

– Sem buscas, então? – quis saber Bryant.

Como pai de uma adolescente, seu instinto natural era sair imediatamente para procurar.

– Não. Estamos lidando com profissionais. O que sabemos até agora é que uma das mães iria buscar as garotas às 12h30. As mensagens de texto foram recebidas às 12h16, e o carro da mãe havia sido sabotado.

– Chefe, isso está me soando muito familiar.

– Concordo. Todos sabemos que os responsáveis pelo sequestro do ano passado não foram pegos. Pode ser o mesmo pessoal, ou alguém copiando o que eles fizeram.

– O que esperamos encontrar? – perguntou Stacey.

Kim não tinha certeza. Se fossem os *mesmos* sequestradores, eles teriam aprendido com a última vez. Estariam mais experientes. Teriam planos reserva, estratégias de fuga. Contudo, Kim também saberia como haviam se portado, e iria estudar seu *modus operandi* a partir dos arquivos do caso anterior.

– Chefe, o que deu errado da última vez? – Bryant perguntou.

– Eu não sei, mas tenho certeza de que vamos descobrir. – A inspetora respirou fundo. – Ouçam bem: isso vai piorar. Vamos trabalhar na casa dos Timmins, convivendo com pais perturbados enquanto não trouxermos essas meninas de volta.

– Não seria o caso de dizer *se* conseguirmos trazê-las de volta? – Dawson interveio.

Ela o encarou.

– Não, Kev. Estou dizendo *quando* conseguirmos trazê-las.

Dawson assentiu e desviou o olhar.

Kim não admitiria a possibilidade de fracassar sem nem sequer ter começado. A última equipe tivera cinquenta por cento de êxito no caso, e até isso havia sido por uma falha deles. Os sequestradores tinham soltado a menina. Kim não podia permitir que nenhum membro de sua equipe entrasse naquela casa sentindo que já haviam perdido.

– Todos os membros da família vão querer alguma coisa de vocês. Vão achar que sabem de alguma coisa que eles não sabem. Vão perguntar sobre tudo. Então, precisaremos manter alguma distância. Nosso trabalho não é agir como amigos ou confidentes. Também não somos conselheiros ou padres. Estaremos lá para encontrar as filhas deles. – Ela olhou diretamente para Dawson. – As duas.

Dawson assentiu.

– Stacey, quero que você faça uma lista de equipamentos remotos e móveis de que iremos precisar. Inclua tudo o que achar importante e envie para Woody. Ele dará um jeito de providenciar.

Stacey assentiu e começou a digitar no computador.

– Kev, quero você em cima dos oficiais da Lloyd House, bancando o chato até conseguir os arquivos do caso anterior. Woody já fez a solicitação, mas precisamos disso o quanto antes.

– Entendido, chefe.

– Bryant, pelo amor de Deus, vá para casa, tome um banho e troque de roupa. Pegue uma broca, uma furadeira e volte para ajudar Stacey com o equipamento.

Bryant se levantou, e Stacey e Dawson caíram na risada. Quando Kim olhou para ele, ficou horrorizada.

– Bryant, você está de brincadeira...!

Ele se afastou da mesa e mostrou o short preto, revelando um par de pernas que parecia saído de um chiqueiro.

– Woody me disse para vir imediatamente, chefinha.

Kim segurou o riso e olhou para o lado.

– Por favor, Bryant, vá agora.

Ele já havia alcançado a porta antes que ela pedisse de novo.

– Ah, e nem preciso lembrar que vocês não devem comentar o caso com ninguém. Já sabem bem o porquê, não é?

Todos concordaram. Às vezes, a equipe precisava manter até mesmo os próprios familiares no escuro em relação a questões de trabalho.

Kim entrou no Aquário, uma estrutura de madeira com paredes de vidro no canto direito da sala, supostamente seu escritório privado. Tinha mais ou menos o tamanho de um elevador e era usado apenas ocasionalmente, quando ela precisava dar uma dura em alguém. Na maior parte do tempo, Kim ocupava algum dos lugares vagos na sala principal, junto à equipe. Ela examinou os colegas, já animados para entrar em ação. Não havia espaço para hesitação entre eles.

Se houvesse alguma dúvida, seriam todas dela.

CAPÍTULO

KIM VOLTOU À CASA DOS Timmins quando a noite já ameaçava cair – algo que não melhoraria em nada o estado mental dos pais. Os primeiros dias de março esforçavam-se para deixar para trás as temperaturas de fevereiro. Todos os dias traziam um longo boa-noite a partir do meio da tarde.

Kim bateu e entrou. Um policial estava sentado atrás da porta.

– Alguma novidade? – perguntou ela.

O policial levantou como se estivesse se dirigindo a um sargento major.

– Os maridos voltaram. Houve gritaria e ainda mais choradeira.

Kim concordou e foi em direção à cozinha.

No meio do caminho, Karen surgiu diante dela. Tinha as mãos apertadas bem forte contra o peito.

– Kim? Quer dizer que você...

– Sim, sou a oficial encarregada desse caso – completou ela, com um meio sorriso.

Karen agradeceu e a conduziu até a cozinha.

– Escute aqui, inspetora, já está passando da hora! Encontraram ou não minha filha?

– Stephen! – Karen protestou.

– Está tudo bem – disse Kim, erguendo as mãos. Seriam muitas as emoções pelas quais passariam, e raiva era uma das primeiras da lista.

Ela negou brevemente com a cabeça.

Duas percepções de tempo distintas atuavam em um mesmo ambiente. Para Kim, as últimas horas haviam passado voando, mas, para os pais, pareciam ter durado uma eternidade.

Kim já esperava se deparar com frustração e raiva. Haveria acusações e desconfiança, e ela se dispunha a aceitar tudo isso de bom grado. Até certo ponto.

A inspetora encarou o homem que acabara de falar. Seu cabelo era tão preto quanto o dela, sem fios grisalhos. Estava uns dez quilos acima do peso e tinha as unhas muito bem cuidadas por manicure.

Karen pareceu envergonhada ao apresentá-lo.

– Kim, este é Stephen Hanson, marido da Elizabeth, e este é Robert, meu marido.

Kim disfarçou a surpresa. Robert Timmins tinha mais de um metro e oitenta. Karen tinha 34 anos, a mesma idade que ela, mas Robert parecia bem mais velho.

Ainda assim, não deixava de ser um homem atraente, que parecia se cuidar. O grisalho das têmporas caía bem em seu rosto, de semblante compreensivo e franco. Sua mão direita estava apoiada no ombro de Karen, num gesto protetor.

Este não era o tipo de homem que Kim imaginava que Karen escolheria para compartilhar sua vida. Na adolescência, ela preferia garotos rebeldes. Seus critérios incluíam tatuagens, *piercings* e alguma ordem de comportamento antissocial.

Houve alguém em particular na vida de Karen, um garoto problemático, de cuja órbita ela foi incapaz de se desvencilhar. Os dois haviam terminado e voltado inúmeras vezes na adolescência. Toda vez que ele batia nela, Karen prometia não voltar. Depois da quarta ou quinta vez que ela voltou, ninguém se importava mais.

– Prazer em conhecer vocês. Vou colocá-los a par da situação. Acabei de me reunir com a minha equipe, eles devem chegar nos próximos...

– Droga, mas e as buscas? Onde estão as equipes, os helicópteros? – gritou Stephen Hanson, indo em direção a ela.

Kim não se moveu nem um centímetro, e ele parou a uma distância segura de seu espaço pessoal.

Ele a olhou de cima a baixo.

– Mas que merda! É só isso que a gente tem?

Embora Elizabeth tivesse a delicadeza de baixar o olhar, Kim sentiu que todos esperavam, de alguma forma, que os gritos de Stephen agilizassem o resgate das meninas.

– Senhor Hanson, há um bloqueio de mídia sobre esse caso. Poucas pessoas sabem que sua filha foi sequestrada.

Os olhos dele faiscaram diante do tom calmo e comedido dela.

– Quer dizer que nada está sendo feito?

– Senhor Hanson, eu recomendo que o senhor se acalme. Colocar a imprensa em cima disso não trará sua filha de volta.

Os outros três apenas observavam o diálogo. A cada minuto que se passava, a dinâmica daquele grupo ficava mais clara.

Stephen Hanson agia como o herói do momento. Kim compreendeu que seu instinto de troglodita o levava a se comportar de forma protetora e controladora.

– Pode me explicar por que diabos uma busca não seria benéfica? Se as pessoas ficarem sabendo, elas podem trazer alguma informação.

– Que tipo de informação?

– Sobre um homem com duas crianças amarradas dentro de um carro – ele explicou, como se falasse com uma criança.

– Não acha que ele seria denunciado de qualquer jeito? – Kim replicou, erguendo uma sobrancelha.

Ele hesitou.

– A questão não é essa. As pessoas não refletem sobre o que estão vendo, a não ser que sejam alertadas sobre isso.

– O máximo que poderíamos conseguir seria a declaração de alguma testemunha que os viu perto do local do rapto. E essa informação seria inútil agora, porque já sabemos que as meninas foram sequestradas. Só valeria a pena arriscar se a testemunha fornecesse também um número de placa, uma descrição do agressor ou a direção para onde seguiram.

Stephen Hanson balançou a cabeça.

– Desculpe, mas discordo totalmente de você. Quero minha filha de volta, mesmo que para isso precise comunicar todas as agências de notícias do país.

Ele pegou o celular.

– Não posso impedir que você aja como julgar necessário, mas saiba que, se fizer essa chamada, você provavelmente estará selando o destino da sua filha – disse Kim, num tom bastante controlado.

Ele hesitou um momento. As duas mulheres prendiam a respiração.

Robert Timmins deu um passo à frente.

– Stephen, largue esse celular. – A voz dele era calma, comedida, mas firme. Isso diminuiu a tensão que havia tomado conta do ambiente.

Stephen virou-se para o amigo.

– Qual é, Rob, vai dizer que você acha...

– O que eu acho é que precisamos ouvir o que a inspetora tem a dizer. Se você fizer essa ligação, não vai ter como voltar atrás. Podemos pensar em fazer isso mais tarde.

– Mas até lá elas talvez já estejam mortas, droga! – ele argumentou. Estava claro que Stephen não gostava que ninguém lhe dissesse o que fazer. Mesmo assim, ele ainda não havia apertado o botão de chamada.

– Talvez já estejam mortas agora – Robert falou calmamente.

Elizabeth e Karen soltaram um grito. Robert apertou os ombros da esposa, reconfortando-a.

– Não acho que estejam, mas não consigo imaginar nenhuma vantagem em ter o *Sky News* estacionado na nossa porta – completou ele.

Kim podia sentir a raiva emanando de Stephen.

Ela interveio.

– Escutem aqui, as filhas de vocês estão vivas. Não se trata de um rapto feito por acaso por algum oportunista. Isso foi bem planejado, e ainda vai se desdobrar. Lembram do que aconteceu ano passado, quando duas garotinhas foram raptadas em Dudley?

As duas mulheres assentiram, e ela continuou.

– Até agora, o caso de vocês é muito similar a esse. Não sabemos todos os detalhes desse caso anterior, mas daquela vez apenas uma das meninas voltou. O corpo da segunda nunca foi encontrado. Foi emitido um bloqueio da imprensa na época, mas a notícia vazou no terceiro dia. A exposição talvez tenha assustado os sequestradores e feito com que se precipitassem. É isso que não queremos que aconteça agora. Os sequestradores já fizeram contato. Vocês sabem que elas foram levadas por alguém com um motivo, e não por um pedófilo aleatório.

Kim ignorou o horror estampado no rosto dos quatro. Eles precisavam saber a verdade, e infelizmente ela não podia contá-la sorrindo, como se estivessem no chá da tarde.

– Eles farão contato. Estão querendo alguma coisa de algum de vocês, ou de todos vocês. A hipótese mais lógica é dinheiro, mas não podemos descartar outras possibilidades.

Ela finalmente havia conseguido a atenção de todos.

– Conseguem pensar em algum possível inimigo de vocês? Empregados insatisfeitos, clientes, parentes? Todos devem ser considerados.

– Sabe quantas pessoas eu deixo iradas comigo toda semana? – perguntou Stephen Hanson.

Provavelmente não tantas quanto eu, pensou Kim.

– Sou promotor da Coroa para o Crime Organizado.

Se a situação fosse outra, ela ainda diria que ele não irritava tanta gente quanto ela.

Kim sabia que a divisão do Serviço de Promotoria da Coroa em que ele atuava era um braço separado dos advogados que representavam os casos nos quais ela trabalhava. Era por isso que eles nunca haviam se encontrado.

De todo modo, o relacionamento entre grande parte dos policiais e os promotores da Coroa era, para dizer o mínimo, tenso. Não havia nada pior do que trabalhar em um caso durante semanas, meses, até mesmo anos, e ver o processo ser travado por questões jurídicas.

– Você trabalhou em algum processo que poderia gerar um caso como este? – ela perguntou. – Lembre-se de que isso não é a mesma coisa de alguém se vingar atirando um tijolo na sua janela, senhor Hanson.

– Posso fazer uma lista – respondeu ele.

Sua mudança de atitude foi provocada pela demanda de uma ação mais proativa. Kim fez uma nota mental: tentaria manter Stephen Hanson ocupado.

– E quanto a senhora? – perguntou, dirigindo-se à senhora Hanson.

Ela deu de ombros, parecendo desamparada.

– Sou apenas uma assistente jurídica, mas vou considerar essa possibilidade.

– E você, senhor Timmins?

O rosto dele estava contraído, em profunda reflexão.

– Sou dono de uma companhia de guinchos. Deixei algumas pessoas na mão há aproximadamente sete meses, mas não acho que...

– Preciso dos nomes dessas pessoas. Investigaremos todas elas.

Fez-se silêncio na cozinha.

– Karen?

Ela negou com a cabeça.

– Nada a declarar. Sou apenas uma dona de casa – disse e deu de ombros, como se isso fosse suficiente.

– Talvez alguém do passado? – Kim perguntou especificamente.

– Absolutamente ninguém – ela respondeu um pouco rápido demais. Percebendo a impressão que a velocidade e o tom decidido de sua resposta haviam causado, acrescentou: – Mas com certeza vou pensar melhor.

– A última coisa que peço, por enquanto, é que vocês planejem as ligações telefônicas que farão amanhã. As histórias de vocês sobre o paradeiro das meninas precisam bater para que ninguém suspeite de nada. Entendido?

Todos concordaram, o que fez Kim suspirar aliviada. Eles estavam cooperando. Mas aquilo era temporário, e não iria durar muito. Por enquanto, tinham coisas para fazer, para pensar, coisas que poderiam contribuir para trazer suas filhas de volta. Porém, à medida que a situação piorasse e a emoção tomasse conta, Kim e sua equipe veriam essa energia se voltar contra eles.

Ela saiu da cozinha para tomar um ar. Bem nessa hora, a campainha ressoou pela casa.

O policial abriu a porta enquanto Kim se dirigia à entrada.

Ao chegar, uma mulher de meia-idade a cumprimentou. Tinha o cabelo loiro-prateado e estava um pouco acima do peso, mas o assumia com confiança. Usava jeans claros e uma malha grossa de tricô de Aran por baixo de um pesado casaco de inverno.

A mulher sorriu ao passar pelo policial, indo direto até Kim.

– Helen Barton. Você solicitou minha presença aqui.

Kim a olhou sem entender.

A mulher estendeu a mão.

– Oficial de acompanhamento familiar.

– Ah, sim, graças a Deus – disse a inspetora, cumprimentando-a.

Finalmente teria um pouco de delicadeza e compreensão naquela noite.

CAPÍTULO
7

– Que droga! – xingou Kim quando ela e Bryant estacionaram na entrada do centro de lazer. Já estava fechado àquela hora.

Haviam deixado Stacey descarregando os equipamentos eletrônicos e levado Dawson em casa, já com os arquivos do caso antigo em mãos.

A ansiedade de Kim a arrancara de casa para investigar sua primeira pista – e, por enquanto, a única.

Ela desceu do carro e olhou ao redor.

A rua corria ao longo do edifício até o alto de uma ladeira, onde descia do outro lado. Perto daquele complexo havia um canteiro de obras, montado depois da demolição de um edifício da prefeitura. À direita, um parque. Uma estrada de terra separava os dois.

Do outro lado, havia residências bem afastadas da rua, elevadas. Um conjunto de casas recentemente construídas escondia uma rua que levava a um pequeno terreno da prefeitura, atrás das casas.

– São muitas rotas de fuga – disse Kim.

Ela suspeitava que os sequestradores haviam estacionado na rua de terra entre o canteiro de obras e o parque. Perto o bastante para fugir a toda velocidade, mas não tão perto a ponto de levantar suspeitas caso as garotas oferecessem alguma resistência. Um pinheiro convenientemente localizado obstruía a visão que se poderia ter de dentro das casas.

Bryant acompanhou o olhar dela.

– Acha que foi aqui que aconteceu?

– Se eles fizeram a lição de casa direito, sim.

Kim andou até a entrada do centro e colocou o rosto bem perto do vidro. Não havia nenhum sinal de atividade lá dentro.

– Precisamos das gravações das câmeras de segurança, Bryant.

– Bem... Acho que o lugar ficará fechado pelo resto da noite.

– Que droga! – exclamou ela, examinando a estrutura da porta.

– Pois é, chefe. E, como a senhora sabe muito bem, arrombar e invadir uma propriedade é crime.

– Hmmm... Bryant, vá até o carro e sintonize o sinal de rádio da polícia.

– O quê? Você não está pensando em...

– Apenas vá – ela ordenou.

Ele bufou, mas voltou para o carro.

Kim se abaixou e examinou a parte inferior da porta. Havia um sensor de alarme preso às laterais, mas sem travas. O mesmo ocorria na parte superior. O mecanismo de trava ficava no centro.

Ela chutou a tira de metal que percorria a parte de baixo. Nada. Chutou novamente, tomando cuidado para não atingir o vidro. Nada ainda. Então, jogando a perna direita o máximo para trás, tomou impulso e chutou uma terceira vez. O alarme disparou de forma ensurdecedora, e uma luz estroboscópica acendeu acima de sua cabeça.

Ela voltou para o carro e entrou.

Bryant estava com a cabeça encostada no volante.

– Chefe, por que você simplesmente não...

As palavras dele foram interrompidas por uma mensagem de rádio vinda da delegacia. Policiais estavam sendo solicitados para verificar um arrombamento suspeito no centro de lazer.

Ela deu de ombros.

– Diga que cuidaremos disso, Bryant. Estamos bem perto.

Bryant sacudiu a cabeça e informou que estavam se dirigindo ao local.

Agora, tudo o que Kim precisava fazer era esperar. A empresa de segurança já havia feito o primeiro contato com a polícia. O próximo contato seria com quem estivesse com a chave.

– Você não podia ter tido um pouco de paciência? – perguntou Bryant.

Ela o ignorou. Teria levado muito tempo para localizar o responsável pela chave numa noite de domingo, e mais tempo ainda para convencê-lo a ir ao centro de lazer e providenciar as gravações das câmeras de segurança. Não, ela preferiu fazer do seu jeito. O funcionário já estava a caminho agora, e ela não precisara ameaçar ninguém. Woody teria aprovado.

– Paciência? Qual é, Bryant. Você me conhece melhor do que isso.

CAPÍTULO
8

– **Deve ser ele** – **disse** Kim quando um Volkswagen Polo estacionou ao lado deles.

Bryant já comunicara que as instalações do local estavam seguras, mas o alarme teria que ser reinstalado.

Kim saiu do carro e foi até o funcionário, um rapaz de 20 e tantos anos e cabelo loiro oxigenado. Ela já o abordou com o distintivo na mão.

– Você é o supervisor? – Kim perguntou.

Ele assentiu.

– Brad Evans – disse, esperando que se identificassem.

– Somos os policiais que atenderam ao chamado. Não há nenhum invasor – confirmou ela.

Ele sorriu.

– Bem... Obrigado, mas então por que...

Kim seguiu ao lado dele em direção à entrada do centro.

– Pode parecer estranho, mas estávamos passando por aqui bem na hora em que recebemos o chamado.

Ele virou-se para Kim quando chegaram à porta. O alarme havia parado de soar, mas a luz azul intermitente acima deles destacou não apenas a boa aparência do rapaz, mas também sua expressão intrigada.

– Sim, de fato é estranho.

Bryant tossiu atrás dela.

Brad abriu a primeira porta e entrou no saguão, que foi imediatamente iluminado pelas luzes automáticas. A segunda porta foi aberta pressionando um botão.

Kim olhou para o teto e localizou a câmera.

Quando chegaram à recepção, ela sentiu o cheiro de cloro.

A área do café era ampla e espaçosa. O salão estava cheio de cadeiras e mesas de plástico, e uma fileira de máquinas automáticas se estendia pela parede à esquerda. Logo depois estava a porta de acesso aos vestiários.

Na outra extremidade, havia uma área com divisórias de vidro, de onde era possível avistar a piscina mais rasa.

Enquanto Kim examinava o local, Bryant explicou que seria preciso verificar as câmeras de segurança devido a um assalto que havia ocorrido ali perto, na rua.

– Vocês não podiam esperar até o horário de funcionamento? – Brad perguntou.

– Não – disse Kim, sucinta.

Bryant deu de ombros, concordando.

A expressão de Brad ficou séria. Havia percebido que Kim não estava preocupada, e seus planos para a noite de domingo simplesmente teriam que esperar.

– Venham comigo, por favor – disse o rapaz, saindo da área das piscinas. Seguiram por um corredor, passando por uma sala com aparelhos de academia à direita e banheiros à esquerda. Ao final, havia uma porta com uma placa de "Entrada Proibida".

Brad digitou uma senha, sentou diante das telas e acessou o sistema. Kim ficou aliviada ao ver que a estrutura era moderna, dotada de equipamento digital. Isso facilitaria bastante o trabalho de Bryant.

– O sistema cobre cada centímetro daqui – disse Brad. – Exceto os vestiários, é claro, mas há uma câmera estática na saída de cada um deles.

Ele abriu o sistema na tela principal e ergueu o braço, consultando as horas.

O gesto não passou despercebido por Kim.

– O que vocês gostariam de ver?

– Bem, acho que já podemos assumir agora – Bryant sugeriu. – Temos uma descrição do possível agressor.

Brad não fez menção de sair da cadeira.

– Ah, faz sentido. Se vocês me passarem a descrição, eu posso...

Kim não tinha ideia do que "fazia sentido" para ele, mas Bryant continuou pressionando.

– Pode ser que a gente demore bastante tempo, então seria melhor você trabalhar na reinstalação do alarme – disse o oficial, dando um tapinha nas costas da cadeira.

Brad olhou para ele, depois para ela, e por fim se levantou, ainda que com alguma relutância.

– Vou levar alguns minutos para checar o prédio. – Ele olhou diretamente para Kim. – Mas imagino que esteja tudo em ordem.

– Talvez, mas é melhor se assegurar – respondeu ela, afastando-se para deixá-lo passar.

Brad apontou para um telefone interno e mostrou o celular.

– Se precisarem de mais alguma coisa, basta discar zero para falar comigo.

Kim sorriu para ele.

– Obrigada, Brad.

Bryant assumiu o controle e Kim começou a dar as instruções.

– Acesse a câmera na entrada do vestiário. Quero me certificar de que não havia mais ninguém por lá quando eles chegaram.

Bryant digitou data e hora.

Nove janelas preencheram a tela, todas com imagens registradas às 12h05.

– Vá até o canto superior direito e aumente a tela para localizarmos as meninas.

Bryant apertou o *play* e as imagens ganharam vida. Eles assistiram em silêncio. Dois minutos depois, as meninas saíram do vestiário.

Amy vestia jeans cor-de-rosa e malha azul-marinho. Charlie estava de calça *legging* preta e camiseta comprida. Ambas carregavam casacos e mochilas.

– Vá até a câmera 5 – disse Kim. Após alguns toques no teclado, ela conseguiu identificar as meninas numa câmera que abrangia noventa por cento da área de convivência.

As duas atravessaram o salão até as máquinas automáticas e deixaram seus pertences no chão, próximo a elas. Ficaram algum tempo mexendo nas máquinas, apontando os lanches antes de escolher. Amy pegou fritas, e Charlie, um saquinho de doces. Ambas escolheram bebidas quentes.

Sentaram-se de pernas cruzadas ao lado da máquina de refrigerante, como se estivessem em um piquenique.

Kim examinou a área para ver se havia alguém observando as meninas. Teve a mórbida sensação de que talvez estivesse vendo seus últimos minutos de vida.

Uma força visceral e instintiva fez com que afastasse essa ideia e, como seu instinto costumava ser a parte mais confiável de seu corpo, não teve outra escolha a não ser acreditar nele. Não permitiria, nem por um momento, pensar que as garotinhas já estivessem mortas. Iria trazê-las vivas para casa. Mudadas, mas vivas.

– Os últimos minutos de inocência, não é, chefe? – Bryant comentou, praticamente lendo seus pensamentos.

Ambos tinham certeza de que aquelas crianças nunca mais enxergariam o mundo da mesma forma, independentemente do desfecho do caso.

Às 12h16, elas se levantaram. Charlie levou as embalagens até a lixeira e as duas vestiram os casacos. Amy passou o braço esquerdo por uma alça da mochila, mas, com o casaco já vestido, não conseguia passar o direito pela outra.

Charlie puxou a alça e a colocou em volta do braço de Amy. Um gesto simples, mas que deixava claro o nível de amizade entre as duas.

Elas andaram em direção ao saguão e adentraram o espaço. Por alguma razão, Charlie olhou para trás, para a área do café, mas não parou.

– Passe para a parte externa – Kim instruiu, embora já soubesse o que iria acontecer.

– Droga, ele está debaixo da câmera que aponta para outro ponto. – E não o caminho pela grama, pelo qual todos passavam.

– Espere. Volte uns dois frames do vídeo.

Bryant o fez, e Kim pôde ver o gesto inconfundível de Charlie erguendo a cabeça para encarar um adulto.

Também havia outra coisa que chamara a sua atenção.

– Bryant, volte mais um pouco.

Agora ela não tinha mais dúvida. Pelo telefone fixo, ligou para a recepção.

– Brad, preciso que você volte para a sala de monitoramento. Agora.

CAPÍTULO

– Este é você, não é? Correndo pelo saguão? – Kim perguntou.

Brad estreitou os olhos e examinou a tela, dando de ombros.

– Todos os funcionários usam o mesmo unifor...

Deus do céu, não devia ser tão difícil assim de lembrar.

– Veja bem, Brad. Era hora do almoço e você passava por aqui correndo.

– Ah, sim, sou eu mesmo. Uma mulher havia desmaiado na área principal. É minha função chamar a ambulância e levar os paramédicos até o local o mais rápido possível. – Ele fez uma pausa, ainda olhando para a tela. – Mas... o que isso tem a ver com um assalto na rua?

Ah, que bom. Além da boa aparência, Deus também abençoara aquele rapaz com um bom cérebro. Kim e Bryant trocaram olhares. Ali estava um rapaz que havia passado muito próximo ao sequestrador que procuravam.

– Brad, por acaso você viu o homem que estava ali, conversando com essas duas garotinhas?

O rapaz ficou sério.

– Ah, sim, e posso garantir que ele precisava muito conversar.

– Pode nos descrever a aparência dele?

Brad pensou por um instante e então olhou para Kim de cima a baixo.

– Tinha mais ou menos a sua altura, talvez uns dois centímetros a mais. Eu diria que pesava uns oitenta e cinco quilos. O rosto era relativamente comum. O nariz, um pouco mais comprido, mas a voz era suave e tranquila, sem sotaque daqui.

Kim ficou intrigada.

– Como sabe como era a voz dele? – Brad havia apenas passado correndo por ele.

– Eu perguntei se ele podia nos dar uma mão. Contei que havia um incidente de primeiros socorros, mas ele se recusou totalmente. Não foi grosseiro, mas me irritou um pouco. Sabe, eu pensei que...

– Brad, você poderia dar um pulo até a delegacia, em Halesowen, e colaborar com um desenhista para obtermos um retrato falado? Precisamos saber quem é esse homem.

Brad franziu o cenho e deu uma risada nervosa.

– Cê tá brincando?

Kim negou com a cabeça, sentindo uma náusea tomar conta do seu estômago.

– Não dá para rastreá-lo no próprio sistema de vocês? – perguntou ele.

– Como assim? – Bryant perguntou, mas Kim já havia sacado.

– É porque o homem do vídeo também é policial.

CAPÍTULO
10

– Obrigado, Brad – disse Bryant. – Já vamos chamar você de novo se precisar.

– Então... será que isso ainda vai demorar muito? – ele perguntou.

– Não. Vamos terminar em um minuto.

Brad saiu da sala de monitoramento.

– Que droga, Bryant – murmurou Kim.

Bryant sabia exatamente como Kim se sentia. Os dois abominavam criminosos que se passavam por policiais.

– Terminamos? – Bryant perguntou, afastando a cadeira da mesa.

Kim abriu a boca para dizer sim, mas um pensamento a acometeu de repente.

– Espere um pouco. Nós localizamos as meninas saindo do vestiário às 12h09, mas volte até 12h em ponto. Quero conferir a câmera que cobre a área envidraçada perto da piscina.

Bryant digitou a hora e selecionou a terceira câmera. O vídeo começou a rodar. Kim examinou atentamente a área onde as pessoas se sentavam, próxima à piscina mais rasa.

Ela analisou corpo por corpo, e em um minuto e meio encontrou o que procurava.

– Pare – disse Kim, e a imagem congelou. Ela apontou para o canto superior direito. – Dê *play* e fique de olho nessa mulher loira. Tenho a impressão de que é ela quem vai começar a passar mal daqui a pouco.

Os dois ficaram atentos à tela, olhando principalmente para a parte de trás da cabeça da mulher. A cada vinte segundos, sua cabeça fazia um leve giro.

– Ela está de olho na saída do vestiário – Bryant observou.

Kim assentiu.

– Continue olhando.

Aquilo se prolongou, e de vez em quando ela levantava o braço rapidamente, checando o relógio. Às 12h09, Kim viu as meninas no canto inferior esquerdo da tela, saindo do vestiário.

A mulher ficou completamente de costas e cobriu o rosto por cerca de dois segundos, coçando a têmpora esquerda. Então, girou um pouco na cadeira para ter uma visão da área envidraçada, mas com as máquinas automáticas ainda ao alcance de sua visão periférica. Com a mão, continuava a esconder o rosto da visão de Charlie e Amy.

Quando as garotas se levantaram para ir embora, Kim viu a mulher pegar um celular da bolsa. Ela mexeu nele por alguns segundos e o guardou novamente.

Charlie e Amy se dirigiram à saída, e a mulher se levantou e saiu de perto da área envidraçada. Ela deu três passos e caiu dobrada no chão.

A partir da segunda câmera, Kim viu que Charlie olhou para trás, em direção àquela movimentação, embora estivesse longe demais para ver do que se tratava.

– Criaram uma distração – disse Bryant.

Kim assentiu.

– E uma das boas. Todo mundo deve ter se voltado para aquela direção. É da natureza humana. Os espectadores não teriam notado duas garotas saindo do edifício. Charlie olhou para trás para ver o que estava acontecendo, mas não parou. Achava que a mãe estaria esperando lá fora.

– Esses desgraçados foram espertos – Bryant murmurou.

Ele tinha razão. Era o que ela mais temia.

– E sabe o que mais, Bryant? Quando as garotas saíram do vestiário, a mulher levou a mão ao rosto. Não queria que elas a vissem.

– Merda... – disse o oficial, balançando a cabeça. Ele sabia o que aquilo significava.

A mulher que havia criado a distração era alguém que as meninas conheciam.

CAPÍTULO
11

Enquanto Bryant ligava para Brad, chamando-o de volta à sala de monitoramento, Kim pensava no problema que tinham em mãos.

Aquele caso era ultrassecreto, o que significava que ela não podia revelar os detalhes a ninguém.

Brad enfiou a cabeça pela porta, impaciente.

– O que foi agora?

– É sobre o retrato falado – disse Kim, afável. – Você poderia vir conosco para fazê-lo?

Ele arregalou os olhos, e ela percebeu que sua paciência estava chegando ao limite.

O rapaz balançou a cabeça.

– Sinto muito, é impossível. Eu já tinha planos para esta noite, inspetora.

– Brad, eu preciso que você nos acompanhe até a delegacia. Não se trata de um caso de assalto, mas de algo bem mais grave, e agora você está envolvido nisso.

O rosto de Brad ficou pálido, seu olhar alternando de Kim para Bryant.

– Mas... eu não estou entendendo. Aquele cara era policial.

Kim negou com a cabeça.

– Não, não era. Estava disfarçado de policial para conseguir o que queria. E você pode identificá-lo, então acho que se tornou vulnerável.

Brad já estava completamente dentro da sala.

– O que ele fez? Matou alguém?

– Bem... não se trata de nada que...

– Inspetora, não estou aguentando mais essas respostas evasivas. Quer que eu cancele meus compromissos sem nem me explicar o que está acontecendo?

Kim estava intrigada com todo aquele drama. O mundo não iria acabar se ele deixasse de tomar umas cervejas. Ela não estava pedindo nenhum grande sacrifício.

– Brad, tudo que posso fazer é pedir que você...

– Posso ir agora? – ele perguntou, a cor começando a voltar ao seu rosto.

Kim enfiou a mão no bolso e entregou-lhe um cartão.

– Tudo bem, mas fique esperto. Se algo estranho acontecer, quero que ligue para mim. Entendeu?

Ele guardou o cartão no bolso sem nem olhar do que se tratava. Então, segurou a porta aberta para que os dois saíssem.

Kim parou diante dele.

– Brad, eu gostaria apenas que você ouvisse...

– Inspetora, por favor, me deixe fechar o prédio e seguir com a minha vida.

Kim hesitou por um momento, mas Bryant fez sinal para que seguissem adiante.

– Que droga – disse a inspetora, empurrando a porta automática antes mesmo que ela tivesse a chance de abrir.

Bryant a alcançou enquanto voltavam para o carro.

– Chefe, por mais que queira, não pode proteger todo mundo.

Era verdade, mas ela podia ao menos tentar.

Enquanto Brad trancava a porta de entrada, Kim virou-se para ele.

– Desculpe, Brad, mas há mais uma coisa que preciso verificar – disse ela, seu sorriso amarelo indicando que lamentava ter que fazer aquilo.

O rapaz ficou transtornado.

– Vocês estão de brincadeira?

Ela chegou mais perto dele.

– Por favor, não seja grosseiro. Eu não estou sendo grossa com você, só preciso que...

– Que merda, eu não estou sendo grosseiro! Só estou dizendo...

Ela avançou mais um passo e fechou a cara.

– Sem palavrões, por favor. Você está transgredindo a ordem pública...

– Ela está falando sério? – perguntou o rapaz, virando-se para Bryant.

– Não é para ele que você tem que perguntar, Brad. É para mim. Ou será que está tentando me insultar ao preferir falar com "o homem"?

– Você é uma grande maluca – disse o rapaz, recuando contra a parede. Ele não tinha para onde ir.

Kim deu outro passo à frente, invadindo seu espaço pessoal. O rosto dela estava a dois centímetros do dele.

– Eu só pedi sua ajuda e cooperação...

– Sai pra lá, inspetora! – disse ele, empurrando o ombro de Kim.

Ela virou-se para Bryant com um sorriso.

– Ok, algeme-o e leia os direitos dele.

Woody iria adorar quando soubesse o que ela havia feito, mas foi o melhor que conseguiu pensar para manter Brad seguro, mesmo que por pouco tempo.

Ela só esperava que fosse tempo suficiente.

CAPÍTULO
12

– *Espero que você* saiba o que está fazendo – Bryant murmurou enquanto fechava a porta de trás do carro.

Você está nessa comigo, ela pensou, indo para a porta do passageiro.

– Você dirige. Vou ligar para a ambulância.

A temperatura havia caído dois graus, oscilando pouco acima de zero.

Andar de carro depois de pilotar uma moto Ninja sempre dava a sensação de estar escalando uma montanha com uma mochila de dez quilos nas costas. Aquela profusão de metal e acessórios era algo incômodo. Ela só dirigia seu combalido Golf quando precisava levar Barney para Clent Hills, ou quando as estradas estavam cobertas de gelo.

– Aqui é a Detetive Inspetora Stone. Gostaria de saber se você pode me ajudar – disse ela ao celular.

– Pois não – respondeu uma voz feminina.

– Alguns paramédicos foram chamados para atender uma mulher que desmaiou em um centro de lazer em Old Hill. Foi por volta das 12h de hoje.

Houve silêncio do outro lado da linha enquanto a atendente teclava algo no computador.

– Sim, posso confirmar que houve esse atendimento.

– Pode me dizer para onde a paciente foi levada? – perguntou Kim.

– Para o hospital Russells Hall.

– E pode me dizer o nome dela?

– Sinto muito, não tenho como fornecer essa informação.

– Eu entendo que é uma questão de proteção de dados pessoais, mas realmente precisamos identificar essa mulher.

– Inspetora, sinto muito, mas não tenho mesmo como lhe dar esses detalhes...

Kim resmungou. Eles precisavam ter certeza de que a tal mulher estava envolvida, mas às vezes a lei de proteção de dados era como areia movediça.

– Escute aqui! – Kim gritou ao telefone. – Nós precisamos saber...
– Não posso lhe dar essa informação – a atendente respondeu friamente – porque ela não está disponível. A paciente em questão não chegou a dar entrada no hospital. Assim que a porta da ambulância foi aberta, ela saiu correndo.

CAPÍTULO 13

Kim passou pelo saguão de entrada da casa e foi direto para a "sala de guerra", apelido dado à base da polícia na casa dos Timmins.

Stacey estava ocupada conectando dois laptops a um adaptador de rede, enquanto Dawson empilhava uma quarta caixa de plástico em um canto.

– São essas aqui? – Kim perguntou, examinando as pastas do caso trazidas da Lloyd House. Imaginara que haveria mais coisa. Afinal, tratava-se de um duplo sequestro e um homicídio.

Dawson assentiu.

– Ok, Bryant vai colocar você a par. Estou indo conversar com as famílias.

Kim andou até um saguão informal, que agora havia se transformado no ponto de reunião. Todos a olhavam com expectativa.

– Vamos lá, pessoal. Minha equipe já está aqui, e vamos trabalhar a partir da sala de jantar. Preciso pedir que fiquem fora daquela área.

Três deles assentiram, mas Stephen apenas a encarou.

Ela o encarou de volta.

– Só para garantirmos, aquela porta ficará trancada. Talvez vocês estejam concordando em manter distância agora, mas, se tivermos que ficar mais alguns dias, pode ser que não cumpram a promessa. Todos já conhecem a Helen, que ficará aqui a maior parte do tempo, mas o restante de nós ficará entrando e saindo. Haverá um policial na porta da frente o tempo todo. Agora me digam: quais histórias vocês contaram?

– Intoxicação alimentar – Robert e Elizabeth responderam juntos.

– Vamos ligar para a escola amanhã de manhã e alegar isso. Não vai parecer forçado, já que as meninas estão sempre juntas.

– E quanto à família?

– A mesma história – disse Stephen. – Vou deixar o Nicholas na casa dos meus pais por um tempo e alegar a mesma coisa para eles.

Kim percebeu que Elizabeth engoliu em seco. Ela claramente não concordara com a decisão, e Kim entendeu o porquê. Com um dos filhos sequestrado, não suportava a ideia de que o outro fosse tirado de perto dela. Parecia ter cedido ao marido, e Kim achou aquela uma medida equivocada. Se estivesse ali, a criança teria proporcionado alguma distração para todos eles.

Não cabia a ela intervir na dinâmica daqueles casamentos, mas cada hora que se passava evidenciava algo novo sobre eles.

– Na volta, passaremos em casa para pegar algumas roupas e pertences pessoais – continuou Stephen. – Ficaremos hospedados aqui.

– Boa ideia – disse Kim. Ter todos no mesmo lugar certamente facilitaria sua vida.

– Dessa forma poderemos apoiar uns aos outros.

Kim achou a justificativa desnecessária, e tampouco lhe pareceu sincera. Talvez ele tivesse vendido aquela ideia à esposa, mas o palpite de Kim era que, na verdade, o que ele queria era ficar bem próximo da investigação.

Se ela estivesse no lugar dele, teria feito o mesmo.

– Vou preparar um dos quartos para vocês – disse Karen, levantando-se. Ela parecia ansiosa para fazer alguma coisa, qualquer coisa.

– Espere, tem mais. Algumas evidências nos levam a acreditar que há uma mulher envolvida no sequestro. Ela fingiu um mal-estar súbito bem no lugar em que as meninas foram abordadas, provocando uma grande distração. Acho que deve ser uma conhecida de vocês.

Kim tirou do bolso uma foto da mulher e mostrou-a ao grupo.

Na mesma hora, Elizabeth prendeu a respiração e cobriu a boca, assustada. Sua primeira expressão foi de choque, depois, perplexidade. Ela olhou bem para a foto e começou a balançar a cabeça.

Kim olhou para Stephen em busca de algum esclarecimento.

A cor havia desaparecido do rosto dele.

– Deve haver algum engano. Ela...

– Quem é ela, senhor Hanson?

– É a Inga, antiga babá da nossa filha.

CAPÍTULO
14

INGA BAUER SENTIU que a multidão diminuía à sua volta. As últimas onze horas haviam sido as mais longas de sua vida.

O *pub* já estava esvaziando. Casais e grupos de amigos saíam satisfeitos por terem aproveitado as últimas horas do fim de semana antes de voltarem para casa.

Mas Inga já não podia mais voltar para a sua.

Mais cedo, antes de precisar deixar o shopping, observara as multidões saindo carregadas de pacotes depois de uma tarde inteira olhando vitrines e fazendo compras. Haviam conversado, dado risadas, tomado cafés caros, almoçado ou feito um lanche. Gastavam dinheiro e iam embora.

Inga estivera o tempo todo com eles. Tentando não morrer.

No *pub*, havia se instalado próximo a uma máquina caça-níqueis, o que lhe permitiu existir sem ser notada por várias horas. Agora, porém, já não estava tão segura. Restavam apenas dois sujeitos mais teimosos no bar, bebendo pouco mais do que a espuma de seus copos. Dois garçons ocupavam-se de lavar e empilhar tudo, deixando tudo arrumado para o dia seguinte.

Mas ela não podia ir embora ainda. Precisava de mais tempo. Seu corpo estava cansado, e era apenas a tensão que o mantinha em pé. Precisava dormir. Precisava relaxar. Precisava se livrar do medo, mesmo que só por um tempo.

O instinto a levara a ficar no meio de um monte de gente. Mas, num domingo à noite, não sobravam mais aglomerações.

Talvez já estivessem procurando por ela. Tinha quase certeza disso. Não havia seguido o plano à risca. A ideia era ela ficar no hospital até que Charlie e Amy estivessem devidamente escondidas. Então, eles iriam buscá-la.

Os dois últimos clientes do bar saíram, deixando-a sozinha ali. O mais baixo ficou reparando nela. Ela percebeu.

Inga saiu do bar e procurou se proteger do vento gelado, que logo paralisou seu rosto. Seu coração quase saltou do peito quando um saco plástico passou voando pelos seus pés.

Foi até um estacionamento de vários andares, que, além de protegê-la do vento, lhe permitiria ter um momento para pensar.

As dezenas de carros estavam iluminadas por umas poucas lâmpadas amarelas embutidas no teto. Enquanto vagava por aquele espaço, ela percebeu que estava em um jogo de extremos: ou se escondia nas multidões, em meio a todas aquelas luzes e falatório, ou ia parar em um canto escuro e silencioso.

Tinha certeza de que havia algum esconderijo em algum lugar, onde poderia se enfiar e ficar sem ser vista. Apenas por algumas horas, para descansar e pensar.

Avistou um poço de elevador em um canto mais afastado à direita. De longe, parecia escuro e sinistro, um lugar que uma mulher sozinha certamente evitaria. Ela foi direto para lá.

Ao se aproximar, percebeu que não era um canto. Uma passarela circundava o poço, deixando-o exposto demais. O perigo poderia vir de qualquer direção se ousasse fechar os olhos.

Ela saiu do estacionamento avaliando cada construção, examinando cada sombra, procurando um espaço onde pudesse rastejar, entrar e permanecer.

A saída dava para uma rua que ficava entre dois estacionamentos. No final, havia um parquinho ao ar livre, rodeado por uma cerca viva que chegava à altura do peito.

Tomada por uma memória repentina, Inga se dirigiu àquelas formas coloridas. Um veículo branco de segurança se aproximou. Ela se abaixou.

Segurando a respiração, encostou-se contra a parede e esperou que ele passasse.

Se aquele carro estivesse fazendo rondas regulares, ela teria cerca de dez minutos até que ele desse a volta e aparecesse de novo.

Movendo-se entre as sombras, Inga se instalou ao lado de uma caçamba de lixo.

Ficou quieta, atenta a todos os sons. O silêncio sinalizava que era seguro ir adiante. Ela subiu na caçamba e pulou a cerca. Seu pé encontrou um banco de madeira do outro lado.

Sentia o sangue pulsar nos ouvidos. Agora, estava invadindo um local. Se fosse pega, poderia ser retida ali até a chegada da polícia. Tal pensamento despertou um novo terror em seu peito.

Mas ela já havia ido longe demais para voltar atrás.

Avançando devagar por entre os troncos de árvore, chegou a um trepa-trepa de madeira. Tinha o formato de um castelo, com cordas, degraus e escadas. No alto de tudo, uma pequena torre, isolada e segura.

Ela escalou o brinquedo com esforço e se atirou dentro do pequeno recinto. Pôde finalmente soltar a respiração quando suas costas se apoiaram na parede de madeira. A fresta de dois centímetros entre cada tábua não lhe garantiria muito aquecimento, mas permitiria enxergar lá fora.

Poderia ver se alguém se aproximasse.

Fechou os olhos por um segundo. Sentiu-se segura. Por enquanto.

À medida que o medo deixava seu corpo, a exaustão tomava conta. Estava espremida em uma pequena edificação de madeira a um metro e meio do chão.

Nunca a encontrariam ali.

Esse mero pensamento retirou os últimos blocos de tensão de seu estômago. Mais tarde se preocuparia em como sair dali. Tinha horas para formular um plano, mas, por enquanto, apenas por um breve momento, poderia descansar tanto o corpo quanto a mente.

A exaustão pesou em suas pálpebras, que mais pareciam persianas romanas. Sentiu-se deixando a própria consciência, seus pensamentos se desprendendo e flutuando fora da sua cabeça.

A lembrança que a levara àquele local seguro passava diante de seus olhos como um filme.

Amy escalando aquele brinquedo. Amy balançando nas barras paralelas. Amy acenando para ela do balanço de corda. Amy prendendo o cadarço na base da torre e caindo no chão.

Amy dando-lhe um abraço apertado.

Com o pavor dando uma trégua momentânea, Inga foi atingida com toda a força por seu próprio envolvimento.

Lágrimas escorreram pelo seu rosto.

– Ah, Amy, que merda eu fui fazer?

CAPÍTULO
15

Will Carter recostou-se na cadeira, satisfeito.

O primeiro dia havia corrido conforme o planejado, exceto por alguns detalhes, mas ele não tinha dúvidas de que seriam resolvidos logo. De forma definitiva.

Inga, aquela vadia estúpida, deveria ter esperado por eles no hospital. Era uma instrução simples, e agora ela teria que morrer. Mais cedo do que o planejado originalmente. A ideia era que ela continuasse fingindo, permanecendo uma hora ou duas no pronto-socorro. Will havia garantido que Symes a pegaria assim que possível, e então ela tomaria conta das crianças até que a troca fosse feita.

Essa parte havia sido pura invenção. A ideia, na verdade, era que Symes acabasse com ela pouco depois de saírem do hospital.

Esse detalhe nem sequer havia sido negociado – e foi justamente por isso que ele escolhera Symes.

– Mande a merda da mensagem agora – Symes disse atrás dele.

Will o ignorou e seguiu ajustando os monitores das câmeras. Havia três, uma fora e duas dentro.

A mesa diante dele parecia a nave *Enterprise*, embora ele não fosse o Capitão Kirk. Kirk era um babaca, um fraco, um hipócrita. Viajava pelo espaço para salvar espécies e universos, enquanto podia estuprar, roubar e pilhar riquezas por toda a galáxia. Certamente seriam quarenta minutos de um programa muito mais interessante.

– Mande a porcaria da mensagem, aí poderemos relaxar.

– Vou mandar na hora certa. Conforme o plano.

Symes cuspiu num canto, e Will suspirou. Sério, não precisava.

– Quem fez de você o chefe? – Symes grunhiu.

Uma educação decente, Will pensou em responder, mas ficou de bico fechado.

Symes era um brutamontes, uma mão de obra de aluguel. Um capanga recrutado por seus dotes e habilidades naturais. Não tinha alma – e isso se revelaria muito útil nos dias que estavam por vir.

Will entendia a frustração de Symes. Haviam lhe prometido um presente e este lhe fora tirado. Mas Will tinha uma pequena surpresa na manga. Tudo a seu tempo.

Para Will, a chave da questão estava em estratégia e planejamento. Quase dois anos e uma tentativa fracassada haviam-no levado até ali.

Ele ansiava pelo resultado final, e já quase conseguia saborear a liberdade. Controlava sua ansiedade para alcançar o máximo nível de impacto. Havia um cronograma, e ele estava seguindo-o à risca.

– Escute, por que não vai buscar comida? Quando voltar, estará tudo pronto.

Symes ergueu o corpanzil e saiu da sala.

As queixas de Symes não significavam nada. Ele nascera para ser soldado, para ser instruído e receber ordens.

Will ficava alternando as imagens no monitor à sua esquerda. Symes não sabia que as câmeras de segurança cobriam aquela área do corredor. Achava que a única câmera que havia lá embaixo mirava a porta do quarto das crianças. O idiota achou que a pequena cúpula fosse um alarme de incêndio. Por que raios eles precisariam de um alarme de incêndio?

Mas o homem precisava ser vigiado. Sim, eles tinham um acordo, e Will tinha toda a intenção de cumpri-lo, mas não precisava do imbecil perdendo a paciência e querendo pegar sua recompensa tão rápido.

Então, acompanhava Symes em suas tarefas. Era um homem seduzido pela crueldade, sua diversão particular. Se Will fosse honesto consigo, admitiria que não se incomodava muito com isso, desde que não atrapalhasse o plano. Porque, naquele estágio da operação, não podiam se desviar dele.

Assim que ouviu Symes subir a escada, voltou para a tela que se dividia em quatro, mostrando o perímetro da construção.

Iria se aventurar no andar de baixo mais tarde, assim que Symes fosse dormir.

Todos tinham seus segredos. E o segredo de Will não era conhecido por ninguém.

Ele se levantou e foi até a mesa no canto. Havia dez celulares ali, todos enfileirados, plugados nos carregadores.

Deu um tapinha no celular em seu bolso, que estava no modo silencioso. Esse era o celular importante. O que representava segurança.

Uni, duni, tê. Seu dedo caiu no terceiro celular da esquerda para a direita. Era o que iria usar para a mensagem número dois.

– Vai mandar agora? – Symes perguntou, desabando no sofá outra vez.

Will não sabia bem por que Symes estava tão ansioso. Esta não seria a mensagem que mudaria a vida daquelas famílias para sempre. Não seria a mensagem que destruiria sua existência, causando um dano irreparável. Não, esta seria enviada no dia seguinte – e ele mal podia esperar.

– Vou mandar a mensagem na hora planejada – Will respondeu calmamente. Então, virou-se para o imbecil atrás dele: – Agora, trate de ficar sério. Tenho uma tarefa para você.

CAPÍTULO
16

— *Tudo pronto, Stace?* — Kim perguntou.

Um cobertor havia sido colocado em cima da mesa de jantar, e Stacey se posicionara no ponto mais afastado da porta. As duas telas de computador estavam dispostas de modo a evitar olhares curiosos.

Todo o excesso de mobília havia sido removido. Restara apenas a mesa, de um metro e oitenta de comprimento, e as seis cadeiras de couro.

— Quase lá, chefe. Estou procurando o melhor sinal.

— A porta está trancada — disse Bryant, de pé.

Ouviu-se uma batida suave. Bryant abriu a porta, e Robert deu um sorrisinho cansado, aguardando permissão para acessar a própria sala de jantar.

Kim não o convidou a entrar. As pessoas da casa precisavam aceitar que aquela área havia sido requisitada pela Polícia de West Midlands e estava vetada a eles por enquanto.

— Bem... Achei que isso poderia ter alguma utilidade — disse Robert, mostrando uma poltrona forrada de tecido aveludado vermelho que antes enfeitava um canto da sala de estar. — Talvez seja mais confortável.

Kim o agradeceu pela intenção.

— Obrigada, senhor Timmins — disse ela enquanto Bryant colocava a poltrona na sala.

— Me chame de Robert, por favor.

Kim assentiu.

— Robert, será que podemos tirar os quadros das paredes? — Disse isso para se mostrar amável. Não planejara perguntar.

— Sim, por favor. Podem me dar que arranjarei um lugar para guardá-los.

Bryant começou a tirar das paredes paisagens do litoral pintadas em aquarela. Ele parou diante do retrato de família em que apareciam os três.

— Eu mesmo tiro este, senhor oficial — disse Robert, estendendo as mãos. — Podem furar e pendurar o que quiserem nas paredes.

Kim agradeceu. Esta teria sido sua próxima pergunta.

— E no quarto da Charlie... será que a gente poderia...?

— É claro – ele assentiu, mas sua dor era evidente. – É a quarta porta à direita.

Ela assentiu e Robert pegou os quadros, levando-os embora.

Kim virou-se para a equipe.

— Você ouviu, Bryant. Agora, faça bom uso da furadeira.

— Certo. Sabia que eu já quis ser carpinteiro? – ele comentou.

— E eu já quis ser professora primária... – disse ela, dependurando uma das lousas na parede da porta. Era um lugar estratégico; assim, ninguém que parasse à porta conseguiria ver as anotações sobre o caso.

— É isso, então? Já desempacotamos tudo? – Kim perguntou, olhando ao redor.

— Ainda tem uma caixa embaixo da mesa – disse Bryant, fazendo um segundo furo na parede.

Kim se abaixou e pegou a caixa. Ao abrir a tampa, ela sorriu. A caixa continha uma máquina de café novinha, meia dúzia de canecas e quatro pacotes de café colombiano, seu favorito.

— Bryant, quer se casar comigo e me encher de filhos?

— Não posso, chefe. Minha esposa diz que sou muito bem casado.

Stacey ficou de pé junto à mesa, olhando para a cafeteira.

— Uau, que beleza! Vou buscar um pouco de água.

Ela saiu da sala e Bryant virou-se para Kim.

— E então, como andam os seus instintos?

Ela sorriu. Já fazia quase três anos que os dois trabalhavam juntos. Logo, ele era o mais próximo que ela tinha de um amigo.

— Estão quietos, o que não é muito comum – disse ela, com franqueza.

— Daqui a pouco eles dão sinal de vida. O que está achando desse bando até agora?

Ela deu de ombros.

— Há algumas dinâmicas interessantes no grupo. Stephen é meio fanfarrão, mas até agora não convenceu muito.

— O típico promotor – comentou Bryant.

— Robert parece um cara gentil, mas há mais sobre ele do que podemos ver. Elizabeth parece ceder sempre aos desejos de Stephen, como a colher preferida de Uri Geller, e Karen não se parece em nada com o que eu me lembrava.

— Da época do lar de crianças?

Kim assentiu.

– E da sétima família adotiva.

Bryant largou a furadeira.

– Nossa, quantas pessoas moravam lá?

Aquele era um lembrete perfeito de que mesmo a pessoa mais próxima de Kim sabia muito pouco sobre seu passado. Era bom que fosse assim.

Também foi bom que seu celular tocasse exatamente nessa hora. Pelo menos até ela se dar conta de quem estava do outro lado da linha.

– Stone – disse Kim ao atender.

A voz de Woody ressoou em seu ouvido.

– Que droga você acha que está fazendo?

– O que houve, senhor? – ela perguntou.

Bryant balançava a cabeça em silêncio.

– Há um garoto na minha delegacia que foi preso por agredir você. É isso mesmo?

– Sim, ele pôs as mãos em mim.

– Não subestime minha inteligência. Quero a verdade, e já.

Kim esbravejou por dentro. Já esperava por aquela conversa, mas imaginou que só aconteceria no dia seguinte.

– Brad viu um dos sequestradores, senhor. Não acho que ele estaria seguro andando por aí.

– E você o alertou sobre isso da maneira adequada? – Woody perguntou. De algum modo, sua raiva viajava por toda a linha telefônica, atingindo-a diretamente no ouvido.

– Claro.

– Mas achou que ele ficaria mais seguro na delegacia?

– Eu achei que ele não tivesse entendido a gravidade da situação, mas não podia contar nada sobre o caso.

– Seja como for, Stone, não manterei esse rapaz aqui nem mais um minuto a pretexto das suas acusações exageradas e, se algum processo legal for movido, cairá em cima da sua cabeça. Assim que o retrato falado estiver pronto, vou deixá-lo ir aonde quiser, com as sentidas desculpas da Polícia de West Midlands.

Kim fechou os olhos por um segundo.

– Eu sei que ele é...

– E se houver outras traquinagens desse tipo, Baldwin não precisará tirar você do caso, porque eu mesmo ficarei mais do que satisfeito em fazer isso.

A linha ficou muda.

– Que inferno! – disse ela, jogando o celular em cima da mesa.

– Você já devia estar esperando por isso – Bryant comentou.

Ela deu de ombros. É claro que estava, mas isso não tornava a coisa nem um pouco divertida.

– Que droga, chefe – Dawson disse ao chegar, abrindo a porta. – A temperatura caiu para dois graus negativos.

Kim o esperou tirar o casaco. Havia sido enviado ao endereço de Inga, que não fora difícil de conseguir depois de uma descrição geral fornecida por Elizabeth Hanson.

Infelizmente, isso foi tudo o que Kim conseguiu tirar deles. Os patrões não sabiam nada sobre os amigos da antiga babá, nem mesmo sobre namorados ou familiares. Ainda que Inga tivesse falado a respeito, eles não teriam ouvido.

Stacey também não conseguira encontrar nenhuma conexão entre a babá e as famílias para as quais havia trabalhado anteriormente, o que a excluiu como possível ligação.

– E então? – Kim perguntou a Dawson.

– Parece que um trator passou por cima do lugar. Duas vezes. A porta estava aberta, e é claro que entrei para ver se ela estava lá. Quem quer que esteja atrás dela não está exatamente morrendo de amores. Encontrei tudo revirado, e eu digo tudo mesmo: mobília, acessórios, quadros, pratos.

– Um aviso, então?

– Ah, sim, sem dúvida. É melhor ela torcer para que a gente a encontre antes deles.

– Um aviso ou um homem que não consegue se controlar – disse Kim, batendo o dedo no queixo.

– Ou ambos – completou Dawson.

Ela assentiu.

– Você conseguiu alguma descrição do cara com os vizinhos?

Dawson revirou os olhos.

– Um velho do andar térreo, já senil, fez uma descrição absurdamente detalhada. Disse que o cara tinha um pouco menos de um metro e sessenta, cabelo preto ondulado, usava óculos e uma camisa azul-marinho.

– E então...?

– Então que o filho dele saiu para ver o que estava acontecendo, e adivinhe? Isso mesmo. Era um rapaz com um pouco menos de um metro e sessenta de altura, cabelo preto ondulado, camisa azul e...

– ...óculos – Stacey concluiu.

Kim bufou.

– Ok, Kev, Inga Bauer agora é prioridade no...

Ela parou de falar de repente, quando um berro muito alto e estridente preencheu a casa.

CAPÍTULO
17

Symes sentou-se no escuro e aguardou. Inga, aquela cadela estúpida, havia falhado com ele, feito com que perdesse a recompensa prometida. Mas ele iria encontrá-la, e então ela se arrependeria muito disso. Pagaria com juros, mas, por enquanto, ele aproveitaria seu bônus inesperado.

Ele sabia que intimidava as pessoas e adorava cada minuto disso. Sua altura e massa muscular eram as primeiras coisas que notavam nele. Então viam sua cabeça raspada, suas tatuagens, e um quadro já estava formado. Provavelmente um bem preciso.

Mas havia mais do que isso, ele sabia. A expressão em seus olhos assustava qualquer um que o encarasse de modo desafiador. O mundo sabia que ele estava pronto para a briga.

Naquele exato momento, havia um grupo de homens não muito longe dele. Cigarro numa mão, cerveja na outra, mas nenhum deles ousava olhá-lo nos olhos.

Mas nem sempre havia sido assim. Na época em que ele finalmente estava pronto para encarar uma briga, seu verdadeiro inimigo já estava morto. O pai só ousou bater, chutar e cuspir nele enquanto ainda era criança. Cada miligrama de frustração que aquele homem sentia por ter sido abandonado pela mulher era brutalmente descontado na pele de seu filho. Ah, se o pai soubesse que Symes também acabaria odiando a mãe... Pelo menos teriam algo em comum.

Quando criança, ele descobriu que sua dor só aliviava quando ele causava dor nos outros. Havia uma libertação, uma euforia diferente de tudo o que já experimentara. O poder transportava-o para outra dimensão. Era um prazer que ultrapassava o sexual, algo quase sacro em sua pureza, algo a ser adorado.

Sua visão periférica captou um movimento. Ele mediu a figura de cima a baixo.

Era hora de fazer uma oração.

CAPÍTULO 18

– **Outra mensagem de texto,** senhora – disse Helen, sua cabeça surgindo dentro da sala.

Pelo grito de Karen, Kim já imaginava que fosse isso. Ela passou apressada pela oficial de ligação.

Os quatro estavam na confortável sala de estar – era assim que Kim a via agora –, mas o que se passava ali destoava totalmente da atmosfera do lugar. Ao contrário da sala na ponta do corredor, mais formal, esta era banhada por uma luz bege, com mobília discreta, acolhedora, com sofás em volta de uma lareira e da TV. Estava claro que havia sido pensada como um espaço para a família se reunir à noite e relaxar. Agora, porém, Kim sentia que a sala podia explodir de tensão a qualquer instante.

Stephen andava de um lado para outro atrás do sofá. De pé, junto à janela, Robert roía as unhas. Karen e Elizabeth haviam se sentado perto uma da outra e olhavam os celulares.

– O que diabos isso quer dizer? – Stephen gritou.

Kim estendeu a mão na direção de Karen, que lhe passou o celular na mesma hora. Ela notou que a mensagem tinha sido enviada de um número de celular diferente do primeiro. Então, pegou o telefone de Elizabeth. As palavras eram exatamente as mesmas.

**Sua filha está segura por enquanto.
A brincadeira começa amanhã.**

– Diga, inspetora. O que isso significa? – perguntou Stephen, nervoso.

Kim sacudiu a cabeça. Àquela altura, não tinha ideia de com quem estavam lidando.

Tudo o que podia fazer era tentar adivinhar o propósito daquela mensagem. Não pediam nada. Não diziam nada. Pareciam estar tateando o terreno.

– Você previa algo assim? – Stephen perguntou. – Como vamos reagir? O que vamos dizer?

— Não diremos nada por enquanto, senhor Hanson. A mensagem não pede uma resposta – disse Kim calmamente.

Ele jogou as mãos para o alto.

— Você realmente pretende conduzir a investigação desse jeito, inspetora? Sem responder?

Ela procurou não reagir ao que claramente era um discurso induzido pelo medo, mas já havia percebido que toda a raiva que ele sentia era sempre dirigida a ela.

Quando Kim abriu a boca para falar, Helen interveio.

— Vamos tentar focar na primeira parte da mensagem – disse ela, olhando para os pais. – As filhas de vocês estão seguras.

As mães olharam para aquela gentil mulher sentada na ponta do sofá. Elizabeth tentava em vão controlar suas lágrimas, mas Karen deixava que corressem à vontade.

Helen olhou para Kim como quem pede permissão para prosseguir. A inspetora acenou levemente com a cabeça. Sua competência não era naquela área.

— Vamos tentar pensar de maneira lógica. Quem quer que sejam essas pessoas, elas querem alguma coisa de vocês. Não é do interesse delas que as meninas sofram algum dano.

Todos os olhos estavam em Helen. Sua voz calorosa e reconfortante captava a atenção deles, como se estivessem em uma missa. Definitivamente havia sido bem treinada para o serviço de aconselhamento.

Robert sentou-se ao lado de Karen e segurou sua mão com delicadeza. Inconscientemente, ela se aninhou nele. As lágrimas diminuíam conforme se concentravam em Helen.

Kim saiu da sala de estar e voltou para a sala de jantar. Ao entrar, fechou a porta.

— Certo, pessoal. Não temos mais nada a fazer aqui esta noite, então quero que todos voltem para casa e retornem amanhã renovados. Começaremos às 6h. Não posso prometer que não iremos varar a madrugada trabalhando neste caso, mas não será hoje.

— Você vai pra casa, chefe? – Bryant perguntou.

Kim negou com a cabeça. Improvisaria uma cama naquela sala para passar a noite.

— Então, não vejo por que nós...

– Porque eu estou dizendo que é pra ser assim, Bryant. – Seu tom não dava brecha para negociação.

Devagar, Dawson e Stacey recolheram seus pertences e saíram da sala. Tinham, ao todo, sete horas para ir para casa, dormir e voltar.

Bryant ainda demorou um pouco.

– E como "O Príncipe" vai ficar? – perguntou ele, com um sorriso irônico.

Ela ergueu uma sobrancelha. Aquele era o apelido que Bryant dera a Barney, seu cachorro, devido ao tratamento de realeza que recebia dela.

– Liguei para a Dawn mais cedo. Ela está lá casa.

Kim havia resgatado Barney de um abrigo para cães há alguns meses, depois que seu antigo dono fora brutalmente assassinado. O cachorro não era muito sociável, não gostava de muita gente por perto e provavelmente não iria mudar. Eram feitos um para o outro.

Mas havia uma pessoa de quem Barney gostava: a recepcionista do salão de beleza. Odiava a cabeleireira com todas as forças, mas gostava da garota de 19 anos que, morando com os pais, aproveitava as oportunidades de tomar conta de Barney para ter um pouco de liberdade.

– Espero que ela tenha sido aprovada em todos os quesitos – disse Bryant. – Deve ser a única cuidadora de cães que precisou apresentar atestado de antecedentes criminais para conseguir o emprego.

Kim não respondeu, mas ele não estava tão longe da verdade.

– Até logo, Bryant – disse ela, olhando intencionalmente para a porta.

Ele acenou e saiu.

Sozinha na sala, Kim começou a esvaziar sua mochila. Dobrou cuidadosamente uma muda de roupa e a colocou debaixo da poltrona. Ajeitou seus itens de higiene ao lado, mas deixou a revista sobre motos dentro da mochila.

Então, alguém bateu de leve na porta. Era Helen.

– Convenci todos a irem dormir, inspetora. Não dá para prever quanto tempo de sono terão, mas já será ótimo se conseguirem dormir uma horinha ou duas.

– Obrigada, Helen. Vá para casa agora. – Kim consultou o relógio. – Você poderia estar de volta lá pelas nove?

Helen negou com a cabeça.

– Voltarei na mesma hora que os demais.

Kim sorriu.

– Às 6h, então.
– Até lá – disse ela, afastando-se da porta. Então, sua cabeça ressurgiu de repente. – Tente descansar um pouco, inspetora.

Kim assentiu e sentou-se junto à mesa de jantar.

Enquanto ouvia a porta da frente sendo fechada, pensou no valor inestimável que Helen teria para ela e para a investigação. Seria a ponte entre a equipe e as famílias, uma fonte de confiança e tranquilidade sem precisar entrar em detalhes, liberando Kim para se concentrar no caso.

A inspetora também pensou que deveria assegurar a Helen tempo o suficiente longe dali. Caso contrário, ela provavelmente sucumbiria sob o peso de toda aquela tristeza, medo e expectativa.

E talvez até luto, disse uma vozinha em sua cabeça.

Ela afastou a voz e saiu da sala, cumprimentando Lucas, o policial de guarda, ao subir as escadas.

Ao caminhar pelo corredor, ouviu conversas de um lado e um choro baixinho vindo de algum outro lugar. Foi até a quarta porta à direita e entrou sem fazer barulho. Fechando a porta, tateou o interruptor.

Uma cama de solteiro projetava-se da parede esquerda, onde um pôster mostrava cinco garotos olhando para baixo, na direção do jogo de cama de algum filme da Disney. Havia uma leve depressão na cama, onde alguém havia se sentado. Sobre o travesseiro, muito bem dobrado, um pijama estampado com um casal de macacos aguardava a volta de Charlie.

Kim acomodou-se ao lado de onde suspeitava que Karen havia se sentado e deu uma olhada naquele quarto de menina. A mobília era de um branco antigo, envelhecido. Na estante, enfeites, brinquedinhos, fotos e uns poucos livros. Uma cômoda acomodava uma pequena TV no canto, e havia uma penteadeira com um espelho rodeado por luzinhas decorativas.

Para onde quer que seus olhos mirassem, via a personalidade da filhinha de Karen. Braceletes, anéis e presilhas coloridas, um par de elásticos de cabelo, um conjuntinho de pulseiras multicoloridas que combinavam com qualquer calça jeans.

Diante do guarda-roupa, uma coleção de tênis: um par com luzinhas, outro com rodinhas e uma variedade de cadarços para misturar e combinar.

Kim acendeu o abajur da mesinha de canto. Na mesma hora, uma projeção do sistema solar começou a rodar no teto. Ela sorriu ao ver o efeito. Ao se inclinar para desligar a lâmpada, seu braço bateu em uma foto ao lado da cama.

Era uma moldura prateada simples, que mostrava um recorte de jornal com as duas meninas de cabelo molhado sorrindo para a câmera. A notícia, bem longa, informava sobre a vitória de uma dupla em uma competição nacional.

Estava claro que Charlie gostava de olhar para aquela foto antes de pegar no sono. Kim a colocou de volta na mesinha de canto na mesma hora em que seu celular começou a tocar sobre a cama. O som insistente arruinou aquela paz, e ela quis silenciá-lo imediatamente.

O número era desconhecido.

– Stone – ela atendeu.

– É o Inspetor Travis, de West Mercia.

– Pois não? – respondeu ela, intrigada. Tempos atrás, quando trabalhavam juntos na West Midlands, os dois costumavam se chamar pelo primeiro nome. Isso durou até o dia em que ela foi nomeada inspetora, antes dele. Travis havia sido transferido para uma força policial menor, vizinha, e carregava certo ressentimento por isso.

– Tenho um corpo aqui comigo – ele declarou.

Kim achou engraçado o fato de que ele não se dirigia a ela por seu grau hierárquico.

– E daí? – ela perguntou. O que ele queria com ela, afinal? Bandeirinhas coloridas e uma festa?

– Talvez seja alguém que você conheça.

A apreensão que vinha perseguindo-a há horas finalmente se apossou do seu estômago.

– Continue – ela disse, preparando-se para a notícia que já imaginava.

– Sexo masculino, loiro, 20 e poucos anos. E tinha um cartão seu no bolso.

CAPÍTULO
19

O MOTOR DA NINJA morreu quando Kim chegou ao cordão de isolamento.

Ela tirou o capacete e o pendurou no guidão. O Lyttelton Arms era um *pub* localizado na Bromsgrove Road, em Hagley, a mais ou menos um quilômetro do limite entre as forças policiais de West Midlands e West Mercia.

O *pub* era a última propriedade antes de a rua se estreitar e se transformar em uma alameda com cercas-vivas de ambos os lados. Quando Kim estava a uns quinze metros do estabelecimento, o Inspetor Travis foi até ela, obviamente alertado de sua chegada pelo barulho da moto. Os carros haviam sido interditados na ilha, por isso todo som era ouvido com nitidez.

Apenas a luz da lanterna dele iluminava a área ao redor dos dois.

– Preciso assumir esse caso – Kim falou sem rodeios. Durante os três anos em que trabalharam juntos, nenhum dos dois havia se importado com formalidades.

– Sem chance – respondeu ele, sacudindo a cabeça. – Me lembro de já ter dito a mesma coisa a você, e não foi muito longe daqui. Na ocasião, você passou por cima de mim porque tinha chegado primeiro.

Ah, sim, ela se lembrava bem desse dia. Era o corpo de Teresa Wyatt, que desencadeara toda a investigação Crestwood.

– Não leve para o lado pessoal, Travis. Não é hora de dar o troco – disse ela, dando um passo de lado para passar por ele. Ele bloqueou a passagem.

– Por que esse garoto tinha um cartão seu no bolso?

– O nome dele é Brad, e ele tinha o cartão porque eu o dei a ele – disse Kim, dando um passo para a esquerda.

Novamente ele se pôs diante dela.

– Ei, qual é o seu problema? – ela grunhiu.

– Você não está entendendo, Stone.

– Pelo amor de Deus, eu não vou pegar a cena do crime e sair correndo, ok? Me deixe apenas dar uma olhada!

De algum modo, o que Woody havia dito sobre "pegar leve" parecia ter surtido efeito em seu subconsciente. Ela ainda não havia xingado Travis de nenhum palavrão.

– Cinco minutos, Stone. Vou lhe dar cinco minutos inteiros na *minha* cena do crime.

Ela balançou a cabeça e passou por ele pisando duro. E, é claro, com palavrões dançando em seus lábios.

– Eu ainda estou curioso para saber de onde você conhece esse garoto – ele disse, acertando o passo com o dela.

– E eu não vou estragar sua curiosidade contando – disse ela, enquanto três fachos de luz de lanternas iluminavam o caminho.

Ela protegeu os olhos da claridade ofuscante e seguiu em frente. Mais duas lanternas iluminaram o corpo de Bradley Evans.

Kim levou alguns segundos para se recompor diante da expressão final do rosto daquele rapaz, que jamais se repetiria. Há apenas algumas horas, era um jovem atlético, animado, que havia prestado ajuda a ela e a Bryant antes de sair com os amigos. Agora, estava morto. O calafrio que percorreu seu corpo não tinha nada a ver com a baixa temperatura.

Ela poderia ter feito algo a mais para evitar a morte dele, sabia disso. Não sabia ao certo o quê, mas sentia que poderia ter feito mais.

As chaves do centro de lazer brilharam sob a luz das lanternas. Ou haviam caído do seu bolso ou tinham sido removidas por Travis.

– Nenhum patologista ainda? – ela perguntou.

– Ela está a caminho – disse Travis.

– A que horas foi encontrado?

– Meia-noite e vinte – ele respondeu.

Já passava de uma da manhã e o patologista ainda não tinha chegado. Àquela altura, sendo ela a oficial encarregada, não deveria ter que ficar ali, esperando em pé no meio de um grupo de oficiais ociosos. Deveria estar com o celular grudado na orelha, ameaçando mover o corpo ela mesma se eles não chegassem logo. Durante esse curto intervalo de tempo, pistas poderiam se perder, provas serem destruídas, testemunhas ficarem fora de alcance. A investigação ficaria parada até a chegada da perícia.

Mas Kim precisava se lembrar de que aquela cena do crime não era *dela*.

Ela estendeu a mão para o policial mais próximo.

– Posso?

Ele passou a lanterna para ela, que a apontou para o chão.

A pista de mão única tinha um pequeno declive em ambas as guias, e ali era o limite entre a superfície do pavimento e o chão de terra, sob a cerca viva.

O corpo de Brad estava virado para a folhagem, deitado de lado. A lanterna percorreu a extensão de suas roupas pretas, quase invisíveis na escuridão, até chegar aos ombros.

– Minha nossa! – Kim sussurrou.

A cabeça dele estava deformada. Não tinha mais a circunferência perfeita de um crânio normal; parecia ter sido substituída por uma bola de futebol murcha. Ao passar o facho da lanterna ao redor do corpo, ela viu a trilha de sangue que a cabeça de Brad havia deixado depois de ser literalmente chutada pela rua.

Debaixo do local onde seu crânio agora descansava, havia uma poça de sangue e massa encefálica, vazados dos muitos ferimentos infligidos. Se não estivesse com as mesmas roupas de antes, Kim não o teria reconhecido. Não se parecia mais com Brad. Não se parecia mais com ninguém.

– Alguém realmente não gostava nem um pouco desse rapaz – Travis disse ao seu lado.

Ela não se deu ao trabalho de responder. Quem havia feito aquilo nem sequer o conhecia. O rapaz simplesmente estivera no lugar errado, na hora errada, e ousara pedir ajuda a alguém.

Ela devolveu a lanterna ao policial à sua direita. Já havia visto o suficiente.

Deu dois passos para longe do corpo e virou-se para subir a rua.

– Ei, Stone. Pelo meu relógio, você ainda tem um minuto e meio para gastar – disse Travis, irônico, enquanto ela se retirava.

Aquele comentário malicioso não merecia que ela gastasse energia para responder.

Travis ficaria correndo atrás do próprio rabo para tentar elucidar o caso. Não encontraria nenhuma pista, mas, ao sair, ela prometeu a si mesma que faria o assassino de Brad pagar por aquilo.

Quando estava quase alcançando sua moto, Kim viu um carro conhecido estacionar e apagar os faróis.

Ela chegou ao cordão de isolamento no exato segundo em que Tracy Frost fazia o mesmo.

– O que você quer agora? – Kim perguntou, saudando a jornalista com ironia. Para Tracy, isso era o melhor que ela conseguia oferecer. Com certeza, as instruções de Woody sobre "pegar leve" não chegavam até aquele ponto. Até ele sabia que ela tinha seus limites.

Na verdade, Kim não se surpreendeu ao ver a repórter chegar tão rápido à cena do crime. Estava certa de que aquela mulher tinha um radar de polícia implantado no ouvido.

– Estou apenas fazendo meu trabalho, inspetora – disse ela, sacando um par de luvas de couro.

Kim olhou atrás dela.

– Claro, e deixando um rastro de gosma por onde passa.

Tracy pegou um gravador e começou a gravar.

– Mais importante do que isso, inspetora, o que você está fazendo aqui? Este território pertence à polícia de West Mercia.

Kim se aproximou de um policial que estava ali, fingindo não ouvir a conversa.

– Não deixe essa mulher ultrapassar a barreira. Na verdade, atire nela se for preciso. – Ela virou-se para a repórter e olhou para o gravador. – Espero que você tenha gravado isso.

Kim tentou passar por Tracy para ir embora, mas a mulher começou a segui-la. Jesus do céu, será que não havia nada capaz de penetrar aquela pele de rinoceronte?

– Me dê alguma informação, inspetora – disse ela, sorrindo. Aquilo era realmente espantoso. Naquela mesma manhã, Kim havia encostado a repórter na parede e feito uma série de ameaças.

– Não me provoque, Tracy – Kim respondeu enquanto vestia o capacete. Infelizmente ele não isolava a voz do lado de fora.

– Eu queria falar com você sobre outro assunto.

Kim virou-se para ela.

– Deixe-me adivinhar. Está falando sobre a morte de um jovem chamado Dewain Wright e da sua culpa nessa história?

– Sim, é sobre isso – disse Tracy, encostada no carro.

– Não tenho mais nada a dizer.

Tracy deu um sorriso tímido.

– Você vai se sentir muito estúpida quando perceber que estava errada.

– Mas eu não estou errada em relação a você, Tracy. Sei exatamente o que você é e como trabalha.

Tracy deu de ombros.

– Como quiser, mas eu avisei.

– Sim, e agora eu é que estou avisando. Saia da minha frente, ou eu vou...

Tracy deu um passo de lado, liberando a passagem.

– Tudo bem, mas não ache que vai acabar assim.

Ah, se ela pudesse satisfazer a apenas um dos seus desejos.

Kim ergueu uma perna para subir na moto e esperou que Tracy se aproximasse do policial no cordão de isolamento. Agora, ela passava a ser um problema para a polícia de West Mercia.

Olhou para trás, para a atividade executada na escuridão daquela alameda estreita. Tudo o que conseguia pensar agora era que, se a pessoa que fizera aquilo com Brad estivesse perto de Charlie e Amy, então que Deus tivesse pena de suas almas.

CAPÍTULO 20

Kim bateu gentilmente na porta para chamar o policial de guarda do outro lado.

Quando ele a abriu, a inspetora se deu conta de que o rapaz estava em serviço há mais de doze horas.

– Descanse um pouco no sofá, Lucas – disse ela, tirando o capacete.

Ele fez que não com a cabeça, mas suas pálpebras estavam caídas, e os olhos, vermelhos.

– Vá – Kim insistiu. – O policial do próximo turno chega de manhã.

– Não me tire do caso, senhora – ele pediu.

– Tudo bem, mas você não pode trabalhar vinte e quatro horas seguidas.

Ele concordou, e, na ponta dos pés, seguiu pelo corredor até a sala de estar informal.

Kim o imitou. Todos os sapatos faziam muito barulho naquele chão de cerâmica chique.

Quando passava distraída pela cozinha, procurando suas chaves no bolso, uma sombra se destacou na escuridão. Seu coração saltou no peito.

– Minha nossa, Karen! Achei que estivesse dormindo.

– Onde você estava? Procurei você no quarto – respondeu Karen, tomando um gole de água.

Kim acendeu a luz.

– Costumo pegar a moto e dar uma volta por aí, tarde da noite. Para espairecer.

Não estava mentindo. Realmente fazia isso, mas não naquela noite. De todo modo, Kim estava aliviada por ter a chave da sala de guerra bem segura em seu bolso.

– Você está trabalhando em outro caso? Porque a minha filha é a coisa mais...

– Karen, não estou trabalhando em nenhum outro caso. Este será meu único caso até trazermos Charlie e Amy para casa.

– Promete?

Um pedido totalmente infantil de uma mulher tentando desesperadamente se controlar.

– Prometo – Kim respondeu com uma continência. – O que você está fazendo aqui embaixo sozinha?

– Cansei de fingir que estava dormindo. Robert não para de se revirar na cama, e ouço Elizabeth chorando e andando pelo corredor. Desci para tomar uma água e... acabei ficando.

Ela tocou a tela do celular para ver se havia notificações.

Kim imaginou quantas centenas de vezes já não teria feito isso.

– Não paro de conferir o telefone. Fico desejando que não toque, e ao mesmo tempo com medo de que isso aconteça.

Kim sentou-se de frente para ela no balcão da cozinha. O restante da casa estava em silêncio.

– Fico imaginando que, se eu me concentrar muito, vou conseguir fazer o tempo voltar e impedir que as meninas saiam de casa para ir ao centro de lazer.

Kim suspeitava que isso não teria feito nenhuma diferença. O sequestro havia sido planejado, e as famílias, escolhidas. Mais cedo ou mais tarde, acabaria acontecendo.

– Às vezes, sinto muita raiva por alguém ter pegado minha filha, outras, me vejo querendo oferecer minha vida em troca de tê-la de volta. Prometi a mim mesma que farei todo tipo de caridade, que serei uma pessoa melhor. Não há nada que eu não daria para ter Charlie de volta. Ela é o meu mundo!

Karen se levantou e pegou algo atrás de Kim. Era uma foto emoldurada das meninas.

– Quer levar isso para a sua sala? Só para tê-las ali.

Kim negou com a cabeça. Não precisava de lembretes, mas levou um tempo observando as meninas mais detalhadamente. A pele de Charlie era mais bronzeada que a de Amy. Ela era um pouco mais alta que a amiga e tinha uma farta cabeleira de cachos loiros e desgrenhados. Sobre a sua boca parecia se formar um bigode de sorvete, e olhos eram de um azul penetrante.

O cabelo de Amy era como um capacete escuro, com uma franja desalinhada. As duas olhavam para a câmera, o pescoço esticado, as mãos juntinhas no peito e os rostos retorcidos numa careta.

Karen tocou a imagem de Charlie.

– Elas estavam fingindo que eram fuinhas. Tínhamos ido ao parque safári, e foi quase impossível tirá-las de perto dos bichinhos. Não queriam sair nem para ir ao parque de diversões. Tentavam lembrar o nome de cada um, mas eles não paravam quietos.

– Como é a Charlie? – perguntou Kim, olhando para aquela massa de cachos.

Karen sorriu.

– Acho que "animada" é uma boa maneira de descrevê-la. Está vendo o cabelo dela? Sempre implicaram com ela por causa disso, desde o maternal. As crianças a chamam de "cabeça de escovão" e outros apelidos menos agradáveis, mas ela se recusa a cortar ou aparar as pontas. Adora seu cabelo, e é isso que importa. Não me entenda mal, minha filha não é uma garota mimada. Robert é permissivo, mas faz questão de que ela tenha bons modos. Deixa que ela se expresse, mas não admite mau comportamento ou falta de respeito. Ele a ama mais do que tudo no mundo. É o primeiro a rolar com ela no chão, ou brincar de pega-pega pelo jardim, imitando os bichos.

Kim estava gostando de ouvir. Com a cena de Brad vívida em sua memória, o sono nem sequer era uma promessa.

– Você tem filhos? – Karen perguntou.

A inspetora negou com a cabeça.

Karen estava triste, e Kim preferiu não entrar no assunto. Para ela, tratava-se de uma escolha consciente: os genes de sua mãe morreriam com ela.

– Não sabe o que está perdendo, Kim. A gente só entende o que é amor quando se torna mãe. Qualquer outro tipo de amor parece sem graça quando comparado a esse.

Bem, ainda não é o bastante para me convencer a multiplicar esse DNA em particular, pensou Kim, mas não disse nada. Podia citar centenas de casos de crueldade e negligência com crianças que iam na contramão daquela visão otimista de Karen. Ah, sim, podia até mesmo citar o próprio exemplo, mas não o fez.

– Você não gostava muito de mim naquela época, não é?

Kim tomou um susto com aquela mudança repentina de assunto. Era uma triste meia-verdade, mas ela simplesmente balançou a cabeça.

– Por que não gostava? – Karen insistiu.

– Acho que essa não é a melhor hora para...

– Por favor, Kim, converse comigo. Sobre isso ou sobre qualquer outra coisa. Preciso me distrair, ou as imagens que aparecem na minha cabeça me deixarão louca. Me conte o que você se lembra daquele tempo.

Com certeza mais coisas do que você, pensou Kim. Não fazia sentido seguir aquele caminho. Passado era passado. Algo inalterável.

Karen continuou.

– Sei que não éramos muito chegadas, mas havia um vínculo que unia a todas nós. Certa camaradagem de irmãs. Todas cuidávamos umas das outras.

– É realmente assim que você se lembra daquela época?

A surpresa estampada no rosto de Karen foi a resposta.

Kim já havia visto isso antes. Algumas pessoas reescrevem o próprio passado. Reinventam-se completamente para se distanciarem dos fatos. Kim preferia encaixotar tudo e deixar ali mesmo.

– Karen, não havia nenhuma camaradagem entre nós, e certamente não cuidávamos umas das outras.

– Sei que às vezes eu era um pouco agressiva, mas isso era apenas...

– Você era uma pessoa egoísta que queria tudo o que os outros tinham – Kim falou sem rodeios.

Ela sem dúvida teria preferido deixar as memórias de Karen do jeito que estavam, como uma linda obra de ficção, mas Karen havia puxado o assunto e Kim não era do tipo que passava a mão na cabeça.

Aquela época havia sido difícil para todos. Algumas crianças haviam se juntado em grupos – queriam pertencer a algum lugar, formar uma família substituta –, mas Kim não. Não fizera amizades duradouras nem criara vínculos fortes com ninguém. Mesmo assim, sempre odiara intimidações com todas as forças.

Desde os seus 6 anos, os caminhos dela e de Karen sempre acabavam se cruzando – e esses períodos raramente eram agradáveis.

Mas foi apenas naquele último lar adotivo que as duas de fato conviveram juntas.

– Você se lembra de uma menina indiana muito frágil, chamada Shafilea? – Kim perguntou.

Karen vasculhou na memória.

– Ah, meu Deus, me lembro sim. Era uma garotinha miúda e engraçadinha, não era? Se me recordo bem, tinha uma cabeça muito grande também.

Isso mesmo. Shafilea tinha a cabeça grande e o corpo miudinho.

Seus pais haviam perdido sua guarda depois de fazerem a menina passar fome durante meses, apenas porque ela havia usado uma calça jeans rasgada. Na época, Kim ouvira os pais da família adotiva reclamando da dieta rigorosa e do cardápio nutricional que tinham que seguir para fazer a garota ganhar massa muscular aos poucos.

Kim tentara conversar com Shafilea algumas vezes, mas nem mesmo três sessões semanais de terapia fizeram a menina abrir a boca.

– Você se lembra daquelas bebidas que ela tinha que tomar depois do chá?

Karen sorriu.

– Sim. Ficávamos imaginando por que ela ganhava um *milkshake*, e nós, não.

Kim mal conseguiu conter seu espanto ao ver como Karen distorcia o passado. Será que ela era a única que não via aquela casa como um cintilante castelo de contos de fada, cheio de borboletas e elfos?

Na verdade, a casa adotiva eram duas moradias populares unidas em uma, que abrigava mais beliches do que uma loja de móveis.

– Eram *shakes* de proteína, com fórmulas especiais para fortalecer o corpo dela, que estava subnutrido.

– Minha nossa. Eu nunca soube disso...

– E eu flagrei sua fiel amiguinha enfiando a cabeça dela na privada e dando descarga até a garota vomitar.

Karen balançava a cabeça sem acreditar.

– Ela só tinha 10 anos.

Karen ficou horrorizada. Era apenas um ano mais velha do que a sua filha.

– Não, você deve estar enganada – disse ela, embora não parecesse acreditar nas próprias palavras.

– Bem, ela certamente não estava fazendo trancinhas no cabelo da menina com fitinhas brilhantes cor-de-rosa – Kim disparou, irônica.

Karen cobriu a boca com as mãos.

– Ah, meu Deus. Então foi você quem viu, não foi?

Kim não respondeu.

– Foi você quem bateu na Elaine. Ela nunca disse nada, nem você, mas me lembro bem. E, agora que isso veio à tona, me lembrei do quanto ela odiava você.

Finalmente alguma lembrança fiel à realidade, pensou Kim.

Não se orgulhava de suas ações naquela época, mas sabia que às vezes era preciso usar a mesma abordagem de uma pessoa intimidadora.

Um silêncio se instalou entre elas, ambas revisitando lembranças do passado.

– Sabe, Kim, talvez você esteja certa em relação àquele tempo. Mas, nesse momento, a única coisa que me importa é ver Charlie de novo.

Kim assentiu, compreensiva, e Karen cobriu a boca para abafar um bocejo.

A inspetora consultou o relógio.

– São quase três da manhã. Por que não tenta dormir umas duas horinhas?

Karen concordou e conferiu o celular de novo.

Kim inclinou-se e colocou sua mão sobre a mão de Karen. Seus olhos assustados pareciam suplicar.

Ficaram se olhando por alguns segundos.

– Vou trazer sua garotinha de volta.

Karen assentiu e apertou a mão de Kim. Bocejou de novo e saiu da cozinha.

Quaisquer que fossem as circunstâncias, o corpo sempre pedia descanso, e, ainda que este pudesse ser adiado por estresse, energia, medo ou preocupação, a fadiga acabava vencendo.

Kim ainda estava esperando seu corpo ceder.

Era hora de voltar para a sala de guerra.

Ela estendeu a mão e pegou a foto.

CAPÍTULO
21

Kim esvaziou o filtro de café no cesto de lixo. O pó encharcado bateu no fundo com um pequeno baque.

Ela colocou outro filtro na cafeteira, novo, branquinho, e acrescentou quatro generosas medidas de café, e mais uma para dar sorte.

Sentou-se à mesa e esperou, com os olhos fixados na foto na parede.

Estava encantada com a pureza daquelas crianças. As duas sorrindo para a câmera, um momento único de alegria capturado para sempre. Duas almas jovens sentindo-se seguras no mundo construído ao seu redor: um mundo de familiares, de amigos, de inocência.

Kim tentou se lembrar se existira em sua infância algum momento como aquele que pudesse ter sido capturado.

Talvez a câmera tivesse enquadrado um sorriso entre seus 10 e 13 anos. Com Erica de um lado e Keith do outro, sentira-se segura com a família adotiva número quatro. Mas, mesmo naquela época, seus olhos teriam refletido a dor que carregava consigo. A bondade do casal não era capaz de apagar seu passado.

Ela não conseguia pensar em Keith e Erica sem viajar até Mikey. Em sua mente, a caixa etiquetada como "Perdas" guardava lembranças de todos eles.

Fechou os olhos por um segundo. Como a vida teria sido se eles tivessem tido uma mãe como Erica?

Kim logo afastou esses pensamentos. Cavar os escombros de sua mente era como andar por um campo minado. Se ficasse ali por muito tempo, acabaria explodindo em pedacinhos.

Ela odiava admitir que as palavras de Karen a irritavam. Aquela descrição de amor maternal não poderia estar mais distante de sua experiência. A devoção incondicional à qual Karen se referia era algo estranho para Kim. Ela não tinha um referencial, por isso não conseguia compreender a lógica daquele raciocínio. Não tivera nenhum vínculo mágico com a mãe. Estivera ocupada demais tentando manter a si mesma e Mikey vivos.

A conversa com Karen a levara de volta ao passado, e agora ele a fazia companhia. Ali mesmo, naquela sala.

Kim empurrou a cadeira e abriu a porta, dando passos cautelosos pelo corredor.

– A senhora está bem? – uma voz perguntou.

– Achei que estivesse dormindo – ela respondeu a Lucas, que havia retomado seu posto.

– Dormi umas duas horinhas. Ficarei bem até o policial do próximo turno chegar – disse o jovem.

Kim assentiu e abriu a pesada porta de carvalho. A temperatura congelante atingiu em cheio sua pele descoberta. Ela saiu de bom grado para saudá-la.

Com as mãos no bolso, encarou o vento frio.

O vento envolveu sua cabeça, deixando as orelhas dormentes, e seguiu na direção das árvores, inclinando para a direita uma fileira inteira de coníferas.

Kim afundou mais as mãos no bolso e caminhou até a fileira de árvores. O vento parou de repente. O único som era o dos seus pés pisando em galhos que o vento arrancara e que o gelo tornara quebradiços.

Kim virou-se quando uma rajada repentina levantou a tampa do latão de lixo, fechando-a de volta antes de parar novamente.

Ela retomou a caminhada, mas dessa vez ouviu um farfalhar. Nem as plantas nem as árvores tinham se movido.

Seu corpo entrou imediatamente em alerta, os sentidos aguçados ao máximo. Ficou imóvel, tentando ouvir o som outra vez.

Silêncio.

A luz dos postes na entrada da casa não a alcançava. A única que podia ver era a luz do corredor, obscurecida pela pesada porta de carvalho que Lucas voltara a fechar.

Sentiu um aroma passar rápido por suas narinas. Uma fragrância de petúnia, mas não havia flores brotando.

Ela inclinou levemente a cabeça na direção do farfalhar. Outra rajada de vento percorreu a fileira de árvores, revelando um vulto do outro lado da densa cerca viva.

O cheiro ficou mais forte quando a figura se moveu um pouco para a esquerda. Estavam alinhadas agora, mas separadas pela fileira de árvores.

Os batimentos do coração de Kim retumbavam em seus ouvidos. Se voltasse para a casa, nunca saberia quem estivera ali, espreitando nas sombras.

Estava a meio caminho da parada da linha perimetral urbana. Mesmo que corresse para a frente ou para trás, dando a volta para o outro lado, perderia um tempo precioso.

Kim aguardou imóvel por mais um segundo. Então, enfiou rapidamente o braço pela cerca viva.

Sua mão agarrou com força um tecido grosso, rústico. O vento parou novamente e ela ouviu alguém prender a respiração. Em seguida, uma risada.

– Quem é o desgraçado que está aí...? – disse Kim, puxando o casaco por entre as árvores.

Ela soltou um pouco a figura, que tentava limpar o rosto das teias de aranha das árvores.

– Aplicando seus velhos truques de novo, Stone. Guardando segredos?

O sangue de Kim ferveu.

Tracy Frost deu um tapa na mão em seu casaco, mas Kim continuou segurando-o firme. Aquilo não ia terminar bem.

– Que diabos você está fazendo aqui? – disparou a inspetora, já prevendo que boa coisa não era.

– Eu poderia fazer a mesma pergunta a você – replicou Tracy, inclinando levemente a cabeça.

– Mas eu não vou responder, e você sabe bem o porquê.

A cabeça de Kim estava a mil. Não cederia nem um milímetro àquela mulher.

– Sei que alguma coisa grande está acontecendo...

– Claro, sinta-se à vontade para publicar isso no *Dudley Star* amanhã – Kim disse, irredutível. – E escute aqui: você não tem nada melhor para fazer do que ficar me seguindo por aí?

– Bem, parece que você vai me render uma ótima matéria.

– Você me seguiu desde a cena do crime, não foi?

Tracy deu de ombros, orgulhosa de sua jogada.

– Responda, que diabos você quer aqui? – Kim perguntou, perdendo rapidamente a paciência. Bater papo com alguém a uma temperatura congelante às quatro da manhã já era bem ruim, mas com aquela mau-caráter era absolutamente insuportável.

– Desconfio que seja um caso de sequestro – declarou Tracy, com um sorriso desafiador.

Kim sentiu a indignação percorrer seu corpo. Só um traste como aquele era capaz de dizer algo assim com um sorriso no rosto.

– Que bom para você – respondeu a inspetora, virando-se para sair.

Seu coração batia disparado no peito. Ela sabia que havia arrumado um problema.

– Bloqueio de mídia, bloqueio da polícia... Algo me diz que você está morrendo de medo de estragar tudo de novo.

– Não comece, Tracy.

– Ha! Você ainda acha que fui eu, não acha?

Kim rangeu os dentes.

– Eu *sei* que foi você. Você publicou a matéria sobre Dewain Wright, e isso lhe custou a vida.

Tracy negou com a cabeça.

– Não fui eu. – Sua voz parecia cansada de repetir a mesma coisa.

Kim estava igualmente cansada de ouvir aquilo, e ainda não acreditava nela.

– Admita, Stone. Sabemos que isso aconteceu porque *você* manteve a verdade escondida.

Kim virou-se para ela novamente.

– Tracy, vá se f...

– Eu vou descobrir o que está rolando, Stone. E quando isso acontecer...

– Você vai ficar quietinha, sua vadia sem coração. Se não, vai viver apenas para se arrepender muito disso.

Tracy aceitou o desafio.

– E se eu não ficar quieta?

– Então eu é que vou vazar uma história sua. Tenho certeza de que o público vai adorar saber que você gosta de beber. Ou melhor, que você gosta *muito* de beber. Que ficou bêbada a ponto de agredir um homem que estava tirando fotos suas. Que só não foi presa porque um dos meus policiais estava lá e impediu que isso acontecesse. Dawson devia ter autuado você por embriaguez e perturbação da ordem, duas das transgressões do Artigo 5, e também por assédio sexual.

Tracy começou a recuar.

– Achou que eu não ia ficar sabendo? Dawson pode ser um mala, mas é muito leal. No meio da confusão, sua mão deu um jeito de se insinuar por cima da calça dele, não foi? Seria uma grande manchete sobre uma repórter policial. Seu editor ia adorar publicá-la. Logo depois de assinar sua carta de demissão, é claro.

Tracy conhecia Kim o suficiente para saber que aquilo não era um blefe, e apenas Kim sabia o quão importante era que a ameaça funcionasse. Mesmo que o bloqueio de imprensa estivesse em vigor, Tracy era uma fofoqueira, e Kim não queria tê-la por perto, espalhando suspeitas.

– Tudo bem, eu espero. Mas só alguns dias – disse Tracy, recuando totalmente. – Depois disso, voltarei a investigar.

Kim sentiu uma onda de alívio percorrer seu corpo. A última coisa que precisava naquele momento era de Tracy xeretando o caso.

Quando já estava a quase três metros de distância, Tracy virou-se para ela novamente.

– Sei o que você está pensando, Stone, e não vou dizer outra vez. Mas ao invés de sair me culpando pelo que deu errado, verifique de novo a sequência dos fatos e me diga o que descobriu.

Kim não respondeu. Em vez disso, virou as costas e entrou na casa. Não precisava checar coisa alguma. Tracy Frost era a responsável pela morte de Dewain Wright e ponto, não havia mais o que considerar. O que Tracy dissera sobre a própria Kim ser culpada não passava de uma jogada dela para se eximir.

Inferno. É claro que ela iria checar os registros. Então, provaria a si mesma, de uma vez por todas, que sempre estivera certa.

CAPÍTULO
22

Charlie Timmins sentou-se encostada à parede. Era uma das poucas áreas que não estava coberta por aquele lodo frio, úmido e malcheiroso.

Sentia cãibras no alto das coxas, mas tentava não se mexer. Era quase como brincar de estátua com o papai: quando a mamãe interrompia a música, ela e o papai tinham que ficar parados e quietos o máximo de tempo possível.

Charlie adorava aquela brincadeira, mas descobriu que, quando precisava se concentrar em ficar imóvel, todos os seus membros queriam se mexer. De repente, seu corpo era tomado por comichões invisíveis, e ela tentava se concentrar em alguma coisa ao redor para distrair a mente.

Era isso que tentava fazer agora, suas mãos alisando vagamente o cabelo da cabeça em seu colo. Amy finalmente caíra no sono.

Charlie não fazia ideia se era noite ou dia, nem há quanto tempo estava naquela escuridão fedorenta.

O policial dissera ter sido enviado por sua mãe porque o carro dela enguiçara. Papai dizia que ela nunca devia falar com estranhos, mas aquele homem era policial.

Pensar no pai a fez sentir um forte nó na garganta, mas já havia se acostumado a evitar as lágrimas. Se Amy a visse transtornada, ficaria ainda mais assustada, seu rosto congelaria e ela começaria a respirar de um jeito esquisito. Já era a segunda vez que Charlie conseguia acalmá-la jogando algum jogo.

Então, engoliu as lágrimas de volta. Até agora, elas não haviam ajudado. Mamãe e papai não tinham vindo. Ela ficou brava no começo, mas aos poucos foi percebendo que eles não deviam saber onde ela estava.

Charlie sabia que eles viriam se pudessem.

De repente, um tremor percorreu seu corpo, mas não era de frio. A sensação era diferente de quando papai a levara para patinar no gelo. Daquela vez, seu queixo batera e sua pele ficara gelada, mas bastou se afastar do gelo para a tremedeira passar.

Ela enterrou o pavor bem fundo no estômago, tentando convencer a si mesma de que não estava com medo. Pensar em tudo que havia acontecido aliviava a tremedeira.

O quarto tinha um colchão duplo e um balde. Charlie compreendera um pouco antes de Amy para que servia o balde. Uma lâmpada solitária pendia do teto, projetando um brilho amarelo-pálido pelo quarto.

Ela tentou se concentrar no que já sabia. Havia dois homens. Eles não tinham entrado no quarto, mas ela sabia que eram dois porque os passos eram diferentes. Ela e Amy tinham sido alimentadas duas vezes. Nessas horas, um colocava as refeições na porta e o outro empurrava para dentro.

As duas refeições tinham sido iguais: um sanduíche em uma embalagem plástica, um saquinho de batatas fritas e um copinho de papelão com suco.

A última refeição havia sido trazida com uma peneira de piscina. Ao ouvir passos na escada, Charlie mandou Amy ficar quieta. A porta do quarto foi aberta e fechada logo em seguida, e os passos foram embora. Não muito longe dali, outra porta foi aberta e fechada. Então, alguém passou novamente pela porta delas e subiu a escada outra vez.

Charlie decidiu pensar melhor naquilo quando não estivesse tão cansada. Talvez pudesse simplesmente encostar a cabeça na parede e dormir um pouco. O som da respiração profunda de Amy a fez querer relaxar. Quem sabe assim não conseguia, nem que fosse por um minuto apenas, enquanto Amy dormia, ignorar aquela mola do colchão que espetava sua coxa.

Ela se recostou na parede fria e irregular. Mesmo com o tijolo cru cutucando sua cabeça, não conseguia impedir as pálpebras de caírem. Sentiu a densa escuridão pairar sobre ela, e gostou disso. Queria acompanhá-la. Parecia segura e, quando acordasse, quem sabe mamãe e papai não...

– Como as duas garotinhas estão indo aí dentro, hein? – perguntou uma voz do lado de fora.

Charlie endireitou o corpo na mesma hora. A fadiga a arrastara para o sono, fazendo com que perdesse os ruídos de alerta que vinha tentando decifrar.

– Charl... O que está...? – Amy se mexeu e levantou a cabeça, acordada pelo movimento súbito da amiga.

– Shhh... – sussurrou Charlie.

– Garotinhas... Eu andei ocupado ontem à noite, sabiam? Vocês conhecem o Brad, do centro de lazer?

Amy havia agarrado sua mão, apertando com força. A voz era quase confortável. Suave, mas não acolhedora. Agradável, mas não amistosa.

– Quem é Brad? – Amy cochichou.

– O rapaz que às vezes pegava nosso dinheiro no balcão da recepção – Charlie sussurrou. Certa vez, ele também havia colocado um curativo no dedão do pé de Amy.

– Respondam, garotinhas! – ele gritou.

– S-sim...! – Charlie gritou de volta enquanto Amy se encolhia cada vez mais perto dela.

– Me encontrei com ele hoje e jogamos um jogo muito interessante. Eu gosto de jogos.

Amy respirou fundo e olhou para ela. Charlie sentiu seus olhos arregalarem enquanto encarava a porta.

– O jogo era para ver quantas vezes eu conseguiria chutar a cabeça dele antes que estourasse. Foi muito engraçado quando o nariz dele se espatifou debaixo da minha bota. Então, quando o chutei de novo, um olho saltou para fora da órbita!

– Charl... – Amy cochichou. – Fala pra ele parar...

– Tampe os ouvidos com as mãos – disse Charlie. Ela faria o mesmo.

– Não posso – respondeu ela. Não queria soltar da mão de Charlie.

– Vem cá – disse Charlie, levantando as mãos unidas e colocando-as entre a cabeça das duas, como um fone de ouvido compartilhado. – Agora, faça assim – ela continuou, levantando a mão livre de Amy para tampar a outra orelha.

– ...chorou feito um bebê e implorou... para que eu parasse... eu o chutei de novo. Um belo chute... como numa partida de rúgbi... e a cabeça dele... se soltou... do pescoço.

Embora a voz soasse abafada, Charlie ainda ouvia a maioria das palavras, o suficiente para formar uma cena terrível em sua mente.

Ela fechou bem os olhos, tentando bloquear palavras e imagens.

– ...estalou e jorrou sangue... dos ouvidos... dentes caindo... chão.

Amy choramingou e Charlie trouxe-a mais para perto.

– ...cérebro pingando... pelo chão...

– Charl... – Amy suspirou.

Charlie não tinha como fazê-lo parar. Então, fechou os olhos ainda mais forte e tensionou o rosto, tentando ignorá-lo.

– ...aproveitem, garotinhas. Eu adoro... cada segundo... pagamento por isso. Não estou interessado... dinheiro... causar dor. Eu machuco... machuco muito, minhas princesinhas...

Charlie conseguia ouvir apenas alguns trechos, o bastante para embrulhar seu estômago. Mas, quando a última frase foi dita, ela ouviu cada palavra.

– E não vejo a hora de jogar um joguinho com vocês.

CAPÍTULO 23

K**IM JÁ ESTAVA DE PRONTIDÃO** na mesa de jantar quando o primeiro membro da equipe chegou. O *briefing* daquela manhã seria bem rápido, e ela não estava no melhor dos humores. Não gostava de visitantes de madrugada e detestava especialmente gente mentirosa. Tracy era as duas coisas.

– Bom dia, chefe – disse Bryant, tirando o casaco. Já havia descartado os trajes esportivos. Era segunda-feira, primeiro dia de investigação pesada, e ele era um detetive. Isso significava terno cinza-escuro, camisa social branca e gravata. Os dois primeiros não eram negociáveis, mas às vezes ele flexibilizava o terceiro. Para Bryant, estar à paisana significava vestir-se como se estivesse pronto para um *happy hour*. Apesar de ter apenas 47 anos, podia ter hábitos bem à moda antiga.

– Tem café pronto – Kim ofereceu.

Ele encheu uma caneca.

– A Helen acorda com as galinhas, hein?

Kim assentiu. A oficial de acompanhamento familiar batera na porta da frente faltando quinze minutos para as seis.

– O garoto na porta é o mesmo de ontem?

– Sim – respondeu ela. – Há outro policial a caminho para o turno do dia. Lucas voltará à noite.

– E já falou com Woody hoje?

– Mandei uma mensagem.

Segurando a caneca com as duas mãos, Bryant parou para olhar a foto na parede.

– As duas são uma gracinha – ele observou. – E essa cabeleira esvoaçante fica muito bem nela.

Kim sorriu, e Dawson e Stacey entraram juntos na sala.

Ela logo notou que Dawson aproveitara bem o fato de estarem longe do escritório para usar um par de jeans surrado e um moletom de universidade.

– Estava com pressa, Kev? – ela perguntou, olhando enfaticamente para a metade de baixo. De toda a equipe, ele sempre era o cara que acabava forçando um pouco a barra.

– Não, chefe, é que...

Kim o encarou, séria, por cerca de cinco segundos. Depois, virou o rosto para o outro lado.

– Espero não ter que dizer isso de novo. Agora, vamos montar o quadro.

Stacey sentou-se em uma das extremidades da mesa e ligou seu equipamento.

– Ok, escreva no alto do quadro "Charlie e Amy". À esquerda, coloque a data e a hora do sequestro. Na coluna seguinte, as duas mensagens de texto, palavra por palavra. No segundo quadro, as linhas de investigação.

Kim desacelerou. Dawson estava se esforçando para acompanhá-la, mas ainda não terminara de transcrever a segunda mensagem.

– A primeira linha de investigação analisará as gravações das câmeras de segurança. À frente disso, coloquem "Inga". A segunda examinará os números de telefone dos quais as mensagens foram enviadas. A terceira ficará por conta dos arquivos do último caso de sequestro, e a quarta, da lista dos possíveis inimigos dos membros da família. Por ser promotor, a lista de Stephen será mais longa e possivelmente mais relevante. Depois, vamos procurar nomes da lista de Elizabeth e, em seguida, os da lista de Robert.

Kim esperou Dawson alcançá-la.

– A última coluna tem apenas as iniciais "MF". Precisamos ir com muito cuidado aqui. Investigar os membros da família pode causar uma divisão entre eles e a nossa equipe, então prefiro que eles não fiquem sabendo. – Ela voltou-se para Stacey. – Quero que você investigue os amigos deles, conhecidos, parentes mais distantes e até as finanças.

– Mas se eles não podem ficar sabendo, como é que...

Kim cortou Dawson.

– É aqui que Helen entra. Ela vai conseguir alguns nomes e outros detalhes sem levantar suspeitas.

– Uma dúvida, chefe.

– Pois não, Kev? – disse ela, dando-lhe total atenção.

– E se o *modus operandi* de agora for igual ao da última vez? Se forem os mesmos sequestradores? Isso não seria perda de tempo?

– Você tem razão, Kev. Que pena eu não ter pensado nisso antes. Vamos fazer assim: apaguem a lousa, e, da próxima vez que eu falar com os sequestradores, vou perguntar se foram eles mesmos. Mais fácil assim, não é? É isso aí, pessoal, vamos relaxar e aguardar que eles liguem!

Kim sabia que estava sendo um pouco dura com ele, mas às vezes o jeito de Dawson era simplesmente irritante demais.

– Kev, mesmo que os sequestradores sejam os mesmos, essas duas famílias foram escolhidas por alguma razão. Portanto, tem que haver uma ligação.

Ele assentiu, entendendo.

– Agora, quero que vocês saiam em busca de Inga. Falem com vizinhos, amigos, qualquer um que possa dar uma dica do seu paradeiro. Sabemos que ela está envolvida e que foi por meio dela que eles obtiveram os detalhes das rotinas. Sabemos também que ela se apavorou e decidiu cair fora. Ela é nossa prioridade.

– Entendi – disse Dawson.

– Ok. Stace, o que podemos concluir a partir dos números de celular?

Stacey fez uma careta.

– Não muita coisa.

Exatamente o que Kim temia. Ela esperou Stacey explicar.

– Não dá para dizer, a partir das mensagens, a que rede cada celular está conectado. Acho que o sequestrador deve ter um monte de celulares pré-pagos com crédito ilimitado, que não estão registrados. Se ele for esperto, e a gente espera que não seja, os aparelhos serão de operadoras diferentes, o que torna quase impossível para nós abordar os provedores.

– Não dá para simplesmente rastrear os números? – Dawson perguntou.

Para um detetive, ele andava assistindo a televisão demais.

Stacey negou com a cabeça.

– A tecnologia de posicionamento móvel usada pelas operadoras permite obter apenas uma localização aproximada do celular.

Ela colocou sua caneca de café a um palmo da de Bryant e pôs sua caneta entre as duas.

– Essa tecnologia se baseia em medir os níveis de potência e os padrões das antenas, porque um celular ligado sempre se comunica sem fio com uma das estações-base mais próximas. Os sistemas avançados determinam em que setor o celular está e fazem uma estimativa da distância até a estação-base, às vezes com precisão de até cinquenta metros nas áreas urbanas.

– Bom, com certeza já é um ponto de partida, não é? – Dawson sugeriu.

Stacey moveu as canecas até a borda da mesa, deixando a caneta no mesmo lugar de antes.

— Nas áreas rurais, as estações podem estar a quilômetros de distância uma da outra. Portanto, localizar uma torre pode ser inútil em termos de localização.

— Mas temos os números de telefone — disse Dawson.

Stacey revirou os olhos e voltou-se para Kim.

— Acontece que os telefones provavelmente estão desligados, Kev. Não há tecnologia de rastreamento que resolva se o telefone não estiver ligado — explicou a inspetora.

— Temos certeza disso?

— Checamos os dois ontem à noite, estão desligados. A essa altura, talvez tenham até sido quebrados e descartados.

Bryant acessou seu celular e pegou algumas informações.

Dawson não estava convencido. Havia dias em que sua obstinação era valiosa, mas, às vezes, era simplesmente mal direcionada.

— Eu li uma vez que era possível acessar o microfone interno de um celular para bisbilhotar uma conversa.

— Sim, mas você precisaria de toda a sorte do mundo para conseguir alguém que assine um mandato autorizando isso — disse Stacey. — E provavelmente não adiantaria nada. Aposto que as baterias nem sequer estão acopladas aos celulares.

— Então não temos o que fazer?

Stacey suspirou.

— Bem, Kev, em situações de emergência, podemos até obter permissão para investigar um telefone, mas está óbvio que o cara vai usar telefones diferentes em cada comunicação. Além disso, teríamos que torcer para que ele deixasse o telefone sempre ligado. Tudo o que eu posso fazer agora é enviar e-mails com os números que temos para as quatro principais operadoras e pedir que façam uma busca. Mas isso pode levar dias, até semanas, e seria apenas um pedido, entre milhares de outros, para cada uma das operadoras.

Stacey olhou para Kim esperando seu aval.

Ela não hesitou.

— Faça isso assim mesmo, nunca se sabe o que pode funcionar. Precisamos tentar todas as possibilidades.

A sala ficou em silêncio, e Kim ouviu a movimentação na cozinha, que ficava bem perto.

Ela afastou sua cadeira.

– Certo, vamos aproveitar cada minutinho livre para examinar os arquivos do caso anterior. Talvez tenhamos sorte com algo que não foi considerado antes.

Ela ainda não havia atribuído nenhuma tarefa a si mesma, nem a Bryant.

Tinha a sensação de que fariam alguma investigação de campo.

CAPÍTULO
24

Inga tropeçou em um paralelepípedo quando saiu andando pela calçada.

Conseguira deixar a área do parquinho sem ser vista. A noite no castelinho de madeira havia sido fria e desconfortável, mas sentira-se segura por algumas horas. As condições não a deixaram desfrutar de um sono completo e pesado, mas seu corpo tirara uma pequena soneca, interrompida apenas pelo clarão intermitente das luzes do veículo de segurança que patrulhava a área.

Foi quando estava na ambulância que ela se dera conta do quanto havia sido brutalmente usada. Quando ouviu as vozes de estranhos genuinamente preocupados com seu bem-estar enquanto ela permanecia quieta, fingindo. Lágrimas saltaram de seus olhos fechados, e ela percebeu que nunca havia se sentido tão sozinha na vida. Exceto, talvez, em outra ocasião.

Inga também ficara impressionada com a facilidade com que fora seduzida a fazer algo totalmente contrário às suas crenças. A manipulação de suas inseguranças e fantasias havia sido fácil. Ela não oferecera nenhuma resistência.

Cada uma das fraquezas de Inga havia sido usada contra ela. Ela recebera o que desejava, mas havia dado a eles muito mais. Havia entregado Amy.

Enquanto andava, sentiu novamente os tornozelos. Eles formigavam dolorosamente à medida que o sangue quente se espalhava pelos pés.

Sua mente estava funcionando melhor agora, depois de ter descansado algumas horas.

Naquele momento, sua prioridade era se trocar. Ainda vestia as roupas do incidente, o que a tornava prontamente identificável a qualquer um que estivesse atrás dela.

Estava a cerca de seis quilômetros do seu pequeno apartamento. Podia pegar as ruas e alamedas secundárias, chegar lá e trocar de roupa.

Conforme a ideia se transformava em plano, seu passo acelerou. Se tivesse tempo para mudar de roupa e pegar o passaporte no apartamento, quem sabe conseguiria chegar ao aeroporto, sacar algum dinheiro e pegar um voo.

É claro que, ao utilizar o cartão em um caixa eletrônico, entraria imediatamente no radar, mas então já estaria em segurança no meio de um movimentado aeroporto. Anônima. E, assim que pusesse os pés na Alemanha, ligaria para a polícia e contaria tudo o que sabia.

Ela checou a bolsa ao se aproximar do terminal de ônibus de Cradley Heath. Sentindo-se mais animada com o plano, decidiu gastar o que tinha em uma passagem de ônibus.

Inga correu e parou na frente de um ônibus que começava a sair. O motorista deu uma freada brusca e olhou feio para ela.

Ela subiu, grata por estar no meio daquela tumultuada multidão preparada para começar mais uma semana de trabalho. Ah, como ela desejava ter os mesmos problemas que eles!

Passados doze minutos, ela saltou do ônibus e enveredou pela Dover Street, a rua principal paralela à sua. Se virasse a esquina ao final da rua, conseguiria entrar rapidamente em casa, caso houvesse alguém rondando por ali.

Ela sabia quem esperar, e ele dificilmente passaria despercebido.

Parou na esquina, seus olhos vasculhando todos os espaços. Não viu nada. Deu alguns passos à frente, examinando cada edifício pelo qual passava.

Ela pulou de susto com o som de uma caçamba de lixo com rodinhas sendo arrastada de volta para o jardim após a coleta semanal, mas chegou em segurança ao prédio vitoriano.

As chaves tilintaram enquanto tentava abrir a porta do prédio. Ela praguejou pela própria falta de jeito depois de deixar as chaves caírem duas vezes. Finalmente, entrou e fechou a porta, recostando-se do outro lado.

Sentiu aquela familiaridade acolhedora de chegar em casa. De repente, teve saudades do fardo trivial da normalidade.

Não havia se afastado tanto assim da vida cotidiana a ponto de não se lembrar de como era chegar em casa toda noite, depois do trabalho, e se queixar consigo mesma dos patrões, dos ônibus lotados ou dos preços do supermercado.

Ela introduziu a chave na fechadura da sua porta, mas notou que já estava aberta. Seu coração disparou desesperadamente enquanto a porta abria devagar, revelando a baderna lá dentro.

Cada um de seus móveis havia sido destroçado. Suas roupas estavam espalhadas, e da porta de entrada já dava para ver que haviam sido rasgadas ou cortadas. O fedor acre de água sanitária permeava o ar.

Ficou perplexa com aquela devastação, e imaginou Symes sorrindo enquanto destruía a casa.

Estava mais do que claro que aquela destruição total tinha sido uma advertência.

Inga virou as costas e fugiu.

CAPÍTULO 25

Karen estava sozinha na cozinha quando Kim entrou.

Ela interrompeu um pouco a limpeza e ofereceu um quase-sorriso à inspetora.

Kim notou que as joias que usava no dia anterior tinham sido removidas, e não havia outras no lugar. Nenhuma maquiagem cobria seu rosto.

– Bom dia, Kim. Espero que a noite não tenha sido...

– Podemos conversar um pouco lá fora? – Kim perguntou.

Karen interrompeu a limpeza pela metade.

– Está tudo bem? Alguma novidade?

Kim assentiu e foi em direção às portas envidraçadas.

Karen enxugou as mãos e pegou um xale preto na área de serviço, oferecendo um vermelho a Kim.

– Não precisa, obrigada – a inspetora agradeceu.

Eram quase nove horas e a temperatura já chegara a um grau.

Karen fechou a porta da cozinha e se envolveu no xale.

– O que está...

– Me fale sobre Robert – disse Kim, afastando-se da porta dos fundos.

Karen a seguiu, parecendo confusa.

– Ele é um homem maravilhoso. De verdade. Eu nem achava isso quando a gente se conheceu, mas ele é persistente quando quer alguma coisa.

Kim assentiu. Aquela era uma oportunidade para Karen lhe contar a verdade.

– Eu trabalhava no turno da noite em uma empresa de locação de carros de luxo. A cada quinze dias, ele ia lá alugar um carro para o fim de semana. Gostava de dirigir carros diferentes, mas não via sentido em ser dono de uma frota inteira, já que seria o único a desfrutar dela.

Kim ouvia com atenção, e Karen prosseguiu.

– Tivemos algumas conversas curtas. Eu tinha 22 anos, e ele, 41. Da quinta vez que ele veio, me trouxe um buquê de flores enorme. De início, me recusei a aceitar, e sabe o que ele disse?

Kim fez que não com a cabeça.

Karen sorriu.

– "Por favor, não julgue minha atenção como algo inadequado, apesar da nossa diferença de idade. Não sou um velho paquerador; estou cortejando a mulher que gostaria que fosse minha esposa."

– Muito gentil – disse Kim.

– E muito inteligente. Não consegui parar de pensar no que ele havia dito durante todo o fim de semana, e, portanto, não consegui parar de pensar nele. Decidi que da próxima vez que nos víssemos eu explicaria o que achava de tudo aquilo, mas então fiquei quase um mês sem vê-lo. E me peguei querendo que ele aparecesse de novo. Quando ele voltou, veio de *smoking*. Estava tão bonito e elegante que não consegui dispensá-lo. Agiu como se nada tivesse acontecido e pediu o carro mais caro da loja. Era um Bentley conversível. Perguntei se era alguma ocasião especial e ele disse que era para um primeiro encontro muito importante. O nosso.

Aquela jogada parecia extraída de uma comédia romântica. Mas havia funcionado, e Robert aparentava ser um homem muito interessante.

– Nos casamos exatamente um ano depois. Foi muito bonito.

A conversa não estava correndo tão rápido quanto Kim gostaria. Ela resolveu ir direto ao ponto.

– Robert sabe que Charlie não é filha dele?

Em algum ponto daquele conto de fadas, havia ocorrido uma fraude, e Kim não estava mais a fim de ouvir a versão censurada.

Karen ficou sem chão.

– Como foi que você...?

– Fiquei estudando aquela fotografia e não achei um único traço no rosto dela que lembrasse o seu marido. Especialmente aqueles lábios.

O corpo de Karen desabou e ela começou a soluçar. Kim continuou olhando para a frente.

– Ah, meu Deus, Kim! Você nem imagina o alívio que é finalmente...

– Não busque consolo comigo. Não sou padre, nem conselheira. Sou policial, e só há uma coisa que preciso saber.

– Lee é o pai – ela murmurou, olhando para o chão.

Kim assentiu. Já imaginava aquilo. Tinha visto nos lábios da menina. Para um homem agressivo e desprezível, até que ele tinha uma boca bem feminina.

– Foi só uma vez, eu juro. Simplesmente não consegui...

– Karen, eu não ligo a mínima. O que está me tirando do sério é o fato de você não ter achado importante me contar a verdade no início. Você não entende que cada detalhe é vital para essa investigação? Acha mesmo que ocultar esse tipo de informação vai me ajudar a trazer sua filha de volta?

Karen levou a mão à garganta.

– Ah, Kim, sou tão...

– Ele sabe sobre ela?

O rosto de Karen empalideceu na mesma hora.

– Você não está imaginando que...

– Não tenho como não pensar nisso, Karen. Eu preciso riscá-lo da lista.

Karen sacudiu a cabeça com veemência.

– Ele não sabe nada sobre a Charlie. Nunca mais o vi depois daquele dia... Eu sequer penso nele como pai dela. Para mim, o pai sempre foi...

– Você pretende contar ao Robert? – Kim perguntou, incisiva. Precisava saber se havia um conflito familiar prestes a explodir.

Karen a olhou horrorizada.

– Meu Deus, não! Não posso contar isso a ele agora, nem você.

Kim não tinha nenhuma intenção de contar a verdade a Robert. Não era seu papel, mas ela precisava investigar a possibilidade de que o verdadeiro pai de Charlie estivesse envolvido no caso.

Ela podia compreender a recusa de Karen em revelar tudo. Robert controlava o dinheiro, e quem aceitaria arruinar a própria vida por uma criança que não fosse sua?

Karen deu um passo em direção a Kim.

– Escute, Kim, foi apenas uma vez mesmo...

Kim virou as costas e se afastou. Havia um velho ditado que dizia que, se você não tem nada de bom a dizer, é melhor cair fora antes que diga algo terrível. Algo nessa linha. Ela não tinha certeza do texto exato, nunca prestara muita atenção.

Pessoalmente, Kim odiava qualquer tipo de manipulação, mas num relacionamento isso era imperdoável. Se uma relação não funciona mais, termine logo e siga sua vida, mas não engane alguém que você amou.

Ela entrou na sala de guerra e esfregou as mãos.

– Stacey, comece a mexer os pauzinhos para localizar Lee Darby. Ele provavelmente já está no sistema, e não será difícil encontrá-lo.

– Entendido – disse Stacey.

– Então, chefe... Só para alegrá-la um pouco, Woody andou ligando – Bryant interveio. – Quer que a gente dê uma passada na delegacia.

Fantástico, Kim pensou enquanto pegava o casaco.

Seu dia não começara bem, e ela já tinha a sensação de que as coisas iriam piorar.

CAPÍTULO
26

– **Mas o que diabos ele quer?** – Kim resmungou enquanto Bryant enfrentava o trânsito do centro da cidade, nos arredores de Halesowen. – Ele sabe com o que estamos trabalhando e convoca uma porcaria de uma reunião?

– Vai ver é algo importante – Bryant supôs, mas ela não estava a fim de ouvir.

Ele mal havia entrado no estacionamento quando Kim começou a tirar o cinto de segurança.

– Espere aqui, com o motor ligado. Não demoro.

Kim entrou apressada no edifício e subiu pela escada. Bateu na porta e esperou um segundo antes de entrar.

Woody estava sozinho.

– O senhor me chamou?

Ela parou junto à porta.

– Sente-se, Stone – disse ele, tirando os óculos.

– É que estou com um pouco de pressa...

– Eu disse sente-se.

Kim avançou três passos e sentou.

– Em que pé estamos na investigação?

Não havia a menor chance de ele a ter chamado ali apenas para obter um relatório do caso. Isso ele poderia ter feito por telefone. Mas ela precisava entrar no jogo.

– A equipe está instalada na casa dos Timmins. Os Hanson também se hospedaram lá. Ontem à noite eles receberam uma segunda mensagem de texto dizendo que a brincadeira iria começar hoje. Helen está lá a postos, e já examinamos os vídeos do centro de lazer. O sequestrador se disfarçou de policial e, como você certamente já foi informado, Bradley Evans foi morto.

Woody apertou a caneta em sua mão direita.

— O que exatamente deveríamos ter feito, Stone? — ele perguntou calmamente.

Kim sabia que ele tinha razão. Ainda assim, Brad estava morto.

— Eu não sei. Só estava tentando protegê-lo, senhor. É nossa obrigação.

— E eu sei que você tentou, à sua maneira, fazer o melhor possível, mas a morte do senhor Evans é culpa exclusivamente da pessoa que chutou sua cabeça pela rua. Precisamos continuar focando em Charlie e Amy.

Ele largou a caneta e pegou a bola antiestresse.

Ah, droga.

— Stone, o que eu vou lhe dizer agora é inegociável. Você pode berrar, espernear, bater o pé e fechar a cara o quanto quiser: nada vai mudar.

— Boa notícia, então?

— Você será assistida neste caso por dois especialistas. Um deles chega hoje, o outro, amanhã.

— Parece até um romance de Charles Dickens — disse Kim.

— A primeira é uma especialista em comportamento...

— Para traçar um perfil do criminoso, senhor?

— Não. Para analisar o comportamento.

É a mesma coisa, Kim pensou. Tinha a própria visão a respeito de perfis de criminosos, algo que teria o maior prazer em compartilhar com a... especialista em comportamento.

— Bem, considerando que temos apenas duas mensagens de texto como base, serei toda ouvidos.

— O segundo é um negociador...

Kim pendeu a cabeça para a frente.

— Está brincando, não é?

— ...que pode ser útil quando algum contato for estabelecido.

— Eu sei negociar. Por que não fazemos assim: quando eu pegar esses desgraçados, negociarei prisão perpétua sem qualquer possibilidade de condicional, e o melhor amigo deles na prisão será um cara apelidado de "Jack, o Estripador". Que tal?

— O negociador foi ideia minha, Stone.

— Ah... e por que isso, senhor?

– Digamos que eu sinto que suas melhores habilidades estão em outras áreas.

Ela respeitou a avaliação do chefe.

– Não podemos fazer um acordo? – perguntou Kim, levantando uma sobrancelha. – Eu fico com o negociador, e o senhor, com a doutora psicóloga.

A boca de Woody quase se abriu num sorriso.

– Confio que você será educada e profissional com eles o tempo todo.

Ele devolveu a bola antiestresse para a mesa.

Kim aprendera a escolher bem suas batalhas.

– Claro. O senhor me conhece.

A expressão melancólica dele disse muito.

Ela deu um longo suspiro.

– Mais alguma coisa?

– Não, acho que já melhorei seu dia o suficiente.

– Certamente, senhor – ela respondeu. Era melhor não dizer mais nada.

Kim deixou o escritório e desceu correndo as escadas. Então, parou por dois segundos e decidiu passar rapidamente em sua sala. Não levou mais do que cinco minutos.

– E aí, ganhamos um aumento? – Bryant perguntou quando ela entrou no carro, jogando uma pasta no banco de trás.

– Não, melhor do que isso. Teremos uma psicóloga criminal e um negociador na equipe.

– E um fabricante de velas?

– Não ainda, mas vai saber. Talvez em breve.

Bryant riu.

– E o que eles farão exatamente?

– Acho que farão com que os oficiais de altas patentes se sintam aliviados. Assim, se o caso tiver um desfecho horrível, poderão jogar a culpa em mim, já que eu contei com todos os recursos possíveis.

– Mas não teremos um desfecho horrível, certo, chefe?

– Pode apostar que não.

Bryant sorriu.

– Seguiremos para a Penitenciária Featherstone?

Eles mal haviam deixado a casa dos Timmins quando Stacey conseguiu rastrear o paradeiro de Lee Darby. Naquele momento, Lee estava sob os cuidados de Vossa Majestade.

– Ah, sim – disse Kim. Aquele certamente não era um encontro que ela estava animada para ter.

CAPÍTULO
27

Karen estava surpresa com a própria capacidade de realizar tarefas cotidianas normalmente.

Uma parte dela achava que, se continuasse fazendo as coisas como sempre fez, uma brisa mágica simplesmente traria Charlie de volta. A lógica por trás disso não importava. Racionalmente, Karen sabia que a filha estava sendo mantida em cativeiro e que não iria se materializar na sua frente. Mas, quando se dedicava às tarefas do dia a dia, isso lhe parecia possível.

De cinco em cinco minutos, olhava ansiosa para a porta de entrada. Tinha vontade de sair correndo procurando por ela, de gritar, de berrar, certa de que Charlie a ouviria e voltaria para casa. Ela descobriria então que as mensagens não haviam passado de um trote, e que as duas meninas tinham estado seguras o tempo todo.

Karen piscou para espantar as lágrimas, e aquele desejo utópico deu lugar aos fatos. Sentira-se no paraíso durante os poucos segundos em que a fantasia havia durado, mas sempre acabava voltando à realidade. Vinte e quatro horas haviam se passado e sua filha ainda não estava em casa.

Preparar o almoço permitiu que ela descansasse a mente e afastasse aquele pensamento que continuava tentando vir à tona. Mas não podia deixá-lo vir. *Não iria* deixar. Se o fizesse, o pensamento a destruiria. Charlie estava viva. Ela sabia disso.

Depois do almoço, Karen se ocupou em lavar os pratos. Quatro deles estavam praticamente intactos, mas tudo bem. A intenção havia sido preparar a comida, não exatamente comê-la.

Ela encheu a pia com água quente, dispensando a lava-louça. Não queria que a tarefa consumisse apenas alguns poucos minutos. Queria se ocupar por horas. Até o exato segundo em que Charlie voltasse para casa.

A cada momento, ficava mais difícil encarar Robert, lembrar que sabia de algo que ele não sabia. Embora tivesse se sentido julgada por Kim, Karen entendia que a detetive tinha boas razões. Se soubesse que isso poderia afetar de algum modo a segurança da filha, teria gritado a verdade de cima do telhado. Mas não tinha afetado. Não podia ter.

– Posso ajudar? – Elizabeth perguntou, entrando na cozinha.

Karen tinha um "não" na ponta da língua. Se dividisse a tarefa, terminaria logo, ficando novamente à mercê dos seus pensamentos. Mas bastou olhar o rosto da amiga para mudar de ideia.

Pelo menos ela tinha o privilégio de estar na própria casa. Podia cozinhar, limpar e manter-se ocupada quase o tempo todo.

– Pegue o pano de prato – disse Karen. – O que os meninos estão fazendo? – ela perguntou. Apesar de não serem exatamente meninos, era assim que as duas se referiam aos maridos no plural.

– Estão grudados nos notebooks. Robert finge que está lendo e-mails, mas há dez minutos não aperta uma tecla.

– E Stephen?

– Fez algumas ligações. Há coisas que ele não tem como delegar, mas não é culpa dele. Seu trabalho não é tão fácil como o meu de transferir para alguém – disse Elizabeth, parecendo desconfortável.

– Sério? – Karen perguntou.

– É... Não sou nem de longe tão indispensável quanto ele. Se eu ficar doente, posso simplesmente passar o lote seguinte de processos para o estagiário mais próximo. Com Stephen não é assim. Mesmo que ele pegue uma intoxicação alimentar grave, isso não será suficiente para que interrompa o encaminhamento das consultas que chegam.

Karen fingiu não perceber certo ressentimento no tom de Elizabeth. Sabia que a amiga havia conhecido Stephen na faculdade de Direito e, quando o relacionamento dos dois começou a sofrer por ambos estarem totalmente focados em terminar o curso, ela escolheu dar um tempo na carreira para apoiá-lo. Inicialmente, o plano era retomar os estudos assim que Stephen se estabelecesse. Mas então Amy apareceu de surpresa, seguida por Nicholas.

Karen teria gostado de ter outra filha, ou mesmo um filho. Ainda tinha esperança de engravidar de Robert um dia. Não usava anticoncepcional, e Robert não questionava se era fértil ou não. Para ela, ele era o pai de Charlie.

Karen sabia que Elizabeth não culpava os filhos pela interrupção da carreira. Era uma mãe maravilhosa, mas seus sentimentos em relação ao marido eram outra história.

O que começara como um contato casual, já que ambas as meninas frequentavam a mesma escola, acabou virando uma forte amizade, que acompanhava o afeto que as filhas tinham uma pela outra.

O gosto compartilhado por música da década de oitenta e comida chinesa foi a base de muitas noites animadas de sexta-feira. O relacionamento entre os maridos não era tão próximo, mas se davam bem e toleravam a companhia um do outro por causa das esposas e das crianças.

Stephen, Elizabeth e Robert já haviam feito diversas ligações para chefes, colegas e amigos, justificando a ausência no trabalho e nos eventos sociais. Seus telefones estavam cheios de mensagens dizendo para não se preocuparem e desejando que se recuperassem logo.

Karen não fizera nenhuma ligação. Seu círculo era bem restrito, e ela não via problema nisso. Elizabeth ficara impressionada ao ver uma casa daquele tamanho sem empregada e, apesar de Robert ter sugerido muitas vezes que contratasse uma, Karen sempre recusara.

– Alguma notícia do Nicholas? – ela perguntou.

Elizabeth assentiu.

– Está muito bem, se divertindo. Mas não fiquei muito tempo falando com eles. A tentação de contar é grande demais.

Karen entendia Elizabeth. Algo dentro dela dizia que quanto mais gente soubesse, melhor. Algo como mobilizar tropas em prol de uma causa. Afinal, talvez alguém tivesse uma pista para trazer as meninas de volta.

– Acha que estamos fazendo a coisa certa com esse bloqueio de mídia? Quer dizer, será que não devia ter mais gente envolvida nisso? – perguntou Elizabeth, fazendo eco aos pensamentos de Karen.

Uma parte de Karen queria gritar aquilo ao mundo. Queria ver centenas de pessoas na rua procurando as crianças. Se sentisse no coração que isso traria a filha de volta, teria topado na mesma hora.

Mas não conseguia imaginar nada pior do que uma caravana de familiares, amigos e colegas entrando e saindo de sua casa, dizendo banalidades, ainda que com a melhor das intenções. Não aguentaria a pressão de ter que ser agradável e educada com todo mundo enquanto Charlie estava desaparecida. Assim que a filha voltasse, Karen daria uma festa, e o mundo inteiro poderia ir.

Karen estava totalmente concentrada nos utensílios da cozinha, limpando e conferindo cada superfície pelo menos umas três vezes.

— Sabe de uma coisa, Ka? – Elizabeth disse com a voz trêmula. – Não importa onde as meninas estejam. O que eu espero, mais do que tudo, é que estejam juntas.

Karen sentiu um nó na garganta. Havia momentos em que achava que não conseguiria mais chorar.

Mas, quando viu as lágrimas correndo dos olhos da amiga, percebeu que sempre teria mais lágrimas querendo sair.

Caíram nos braços uma da outra e choraram como se a vida das duas dependesse disso, compartilhando uma dor que só elas eram capazes de entender.

— Também espero que elas estejam juntas – Karen cochichou para a amiga.

Um instante depois, Elizabeth se afastou e secou os olhos.

— Você confia nela? – perguntou.

Karen assentiu sem hesitar, sabendo que Elizabeth se referia a Kim.

O caminho das duas havia se cruzado algumas vezes ao longo da infância delas. De início, Karen ficara intrigada com o cabelo preto e com os traços misteriosos da menina. Havia algo de exótico na aparência dela.

Kim sempre fora uma alma solitária, o que a tornava ainda mais interessante. Karen não conseguia se lembrar se Kim já tivera um amigo sequer. Não procurava relacionamentos próximos e se fechava quando os outros tentavam fazer amizade com ela. Não queria pertencer ou se filiar a nada que pudesse tornar sua vida mais fácil. Queria apenas sobreviver.

Elaine havia sido a melhor amiga de Karen, e sempre odiara muito Kim. Tentara recrutá-la para o grupo delas, mas sem sucesso. Então, tentara intimidar Kim fechando a cara, trombando nela ou empurrando-a.

Karen se lembrou da vez em que Elaine ficou brincando de sombra com Kim, de um jeito bem cruel. Passara o dia imitando cada gesto de Kim, seguindo-a o tempo todo a uma distância de meio metro. Muitas das crianças da casa acharam a brincadeira o máximo, e, ao final da tarde, praticamente todas haviam se juntado àquela macaquice.

Karen também se juntara a elas. Não por se sentir intimidada por Elaine, mas por estar encantada com a postura imperturbável de Kim, andando por ali e cuidando da própria vida como se não estivesse sendo seguida e imitada por vinte garotinhas estúpidas.

Kim esperou até a hora de dormir. Pôs o pijama antes de todo mundo, escovou os dentes e lavou o rosto sem dar a mínima para as piadinhas que faziam às suas costas.

Então, guardou a escova de dentes e virou-se para Elaine com um sorriso amável.

– Ah, me desculpe, Elaine. Não tinha visto você aí.

A plateia toda ficou em silêncio, e Kim foi em direção à porta do banheiro. Então, parou e voltou-se para Elaine.

– Não é um pouco triste que você dê tanta atenção a alguém que não está nem aí pra você?

Kim esperou uns cinco segundos por alguma resposta. Depois, abriu caminho entre as garotas em silêncio e foi direto para a cama.

Ela tinha 13 anos e era a única pessoa que Karen conhecia que não se intimidava com Elaine.

– Eu confiaria minha vida a ela – disse Karen, sendo sincera.

Mas, enquanto dizia essas palavras, Karen percebeu que não era a sua vida que estava confiando à detetive.

CAPÍTULO
28

— **Preocupada com alguma** coisa, chefe? – Bryant perguntou enquanto passavam por Dudley.

— Não, estou ótima.

— Ótima coisa nenhuma. Você me deixou dirigir, e só faz isso quando precisa de tempo para pensar.

— Não é nada... Eu vou ajeitar as coisas.

— Não duvido que vai, mas talvez ajeite mais rápido se despejar alguma coisa em mim.

— Será que ajuda? – ela perguntou.

— Não literalmente, ok? Sei como você é, então prometo não dar nenhum palpite. É apenas para você poder expor o problema em voz alta.

— Tracy Frost não foi a razão da morte de Dewain Wright – disse Kim, de fato sentindo um pequeno alívio ao tirar aquelas palavras do peito. – Ela visitou a casa dos Timmins ontem à noite, o que também constitui outro problema, mas insistiu na questão do Dewain. Então, peguei o arquivo na delegacia e conferi novamente.

— Mas se foi ela quem vazou a história, como é que...?

— Os horários não batem. A gente... Quer dizer, eu... Eu achei que tivesse sido culpa dela, mas só porque tudo aconteceu rápido demais. Tudo bem, ela publicou o furo, mas o menino havia sido morto dez minutos antes de o primeiro jornal chegar às bancas.

— Que merda! Isso significa que outra pessoa avisou o Lyron que Dewain ainda estava vivo?

Kim assentiu, seu olhar vagando pela janela.

O vai-e-vem constante dos inúmeros semáforos da nova rodovia de Birmingham estava começando a irritá-la. Se Bryant avançasse só um amarelo, pegariam todos os outros abertos e chegariam voando.

— Aquele menino mexeu mesmo com você, não foi? – Bryant perguntou.

Kim não tinha visto aquilo como Bryant via. Sim, Dewain Wright havia mexido com ela pra valer, porque era um dos jovens mais corajosos que já conhecera. Ele sabia que estava arriscando a vida tentando deixar a gangue, mas mesmo assim havia tentado.

– E o que está pensando em fazer? – perguntou Bryant. – Você não gosta de deixar pontas soltas, e agora com esse caso...

– Não posso nem pensar em trabalhar em outro caso, e não é só porque prometi à Karen. Realmente preciso focar em trazer Charlie e Amy de volta.

Bryant balançou a cabeça, concordando.

– Ou seja, não tem como fazer os dois ao mesmo tempo.

– Eu sei que não, mas também não posso simplesmente ignorar que alguém vazou que o garoto ainda estava vivo. Isso causou a morte dele, e ele merece algo melhor da minha parte.

– Ok, Deus proibiu você de deixar pontas soltas em qualquer caso seu – disse ele. – Mas *você* está ocupadíssima naquela casa.

Ela o olhou de soslaio.

– Estão pagando a mais pra você repetir tudo o que eu falo?

– Não! Estou fazendo isso de graça.

– Ah! – exclamou ela, sua ficha finalmente caindo. – Entendi o que você está pensando, e gostei disso.

– Na verdade, não estou pensando em nada. Só ouvindo, como havia dito.

Ela sabia exatamente o que fazer agora, e tomaria as providências assim que voltassem.

Quando entraram no estacionamento da prisão, ela virou-se para ele.

– Como sempre, Bryant, muito obrigada por não ter ajudado em absolutamente nada.

– Disponha, chefe.

* * *

A distância, a escala reduzida do portão da Penitenciária Featherstone no meio da sólida barreira de tijolos fez Kim se lembrar de um cartum. Era como se colocar uma entrada naquele local tivesse sido uma decisão posterior.

Ela se divertiu imaginando o arquiteto construindo aquele prédio alto, resistente, e então exclamando de repente, depois de dar uma boa olhada: "Xiii, esqueci que as pessoas precisam entrar ali!".

Featherstone, em Wolverhampton, nunca foi um exemplo de eficiência carcerária. A prisão celebrou o novo milênio com uma pesquisa que apontava que trinta e quatro por cento dos seus detentos admitiam consumir drogas. Isso sem contar que pelo menos um terço dos demais detentos também o fazia, embora não admitissem. Então, em 2007, a prisão superou a concorrência ao alcançar a mais alta porcentagem do Reino Unido de teste positivo para opiáceos, como heroína.

Nos últimos anos, três novos blocos haviam sido construídos, o que conceituava o lugar como uma superprisão e quase dobrava sua capacidade de abrigar prisioneiros da categoria C.

Depois de passarem pela minúscula porta, Kim e Bryant foram atendidos por uma policial uniformizada que mais parecia estar brincando de se fantasiar. Ela achou que a moça não devia ter mais do que 21 anos, com seu físico franzino e uma expressão ingênua.

Kim sabia que a aparência podia enganar, mas também não deixava de ser um indicativo. Só rezava a Deus para que aquela menina não achasse que todos os prisioneiros eram pessoas decentes e mal compreendidas, e que, se os tratasse com respeito, fariam o mesmo por ela.

Eles não eram, e não fariam.

Bryant mostrou seu distintivo e a menina o conferiu.

Ela balançou a cabeça.

– Não é dia de visita. Hoje é segunda-feira.

Uau. Kim sentiu-se realmente grata por aquela atualização do calendário. Já estava abrindo a boca para falar, mas, por sorte, Bryant foi mais rápido.

– Ligamos mais cedo e falamos com o...

– Tudo certo, Daisy? – perguntou um homem, vindo do corredor que levava ao interior da prisão.

Bryant rapidamente mostrou o distintivo.

– Temos autorização. Se você ligar para o...

– Já fui informado – disse o homem, rispidamente.

Bryant continuou.

– Precisamos falar com um de seus detentos. É importante.

Kim presumiu que o homem estivesse na casa dos 50 anos. A camisa branca bem passada e aberta no colarinho revelava que se cortara fazendo a barba.

– Podem passar – disse ele, apontando para o detector de metais.

Os dois esvaziaram os bolsos, colocando chaves, celular e moedas numa bandeja. Kim passou, mas uma caneta esquecida no bolso de Bryant fez a máquina apitar.

– Precisamos falar com Lee Darby – Kim comunicou, pegando seus pertences.

– Precisam deixar suas coisas aqui – disse o funcionário, passando a bandeja para Daisy.

Kim acompanhou o objeto com os olhos e o viu sumir debaixo da mesa. Ela protestou.

– Senhor... – Ela procurou o nome dele no crachá – ...Burton, eu gostaria que meu...

– Vocês não podem ir além deste ponto com chaves, celular e distintivo policial.

– Pegue leve, chefe – disse Bryant, disfarçando com uma tossidinha.

Dando um longo suspiro, Kim aceitou que ali era o parquinho daquele homem, não o dela.

O oficial deslizou a mão pela mesa e passou-lhes dois passes de visitantes.

– Última coisa: vocês têm algum objeto afiado?

Bryant deu um passo à frente.

– Só se for a língua dela!

– Natureza da visita? – perguntou Burton, ignorando o detetive.

– Confidencial – Kim respondeu.

Burton a encarou por longos cinco segundos. Kim nem sequer piscou.

– Vou levá-los até a área de visitas – disse ele, virando-se de costas.

– Preferimos ir aonde ele estiver agora – Kim declarou.

O Oficial Burton parou de andar.

– Isso seria totalmente contra as regras.

– Entendo – ela concordou. Não podiam transparecer que aquela era uma visita planejada. O único propósito de Kim era esclarecer se Lee Darby estava envolvido no sequestro da própria filha. Antes, porém, precisava descobrir se ele sabia da existência de Charlie. – Mas realmente precisamos fazer isso, e o senhor não imagina o quão urgente é a situação.

Ela começou a avançar.

O Oficial Burton não saiu do lugar. Em vez disso, consultou o relógio, ponderando por um momento.

– Ele está no ginásio, no treino de basquete. Há vários outros detentos lá.

– Não se preocupe com o Bryant – disse Kim. – Eu o protejo.

– Inspetora, sua segurança é minha responsabilidade.

– Certo, oficial – ela consentiu. – Prometo não me afastar do senhor. Tudo bem assim?

Se o plano dela funcionasse, não precisaria mesmo fazer isso.

Ele hesitou um momento, mas acabou concordando.

– Pode nos falar um pouco sobre esse cara? – Bryant perguntou enquanto seguiam pelo corredor. Cada trecho do caminho era idêntico, e toda hora precisavam interromper a caminhada para trancar e destrancar portas.

Em algum lugar do prédio, uma pequena equipe de pessoas mantinha informações sobre cada um dos prisioneiros. Sabiam com quem falavam, com quem não falavam, quais eram inimigos entre si e, o mais importante, quais eram amigos.

– Ele é um dos nossos aspirantes – Burton adiantou.

– Um o quê? – quis saber Kim.

– Classificamos os detentos por tipos de personalidade. Nosso Lee gosta de se misturar com o pessoal acima dele.

– Como assim? – Bryant perguntou.

– Como em qualquer lugar, há uma hierarquia aqui, um sistema de níveis. O nível mais baixo, o que tem mais gente, é o do pessoal que cometeu pequenos crimes... reincidência em furto de lojas, roubo de carro, esse tipo de coisa. Ficam na prisão por um período relativamente curto. Tendem a se agrupar e a ficar longe da política da prisão, principalmente porque não vão passar muito tempo aqui.

Os dois ouviam atentos, e o oficial continuou.

– No nível seguinte estão os ladrões de carreira, os detentos por lesão corporal grave, com sentenças de extensão média. Nosso garoto gosta de se misturar com os caras de cima. As conversas que eles têm não são o que se pode chamar de longas. Talvez só o suficiente para dizerem que você precisa cair fora.

– Ele não é muito popular, então?

Burton deu de ombros.

– Até poderia ser se parasse de tentar se dar com os caras mais durões. E o fato de ter enchido a mulher de porrada também não facilita as coisas. Ainda mais no caso dele.

– Por quê?

– Porque ela testemunhou no tribunal e detonou com ele. Ou seja, nem a mulher do cara tem medo dele. Não chega a ser tão desprezado aqui quanto os pedófilos, mas não está muito longe disso.

– E mesmo assim ele continua tentando?

Burton assentiu.

– Acho que é para ter o que fazer...

– Algum outro problema? – Kim perguntou.

– Umas poucas brigas, mas nada sério. Estendeu em uns meses a sentença dele. Agora, sua primeira saída em condicional será no final deste ano.

Burton digitou uma senha e os três entraram em um saguão, onde ficava a porta de acesso ao ginásio. Kim sabia que a prisão oferecia muitas atividades esportivas, como *badminton*, boliche, vôlei e futebol. Também sabia que os prisioneiros em Featherstone tinham cerca de dez horas por dia fora da cela.

Ah, se fosse ela que governasse o mundo!

Burton virou-se para ela.

– Bem... Será que não tem como você ficar fora da vista e deixar que o seu colega...?

– Bryant, vá falar com aquele baixinho ali no canto. Finja que você o conhece – disse Kim, com a cabeça já enfiada na entrada.

Bryant fez uma expressão de estranhamento, mas atendeu ao pedido.

Kim entrou no salão e ficou encostada à parede, sem olhar para ninguém em particular. Burton deu um longo suspiro, mas ficou ali, perto dela.

O cheiro de uma mulher nova era como cocaína para um cão farejador de drogas.

Por um breve momento, ela achou que todos correriam até ela e se sentariam ao seu lado. Como previsto, todos os olhares na sala voltaram-se à sua direção.

Levou cerca de quatro segundos para que os homens percebessem que Kim era policial, o que aniquilou o interesse deles. De todos, menos um.

Kim não olhou na direção dele, mas percebeu, pelo canto do olho, que o rapaz havia inclinado a cabeça e vinha andando até ela. Parecia estar caprichando o andar de gângster, dedicando-o a Kim. Um leve balançar do corpo, um passo bem pausado. Era a coisa mais engraçada que ela tinha visto nos últimos dias.

Burton chegou mais perto dela.

Lee ergueu as mãos.

– Tudo certo, cara! Eu conheço essa putinha aí.

– Ei, cuidado com o que...

– Kim? – disse ele, finalmente parando diante dela. – É você, não é? Kim Stone?

Ela permitiu que seu olhar pousasse nele. Um olhar neutro.

– Sou eu, o Lee. Lee Darby. Crescemos juntos, né? A gente era até meio chegado.

Deus do céu, ele falava como se realmente acreditasse naquele linguajar baixo nível que saía de sua boca. A lembrança que ela tinha do rapaz era um pouco diferente.

Kim inclinou a cabeça e franziu o cenho, um leve sorriso pairando em seus lábios. Ah, qual é. Ela ia fazer o jogo dele um pouquinho.

– Ah, sim, eu me lembro de você. Estivemos juntos em Goodhampton.

Ele abriu um sorriso enorme, o que não favoreceu nem um pouco sua cara feia.

– É isso aí! Ouvi dizer que cê tinha virado "rato". Quando me contaram, acreditei que tinha sido isso mesmo...

Kim olhou ao redor, como que para confirmar que estavam mesmo tendo aquela conversa naquele ambiente.

– Como você veio parar aqui? Achei que estivesse indo tudo bem com você – disse ela, contendo-se.

– Foi só um escorregão. O destino sempre pega o cara errado pra Cristo. Não fiz nada. Tipo, tava no lugar errado, na hora errada, saca?

Ah, sim, claro. Os punhos dele tinham vida própria e esmurraram a namorada sozinhos até fazê-la parar na UTI. Que cara mais azarado ele!

– E o que você fazia quando estava no lugar certo, na hora certa?

– Comprava umas coisinhas aqui, vendia outras ali...

Kim assentiu.

– Tem mulher, filhos?

Ele negou com a cabeça.

– E eu lá vou querer saber desses pentelhinhos? Só servem pra chupar o sangue da gente. Eu quero é sossego, ficar numa boa...

Ele deu uma piscadela que fez a bile de Kim subir até a garganta.

Ela cobriu a boca e tossiu. Era o sinal para indicar a Bryant que havia terminado.

Por fim, Kim deixou cair a máscara, e toda a repulsa que sentia ficou evidente em seus olhos.

– Lee, você não melhorou nada com a idade. Talvez não esteja no lugar que esperava estar, mas está exatamente onde achei que iria parar um dia.

Bryant chegou e parou ao seu lado. Kim virou as costas e foi embora.

Não detectara nenhuma manobra enganosa no homem. Se estivesse envolvido em uma operação tão complexa quanto um duplo sequestro, ele teria ostentado certo ar de superioridade. Haveria nele um toque de satisfação presunçosa, de quem se compraz com a própria esperteza.

Kim teve certeza de que ele não fazia ideia da existência de Charlie. Não esboçara nenhuma reação quando se tocou no assunto crianças.

É claro que ela poderia ter pegado o caminho mais curto e perguntado diretamente, mas assim ele desconfiaria que tinha uma filha. E isso era algo de que Lee certamente iria querer tirar vantagem em algum momento.

Honestamente, ela não se importava nem um pouco em proteger a frágil barreira que Karen havia levantado em torno da família. Era uma rede de mentiras que a mulher acabaria tendo que encarar.

Fizera isso por Charlie. Lee Darby era o pai, mas aquela criança não precisaria dele para nada. Charlie tinha Robert. Por enquanto.

– Para onde vamos agora, chefe? – Bryant perguntou quando chegaram lá fora, no ar fresco.

– Para casa – ela respondeu.

Depois de dar de cara com um beco sem saída, com tijolos de cima a baixo, esperava muito encontrar alguma coisa naqueles arquivos.

CAPÍTULO 29

– E AÍ, KEV, ALGUMA NOVIDADE? – Kim perguntou. Dawson havia sido novamente convocado à casa para atualizar a equipe antes da chegada da especialista em comportamento.

A frustração era evidente em seu rosto.

– Segundo meu novo melhor amigo do andar de baixo, Inga não levou ninguém ao apartamento nos últimos meses. Nenhum dos demais vizinhos tinha muito contato com ela, e todos disseram que sempre a veem sozinha. Também mostrei a foto dela pelo bairro. Ela foi à cabeleireira algumas vezes aparar as pontas e pegou umas duas refeições para viagem no restaurante chinês, mas não conversou com ninguém. Entrei em contato com a equipe de Brierley Hill que cuidou de investigar a invasão, mas eles ainda estão tentando entender por que ninguém apareceu para dar queixa.

Manter o bloqueio de força policial era tão complicado quanto deixar a imprensa de fora.

Rastrear o paradeiro daquela mulher estava se revelando impossível. E, para o bem de Inga, Kim esperava que estivesse sendo igualmente difícil para os sequestradores. A única explicação para a mulher ter fugido da ambulância era o medo, reprimido até aquele momento.

Kim duvidava muito que aquilo fosse parte do plano. Faria muito mais sentido que Inga tivesse aguardado dentro do hospital até ser recolhida por alguém, ou que tivesse simplesmente decidido ir embora mais tarde. Mas o fato de ter feito toda aquela cena na entrada do hospital levou Kim a concluir que Inga agora devia estar fugindo apavorada.

– Stace? – disse ela, virando a cabeça.

– Bem, chefe, mandei e-mails implorando informações às operadoras de celular. Ninguém riu da minha cara, e recebi respostas educadas. Consegui um possível endereço de uma das famílias do caso anterior, mas a outra família é mais difícil de localizar. Talvez tenham mudado de endereço e sobrenome. Já na lista de possíveis suspeitos que os pais forneceram, tem um cara fichado por um pequeno furto, e Robert confirmou que sabia disso quando o contratou. De resto está tudo certo, mas ainda falta checar a maioria dos nomes da lista do Stephen. Farei isso agora.

– Alguma coisa útil sobre os dois celulares que eles usaram?

– Pré-pagos de operadoras diferentes, com crédito inicial incluso. Os dois foram comprados com cartão de crédito clonado em Manchester, e entregues numa caixa postal em Ealing.

– Isso quer dizer que...

– Só que foi há onze meses, chefe – Stacey esclareceu.

– Droga! – Kim resmungou. De todo modo seria um tiro no escuro, mas, depois de tanto tempo, ninguém se lembraria de quem alugou aquela caixa postal.

– Isso indica que eles planejavam levar essas meninas há um bom tempo – disse Bryant.

– Essas meninas, não – Kim o corrigiu. – Eles vinham planejando há bastante tempo, mas não significa que estivessem visando essas duas especificamente. Deve haver alguma ligação com uma daquelas famílias, ou com as duas. Algo que fez os sequestradores ficarem de olho nelas.

Kim virou-se para o lado e tirou um monte de papéis de uma caixa.

– Muito bem, cada um pega uma pilha. Quero saber se há alguma pista que indique o motivo de as meninas do caso anterior terem sido escolhidas.

Todos concordaram e pegaram uma parte dos registros.

– Chefe, já imaginou se essa especialista em comportamento decide traçar um perfil seu? – disse Dawson, sorrindo.

Bryant bufou.

– Ah, nisso eles teriam todo o meu apoio.

– Quem sabe até não aumentassem nosso salário? – Dawson acrescentou.

Kim sorriu para os dois.

– Minha nossa, Dawson, ela sorriu! – observou Bryant.

– Acho que isso quer dizer pra eu calar a boca!

– Finalmente uma boa ideia – disse Kim.

Ela folheou a papelada, que continha depoimentos de testemunhas, registros de chamadas, relatórios policiais sobre possíveis aparições e listas das várias chamadas para a linha telefônica especial, dando pistas.

– Que droga – Kim resmungou quando uma imagem lhe veio à mente.

Ela saiu correndo da sala e voltou dois minutos depois com a foto emoldurada de Charlie e Amy.

– A cerimônia da prova de natação – disse Kim, tirando o recorte de jornal da moldura.

Ela leu rapidamente a notícia, seu coração ficando mais apertado a cada frase.

Ao terminar, colocou o recorte sobre a mesa e o empurrou na direção de Bryant.

– O artigo fala bastante sobre as duas serem muito amigas. O pai de Amy é citado como um "conceituado promotor", e o de Charlie, como um "empresário local".

Enquanto a matéria circulava pela mesa, Kim se surpreendia com as informações divulgadas. As garotas adoravam nadar, e ambas tinham pais ricos. Mesmo sem qualquer tipo de ajuda, não teria sido difícil localizá-las no Centro de Lazer Old Hill, e aquela linda foto das duas com suas medalhas facilitava a identificação.

Bryant soltou um assobio.

– Um artigo inocente que revela tudo. – Ele olhou o topo da página mais de perto. – E foi publicado em junho.

Sim, a própria Kim já havia feito os cálculos. Se a foto tinha sido o catalisador, eles haviam passado nove meses planejando o sequestro.

– O que isso nos diz, chefe? – Dawson perguntou. – Vamos descartar os possíveis inimigos ou membros da família? Essa informação reduz o âmbito da nossa busca?

– Não, Kev. Amplia muito mais.

Agora, não podiam mais partir do pressuposto de que algum conhecido das famílias estivesse envolvido.

Ao menos aquele cenário ofereceria uma pista inicial e, se estivesse correta, ela encontraria a solução. Mas Kim também sabia que precisaria lidar com o fato de que a escolha das garotas havia sido algo aleatório, desencadeado por um artigo de jornal.

À medida que a possibilidade de relacionar o ocorrido a um contato da família perdia força, ela começava a pensar que lidava com a mesma equipe do último caso. Cada frase, fato, contato ou testemunha registrados previamente teriam que ser reexaminados na expectativa de que eles tivessem, inadvertidamente, deixado alguma pista para ela em algum lugar.

– Muito bem, todo mundo de volta aos registros do caso – Kim instruiu. Era hora de cavar a fundo.

CAPÍTULO
30

WILL CHECOU A CARGA do celular número três. Os dois primeiros estavam bem à esquerda da mesa, desligados.

Ele não esperava respostas. Não ainda. Elas viriam mais tarde, depois da próxima mensagem.

Ajeitou os demais celulares, alinhando-os pela parte de cima. Os telefones ficavam a cinco centímetros de distância um do outro.

Satisfeito em ver os equipamentos em ordem, voltou ao roteiro. Devia ter lido aquela mensagem umas cem vezes, mas tudo tinha que ser perfeito. Da última vez, não dedicara tempo suficiente à escolha das palavras. Não as saboreara o suficiente em sua mente.

Muitas falhas tinham ocorrido naquela última vez. Enganara-se achando que podia fazer tudo sozinho, mas, agora, contara com dois tipos de ajuda. A primeira, mais improvável, viera até ele. A segunda, ele precisou cortejar.

Ele descobriu Symes antes que os casais fossem escolhidos, e desde o primeiro encontro soube que aquele era o homem certo. O processo tinha várias etapas, e ele precisava que Symes agisse ao final. A brutalidade fria do homem deixava-o livre para curtir sua parte na operação.

Ele leu novamente as mensagens. Desta vez, queria que cada palavra causasse o máximo de impacto. Mas teria gostado mesmo era de estar ali quando a mensagem fosse lida.

Havia uma excitação que quase lhe tirava o fôlego, algo que não sentia nem em noites de Natal. Como o filho do meio entre sete irmãos, não nutrira muitas expectativas. Sua memória mais antiga era da mãe exausta passando-lhe o catálogo das lojas Argos. "Escreva seu nome ao lado de alguma coisa de dez libras", ela dizia. Ele fazia isso e passava o pesado catálogo para o próximo irmão da fila.

Então, no primeiro dia de volta à escola, os demais garotos enumeravam cada presente que o Papai Noel havia lhes dado. Ele sentia sua inveja crescer. Não só pelos presentes, mas também por aquela crença num mito mágico. Dizia a cada um deles que o Papai Noel não existia, que era tudo uma tremenda balela. Meninas e meninos gritavam, protestavam, discutiam. Os que aceitavam acabavam gritando mais ainda. E ele ria, feliz por ter feito a diferença.

Seus pais não acreditavam em nada. Um dente debaixo do travesseiro continuava no mesmo lugar na manhã seguinte. Os ovos de Páscoa vinham do supermercado, três por uma libra.

Ele queria dinheiro. O dinheiro *deles*. Queria tirar algo de quem tinha tudo.

Will tentava imaginar como as famílias reagiriam quando ele destruísse suas vidas. Ah, como gostaria de ver aquilo! Mas não podia. Teria que se contentar em ficar sentado ali, imaginando.

Faltava só uma hora para enviar a mensagem que mudaria para sempre a vida daqueles pais.

Seus pensamentos viajaram até seu colega. Já esperava tê-lo de volta àquela altura, com a tarefa concluída. Não havia escolha quanto ao destino de Inga. Ela agira de maneira imprudente, e pagaria por isso.

Inga sabia demais para continuar viva. Era uma vagabunda estúpida que não controlara os nervos, e o medo dela não o comovia em nada. As emoções daquela mulher haviam se mostrado úteis no início, mas, agora, ameaçavam arruinar todo o plano.

Ela teria que morrer, e logo.

Ele esperava que Symes realmente tivesse cumprido a tarefa.

CAPÍTULO
31

— Quem organizou esses registros devia levar uma boa surra.

— Pare de reclamar, Kev, e continue com isso — Kim o repreendeu, irritada.

A verdade, porém, era que concordava com ele. O primeiro dia de investigações estava chegando ao fim. Charlie e Amy estavam sumidas há quase trinta e seis horas, e a impressão era a de que eles não chegavam a lugar nenhum.

O mais preocupante era que a investigação do caso anterior parecia ter sido feita com a mesma falta de eficiência que seus registros, e Kim começava a entender por que tinha dado tão errado.

— Por que você acha que apenas uma das meninas voltou? — Bryant perguntou.

— Não sei, mas aposto que a resposta está aqui, em algum lugar.

Houve uma leve batida na porta. Helen enfiou a cabeça dentro da sala, mas não passou do limiar.

— Senhora, tem alguém aqui que quer vê-la. Doutora Lowe.

Kim levantou-se da cadeira e foi até a entrada da casa, sentindo os aromas deliciosos que emanavam da cozinha.

A figura diante dela era magra e alta, e usava saia reta, salto alto e blazer. O cabelo curtinho, estilo chanel, era complementado por uma franja reta.

Tinha um sorriso fixo no rosto, o que não disfarçava a frieza em seus olhos azuis.

— Doutora Alison Lowe — disse a mulher, estendendo a mão. — Você estava me aguardando?

— É a especialista em perfis criminais? — perguntou Kim. Ela resistia ao termo "doutora" quando se tratava de alguém sem um jaleco branco.

— Prefiro "especialista em comportamento" — disse Lowe, parecendo um pouco impaciente.

– Certo – Kim respondeu com um sorriso. Woody deixara bem claro que ela deveria ser gentil com os especialistas designados, embora o termo "especialista" não encaixasse bem no rosto daquela mulher.

Kim a cumprimentou e retirou a mão rapidamente. Alison pareceu surpresa. Talvez o movimento tivesse sido rápido demais. A verdade é que Kim abominava contato físico com estranhos, a não ser que estivesse derrubando-os no chão.

– Prazer em conhecê-la – disse Kim, unindo as mãos uma na outra.

– Você é a oficial investigadora sênior?

Kim preferia "detetive inspetora", mas deixou por isso mesmo.

Ela examinou os trajes da mulher e sorriu.

– Obrigada por vir direto para cá, mas, se quiser se hospedar em algum hotel, fique à vontade para voltar depois...

– Já fiz isso, oficial.

– Ah, perfeito – disse Kim, imaginando que tipo de pessoa se vestia daquele jeito às 18h30. – Venha, vou apresentá-la à equipe. Todos estão ansiosos para conhecê-la.

Assim que as palavras saíram de sua boca, Kim percebeu que talvez tivesse exagerado. Mas sentiu que seu temperamento dificilmente faria a mulher gostar dela.

– Pessoal, esta é a Doutora Alison Lowe, nossa especialista em comportamento.

A Doutora Lowe seguiu na ponta dos pés até uma das extremidades da mesa.

– Por favor, me chamem de Alison – disse ela. Tinha a dicção perfeita de alguém acostumado a falar em público, e dirigiu um sorriso a todos na sala.

Ela colocou sua pasta sobre a mesa e ajeitou a caneca de café que Stacey havia acabado de lhe entregar.

– Este é meu currículo, só para mostrar um breve histórico da minha experiência.

Ela passou uma cópia a todos da equipe.

Kim deu uma olhada no currículo e ficou imaginando que talvez Alison tivesse sido uma criança prodígio, dessas que terminam a faculdade de Medicina aos 12 anos. Tinha um diploma em Sociologia, outro em Psicologia e uma impressionante quantidade de siglas indicando seus títulos.

O que ela não viu de imediato foi alguma comprovação de trabalho prático.

– Se quiserem fazer alguma pergunta, por favor, fiquem à vontade. Bryant tossiu de leve.

– Pode nos dar uma ideia dos tipos de caso em que trabalhou?

Kim sentiu-se grata por ele ter adivinhado o que ela estava pensando, e mais ainda por ter tido a habilidade de formular a pergunta de uma maneira infinitamente mais cordial do que ela teria sido capaz.

Alison sorriu para Bryant, como se já esperasse a pergunta.

– Participei da investigação de um homicídio triplo em Edimburgo, além de um caso envolvendo um estuprador em série em Hertfordshire.

Kim não estava certa do grau de envolvimento que aquele "participar" denotava, mas preferiu não pressionar. Aquilo não era uma entrevista de emprego, e Woody naturalmente confiava no trabalho de Alison. Isso bastava para ela.

– Muito bem, por onde você gostaria de começar? – Kim perguntou.

Alison levantou-se da poltrona e sentou-se junto à mesa.

– Gostaria de um apanhado do caso até o momento. Fui informada de que um incidente similar ocorreu no ano passado.

– Correto – confirmou Kim.

– Também gostaria de ver as anotações sobre esse caso anterior.

Kim apontou para as inúmeras pilhas de papel.

– Por favor, sinta-se à vontade.

Alison deu uma olhada em volta da mesa.

– Não estão em ordem, suponho.

Antes que Kim respondesse, houve uma batida na porta.

Dawson, que estava mais perto, levantou-se para abrir.

Kim recostou-se na cadeira e viu que era Karen.

Ela nem sequer olhou para Dawson, e falou direto com Kim.

– O jantar está pronto, se você estiver com tempo.

Os três membros da equipe olharam para ela, ansiosos.

– Vamos lá – disse Kim, revirando os olhos. Falaria sobre aquilo com Karen mais tarde. Não era obrigação dela alimentar a equipe, e, embora entendesse que aquela atividade a mantinha ocupada, era preciso fazer diferente. Comer todos juntos produziria uma espécie de intimidade, como uma reunião familiar em que todos comentam os acontecimentos do dia. E a equipe não devia ser induzida a falar sobre o que quer que fosse.

– Fique à vontade também – Kim disse a Alison.
– Já comi, obrigada. Prefiro começar a trabalhar.
Kim esperou que Karen saísse.
– Muito bem, duas garotas de 9 anos foram levadas de um centro de lazer da cidade. O carro da mãe que iria buscá-las foi sabotado para impedir que chegasse na hora. Nosso primeiro sequestrador estava disfarçado de policial, e um funcionário do centro que conversou com ele foi morto ontem à noite. A forma de comunicação escolhida foi mensagem de texto. Até agora, duas mensagens foram recebidas. O conteúdo delas está escrito naquele quadro. As garotas são superamigas, e ambas apareceram num artigo de jornal há alguns meses. A notícia mencionava a atividade exercida pelos pais. E, adiantando o que provavelmente será sua primeira pergunta, eles ainda não fizeram um pedido de resgate.

Alison olhou o quadro e coçou o queixo, já sentindo que pouco havia sido feito até o momento.

Kim prosseguiu.

– A esta altura, estamos examinando os potenciais inimigos das duas famílias, mas temos que levar em conta que talvez elas tenham sido escolhidas a partir do artigo do jornal.

– Bem... A última mensagem de texto é um pouco preocupante.

Kim concordou.

– Parece que temos um psicopata em mãos.

CAPÍTULO
32

Symes tomou sua segunda caneca de cerveja, o que não ajudou a melhorar seu humor.

Passara o dia inteiro caçando aquela vadia, e nem sinal dela.

Ele levantou a mão e pediu outra caneca. Se não tivesse trabalho a fazer, encheria a cara ali mesmo, mas agora só queria aliviar a raiva. Controlá-la um pouco.

Para começar, ele já tinha sido contra a ideia de envolver aquela vagabunda estúpida. Alertara de que não precisariam dela, mas o idiota do Will insistira naquilo.

Então, um pensamento o divertiu por um momento. Deu um tapinha no bolso. Ela não iria a lugar algum sem seu passaporte.

Parte do estrago feito na casa dela era resultado de seus esforços para encontrar o documento. O resto fora para dar-lhe uma ideia do que a esperava quando ele a encontrasse. E ele iria encontrá-la.

O problema era a avaliação subestimada que Will havia feito de sua inteligência. Se fosse tão estúpido quanto parecia, não teria se safado de duas incursões na região de Helmand durante a guerra do Afeganistão.

Primeiro, Symes havia investigado Inga. Seu instinto natural fizera com que procurasse saber com quem teria que lidar.

Ele sabia onde ela tomava café, onde arrumava o cabelo, onde fazia compras. Sabia tudo a respeito dela. Sabia, também, que a natureza humana fazia com que qualquer pessoa sob intenso estresse voltasse aos seus lugares seguros.

Ela não devia estar longe. Tentava continuar viva há quase trinta horas, e seu tempo estava se esgotando.

Ele procurou ficar sóbrio, pois precisava voltar e contar ao desgraçado do Will que ainda não conseguira pegá-la. Já podia imaginar a cara que ele faria antes de se virar e voltar a olhar seus queridos monitores. Faria uma expressão de sabichão, com um quê de chateação e repugnância. Por um momento, Symes sentiu-se tentado a adiar aquela expressão para a semana seguinte, mas não podia. Precisavam um do outro – por enquanto.

Mesmo quando criança, Will sempre fora um estorvo, cheio de doenças e alergias. Symes havia sido parceiro de seu irmão mais velho, que se defendera bem dele numa briga. Larry era um cara durão, e costumava bater no irmão menor por diversão. Algumas vezes até mesmo convidava Symes a se juntar a ele, e o estúpido do Will simplesmente aceitava aquilo.

Larry foi preso antes de completar 20 anos por receptação de mercadorias roubadas. Alguém o dedurou e o mandou para a prisão, e Symes tinha uma boa ideia de quem havia sido.

Depois de cumprir duas semanas de uma sentença de três anos, Larry foi esfaqueado durante uma rebelião na prisão. Will nem sequer foi ao enterro. Aquela família não era fácil, e ele ficou feliz quando viu que o padrasto do amigo havia sido morto. À época, Symes tinha 12 anos. Só lamentou não ter sido ele o autor.

Onze meses atrás, quando Symes encontrou Will num bar em Gornal, ficou surpreso com sua recepção amistosa e sua generosidade.

Encontraram-se de novo duas semanas depois, e Will deu a dica de que estava trabalhando em algo interessante. A intuição de Symes lhe dizia que era coisa grande.

Mas seu colega não era a pessoa mais fácil de se trabalhar junto. Um sorriso irônico moldava permanentemente seu rosto, e, só de pensar naquela expressão de desprezo de Will, o sangue de Symes já começava a ferver.

Ele sabia como funcionava. Se não se acalmasse antes de voltar, não teria outra opção a não ser bater em Will. Sua visão escureceria, e ele só se lembraria do que havia feito muito mais tarde.

Sabia, por experiência, que apenas duas coisas eram capazes de aliviar a tensão do seu corpo. Tomou a terceira caneca de cerveja enquanto pensava em um jeito de conseguir as duas.

Ele saiu do *pub* e foi até o carro, estacionado na Tesco Express. Dirigiu em direção a Stourbridge com um sorriso no rosto.

Estacionou na rua principal e entrou num bar onde estivera com dois amigos semanas atrás. A pessoa atrás do balcão havia lhe dado uns olhares insinuantes, mas ele se fez de desentendido. Agora, porém, estava a fim.

Foi até o balcão e pediu um uísque. Os olhos diante dele o reconheceram.

– Como vai, garotão?

A voz, gentil e suave, pertencia a um rapaz chamado Stuart, que parecia um pouco deslocado naquele bar de operários.

– Tudo certo, cara. E você?

– Melhor agora... porque estou vendo você.

– Você tem um minuto?

Stuart conferiu o relógio.

– Meu intervalo é daqui a pouco, se quiser esperar.

Symes sorriu.

– Eu quero, sim. Encontro você lá atrás.

Ele saiu do bar e deu a volta pelo edifício.

Um beco escuro e estreito separava o *pub* da peixaria ao lado. Symes encostou na parede e ficou esperando.

A pesada porta de metal à sua esquerda se abriu de repente, e Stuart surgiu com um sorriso tímido.

Vestido dos pés à cabeça com seu uniforme de camisa e calça preta, Symes notou que o rapaz tinha boa aparência. Era quase bonito.

Stuart parou diante dele, os dois bem próximos naquele espaço estreito.

– E então, garotão, sobre o que você quer conversar? – Stuart perguntou, correndo o dedo de leve pelo antebraço de Symes.

Symes o afastou e abriu o zíper da calça.

– Minha nossa! – o rapaz sussurrou, olhando para baixo. Sua mão desceu e sentiu a ereção.

Symes ficou mais excitado ainda. Stuart gemeu, acariciando-o. Ele se aproximou, procurando contato visual, mas Symes olhava fixamente para um ponto acima da testa do rapaz.

Colocando a mão direita sobre o ombro de Stuart, Symes o fez agachar.

Stuart segurou as bolas de Symes e enfiou seu pênis na boca.

Symes sorriu. Ninguém fazia boquete melhor do que viado.

Sentindo o tesão crescer dentro dele, enfiou os dedos naquela cabeleira loira e mexeu a cabeça do menino para a frente e para trás, tirando e colocando o pênis em sua boca.

Symes não olhou para baixo, mas percebeu que Stuart se masturbava. Ele não ousava olhar. A visão de outro homem o chupando iria enojá-lo.

Enquanto o tesão aumentava, tudo parecia recuar para longe. O que importava agora era chegar ao destino final.

Ele se enfiou com mais força na boca de Stuart, empurrando a cabeça dele mais rápido. Gotas de suor começaram a brotar em sua testa. Podia sentir a coisa se aproximando. Correu ao encontro dela, focado apenas em cruzar aquela linha.

Symes rugiu, explodindo ao romper a fita de chegada.

Os efeitos foram imediatos. Seu nível de estresse diminuiu como o nível de água em um balde furado, mas ainda não havia se esgotado.

– Nossa, cara, você podia ter segurado um pouco mais...

As palavras de Stuart foram interrompidas pelo soco que Symes lhe deu na cabeça. O garoto caiu de lado.

Symes fechou rapidamente o zíper e chutou o rapaz nas costas.

Stuart gritou de dor.

– Estava esperando o quê, sua bichinha? – Symes perguntou, chutando-o na barriga. – Seu viado de merda, vocês são todos iguais. Tenho nojo de você.

Stuart rolou pelo chão, gemendo com as mãos na barriga. Seu pênis mole encostava no piso.

Symes odiou aquela visão. Sentiu o estômago embrulhar, o que aumentou sua raiva. Chutou Stuart na parte de trás da coxa, bem forte.

– Você é uma desgraça, cara. Não sabe que é pecado o que você acabou de fazer? É nojento um homem chupar o pau de outro.

Symes chutou-o de novo.

Stuart gemeu e rolou pelo beco, tentando escapar.

Symes foi atrás.

– Chega... por favor... – o rapaz implorou.

Symes o chutou mais uma vez.

– Eu devia acabar com você, seu desgraçado de merda.

– Por favor... não...

Symes parou sobre aquele corpo contorcido, seus pés plantados um de cada lado do peito de Stuart. Abaixou o olhar para aquele rosto aterrorizado.

– Tá bom. Vou deixar você ir, mas tem que me pedir desculpas.

– O-o... quê?!

Symes cutucou as costelas do garoto com o pé direito.

– Vamos lá, peça desculpas por ser uma bichinha suja e escrota. Diga que sente muito pelo que me fez fazer. – Ele o cutucou de novo. – Peça desculpas, porra!

Uma lágrima escorreu pelo rosto do garoto enquanto ele repetia as palavras de Symes, uma por uma.

Symes sorriu, satisfeito. O garoto assumira a responsabilidade por suas ações, então o deixaria viver. Ele próprio havia sido eximido de toda a culpa. Estava limpo agora.

Symes ajeitou a roupa e saiu do beco.

Estava pronto para voltar.

CAPÍTULO
33

Kim parou de folhear os arquivos ao se deparar com uma página em que constava apenas o título "Transcrição da 3ª mensagem de texto".

Mas estava faltando a página seguinte.

Procurou o documento pelas pilhas espalhadas sobre a mesa. Era como buscar uma agulha no palheiro. Seus olhos pararam em Alison na outra ponta da mesa. A mulher a encarava com um meio sorriso.

Kim tentou corresponder com a mesma expressão, mas sentiu que encarava seu reflexo na sala de espelhos de um parque de diversões.

– Por que está tentando ser gentil comigo? – Alison perguntou, divertindo-se.

– Não estou tentando nada – Kim mentiu.

– Está, sim, e agora está mentindo. – As sobrancelhas de Alison se aproximaram uma da outra. – Só não entendo por quê.

– O que faz você pensar que estou fingindo? – Kim perguntou.

– Sou especialista em comportamento, inspetora. Posso detectar uma atitude forçada a um quilômetro de distância. E então?

Kim concedeu à mulher sua primeira expressão genuína desde que a conhecera.

– Não sou uma pessoa particularmente fácil de lidar no trabalho, segundo o meu patrão.

Alison pareceu aliviada.

– Ah, então não tem a ver com não gostar de mim, especificamente. Você apenas tende a não gostar da maioria das pessoas.

Kim ficou admirada com a perspicácia da mulher.

– Quase isso, mas vou aproveitar que estamos tendo essa conversa para ser bem sincera. Essa história de perfil criminal me dá náuseas.

Alison preferiu não corrigir a terminologia que Kim usara.

– Você não acredita que identificar criminosos por meio de uma análise psicológica seja útil para a polícia?

— O que eu sei é que não faz muito tempo que os perfis eram feitos medindo as partes do corpo. Estupradores tinham mãos curtas, testa estreita e cabelo loiro. Ladrões tinham anomalias cranianas e cabelo farto.

Alison sorriu.

— Acho que já evoluímos um pouco depois disso. Muitos dos perfis usados hoje em dia já foram cientificamente desenvolvidos, como o Myers-Briggs, o Guilford-Zimmerman, a escala de perfil de personalidade de Edwards.

Kim colocou a folha que estava segurando sobre a mesa.

Ela conhecia todos os testes que Alison havia mencionado.

— E todos eles dependem de o sujeito responder às questões do teste dizendo a verdade. Isso requer que o criminoso seja totalmente honesto e consciente de si. Essa é a primeira falha. A segunda é que você só consegue questionar os criminosos que foram pegos, deixando de fora todos os que escaparam. Os dados são incompletos.

— Eu entendo o que você está dizendo...

— O terceiro problema é que seus dados são históricos. Você está prevendo o que irá acontecer com base no que *já aconteceu*. Tal tipo de pessoa vai reagir de tal modo. Seu sistema reduz as pessoas a máquinas previsíveis, e elas não são assim.

— Mas as pessoas costumam agir de modo consistente. Os traços de personalidade estão arraigados nelas.

— As pessoas agem de muitas formas quando estão sob estresse. Fazem escolhas que não temos como prever.

Alison se endireitou na cadeira.

— Mas a comparação entre perfis de comportamento é uma comparação entre padrões... e padrões têm sua importância.

Kim abriu a boca para responder, mas Bryant surgiu à porta.

— Café fresquinho?

— Eu adoraria uma boa xícara de chá!

Ele arregalou os olhos.

— Mas chefe, você nunca toma chá.

Ela virou-se para Alison.

— É esse o meu ponto. Só porque eu normalmente tomo café não quer dizer que de vez em quando não sinta vontade de mudar.

– Mas a maior parte do tempo você vai tomar café. Clichês são clichês por um motivo.

– Mas sempre há uma exceção para confirmar a regra – Kim contra-atacou. – Cada caso e cada criminoso são únicos, portanto não podem ser previstos pelo histórico das ações de outros.

– Então você não vê nenhum valor na análise de comportamento?

Kim pensou por um momento.

– Acredito que uma boa investigação é uma mistura de observação, dedução e conhecimento.

– Ah, a abordagem Sherlock Holmes.

– Não exatamente, porque Sherlock não era real. Mas há certas coisas que me permitem ter certeza disso. Nenhum criminoso age sem motivo, e criminosos diferentes têm comportamentos similares por razões totalmente diferentes. O comportamento humano se desenvolve apenas como uma reação ao ambiente e à biologia. E, sendo bem sincera, eu não me importo se o nosso sequestrador tem um fascínio freudiano pela mãe ou se é uma pessoal antissocial que faz tricô nas horas vagas. Afinal, a não ser que isso me forneça o endereço dele, não vai me ajudar muito.

Alison gargalhou alto, pegando Kim de surpresa.

– Você não para nem pra respirar, hein?

Talvez ela tivesse exagerado um pouco. Não tivera a intenção de detonar a profissão da mulher.

– Escute, qualquer ajuda que você possa oferecer sobre possíveis comportamentos com base em ações demonstradas será muito bem-vinda.

– Com certeza, inspetora.

Kim a olhou de cima a baixo.

– E pelo amor de Deus, vista-se de um jeito menos formal amanhã. Esse estilo sóbrio vai acabar assustando a família. Está parecendo um coveiro. – Ela a examinou novamente. – Afinal, qual é o problema de usar uma roupinha básica de escritório? Já passamos um pouco da década de oitenta.

– Como mulher, preciso me esforçar para ser levada a sério. Essas roupas garantem que eu seja respeitada, e não destratada.

Kim sabia que o respeito de uma equipe não dependia do jeito de se vestir, e sim de tomar boas decisões.

— Fique tranquila, doutora. Minha equipe não irá destratá-la pelo fato de você ser mulher. Só farão isso se você ficar falando besteira.

A mulher lançou-lhe um olhar gélido.

— Ei, foi só uma piadinha.

— Entendi. O humor de Birmingham.

— Não é nada disso. Se vier com esse papo, vai acabar se dando mal por aqui. Black Country é muito diferente de Birmingham.

Dessa vez, não era piada.

— Inspetora, eu acho que...

As palavras de Alison foram interrompidas por um grito agudo vindo da sala. Kim voou até a porta, atropelando pilhas de papel, e saiu em disparada pelo corredor.

— Mensagem de texto — disse Dawson ao vê-la, passando-lhe o celular de Karen. Kim havia pedido que as famílias não lessem a próxima mensagem, mas o celular de Elizabeth estava bem firme na mão de Stephen.

Ela estendeu a mão para ele.

— Senhor Hanson, por favor...

— Eu já li a mensagem, inspetora — disse ele, deslizando o polegar pela tela.

Kim deu um passo na direção dele.

— Senhor Hanson, por favor me passe o...

Ele recuou.

— Ela é minha filha, não sua.

Enquanto ele abria a mensagem, as duas mães se abraçaram no sofá. Seguravam com força as mãos uma da outra.

A equipe de Kim, incluindo Alison, já havia se espalhado pela sala.

Kim preferia que Stephen não tivesse aberto a mensagem antes que ela soubesse do que se tratava, mas não podia arrancar o aparelho das mãos dele.

Ele começou a ler, seu rosto empalidecendo mais a cada palavra.

O quanto você ama sua filha? Meça isso em números. Uma competição saudável extrai o melhor das pessoas. O casal que oferecer a maior quantia verá sua filha de novo. O que perder não verá.

Essas são as regras, e elas não irão mudar. Entrarei em contato novamente. Podem ter certeza: uma das crianças vai morrer.

A sala explodiu em gritos e protestos.

Kim olhou novamente para aquelas duas mães atormentadas. Suas mãos haviam se separado.

CAPÍTULO
34

– Helen, venha cá um segundo – disse Kim, virando-se para a oficial de acompanhamento familiar.

Ela deixou a sala, passou pelo corredor e saiu pela porta da frente, afastando-se cerca de dez metros pela entrada da garagem. Aquela tinha que ser uma conversa privada.

Finalmente, Helen a alcançou.

– Inspetora?

– Estão fazendo a mesma coisa da última vez, não é? Essa babaquice de jogar um contra o outro. Não achou que devia ter mencionado isso?

Kim tinha os punhos fechados dentro dos bolsos.

– Não imaginei que aconteceria a mesma coisa outra vez. Não imaginei... Eu só...

A mulher parecia confusa, mas Kim continuou.

– Não consta nada sobre isso nos arquivos do caso. Não há transcrição da terceira mensagem.

Helen parecia aflita.

– É melhor você começar a ser honesta comigo, ou eu juro por Deus que vou...

– Está bem, realmente não consta – ela disse, finalmente.

Kim afrouxou as mãos.

– Que merda! E por que não?

– Apenas dois de nós sabíamos dessa terceira mensagem, e juramos guardar segredo. Não ia pegar bem se vazasse que já sabíamos que só uma das crianças voltaria viva. Ainda não estávamos nem perto de pegá-los. Divulgar a informação não daria em nada; de todo modo, só uma criança voltaria.

– Como isso nunca se tornou público?

– Sinceramente, inspetora, você já deve ter se envolvido em casos em que certas informações não são de interesse público.

Kim ferveu.

– Não estamos falando de interesse público, estamos falando de algo que é parte essencial da porcaria do caso!

– E o investigador principal ainda é meu chefe, senhora – Helen disparou de volta.

Kim correu as mãos pelos cabelos.

– Deus do céu, isso está ficando cada vez melhor. Tem mais alguma coisa que eu deva saber?

Helen negou com a cabeça.

Kim tinha duas opções: podia tirar Helen do caso ou continuar tentando fazer com que ela servisse para alguma coisa.

– Senhora, eu sinto muito mesmo. Devia ter contado. Tornar isso público teria sido péssimo, mas não é desculpa. Devia tê-la avisado do que provavelmente estava por vir.

– Sim, você poderia muito bem ter me contado! – gritou Kim, espumando de raiva.

Helen ajeitou uma mecha de cabelo atrás da orelha. Seus dedos tremiam.

– Se eu for deixar você ficar, preciso ter certeza de que não está me escondendo mais nada. Sua única prioridade aqui é ajudar a trazer essas duas meninas de volta.

– Senhora, posso lhe garantir que eu vou...

– Volte lá pra dentro, Helen. E... faça um pouco de chá.

Helen assentiu e correu de volta para a casa.

Kim continuou ali por um bom tempo, andando de um lado para o outro, relutante em controlar sua raiva. Faltavam dedos para contar de quantas maneiras a investigação anterior havia sido mal conduzida. Agora, aquelas falhas estavam afetando Charlie e Amy, e ela não estava gostando nem um pouco disso.

Falaria com Woody no dia seguinte sobre a papelada que estava faltando.

Essa era uma batalha que cabia a ele lutar.

A única preocupação de Kim era que as duas garotas voltassem a salvo.

CAPÍTULO
35

Kim voltou à sala de guerra. O clima estava sombrio.

– Certo, pessoal, liguem para quem tiverem que ligar. Vamos ter que varar a noite hoje.

– Já ligamos, chefe – disse Bryant, e Dawson e Stacey assentiram.

Minha nossa, como sua equipe a conhecia bem! O primeiro dia de investigação começava a se estender diante dela, mas Kim não podia esquecer que aquela era a segunda noite que passariam fora de casa. Ainda era segunda-feira, mas a intensidade do caso dava a sensação de que estavam ali há muitos dias.

– Nossa prioridade é vasculhar esses arquivos e ver o que conseguimos encontrar aqui. Eles não estão completos, mas estou cada vez mais certa de que estamos lidando com o mesmo pessoal da última vez. Então, qualquer coisa que encontrarmos pode ser útil.

Kim consultou o relógio. Eram quase nove da noite.

– Alison, fique à vontade se quiser ir. Amanhã cedo colocamos você a par da situação.

– Eu também tenho olhos, inspetora. Posso ler os arquivos.

Kim não estava a fim de discutir.

– Ok. Vamos revezar ao longo da noite, e cada um tira duas horinhas de descanso na poltrona. A segunda prioridade é manter a cafeteira sempre cheia.

– Certo, chefe – disse Bryant, assumindo o posto.

– Agora, vou conversar com as famílias – disse Kim, levantando-se.

Karen estava com a cabeça enfiada no peito do marido, que acariciava seu cabelo.

Elizabeth e Stephen estavam sentados lado a lado. Ela encarava o vazio. A raiva dele era palpável.

Helen correu para a cozinha quando Kim entrou na sala.

Os casais nunca haviam se mostrado tão distantes, e Kim fez força para se lembrar da imagem das duas mulheres segurando as mãos.

Ela sentou-se em uma cadeira vaga e encarou os quatro.

— Pessoal, esse desdobramento da história é tão chocante para vocês quanto é para mim, só que...

— Isso também aconteceu da última vez? — Stephen perguntou.

— Não posso discutir os detalhes do último caso com...

— Vou interpretar isso como um sim. Logo, apenas uma das crianças vai voltar.

— Senhor Hanson, precisamos conversar.

— Nós precisamos é de alguém decente para liderar essa investigação.

Três pares de olhos o encararam. Ele abriu os braços.

— O que foi? Só estou dizendo o que todos nós estamos pensando!

Karen abriu a boca para falar, mas Robert foi mais rápido. Sua voz era tranquila, mas firme.

— Stephen, nunca suponha que está falando por mim. Inspetora, eu definitivamente não penso dessa forma.

Karen balançou a cabeça, concordando com o marido.

— Por favor, inspetora, continue — disse Elizabeth.

— Obrigada. O artigo de jornal é útil, mas ainda não podemos descartar que algum conhecido de vocês esteja envolvido nisso. Por favor, tentem pensar se não há alguém que vocês ainda não mencionaram. Mesmo que achem que não tenha nada a ver, não deixem de listar os nomes.

Kim já estava de saída, mas voltou-se para eles mais uma vez.

— Também preciso pedir que não respondam a essas mensagens. Sei que é difícil, mas não há outra opção. Ok?

As respostas não foram tão enfáticas quanto gostaria.

Ela virou-se para Karen.

— A casa vai ficar cheia essa noite, mas faremos o mínimo de barulho possível.

De volta à sala de guerra, Kim estava pronta para começar a revidar.

CAPÍTULO
36

Na sala de guerra, ainda reinava o silêncio atônito causado pelo horror daquela mensagem. Mas não podiam permanecer assim por muito tempo. Kim precisava fazer com que a equipe se concentrasse no trabalho novamente.

— Certo, pessoal, não vamos deixar que isso nos paralise. Os sequestradores podem fazer o joguinho perverso deles, mas nós não vamos entrar nessa. Nada mudou até agora. Nosso foco continua sendo trazer as crianças de volta para casa. As duas.

— Mas que coisa horrível, não é, chefe? — suspirou Stacey.

Bryant a encarou, aflito.

— O simples ato de fazer uma oferta pode selar a morte de uma delas.

Kim assentiu. A lógica era repugnante, mas não deixava de ser verdade.

— Já estamos vendo o efeito que essa mensagem causou. A unidade entre as famílias foi destruída. Agora, é cada um por si. Dividir para conquistar. A ideia de trabalharem juntas, como equipe, foi excluída. Coloquem-se no lugar deles. Vocês realmente se preocupariam com o filho de alguém da mesma forma que se preocupam com o seu?

— Eu nem consigo compreender direito... — As palavras de Bryant se perdiam enquanto sua mente vagava num conflito entre como ele desejaria agir e como poderia agir de fato.

— Os pais provavelmente entrarão em contato, é claro — Alison disse, baixinho.

Kim concordou, imaginando qual dos casais iria intervir primeiro.

— Chefe, também precisamos considerar a possibilidade de que as garotas...

— Nem pense nisso, Bryant. A única possibilidade que estou disposta a considerar é que Charlie e Amy voltarão para casa. Vivas.

Kim não conduziria a investigação por nenhuma outra via.

Ela pegou o celular e digitou os três números que haviam sido usados até então. Agora, eles teriam seu número, o que ela achou ótimo.

— O que está fazendo? — Bryant perguntou.

— Mandando uma mensagenzinha ao nosso amigo.
— Acha que ele vai checar os celulares descartáveis que já usou?
— Ele vai — Alison completou. — Agora o jogo começou de verdade. Não há como ele conseguir nenhuma gratificação cara a cara, então vai correr atrás de qualquer tipo de adulação que possa obter. Na ausência de uma cobertura midiática, a validação que ele pode conseguir é muito limitada.

Stacey virou-se para Alison.

— Tem alguma chance de ele vazar isso para a imprensa? Se ele quer esse tipo de admiração, será que é só uma questão de tempo?

Alison pensou por um momento antes de discordar.

— Acredito que a maior prioridade dele agora é seguir o plano. Sua ânsia por respeito está em segundo lugar. Seja qual for o desfecho, uma hora a notícia chegará aos jornais, causando um grande impacto. Ele já mostrou ser um cara controlado e paciente. Ele pode esperar.

Kim não levantou os olhos enquanto Alison falava. Havia rotulado os números de celular como SQ1, SQ2 e SQ3.

A sala ficou em silêncio. O único som era o *bip* baixinho do seu telefone toda vez que ela apertava uma tecla. Então, seu dedo clicou em "Enviar".

— O que perguntou pra ele, chefe? — Bryant quis saber, e três pares de olhos voltaram-se para ela.

— Pedi pro filho da mãe mandar uma prova de vida.

CAPÍTULO 37

Charlie foi parando aos poucos de mordiscar a tiara que havia tirado do cabelo de Amy.

Quando olhou para a sua esquerda, flagrou a mão de Amy descendo até o antebraço.

— Para de se coçar, Ames — ela cochichou.

Desde a visita daquele homem na noite anterior, elas só falavam cochichando. Charlie não sabia direito o porquê, mas parecia a coisa certa a ser feita.

— Não consigo parar — Amy suspirou, mas prendeu a mão debaixo do joelho.

Charlie sabia que a amiga não tinha como evitar. Sempre fazia aquilo quando ficava nervosa. A primeira vez que Charlie a flagrou se coçando foi antes de um teste de soletrar, quando tinham 6 anos.

— Eu ainda não entendi o que você está fazendo — Amy cochichou ao lado dela.

Finalmente, o plástico que cobria a tiara saiu na boca de Charlie, expondo uma peça de metal fina e afiada.

Charlie correu até a parede e tirou a mochila do caminho. Então, esfregou a ponta do metal contra o tijolo até um risco se formar.

Ela voltou-se para a amiga.

— Da última vez que veio aqui, ele levou o lixo embora. Fiquei tentando contar quantos sanduíches a gente já comeu. É importante pra saber há quanto tempo a gente está aqui.

Amy começou a se coçar de novo. Dessa vez, demorou bastante até parar.

— Amy, preciso que você se lembre do que eram os sanduíches que a gente comeu. Você tem uma memória muito boa. Consegue se lembrar?

A mão de Amy ficou ocupada enquanto ela contava nos dedos.

— Foi um de queijo, um de presunto e outro de queijo.

Amy parou um instante. Sim, aqueles também eram dos que Charlie conseguira se lembrar, apesar de todos terem sido secos e sem gosto.

– Ah, e teve o primeiro de todos, que foi de ovo. Você se lembra do cheiro?

Charlie sorriu ao vê-la torcer o nariz. Só haviam comido aquilo porque estavam morrendo de fome. Tinha se esquecido daquele primeiro.

– Muito bem, Ames. Então eles trouxeram quatro refeições, talvez duas por dia – disse a menina, riscando marcas na parede. – Acho que hoje deve ser segunda-feira à noite, porque...

Charlie foi interrompida pelo som de passos na escada. Não fazia muito tempo que haviam trazido o último sanduíche rançoso. Isso significava que não estavam indo levar comida.

– Olá, minhas lindinhas. Sentiram saudades de mim?

Charlie puxou Amy para perto. Seus membros se entrelaçaram, formando uma espécie de barreira protetora em volta das duas.

– Está tudo bem, Ames. É só tentar não ouvir – cochichou.

Mas sua voz saiu trêmula, e ela sentiu novamente o enjoo na barriga.

– Hoje eu obriguei um cara a chupar o meu pau. Vocês sabem que isso é nojento, não sabem?

Charlie não sabia o que aquilo queria dizer, mas certamente não era boa coisa. O corpo de Amy começou a tremer ao seu lado.

– Aí eu acertei um soco na cara dele. Será que eu conto pra vocês por quê? Sabe... É que eu tô ficando impaciente. E quem eu realmente quero machucar são vocês.

O som de Amy choramingando alcançou os ouvidos que tentavam não ouvir.

Charlie podia sentir o sangue correndo pelo seu corpo, pulsando por suas veias.

Enquanto ele estivesse do outro lado da porta, falando, elas estariam bem. Estariam seguras.

Mas então ele virou a chave na fechadura.

Ela o ouviu gargalhar enquanto a porta se abria. A figura parou de pé diante delas, como um gigante assustadoramente sorridente.

Um brilho cruel iluminou seu olhar enquanto ele o alternava entre uma e outra. As palavras que vieram a seguir as fizeram arrepiar até os ossos.

– Garotinhas, é hora de vocês tirarem a roupa...

CAPÍTULO
38

K‍IM EMPURROU PARA O lado a terceira pilha de documentos. Todas as páginas eram fruto de árvores que haviam morrido por uma boa causa, mas que não lhe revelaram nada de útil.

Já havia analisado a estratégia, o cenário, as linhas gerais e os objetivos do caso. Tudo isso fazia parte das prioridades iniciais de uma investigação.

O que ela não encontrava eram as roupas que vestiam aquele manequim. As ações colocadas em prática. As lacunas mais graves diziam respeito às linhas de investigação, ao detalhamento das transcrições de entrevistas, dos registros das atividades ou mesmo da lógica utilizada ao longo do processo.

Era quase meia-noite e nenhuma palavra havia sido trocada entre ela e a equipe durante a última hora. Todos os arquivos da sala haviam sido abertos e examinados exaustivamente. Todos, exceto um: o arquivo Dewain Wright.

Ela empurrou a cadeira e se afastou da mesa, fazendo quatro cabeças cansadas se voltarem à sua direção.

– Bryant, Stace, descansem umas duas horinhas agora. Depois a gente reveza.

Stacey concordou, acomodando-se em uma poltrona no canto da sala. Bryant colocou os pés sobre a cadeira vaga, cruzou os braços e deixou a cabeça cair de lado. Alison já havia sido convencida a voltar para o hotel há cerca de uma hora.

Dawson olhou para eles com uma pontada de inveja, e então fez um sinal com a cabeça em direção à porta.

– Chefe, só vou dar um pulinho no...

– Kev, não estamos mais na escola. Não precisa me pedir licença.

Ela se abaixou em direção aos pés e se alongou, estalando alguma coisa entre suas omoplatas.

Se as ruas estivessem menos cobertas de gelo, teria pulado na moto e saído para espairecer.

A madrugada era sua inimiga em um caso como aquele. Ela normalmente lidava com cadáveres, corpos já expostos a riscos e danos. Não corriam mais perigo. Mas Charlie e Amy ainda estavam vivas, ela sabia disso. E cabia a ela garantir que continuariam assim.

Após a última mensagem de texto, Kim ficou imaginando o que os familiares estariam sussurrando nos quartos do andar de cima.

Quando a porta começou a se abrir devagar, Kim achou que fosse Dawson retornando à sala, mas foi a cabeça de Helen que surgiu pela abertura.

– Só vim avisar que estou indo agora.

Porcaria. Kim esquecera que ela ainda estava ali.

– Helen, você realmente...

Suas palavras foram interrompidas por uma batida suave, mas audível, na porta da frente.

A inspetora franziu o cenho e olhou surpresa para a oficial, que recuou para o corredor.

Ela se levantou e foi até a entrada. Lucas já estava de pé junto à porta, apenas aguardando sua confirmação.

Kim assentiu e chegou mais perto. Helen estava um passo atrás dela.

A porta se abriu e Kim ajustou o olhar, baixando-o até encontrar uma mulher atarracada, vestindo um casaco comprido que a fazia parecer ainda menor. Um grosso cachecol de lã envolvia seu pescoço, e um rosto redondo, de traços marcados, projetava-se por baixo de um gorro de tricô vermelho.

Aquela mulher só podia ter errado o endereço.

– Você é policial? – ela perguntou, parecendo preocupada.

Ou talvez não.

Kim confirmou a informação com o mais sutil dos acenos, e a mulher estendeu a mão como se não passasse da meia-noite.

Ela a ignorou, cruzando os braços.

A mulher recolheu a mão.

– Meu nome é Eloise Austen. Trago informações.

– Sobre o quê? – disparou Kim.

O caso não era de conhecimento público. Fora daquela casa, Kim podia contar em uma mão as pessoas que sabiam do ocorrido, e ainda sobraria um dedo.

– É sobre... sobre... as garotinhas... o seques...

— Escute aqui – disse Kim, avançando na direção dela. – Não sei como você conseguiu essa informação ou quem diabos é você...

— Eu sei quem ela é... – Helen disse atrás de Kim.

A inspetora encarou a oficial de comunicação.

A expressão de Helen era a de quem não estava gostando nada daquilo. Como se tivesse comido algo intragável, mas, por educação, se recusasse a cuspir.

— Ela apresenta um espetáculo mensal no centro comunitário. É uma médium.

— Pelo amor de Deus... Você só pode estar brincando comigo!

Helen negou com a cabeça.

— Ela também apareceu da última vez. Conseguiu entrar na casa e traumatizou os pais, falando todo tipo de coisa que...

— Não, não, vocês precisam me ouvir – disse a mulher, seu olhar alternando de uma para a outra. – Eu sei de coisas. As garotas... elas estão vivas, mas estão num porão. Estão com frio... assustadas...

— Ah, por favor... – disse Kim, balançando a cabeça. – Conte alguma coisa que eu já não saiba. – O estômago de Kim parecia sentir o medo das meninas o tempo todo.

— Há segredos, mentiras, enganos, e o número 278. Lembre-se do número 278. E ele ainda não acabou – disse ela, com ar de urgência.

Kim estranhou.

— O que não acabou?

— Com a última. Ele tem planos... há muito ressentimento... raiva...

— Venha, Eloise – Helen intercedeu, guiando a mulher para fora com delicadeza. – Já está na hora de você ir pra casa.

Eloise virou-se para trás enquanto Helen a conduzia. Tentava fazer contato visual com Kim.

— Por favor... você precisa me ouvir...

— Não, eu realmente não preciso – disse Kim, dando-lhe as costas e saindo.

Não precisava de excêntricos, nem de malucos.

— Ele sabe, Kim. Ele sabe que você não podia salvá-lo...

Kim virou a cabeça na mesma hora, voltando-se para a mulher.

— O que foi que você disse? Quem é que sabe o quê?

Eloise piscou várias vezes.

— Ele sabe que você tentou e ele a ama, então...

– Helen, tire essa mulher da minha frente! – gritou Kim.

– Procure ver direito, inspetora. Há alguém...

– Vamos, Eloise, já passou da hora de você ir para a cama. – Helen procurava acalmar a mulher, levando-a pelo braço.

Enquanto voltava para dentro, Kim a ouviu falar sobre algo que "arde demais". Não entendeu direito, mas não queria ouvir mais nenhuma palavra da boca daquela mulher.

Ela entrou pisando duro na casa e fechou a porta.

– Que diabos foi isso? – Stephen Hanson resmungou da escada.

Ótimo, mais alguém que ela não precisava ver agora.

– Nada com que você precise se preocupar – respondeu Kim, afastando-se da porta.

– A mulher falou que tinha informações? – Stephen insistiu, tentando enxergar alguma coisa atrás de Kim. Mas a porta estava fechada, e Lucas permanecia de pé ao lado dela. O senhor Hanson não iria a lugar algum.

– Por favor, senhor Hanson, volte para a cama.

– Volto para a cama e faço o quê? – ele disparou. – Você acha mesmo que alguém lá em cima consegue dormir?

Stephen já tinha levantado a voz. Se alguém lá em cima tivesse de fato *conseguido* dormir, provavelmente já não dormia mais.

– Senhor Hanson – disse ela, diminuindo o tom de voz até quase sussurrar. Esperava que ele fizesse o mesmo. – Por favor, suba e me deixe cuidar dessa investigação.

Seu olhar estava gélido e inflexível quando ele viu Helen entrar de novo na casa.

– Ok, inspetora. Espero que de fato cuide muito bem dessa investigação.

Ela respirou fundo e seguiu em direção à cozinha, tentando entender como aquela mulher conseguira descobrir tudo aquilo. Informaria Woody na manhã seguinte de que o teto dele tinha um vazamento.

– Desculpe minha desatenção, Helen. Achei que você já tivesse voltado para casa – disse Kim, colocando água na chaleira. Um café solúvel iria cair bem.

Helen sentou-se no balcão da cozinha e esfregou as mãos.

– Só estava ajeitando algumas coisas depois que eles finalmente foram deitar. Vou tirar uma soneca no sofá daqui a pouco.

Kim pegou uma segunda caneca do armário.

– Leite, açúcar?

– Os dois – respondeu Helen.

– Como eles ficaram depois da mensagem? – Kim perguntou.

Era preciso um tipo especial de força para ficar ali, rodeado por todo aquele medo e desespero, sem se deixar absorver. Os oficiais de acompanhamento familiar tinham que oferecer apoio, força e incentivo sem se envolver emocionalmente, além de manter a presença de espírito para captar qualquer coisa que pudesse ajudar na investigação.

– Os casais mal se falaram depois da última mensagem. Trocaram algumas palavrinhas durante o chá, mas pareciam duas duplas de luta-livre, cada uma encostada no seu canto do ringue.

– E essa médium? – Kim perguntou.

– O que eu sei é que ela consta em algum lugar dos arquivos. Fui eu que escrevi o relatório. Quer dizer, não é lá um documento muito extenso, mas talvez eu devesse ter mencionado...

Kim levantou a mão. Sabia que não podia atribuir todas as falhas da investigação anterior a Helen. Ela fora designada para um papel específico, e nada tinha a ver com as investigações de campo ou a integridade das anotações sobre o caso.

– Eu provavelmente não teria mencionado a visita de uma médium também – disse Kim, dando um desconto à mulher. Poucos policiais dariam valor às divagações de um maluco. – Alguém a levou a sério da última vez?

– Na verdade, não. Ela não disse nada muito específico, mas conseguiu deixar os pais ainda mais perturbados. Ficava agarrando a mão da senhora Cotton e dizendo que sentia muito.

Kim franziu o cenho.

– A mãe da menina que não voltou?

Helen assentiu, dando de ombros.

– Foi terrível.

– E você acredita no sobrenatural?

– Não sou fã de ninguém que tire proveito das aflições dos vulneráveis. A encenação dela é focada nos parentes mortos.

– Então ela realmente é médium?

– Acho que é espírita, algo assim. – Helen sorriu. – Mas respondendo à sua pergunta, não, não acredito no sobrenatural. Fui criada pela minha avó, que foi uma das grevistas de 1910.

– Sério? – Kim perguntou.

Naquela época, as mulheres que trabalhavam na fabricação de correntes em Cradley Heath eram as mais pobres no país, ganhando, por hora, um valor menor do que o da unidade de pão.

Em agosto de 1910, um grupo de mulheres fez o improvável, organizando uma greve. O movimento chamou a atenção internacional para a cidade. Foi um protesto de dez semanas que resultou na criação do primeiro salário-mínimo de que se tem notícia.

– Depois de viver tempos como esse, você não acredita em mais nada que não possa ver por si mesma. Minha avó não foi exceção. Ela também não acreditava que bater em crianças resolvesse alguma coisa. – Helen não estava mais sorrindo. – E você, foi criada acreditando nisso? – ela perguntou.

Kim negou com a cabeça. Ela mal tivera uma criação.

– Pais? – Helen perguntou.

– Mortos – mentiu Kim. Pelo que sabia, seu pai, quem quer que tivesse sido, já deveria estar morto, mas a mãe, infelizmente, não. Sua mãe estava internada no Grantley Care, uma unidade prisional psiquiátrica para criminosos psicóticos.

Kim deu um gole no café, ávida para trazer a conversa de volta ao presente e para longe de sua vida pessoal.

– Filhos? – ela perguntou a Helen.

Helen negou, lamentando-se.

– Várias vezes pensei em ter, mas nunca tive a chance. Sempre adorei meu trabalho e sempre fui muito boa nele. Toda vez que uma oportunidade de promoção aparecia, eu não deixava escapar. Cheguei a fazer o curso para detetive inspetora-chefe, sabia?

Kim disfarçou sua surpresa.

– Mas, com a grande reestruturação de quatro anos atrás, me ofereceram outra opção. – Ela abriu os braços, gesticulando. – Eu ainda pagava uma hipoteca, tinha muitas contas e ninguém para dividi-las, então nem chegou a ser realmente uma escolha. Fiz o treinamento exigido e acrescentei, por conta própria, cursos de aconselhamento e psicologia. Já que eu estava me dispondo a ajudar pessoas, precisava entender como elas iriam se sentir, e, mais importante ainda, como iriam agir. – Ela sorriu, desculpando-se. – Ok, acho que estou tomando muito o seu...

– Por favor, continue – disse Kim. Havia certa solidão naquela mulher, que passara a vida profissional mergulhada no sofrimento dos outros.

– Você simplesmente não percebe os anos passando. Para os homens é mais fácil; ter uma família não impede que avancem na carreira. Para nós, mulheres, não é assim. Por mais que haja essa conversa fiada de igualdade, os meses de licença-maternidade sempre pesam. Não que eu tenha encontrado alguém que me levasse a precisar fazer essa escolha. – Ela deu de ombros. – Nunca apareceu alguém tão especial assim. E agora...

– Você se arrepende disso? – Kim perguntou.

Helen pensou um pouco antes de negar.

– Não. Foram as minhas escolhas, tenho que bancá-las. – Ela sorriu. – Este provavelmente será meu último caso importante. Fui aposentada pela resolução A19.

Kim estava a par daquela polêmica resolução que permitia à polícia aposentar compulsoriamente os policiais abaixo do grau de superintendente com mais de trinta anos de serviço. Fora baixada em tempos mais rígidos, e havia sido decidida "em função de um interesse geral por eficiência", a partir de 2010.

Depois de muitos anos de serviço, vários policiais estão prontos para se aposentar aos 55 anos. Outros, não.

– Você entrou com recurso? – Kim perguntou.

Helen deu de ombros.

– Não deu em nada. – Ela terminou seu café. – E, aproveitando a deixa, vou dar uma dormidinha.

Kim a agradeceu novamente pela ajuda e encheu uma jarrinha de café para recarregar a garrafa térmica. O sono parecia não estar num futuro próximo.

CAPÍTULO
39

Kim voltou para a sala de guerra e fechou a porta. As pálpebras de Stacey tremularam com o movimento rápido dos olhos, e um suave ronco vindo do canto da sala indicava que Bryant dormia pesado.

Dawson esfregou os olhos e virou outra página.

Ela o observou por um instante. Então, tomou uma decisão.

– Kev, pode fechar essa pasta um segundo? – pediu Kim, introduzindo o assunto.

Uma expressão de resignação percorreu o rosto dele. Estava cansado demais para procurar em seu cérebro o que poderia ter feito de errado.

Ele deixou a pasta sobre a mesa e olhou para ela.

– Relaxe, Kev. Só quero conversar com você sobre uma coisa.

Dawson suspirou, olhando novamente para a pasta.

– É sobre o caso Dewain Wright – disse Kim.

Ele apertou os olhos, formando apenas uma fina linha.

– Achei que já tivéssemos encerrado...

– Eu também achava, mas parece que eu estava equivocada a respeito de uma coisa.

Dawson inclinou-se para a frente. Não precisava de nenhuma retrospectiva. O caso havia sido encerrado há apenas alguns dias.

Aquela não era a primeira morte relacionada a conflitos de gangues com a qual haviam lidado, e não seria a última.

Birmingham estava entre as quatro cidades mais afetadas por problemas graves com gangues, ao lado de Londres, Manchester e Liverpool. Em algumas áreas de Londres e Manchester, as gangues estavam se tornando uma espécie de ramificação cultural das gangues norte-americanas dos Crips e Bloods.

Entre as gangues famosas da área, estavam os Brummagem Boys, os Burger Bar Boys e os The Johnsons. Algum tempo atrás, um documentário de TV havia mostrado uma trégua após uma briga feia entre os Burger Bar Boys e os The Johnsons. Desde então, havia ocorrido uma queda significativa no índice de crimes violentos em algumas regiões específicas.

A Hollytree Hoods não era um grupo racial, e sim territorial. Embora não estivesse no mesmo nível que os Brummagem Boys, os The Johnsons ou os Burger Bar Boys, ainda controlava toda a prostituição e o comércio de drogas daquele vasto conjunto habitacional que abrigava cerca de quatro mil pessoas.

– Aquele garoto não sai da sua cabeça, não é? – Dawson perguntou.

Kim assentiu.

Havia passado a noite toda no hospital e, quando finalmente saiu do lado dele na manhã de sábado, na hora do almoço, ele fora assassinado. Lyron, o líder da gangue, foi preso duas horas mais tarde, depois que as câmeras de segurança do hospital o flagraram tirando a máscara de dentro do carro. A gangue não sabia que havia uma câmera voltada diretamente para a cancela do estacionamento.

– Abra o arquivo e cheque os dois primeiros relatórios – Kim instruiu.

Dawson separou e leu os dois relatórios. O primeiro era um depoimento sob juramento de Conroy Blunt, editor do *Dudley Star*, confirmando a hora em que a notícia de Tracy Frost havia sido apresentada, aprovada e enviada para impressão. O segundo era a certidão de óbito de Dewain Wright.

Ele olhou para um, depois para o outro, e a encarou novamente.

Pela sua expressão, já havia entendido.

– Não foi ela. Não foi Tracy Frost. Dewain já estava morto quando o jornal chegou às bancas.

Kim confirmou.

– Exatamente. Ela de fato divulgou que o menino estava vivo, mas a gangue já sabia disso.

Órfão de mãe e com três irmãs, Dewain fora vítima da técnica de sedução mais usada pela Hollytree Hoods.

A gangue promovia festas e convidava toda a molecada do conjunto habitacional, a maioria adolescentes entre 12 e 13 anos. Prometiam dinheiro, sexo, diversão. Tudo o que um adolescente poderia querer.

Se as festas não funcionassem, havia outros métodos. Um dos mais comuns era convencer a meninada de que eram um clube ou grupo de amigos que iria protegê-los do inimigo. Identificavam crianças mais independentes, que não tinham muita supervisão dos pais, e as convenciam de que não eram amadas.

As crianças também eram cooptadas por meio de alguma obrigação. Nesses casos, a gangue fazia algum favor a elas, como pagar uma conta ou bater em alguém, e, em troca, exigia lealdade.

Para conseguir o que queriam, é claro, também espancavam ou ameaçavam membros da família.

Entrar na gangue era a parte mais fácil. Sair dela, nem tanto.

Dawson passou a mão no cabelo.

– Que droga.

– Sabe o que isso significa, Kev?

– Que a pessoa que contou para a gangue está por aí, em algum lugar. Meu Deus, chefe, precisamos descobrir quem é. Aquele garoto foi morto.

Kim sorriu. Aquela era exatamente a resposta que esperava do jovem sargento. Aquela ânsia de saber, de resolver, de ir até o final.

– Vá atrás disso então, Kev. Descubra quem foi.

Ele sorriu.

– Você está brincando, não é? Está passando o caso pra mim?

Kim assentiu.

– Leve os arquivos. Vá atrás disso. Veja o que consegue descobrir nas suas investigações. Não vou interferir, mas me mantenha informado.

Ele aprumou-se na cadeira.

– Pode deixar, chefe. Não vou decepcionar você.

Kim acenou em direção à porta.

– Tem um sofá vago ali. Vá descansar um pouco.

Dawson foi, mas levou a pasta junto.

O olhar de Kim pousou sobre a foto de Charlie e Amy. O cansaço estava começando a afetá-la, e ela imaginou dois rostos diferentes se sobrepondo aos da foto. Duas outras crianças, uma menina e um menino. Mais novos do que Charlie e Amy.

Sua visão ficou turva, e ela piscou os olhos para voltar a si.

Precisava trazer aquelas meninas para casa.

As duas.

CAPÍTULO
40

— Muito bem, pessoal. Sei que essa não foi a melhor noite de sono de vocês, mas vamos fazer um resumo rápido antes que a Alison nos contextualize sob o ponto de vista dela. Eu começo – disse Kim, correndo os olhos pela sala.

Estavam todos revigorados, a postos e bem acordados. Ou quase.

Era o segundo dia de investigação, e precisavam estar com as energias renovadas.

— Ontem, tarde da noite, recebi uma visita, uma mulher chamada Eloise Hunter. Ela diz ser sensitiva ou médium, algo assim. Stace, quero que você a investigue, porque ela também apareceu da última vez.

— A conversa foi boa? – Bryant perguntou.

— Não exatamente – respondeu Kim.

Ele resmungou.

— Se ela fosse boa mesmo, teria previsto que isso ia acontecer.

Kim o ignorou.

— Stace, alguma novidade sobre as famílias?

— Nada de óbvio nos históricos, chefe. Karen ficou uns dois anos fora do radar, mas sem nenhum registro policial. Ainda estou pesquisando melhor, mas a situação financeira dos Hanson está bem melhor do que a de Kev.

— Continue investigando – Kim instruiu. – Mais alguma coisa?

— Ainda não consegui nada das operadoras de telefone, mas descobri o endereço da criança que não voltou. O da outra está um pouco mais difícil.

— Provavelmente mudou de casa e de sobrenome, mas continue tentando. Kev, você sabe o que fazer.

— Sim, chefe – ele respondeu.

— Com licença, senhora – Helen disse do corredor. – Tem um tal de Matt Ward na porta. Diz que a senhora está esperando por ele.

— Traga-o até aqui, Helen. Obrigada.

Ela esperou a porta fechar.

— Que maravilha, nosso segundo especialista está aqui para ajudar. – Ela olhou para Alison. – Sem ofensas.

Ao todo, a casa comportava agora quatro pais, quatro detetives, dois especialistas, um policial de guarda à porta e uma oficial de acompanhamento familiar.

Kim sentiu-se grata pelo tamanho da casa e pela boa distância em relação aos vizinhos. Aquele fluxo de pessoas mais parecia a estação New Street em horário de pico, e certamente teria sido difícil manter a discrição num sobrado geminado de três quartos.

O homem à porta parecia austero, sério.

Vestia calça social preta simples e camisa azul-claro. Ao desenrolar um cachecol cinza do pescoço, Kim notou que o botão de cima estava aberto. Ele já tinha tirado um pesado casaco preto.

Devia estar perto dos 40, embora a cara amarrada fizesse com que parecesse uns dez anos mais velho.

Ela fez sinal para que ele entrasse, apresentou-se e introduziu-o aos membros da equipe, incluindo a especialista em comportamento, Alison Lowe.

Matt acenava brevemente com a cabeça, sem se dirigir a ninguém em particular, à medida que entrava na sala.

Kim sentou-se e indicou-lhe a cadeira na outra extremidade da mesa de jantar.

Ele foi saltando as pilhas de documentos espalhadas pelo chão, movendo-se com a facilidade de um atleta descansado. Seu cabelo, escuro, começava a ficar grisalho nas têmporas, e sua pele era de um bronze dourado.

– Meu nome é Matt Ward, sou negociador profissional, acabei de sair de um voo de catorze horas. O que temos até o momento?

Kim ergueu uma sobrancelha em reação ao jeito rude de Matt. Abriu a boca para dizer algo, sem ter muita certeza do quê, mas Stacey foi mais rápida.

– Aceita um cafezinho, Matt?

Sua expressão mudou ao virar-se para Stacey.

Kim não a classificaria bem como um sorriso, mas talvez como uma cara feia de menor intensidade.

– Já que não tem um uísque duplo, vamos de café.

Bryant tossiu enquanto Matt voltava-se para Kim.

Ela gostou da abordagem direta, mas um pouco mais de boas maneiras teria causado uma impressão melhor.

Kim descreveu os eventos brevemente, concluindo com o recebimento da terceira mensagem e seu pedido de uma prova de vida.

Matt levantou-se para ler a cópia da última mensagem, afixada na lousa ao lado das outras duas.

– Hmmm... – disse ele, sentando-se novamente.

Em nenhum momento olhara para a foto das meninas.

– Já lidou com algo parecido antes, Matt? – perguntou Kim.

Ele negou.

– Quando eu tiver algo de útil a dizer, irei dizer. Até lá, peço que não faça mais nenhum contato com os sequestradores. É o que tenho a dizer agora.

Kim pensou em argumentar, mas mudou de ideia. Uma discussão não traria aquelas garotinhas de volta.

O velho ditado de que a primeira impressão é a que fica nunca se revelara tão certo. Aquele homem era claramente rude, arrogante e desagradável, e ela duvidava muito que viesse a mudar de ideia a respeito dele.

– Ok. Alison, é com você – disse Kim, olhando para o outro lado da mesa.

A comportamentalista levantou-se e ajeitou a posição do cavalete.

Kim olhou discretamente para a mais recente aquisição da equipe, que ficava encarando-a do outro lado.

Não se esqueceria de ligar para Woody e agradecer por aquele presente tão frio, tão sem emoção.

Bryant inclinou-se na direção dela.

– É como se olhar no espelho, não é? – ele cochichou.

– Bryant, sugiro que você cale essa maldita boca antes que eu...

– Você não pode me bater. Há testemunhas aqui – ele respondeu com um sorriso irônico, afastando-se.

Por esse comentário, ela o teria matado e cumprido a pena tranquilamente.

CAPÍTULO
41

A*LISON PAROU AO LADO* do cavalete com um marcador na mão.

– Posso ter a atenção de vocês um minuto? – ela perguntou, usando sua voz bem treinada para falar em público, mais adequada a um auditório do que a uma sala.

Kim olhou ao redor. Não, com certeza ainda estavam em uma sala de jantar.

– Muito bem, vamos começar por alguns fatos básicos. Não vou dizer a vocês qual é a cor do cabelo ou o número do sapato de ninguém, e, embora eu saiba que há céticos entre nós, comportamentos passados ainda são nosso melhor indicador de ações futuras.

Kim poderia jurar que Alison havia olhado diretamente para ela quando pronunciou a palavra "céticos".

– Quando identificamos alguns traços de personalidade, podemos encaixá-los em certo tipo, o que nos leva a um perfil. Chamarei de Sujeito Um a pessoa que enviou as mensagens. Falaremos dele primeiro.

– Um momento – Kim pigarreou, consultando suas anotações. – Não podemos começar por Inga? Ela é a única que conhecemos, então um *insight* sobre ela poderia ajudar.

Kim notou uma leve irritação nos olhos de Alison, mas Inga realmente era a única cúmplice identificada.

Alison pensou por um instante e, então, voltou a falar, agora batendo a caneta na palma da mão. Era uma clara indicação de que começara a improvisar.

– Cuidadores de crianças, especialmente de filhos únicos, costumam desenvolver uma relação substituta do tipo mãe e filho. Estão presentes em muitas das "primeiras vezes" das crianças, digamos assim. Logo, cria-se um vínculo pseudomaternal. Inga não foi despedida pela família Hanson, ela saiu por vontade própria dois meses atrás. Então, podemos deduzir que tratava Amy bem e que era uma boa cuidadora. Ela foi persuadida por um dos sequestradores a fazer algo contra esse vínculo.

– Por dinheiro? – Dawson perguntou.

Alison negou com a cabeça.

– É improvável que tenha sido esse o motivo. Há outras maneiras de arrumar dinheiro sem colocar uma criança em risco.

– Amor? – questionou Kim.

Alison assentiu.

– Muito mais provável. É difícil achar algo que possa competir com amor, e não há dinheiro que o compre.

– Mas um tipo de amor pode falar mais alto do que outro, certo? – Kim indagou.

– Sim – respondeu Alison. – É possível que Inga tenha sido persuadida por um dos nossos sequestradores. Que ele a tenha coberto de amor e afeto, que tenha feito com que ela se sentisse especial, querida. É difícil competir com esse tipo de amor. E Amy sempre foi a filha de outra pessoa. É um vínculo mais frágil.

Kim tomou notas em seu bloquinho. A teoria de um amor se sobrepondo a outro fazia sentido para ela. A questão agora era descobrir qual dos dois sequestradores teria esse calor humano para oferecer.

– Prossiga, Alison – Kim instruiu, interessada. A comportamentalista lhe dera algo para pensar.

Alison virou a página do *flipchart*, que mais parecia um bloco de anotações gigante. O primeiro título era "Sujeito Um", e vários subtópicos seguiam-se abaixo. Alison usava o marcador para apontá-los.

– Estamos claramente lidando com dois sequestradores. O Sujeito Um, o que escreve as mensagens, já demonstrou ser inteligente. É provável que seja alguém frio e meticuloso, capaz de exercer extremo controle, como ficou evidente pelo fato de estar seguindo um plano à risca. Suas mensagens chegam na hora certa, como se fossem pré-planejadas. Ele tem duas garotinhas presas, mas ainda assim consegue seguir sua estratégia sem se apressar. Outros poderiam querer que as coisas andassem mais rápido, mas não esse cara. Sua comunicação é programada para surtir o máximo de efeito.

Todos acompanhavam com atenção. Alison continuou.

– Ele é relativamente bem instruído, e não esconde esse fato. Suas mensagens são gramaticalmente corretas, bem pontuadas. Ele curte o jogo. Quando envia uma mensagem, deve ficar imaginando de que maneira ela está sendo recebida. Curte estar no controle. Ele tem uma capacidade limitada de aceitar variáveis, então, sob estresse, pode muito bem agir fora de seus padrões.

– Como será que ele reagiu ao saber que Inga não havia seguido o plano? – Kim perguntou.

Alison fez uma careta. Não gostou de ser interrompida, mas Kim continuou olhando para ela sem piscar.

– Ele vai querer essa mulher morta, silenciada, fora de sua visão. Assim, não precisará pensar no fracasso. Mas com certeza não será ele quem vai cuidar disso.

Kim assentiu, sinalizando para que ela continuasse.

– Se ele for alguém conhecido da polícia, provavelmente é por algo que envolva dinheiro, como fraudes ou crimes de colarinho branco. Algo que pusesse à prova sua inteligência, mas que tivesse um objetivo final, uma recompensa. A princípio, é um cara não violento, o que nos leva ao Sujeito Dois.

– Espere um pouco – Kim interrompeu. – Por que não violento? Você não acabou de dizer que ele pode agir fora do padrão se o plano mudar?

Alison respirou fundo antes de responder.

– Eu disse "a princípio". Significa que esse não é o seu primeiro curso de ação.

– Mas ele é capaz disso, não é? – Kim bateu o pé. – Não quero que ninguém tenha uma ideia errada sobre com quem estamos lidando aqui.

O olhar de Alison não abrangia mais a sala. Estava direcionado apenas a ela.

– Ok, vou reformular a frase. Ele tem menor probabilidade de ser violento do que o Sujeito Dois.

Kim concordou, satisfeita.

Alison virou mais uma página e apontou para o quadro.

– A partir das informações limitadas que temos sobre o cúmplice, podemos dizer que o Sujeito Dois é o oposto do seu colega. O nível dos danos infligidos à cabeça de Bradley Evans e as fotos da casa de Inga indicam um homem que gosta de violência gratuita. Se a morte fosse o único motivo para que Bradley Evans...

– Brad – Kim a interrompeu novamente. – Por favor, chame-o de Brad. O crachá dele indicava que preferia ser chamado assim.

– Certo. Se a única motivação para a violência fosse a morte, o sequestrador teria optado por um método mais rápido do que chutar a cabeça do rapaz como se fosse uma bola de futebol. Mas ele escolheu o que o agradava. Se expôs a um nível maior de risco, mas obteve um nível maior de prazer. O incidente todo deve ter feito mais barulho do que o necessário. Brad Evans deve ter sido...

– Pule essa parte, por favor – Kim se apressou em dizer.

Os olhos de Bryant pousaram sobre ela. Aquela era uma cena que nenhum dos dois precisava rever.

– Da mesma forma, ele não precisava destruir tudo o que havia na casa de Inga. A mobília foi destroçada, e ele não ligou se poderia ter alguém ouvindo. Confiou que ninguém iria impedi-lo, e provavelmente é assim que ele leva a vida. Ainda não tenho como dizer qual pode ser a origem dessa raiva, mas não é só porque Inga não seguiu o plano.

– Quais são as chances de negociação com o Sujeito Um? – Kim perguntou.

– A negociação será um desafio. É muito improvável que ele fale por telefone, e quaisquer mensagens de texto precisam ser muito bem redigidas, de modo que ele não sinta que seu controle está sendo questionado ou...

– Obrigado por sua contribuição, com certeza terei suas observações em mente.

Matt falou com profissionalismo, esforçando-se para parecer educado, mas Kim tinha certeza de que, apesar dos conselhos de Alison, ele agiria do seu jeito.

A inspetora conferiu as próprias anotações. Não havia nada que tivesse deixado de incluir.

Então, ficou de pé.

– Tem mais uma coisa – disse ela.

Alison dirigiu-lhe um sorriso condescendente.

Kim prosseguiu.

– Onde está a cola? Aquilo que pode juntar tudo isso?

– Como assim, inspetora?

– Que cola, chefe? – Bryant perguntou lá de trás.

Ela se aproximou do cavalete e arrancou a página um, colocando-a ao lado da página dois.

Matt a observou, interessado.

– Temos duas personalidades bem opostas aqui. Quem está no comando? Toda equipe, por menor que seja, tem um líder, uma personalidade mais dominante. Não tenho certeza se algum desses dois poderia ser um líder. Suas personalidades são muito extremas. Um violento e um não violento. Um cara que gosta de correr riscos e um metódico. Imaginem uma gangorra. Tem um assento em cada ponta, mas no meio fica a âncora. Ela impede que cada ponta vá alto ou baixo demais. Não acho que essas duas personalidades possam coexistir sem uma terceira, uma força que predomine sobre as duas. Uma autoridade.

Alison negou com a cabeça.

– Para mim é óbvio que quem está no comando é o que escreve as mensagens, e o Sujeito Dois é uma força contratada. Há uma hierarquia clara.

Kim deu de ombros, olhando ao redor.

– Só se o Sujeito Dois for apenas um brutamontes estúpido. Mas sabemos que ele conseguiu encontrar Brad Evans, um homem que ele nunca tinha visto na vida, e matá-lo sem alarde. Tudo bem, ele é violento e potencialmente imprevisível, mas tem um cérebro, e não parece que seja fácil de controlar.

Ela levantou a página no cavalete. A seguinte estava em branco.

Kim bateu na folha com o dedo.

– Acho que vocês precisam colocar um título nesta aqui. Eu a chamaria de Sujeito Três.

CAPÍTULO 42

ELIZABETH PRENDEU O CABELO num rabo de cavalo. O banho que havia tomado durou pouco mais que uma ducha rápida.

Toda atividade ajudava a dispersar sua mente, mas apenas por um minuto ou dois. Desejava ardentemente o luxo de um sono que lhe permitisse pausar seus pensamentos, mesmo que por pouco tempo.

Viver na casa de outra pessoa já estava sendo desconfortável o bastante até a noite anterior, mas, depois daquela última mensagem, se tornara de fato insuportável.

Desde aquela mensagem de texto, ela vinha tentando falar com Stephen. Os dois precisavam conversar, discutir suas opções. Precisavam de um plano.

Ficara andando pela casa até meia-noite, tentando ver onde ele se enfiara. Mas, naquela casa tão espaçosa, o marido dera um jeito de evitá-la.

Sentia como se sua família inteira tivesse desaparecido. Sua linda filha estava Deus sabe onde, aterrorizada. O filho já não estava com ela e, agora, o marido também a evitava. Estava na casa de sua melhor amiga, mas agora as duas competiam pela vida das filhas.

Havia horas em que Elizabeth sentia uma vontade incontrolável de rir. A situação era tão ridícula que, por um momento, imaginava que estivesse em uma espécie de pesadelo, e que logo acordaria em casa com a filha, o filho e a sua vida normal de volta.

Então, via que não se tratava de pesadelo nenhum. Aquela era a sua vida, e não conseguia mais imaginar outra coisa no lugar.

Ela desceu as escadas e parou à entrada da sala, como sempre fazia. Ainda não ouvia ruído nenhum, mas não perdia nada em tentar.

O som da louça sendo guardada indicava que Karen estava na cozinha. Ainda no dia anterior, as duas estavam irrevogavelmente ligadas por aquele horror, experimentando o que só outra mãe seria capaz de entender. Olhavam uma para a outra à procura de apoio e compreensão. Agora, não conseguiam nem se olhar.

Elizabeth não sabia mais como se dirigir à amiga. Eram competidoras num jogo doentio e perverso.

Ela precisava do marido agora, mais do que nunca. Respirou fundo antes de chegar ao corredor. Karen estava em pé junto à pia.

– Por acaso você viu...

Um *plim* soou no telefone de Karen. Tanto ela quanto a amiga olharam imediatamente para o aparelho. Elizabeth teve o impulso de avançar e agarrar o celular com as duas mãos.

Karen pegou o telefone, e Elizabeth prendeu a respiração enquanto os olhos dela se moviam pela tela.

Karen franziu o cenho ao reler a mensagem, agora em voz alta.

> **Procure direito os presentes que eu mandei.
> Vasculhe bem enquanto imagina a sua filha.**

Ela olhou para Elizabeth procurando uma resposta.

– O que será...

Karen parou de falar de repente, como quem se dá conta de quem é a pessoa com quem está falando.

Saiu correndo da cozinha com o telefone na mão, deixando Elizabeth atordoada com uma enxurrada de perguntas inundando sua mente.

Que diabos aquela mensagem queria dizer?

Ela pegou seu celular. Não havia nenhuma luz piscando, nenhum ícone de envelopinho, e certamente não havia mensagem nenhuma.

Por que a mensagem havia sido enviada apenas a Karen?

E onde raios o seu marido tinha se enfiado?

CAPÍTULO
43

— **Tem alguma coisa dentro desta casa** — disse Kim, depois de conduzir Karen gentilmente para fora da sala. — O Sujeito Um não usa as palavras de qualquer jeito. Ele disse "eu mandei", o que significa que tem alguma coisa aqui, em algum lugar.

Karen havia levado o celular, mas aquelas palavras ficaram impressas no cérebro de Kim.

Ela parou de pé em uma das extremidades da mesa.

— Deve estar lá fora. Não há como eles terem colocado alguma coisa aqui dentro. — Ela olhou ao redor. — Bryant, Kev, Stacey, venham comigo. Alison, ajude a Helen a manter os pais dentro de casa. — Seu olhar encontrou o recém-chegado. — Senhor Ward, por favor, tome conta desta sala. Ninguém pode entrar aqui.

Ele assentiu e Kim saiu da sala. Ela virou à direita, atravessou a área de serviço e alcançou o jardim de trás.

A névoa do começo da manhã havia se transformado em uma garoa chata, que logo ensopou sua pele.

A área do jardim era do tamanho de um campo de futebol. Se a dividissem em quatro, poderiam procurar com mais eficiência.

O gramado era separado em duas partes iguais por um caminho de cascalho escuro. De um lado, havia alguns balanços e, um tanquinho de areia. Do outro, acima do nível do solo, um herbário.

Todo o perímetro era cercado por carvalhos velhos e nodosos.

Diante deles havia uma variedade de contêineres para guardar ferramentas. À direita, uma casinha de brinquedo, e em frente, um jardim decorado com pedras.

De cada lado da casinha havia cascalho, além de latões e caixas ao redor.

Kim enxugou a chuva dos olhos.

— Certo, Stace, comece pelo lado esquerdo da casinha. Kev, vá pelo direito. Bryant, você procura à direita do jardim, e eu, à esquerda.

Todos se dispersaram, cada um tomando seu caminho, vasculhando pelo chão. Kim não encontrou nada, alcançando as caixas quando os pingos de chuva começavam a ficar mais densos.

– Chefe, achei uma jaqueta! – Stacey gritou entre as árvores.

– Coloque no canto da casa, longe da vista dos pais – Kim instruiu. – Deve ter mais coisa.

Nenhum deles vestia roupas impermeáveis, e a chuva já os deixara encharcados até os ossos.

Kim abriu a tampa do primeiro latão, que continha um cortador de grama e um aparador. Tirou os dois de lá, certificando-se de que estava tudo em ordem.

O segundo latão, à altura do joelho, parecia ter mais ferramentas de jardim. Ela abriu a tampa e ergueu um soprador de folhas.

– Achei uma calça aqui! – Dawson gritou do outro lado.

– E eu achei outra aqui – Kim completou, tirando uma *legging* do latão.

Bryant chegou com uma camiseta que ambos sabiam pertencer a Amy. A saia azul-claro da garota, agora escurecida pela chuva, havia grudado em sua pele.

– Chefe...

– Eu sei, Bryant.

A mesma imagem se formava na mente dos dois.

– Um moletom. Achei lá na casa de brinquedos – disse Stacey, alcançando-os.

Estavam todos encarando aquela pilha de roupas quando Dawson chegou com uma segunda jaqueta.

– Como eles conseguiram montar esse joguinho perverso de esconde-esconde sem que ninguém visse ou ouvisse nada? – Kim perguntou, olhando ao redor.

Não houve resposta.

Ela contou as peças de roupa, formando uma imagem mental das meninas a partir das gravações das câmeras de segurança. Enquanto observava o jardim, um pensamento repulsivo veio à sua mente.

– Alguém já checou aquele jardinzinho de pedras? – ela perguntou, rezando para que alguém confirmasse.

– Eu chequei, chefe – disse Dawson, esbaforido.

– Isso é tudo o que vimos as duas vestindo – Bryant observou, enxugando a chuva dos olhos.

Kim não respondeu. Estava concentrada demais encarando Dawson, que estava de costas, ombros caídos, olhando fixo para os tijolos. Os três esperaram o colega sair do transe.

– Puta merda... – disse ela, sentindo a raiva crescer. A inspetora sabia o que ele havia encontrado.

Dawson foi até o jardim e voltou andando devagar. Quando abriu as mãos, havia duas calcinhas.

Agora, sabiam muito bem o que significava aquela mensagem.

Charlie e Amy estavam totalmente nuas.

CAPÍTULO
44

Inga sentia-se derrotada. Seu corpo inteiro doía, e estava certa de que ele só se mantinha unido pela sujeira.

Não conseguia se lembrar da última vez que tinha tomado um banho. Lavara-se rapidamente em banheiros públicos algumas vezes, mas saíra de lá sentindo-se mais suja do que ao entrar.

Lembrar-se de qualquer coisa corriqueira que tivesse acontecido antes de domingo exigia um grande esforço. Só sabia que era terça-feira porque ouvira alguém comentar.

Em algum dia, quase certeza que na segunda-feira, andara quilômetros, parando apenas para comprar uma xícara de chá numa tenda de mercado. Permitira-se, então, sentar-se e descansar um pouco. Inga sabia que sua aparência agora impediria até mesmo esse pequeno luxo. Seu cabelo estava todo emaranhado, apesar de ela tentar usar os dedos como pente.

Havia marcas de sujeira em seu rosto que não podiam ser removidas apenas com água, e seu jeans amarelo estava cheio de manchas da sua jornada recente.

Sentia uma vontade incontrolável de chorar, mas as lágrimas não saíam.

Para onde quer que olhasse, via Symes. Homens mais baixos, mais gordos, mais altos, não importava. Ela o via em todos, até que passavam por ela e iam embora.

Eles nunca iriam perdoá-la por ter atrapalhado o plano. A ideia era que ela ficasse internada no hospital e esperasse o "marido" ir buscá-la. Então, seria levada à casa-forte para tomar conta das meninas até que a troca fosse feita. Mas ela não poderia fazer isso. Amy teria descoberto que estava ligada àqueles eventos que tanto aterrorizavam ela e Charlie. E, mesmo que Amy não chegasse a essa conclusão, Charlie chegaria. Então, Inga seria obrigada a ver o alívio e a alegria de Amy se transformarem em espanto e desconfiança.

Aquela criança passaria a odiá-la para sempre.

Inga sentia como se toda a sua vida tivesse passado naqueles últimos dias. Não havia um só momento em que conseguisse viver sem medo.

Não fazia mais nenhum movimento sem tremer.

Não tinha dúvidas sobre o que aconteceria se parasse de fugir. Havia encontrado Symes uma única vez, e já fora o suficiente. Sua atitude distante fazia com que ela o visse como um robô.

O sorriso que ele lhe dirigira continha ameaça, não afeto. Como se soubesse de algo que ela desconhecia. Enquanto os olhos dele percorriam aquela lanchonete, ela o ouvira estalar os dedos debaixo da mesa, um após o outro.

Desde o instante em que se conheceram, Inga sentiu que aquelas mãos tinham vontade de agarrar seu pescoço. Mas, enquanto ela se mostrasse útil, as mãos estariam amarradas.

Agora, não era mais útil. Era uma ameaça, uma ponta solta, e não contava mais com nenhuma proteção.

O medo revirava seu estômago vazio. Se Symes conseguisse pegá-la, a morte seria uma dádiva. Não era um homem misericordioso. Iria torturá-la, e aquele em quem ela havia confiado não faria nada para ajudá-la.

Estivera por conta própria durante muitos anos, mas nunca se sentira tão sozinha.

Seu corpo estava destruído, e sua mente, a ponto de sucumbir.

Inga sabia o que tinha que fazer.

CAPÍTULO
45

WILL SENTIU QUE PRECISAVA ATACAR.

Desde que tinha lembrança, sempre sofrera severos apagões quando a ordem do seu cérebro era perturbada.

Quando as coisas corriam conforme o plano, sua mente permanecia calma, controlada. Havia um ritmo tranquilo tocando ao fundo. Mas bastava um evento inesperado para liberar uma orquestra em sua cabeça. Os instrumentos passavam a soar fora do ritmo, as cordas davam guinchos aflitivos, armando uma cacofonia dolorosa da qual não conseguia se livrar.

Ele empurrou a cadeira para trás. O som dos pés de metal raspando o chão de pedra golpeou seu âmago como uma punhalada. Ficou andando de um lado para o outro no quarto.

Dez passos de cada lado. Quatro extensões do quarto e o barulho começou a diminuir. Mais seis percursos permitiram distanciar um pouco mais sua mente consciente do barulho dentro dela.

Nunca deveria ter concordado em envolver outras pessoas. Detestava que lhe dissessem o que fazer. Sempre trabalhara melhor sozinho.

Ele havia escolhido as famílias, ele pesquisara os negócios delas. Será que as pessoas não percebiam quantas semanas tinha levado até achar os candidatos certos, até encontrar duas famílias ricas que pudessem ser colocadas uma contra a outra para depois serem destruídas?

Era para ter funcionado da primeira vez. E teria, se não fosse por um evento completamente fora do seu controle.

Fora escolha sua trazer Symes a bordo. Sabia que iria precisar do talento daquele homem. Mas também aceitara outra ajuda, e agora isso o incomodava.

A fonte de seu estresse era não ter o controle total, o que começava a deixá-lo enfurecido. Havia gente demais envolvida.

Como filho do meio, seus irmãos sempre o excluíram. Ele era a barreira entre o mais velho e o mais novo, e consequentemente não pertencia a lugar nenhum. Era o alvo das piadas e saco de pancadas de ambos.

E havia aceitado isso porque não tinha a quem recorrer. Sua mãe dizia que "meninos são assim mesmo".

Seu consolo era planejar vinganças. Era onde havia encontrado conforto, libertação. Larry, seu irmão mais velho e mais perverso torturador, havia sentido isso na pele.

Ele e Symes eram mais parecidos do que gostava de admitir. Sabia que Symes havia sido espancado pelo pai militar na adolescência, depois que a mãe o abandonara nas mãos daquele homem cruel e insensível.

Mesmo tendo dois irmãos, Will se sentia tão sozinho quanto Symes. Os dois haviam encontrado refúgio na vingança – ele, na tortura psicológica, e Symes, no sofrimento físico que infligia aos outros.

Não gostava de Symes, mas o entendia.

Mais cinco passos e a tensão em seu corpo começou a se dissipar.

As roupas das garotinhas haviam sido enviadas exatamente no momento em que deviam ter sido. A jogada era parte do plano, e fora executada com perfeição. O fato de os pais terem que imaginar suas filhas nuas agora era como um primeiro chamado à ação. "Esvaziem suas contas bancárias."

Mas agora havia uma vadia pedindo uma prova de vida. Decidira ignorar essa mensagem. Nunca haviam considerado a possibilidade de qualquer contato que não viesse dos pais.

Esse era o plano.

E agora ele precisava mudá-lo.

Porque o chefe havia mandado.

CAPÍTULO
46

– *O GPS DIZ QUE ESTAMOS A DOIS* quilômetros, chefe – disse Bryant, sentado ao seu lado.

Kim virou com tudo à esquerda, entrando em uma área residencial. Era um atalho que reduzia a distância quase pela metade.

Bryant segurou o celular na frente do rosto e falou com o GPS.

– Não liga, não, tá? Ela não escuta ninguém.

Ela o ignorou.

– E então, chefe, acha que essa foi a prova de vida deles? – Bryant perguntou quando entraram em um pequeno congestionamento. Não havia como contorná-lo.

– Não. Isso já devia fazer parte do plano, e não comprova que elas estão vivas – Kim respondeu, alcançando o final da fila de carros. – Foi um recado para os pais. Ele queria que eles fossem procurá-las. Que encontrassem as roupas. Que imaginassem as filhas nuas.

– Bom, isso não deu totalmente certo. E por que mandaram apenas para um dos pais?

– Jogos, Bryant. O Sujeito Um adora o elemento psicológico disso tudo. Quer extrair até a última gota de sofrimento desse jogo perverso.

– Mas ele não estava negociando com você, estava?

Ela esperava que não. Dawson havia colocado as roupas em um saco de provas e as enviado às pressas para a perícia. Havia uma remota chance de que algo pudesse ser encontrado, mas não serviria para o tribunal. Tinham rolado pela terra, pela grama, e sabe-se lá por onde mais.

– Acha que deveria ter contado a verdade aos pais? – perguntou Bryant, a voz de sua consciência.

Era a primeira vez que ela mentira para os pais. Esperava que fosse a última, mas não apostaria a próxima refeição de Barney nisso.

Tudo que contou aos pais foi que haviam encontrado as jaquetas das meninas, o que já fora traumático o suficiente. Eles não precisavam saber o resto. Stephen insistiu em identificar o casaco de Amy, só para ter certeza, mas Dawson já havia saído. Kim explicou que ela mesma poderia confirmar isso a partir das gravações das câmeras de segurança.

— O que ganharíamos se eu contasse tudo? — ela perguntou. — As imagens que eles têm em mente já são horríveis o bastante.

Os dois finalmente chegaram ao endereço, o que poupou Kim de dar mais explicações. Ela estacionou rapidamente, desceu do carro e bateu à porta.

O tempo não havia sido generoso com a mulher que atendeu.

Kim sabia que Jenny Cotton tinha 36 anos, mas os primeiros 35 sem dúvida tinham sido bem mais agradáveis do que o último.

O cabelo castanho-claro estava preso em um rabo de cavalo meio desarrumado, expondo cabelos brancos prematuros nas têmporas. As linhas tênues das primeiras rugas já eram visíveis nos cantos de sua boca, voltados para baixo.

— Detetives Stone e Bryant, senhora Cotton. Podemos conversar um minuto?

Um vislumbre de esperança iluminou os olhos cansados da mulher. Kim balançou a cabeça.

— Não temos nenhuma novidade a respeito de Suzie — adiantou-se em dizer, descartando quaisquer falsas expectativas.

O caso de Suzie Cotton permaneceria em aberto até que a trouxessem para casa.

A senhora Cotton deu um passo para o lado, permitindo que entrassem.

Kim caminhou até um pequeno balcão que se estendia pela largura da propriedade. Imediatamente, percebeu a ausência de vida. A sala, apesar de organizada e funcional, não tinha qualquer estilo ou personalidade. O pequeno quintal nos fundos, coberto de lajotas cinza, não tinha árvores, flores ou vasos de planta.

Haviam entrado numa vida em modo de espera.

Jenny Cotton parou em pé junto à porta. O jeans claro que vestia estava folgado no seu manequim 38. A blusa de moletom cinza, relaxada na gola, pendia torta sobre os ombros, caindo até a metade do braço. Nos pés, chinelos de dedo.

O fato de que conseguia se vestir já parecia uma grande vitória.

De repente, Kim começou a detestar a frieza daquela visita. Não tinha nada para oferecer à mulher em relação à filha desaparecida. Pelo contrário: tinha ido arrancar mais uma coisa dela, informações, ainda que isso significasse obrigar a mulher a relembrar a época mais terrível de sua vida.

Naquele momento, porém, outras duas garotinhas estavam desaparecidas, e a prioridade de Kim era encontrá-las. Costumava adorar seu trabalho, mas havia dias em que não gostava dele tanto assim.

– Senhora Cotton, entendo que isso possa ser difícil, mas precisamos fazer algumas perguntas sobre o que aconteceu no ano passado.

Dois olhos inteligentes cravaram-se nela.

– Por quê?

– Senhora Cotton, eu não posso...

– É claro que você não pode me contar nada – ela disparou, irritada. – Eu não tenho o direito de saber, não é?

Kim ficou em silêncio por um momento. Aquela mulher tinha todas as razões para sentir raiva. Sua filha não voltara para casa. Kim não podia compartilhar nenhum detalhe da investigação em andamento. Mas, quando olhou fundo naqueles olhos tristes e desolados, esperou que Jenny Cotton fosse capaz de entender.

A mulher inspirou com força, fechou os olhos e apertou os lábios. Havia entendido.

– Pergunte o que quiser, mas, por favor, não faça de conta que me compreende. Você não poderia.

– Tem razão, eu não posso – Kim concordou, baixinho. – Mas se puder nos contar da sua experiência desde aquele primeiro dia, serei muito grata.

Jenny Cotton assentiu e sentou-se ao redor de uma mesa redonda de madeira, indicando que fizessem o mesmo.

– Não esperem que eu me lembre exatamente do que aconteceu, em que dia começou e tudo mais, porque não serei capaz. Tudo se transformou em um borrão de atividade, inatividade e lágrimas. O que eu sei é que as duas desapareceram numa manhã de segunda-feira e que Emily foi encontrada numa quarta-feira à tarde. Meu Deus, a sensação é de que muito mais tempo se passou, e não apenas dois dias.

Kim odiou cada momento que estava fazendo aquela mulher passar, mas, se estivessem lidando com os mesmos sequestradores agora, aquelas informações teriam um valor inestimável. Investigar a primeira tentativa podia fornecer pistas cruciais. Um *modus operandi* se aprimora com o tempo. Elementos são aperfeiçoados, lições são aprendidas. Identificar possíveis erros cometidos da primeira vez poderia oferecer algum vislumbre à polícia.

— Suzie foi pega em uma loja no trajeto entre a nossa casa e a escola. Emily foi pega a cinquenta metros de casa. Recebi uma mensagem de texto às 11h, e Julia também.

— Você tem alguma ideia de como as meninas foram identificadas?

A senhora Cotton assentiu.

— As duas fizeram um apelo via rádio para a campanha Crianças Carentes. Conseguiram coletar mais de quinhentas libras lavando carros. Meu marido foi citado no artigo, ele tinha uma empresa de aluguel de limusines. Quer dizer, que eu saiba, ainda tem.

Ela deu um sorriso triste.

— Parece outra vida agora, como uma encarnação passada. O marido da Julia, Alan, era dono de uma rede de imobiliárias. Não foi uma disputa justa. Chamei a polícia imediatamente, e entrevistaram nós duas na minha casa. Éramos todos bons amigos, muito próximos. Passávamos quase todos os fins de semana juntos, as férias também. Julia e eu nos apoiamos, tentando suportar aquilo juntas. Até que chegou a terceira mensagem.

— Vocês foram orientadas a não fazer contato com os sequestradores? — Kim perguntou.

— Sim.

— E seguiram a orientação?

— Detetive, se você tivesse filhos, nem faria essa pergunta. É claro que fizemos contato. E de repente, aonde quer que olhasse, havia alguém escondendo suas conversas privadas. Até a polícia ficava pelos cantos, cochichando.

— Qual foi o prazo final? — Kim perguntou.

— Quarta-feira à tarde.

Apenas quarenta e oito horas depois do sequestro, Kim observou. Eles estavam a uma hora dessa marca.

— O que vocês fizeram?

— Enviamos uma oferta. Juntamos tudo o que pudemos: poupança, hipotecas, ajuda da família. Então, recebemos uma resposta dizendo que os outros haviam feito uma oferta melhor. Foi um vaivém de ofertas até a quarta-feira de manhã. Oferecemos quantias que não tínhamos a menor condição de pagar, mas, quando se está num leilão pela vida de um filho, não há outra opção.

Kim inclinou o corpo para a frente. Havia uma crueldade naquela situação que a enojava. Em um resgate-padrão, surgiam emoções de todo tipo, mas aquela estratégia de leilão dava aos pais certo controle: eles podiam mudar o desfecho se conseguissem dinheiro suficiente. Mas se não conseguissem...

– Quando Suzie não voltou para casa, fiquei destruída. Perdi tudo. Não conseguia mais olhar para o meu marido, porque tudo o que eu conseguia pensar era que, se ele tivesse um emprego melhor, teríamos trazido nossa filha de volta.

Kim a deixou desabafar. Era o mínimo que podia fazer.

– As pessoas também vivem o luto de formas diferentes. A primeira vez que ouvi Pete dar uma risada depois disso, meus últimos sentimentos por ele morreram. Sei que o corpo reage e que os mecanismos de defesa entram em cena, mas comigo não foi do mesmo jeito.

Kim suspeitou que Jenny Cotton ainda tinha esperanças. Parecia mais uma sombra, resistindo no tempo. Não encontrara uma maneira de seguir adiante, mas as pessoas ao redor dela, sim.

De repente, teve uma ideia.

– Senhora Cotton, ainda tem seu celular?

A mulher se levantou e foi até a chaleira.

– Não. A polícia o levou como prova.

Kim olhou para Bryant, que anotou a informação. Se os telefones ainda estivessem com a polícia, poderiam encontrar algo de útil.

Enquanto a senhora Cotton olhava pela janela, a água fervente transbordou pelo bico da chaleira.

– Eu costumava sonhar em tirar férias em família, em ter outros filhos. – Ela fez uma pausa, sua mão pairando sobre a torneira aberta. – Agora, tudo o que quero é poder enterrar minha filha.

Ela virou-se e encarou Kim com firmeza.

– Você pode me ajudar nisso, detetive?

Kim sustentou o olhar, mas não disse nada. Não faria promessas sem ter certeza de que poderia cumpri-las.

– Senhora Cotton, por que acha que os sequestradores soltaram Emily primeiro?

– Sempre achei que isso tivesse ficado claro. Julia e Alan pagaram o resgate.

CAPÍTULO
47

O DEDO DE KIM JÁ HAVIA pressionado o botão "Ligar" antes de chegarem ao carro.

– Stace, pesquise a fundo até descobrir por onde anda a família Billingham. Talvez eles sejam mais importantes do que a gente imagina.

– Já estou procurando, chefe – Stacey respondeu. – Mas pelo jeito a família não quer mesmo ser encontrada.

Kim não se surpreendeu.

– Insista, Stace. Não temos certeza, mas é provável que eles tenham pagado o resgate.

Ela ouviu um suspiro do outro lado da linha.

– Não há nada nos arquivos que indique...

– Não há nada nos arquivos que indique coisa alguma, Stace.

– Certo, chefe. Vou correr atrás.

Kim encerrou a chamada.

– Até agora, achávamos que os caras tinham entrado em pânico quando a notícia vazou na mídia. Ninguém acreditava que uma das famílias tivesse realmente pagado o resgate.

Bryant assentiu.

– E, se pagaram, devem ter feito outros contatos para receber instruções dos sequestradores, combinar um ponto de entrega, algo assim.

Por mais horrível que fosse esse pensamento, Kim precisava considerar que as ações da outra família tinham resultado na morte de Suzie Cotton.

CAPÍTULO
48

S**YMES SORRIU**. Nada poderia estragar seu humor naquele dia. Tinha uma pista sobre a ponta solta que o permitiria amarrá-la muito em breve.

Sim, ele podia rodar a cidade atrás de Inga, persegui-la, desperdiçar energia refazendo seus passos. Ou podia ficar onde estava e esperar que ela fosse até ele.

E ela iria.

Aquela cadela estúpida estava desaparecida há quase quarenta e oito horas. Devia estar cansada, suja e apavorada, a porcaria de seu cérebro quase enlouquecendo.

Seu corpo devia estar exausto de tanto fugir do perigo. Sua mente, esvaziada de qualquer pensamento racional. E o desejo de autopreservação também estaria se esgotando.

Capturá-la era uma questão de compreender como funcionava o medo.

Depois de duas temporadas no Afeganistão, Symes sabia quais eram os caminhos trilhados pelo medo profundo. Um medo que não existia no mundo cotidiano. Só existia quando você estava completamente apavorado, temendo pela própria vida.

Antes de um salto de *bungee jump*, o medo brota pelo corpo misturado à excitação e à adrenalina. Mas o medo real não dá espaço para nenhuma outra emoção. Ele penetra a pele, escavando até alcançar os ossos.

O medo real não atinge uma parte de você. Ele *se torna* você. Cada respiração, cada olhar, cada movimento é preenchido por um pânico que não vai embora, não importa quantos exercícios respiratórios você faça.

No exército, esse nível de medo era aceito diariamente, mas Symes aprendera a enganar seu subconsciente. Em vez de passar dia após dia tentando viver, gastava um minuto toda manhã preparando-se para a morte.

Todos os dias, convencia a si mesmo de que aquele era o dia em que iria morrer. Toda manhã imaginava a própria morte, e toda noite sentia-se grato por estar ali escovando os dentes.

Se o que Inga sentia era, ao mesmo tempo, medo dele e da polícia, a questão era saber o que a apavorava menos. E Symes já sabia a resposta.

Ele sorriu e estalou os dedos.

CAPÍTULO
49

İNGA DAVA UM PASSO DE CADA VEZ, esperando que corresse tudo certo.

O medo que sentia parecia corroer sua carne. Para onde quer que olhasse, havia olhos fixados nela. Cada homem se transformava em Will ou Symes. Cada sombra havia sido estrategicamente plantada para aterrorizá-la.

O mundo inteiro se fechava sobre ela. Seu entorno era uma massa de ângulos retos e formas ameaçadoras, prontas para avançar contra ela a qualquer momento.

Os últimos dois dias pareceram durar uma vida. Não conseguia acessar a memória das semanas, meses ou anos que já haviam se passado. Não conseguia se lembrar do tempo em que as células do seu corpo não estavam todas distorcidas pelo medo.

Via ameaças por toda parte.

Embora já estivesse fugindo há quarenta e oito horas, aqueles últimos momentos pareciam os mais perigosos.

Seu alvo estava a não mais de trinta metros. Podia vê-lo. Tudo o que se estendia entre ela e sua sanidade era uma pequena multidão indo almoçar, uma travessia de pedestres e um cruzamento movimentado.

Deixou que aquela multidão apressada a empurrasse e a acotovelasse enquanto atravessava a rua.

Vinte metros. Não tirava os olhos do prédio, temendo que desaparecesse.

Iria contar tudo a eles. Começaria pelo que havia feito, e então os levaria até as garotinhas. Antes do anoitecer, as duas já estariam em casa, em segurança, de volta às suas famílias. E ela ficaria feliz em receber sua punição.

A dez metros do alvo, tropeçou em um meio-fio. Conseguiu se levantar. Dois homens deram uma risadinha atrás dela.

Ela não ligou. Mais sete metros e estaria rindo junto a eles.

A segurança de uma cela de delegacia chamava por ela. Qualquer que fosse sua punição, estava pronta para aceitá-la. Nada poderia ser pior do que o que estava vivendo.

A um metro e meio da entrada, seu corpo começou a relaxar.

Mas a mão que de repente agarrou sua nuca era forte e resistente. Ela a afastou da porta da delegacia, que estava à distância de um braço.

– Bela tentativa, sua vadia de merda, mas não foi o suficiente.

Inga foi carregada por aquela mão que apertava seu pescoço. Agora, seus pés mal tocavam o chão.

– Se der um pio, corto sua garganta aqui mesmo.

Inga não conseguia mais falar. Tudo que sentia era aquele braço musculoso ao redor dos seus ombros. Tentou gritar, mas toda a umidade de sua boca havia sido sugada.

Symes aproveitou aquele silêncio atordoado e a conduziu até um beco atrás da delegacia.

Ela quase conseguira.

Para quem via de longe, aquilo era um abraço afetuoso. Mas isso porque não podiam sentir a força dos dedos de Symes esmagando os ossos dos ombros dela, ou porque não reparavam que seus pés mal conseguiam tocar o chão.

O barulho daquela avenida movimentada desapareceu de seus ouvidos.

– Só vamos ter uma conversinha. Mantenha a cabeça erguida.

– Não, não...! – ela gritou, tentando firmar os pés no chão.

Juntou suas últimas forças para se debater. Então, ele apertou sua nuca. A dor se espalhou por toda a cabeça. Sabia que ele era capaz de quebrar o pescoço dela com um simples movimento.

– Por favor... não... dói...

– Devia ter pensado melhor antes de fazer o que fez.

Inga não era orgulhosa a ponto de se recusar a implorar. Aquela era sua única chance de continuar viva.

– Symes, eu sinto muito. Eu não devia... É só que... fiquei assustada...

Ele riu enquanto abria a porta da van.

– Não tão assustada quanto vai ficar agora.

Symes bateu a porta e correu para o outro lado, apertando o botão que travava todas as portas.

Inga reprimiu a vontade de chorar. De repente, os momentos que lhe restavam eram preciosos demais. Sabia que iria morrer, e apenas uma coisa importava.

– E as meninas?

Ele se virou para ela. Seus olhos brilhavam de excitação, a expectativa moldando cada linha de sua boca. Seu olhar era como o de alguém em transe. Cada centímetro de seu corpo ansiava para lhe tirar a vida.

– As me-ninas... – ela balbuciou.

Ele jogou a cabeça para trás e gargalhou.

– Por culpa sua, estão mortas.

CAPÍTULO
50

Um silêncio sinistro pairava no Hollytree quando Dawson chegou. Ele estacionou diante da fileira de lojas que marcava a entrada daquele vasto conjunto habitacional.

Era de conhecimento geral que, depois de passar pelas lojas, você já estava "dentro" do conjunto. Embora fosse mais ou menos como entrar em outro país, não havia um passaporte que garantisse uma estadia segura ali, e era provável que você saísse com uma ordem de comportamento antissocial, uma sentença de prisão ou uma detenção por posse de substância ilegal.

Muitos outros conjuntos habitacionais da prefeitura de Black Country eram mais limpos, mais saudáveis e mais felizes por causa de Hollytree.

Todas as comunidades respiravam aliviadas quando uma família problemática era despejada. Mas as pessoas precisavam ir para algum lugar, e colocá-las no mesmo local não fora uma boa ideia. O resultado era uma comunidade dominada por gangues, que operava independentemente das autoridades locais.

Dawson percebeu a ironia do fato de que Dewain Wright havia morado num apartamento em cima de uma daquelas lojas, isto é, no limite do conjunto. O mais perto possível da saída. Era o que o pobre rapaz vinha tentando fazer.

A cultura de gangues não era novidade para Dawson. Ele entendia aquilo melhor do que se dispunha a admitir, mas não no nível de Hollytree.

Quando criança, havia sido obeso. Não por desequilíbrio hormonal ou doença mal diagnosticada. Seu excesso de peso resultava da rotina corrida de uma mãe divorciada, que trabalhava fora e recorria um pouco demais à facilidade de preparar uma refeição rápida numa frigideira.

Aos 15 anos, Dawson teria aceitado qualquer coisa para poder fazer parte de um grupo, qualquer grupo. E quase o fez.

Houve um incidente durante sua adolescência que ainda o fazia ruborizar de vergonha, e carregaria isso por toda a vida. Foi um dia que ele nunca mais esqueceu.

Alguns meses após o incidente, quando completou 16 anos, ele se matriculou em uma academia e passou a preparar as próprias refeições, controlando os níveis de gorduras saturadas. Estava decidido a nunca mais voltar à condição que o levara a fazer o que fez.

Dawson acessou as casas pela escada dos fundos. Embora fossem classificadas como térreas, distribuíam-se por dois andares. As entradas de cada moradia, separadas por uma grade de metal, davam para um labirinto de vagas de estacionamento alugadas, das quais quase nenhuma era usada para guardar carros.

Ele se esgueirou pelo espaço externo, entulhado com duas churrasqueiras enferrujadas e um monte de cadeiras de jardim, todas diferentes umas das outras. Um carrinho de boneca descartado descansava à direita da porta.

Bateu duas vezes à porta, e rapidamente um vulto surgiu do outro lado do vidro estampado.

A porta foi aberta por uma garota que Dawson calculou ter menos de 20 anos. Pelas fotos que havia visto, concluiu se tratar da irmã mais velha de Dewain, Shona. Seu cabelo caía em cachos estreitos e lustrosos em volta de um rosto atraente que, ao vê-lo, se retorceu numa careta.

– O que você quer? – ela perguntou, obviamente decidindo que ele não era bem-vindo.

– Sargento Detetive Dawson – ele anunciou, mostrando o distintivo.

Os olhos dela não se desgrudavam do rosto dele. Dawson já havia visto algumas carteiras de identidade falsas que circulavam pelo Hollytree. A maioria delas parecia mais autêntica do que a dele.

– Posso falar com o seu pai?

– Sobre o quê? – ela perguntou.

– Sobre o seu irmão – disse ele, com toda a paciência. Por mais irritante que fosse a atitude da garota, sua família havia sofrido uma perda que a polícia não conseguira evitar. – Houve alguns desdobramentos.

– Ah, é? Por acaso ele não está mais morto?

– Seu pai está em casa, Shona? – ele repetiu, dessa vez com firmeza.

– Calma aí, vou ver – respondeu a moça, fechando a porta na cara dele. Os apartamentos tinham dois quartos, sala, cozinha e banheiro. Era claro que ela sabia muito bem se o pai estava ou não em casa.

Segundos depois, a porta se abriu.

Dawson analisou o rosto de Vin Wright. Sua expressão não era nem afável nem hostil, mas neutra.

– O que você quer, meu filho?

Ser chamado de "filho" irritou um pouco o oficial. Nem seu pai o havia chamado assim, nem mesmo na noite em que partira para "tentar se encontrar" nas Terras Altas da Escócia. Até onde sabia, o pai ainda estava procurando a si mesmo.

Mas essa não era a única razão de seu desconforto. Dawson era policial, membro do Departamento de Investigações Criminais, e não era filho daquele homem.

– Senhor Wright, preciso informá-lo sobre um desdobramento relacionado a Dewain. Posso entrar?

Vin Wright hesitou antes de recuar um passo.

Dawson sabia que não havia nenhuma senhora Wright ali há doze anos. A mãe de Dewain morrera por complicações durante o parto de seu quarto filho.

Ele foi até uma cozinha apertada, onde Shona estava ocupada guardando potes e pacotes de volta no armário. Um rolo de sacos plásticos organizadores descansava ao lado. Dawson concluiu que ela estava organizando as marmitas de suas duas irmãs menores.

Havia uma série de folhetos mostrando lápides e flores espalhados diante da chaleira. Aquele homem estava cuidando do enterro do filho.

Vin continuava junto à entrada, restringindo a conversa àquele espaço reduzido. Dawson suspeitou que não ficaria ali por muito tempo.

Por ele, estava tudo bem. Não queria prolongar a dor daquele homem nem mais um instante do que o mínimo necessário.

– Senhor Wright, não foi a repórter que vazou que seu filho ainda estava vivo.

Um prato retiniu na pia, e Dawson e Vin olharam para Shona. Ela não se virou imediatamente, ainda encarando o objeto que deixara escapar da mão.

Os olhos de Vin permaneceram alguns segundos sobre ela antes de se voltarem para Dawson.

– Eu não entendo. Era óbvio que...

– Os horários não batem. Foi confirmado que Dewain já estava morto quando os jornais começaram a sair da gráfica. Tudo aconteceu tão rápido que a gente achou...

Dawson permitiu que o volume de sua voz diminuísse um pouco ao perceber que um tom de desculpas havia se insinuado.

Vin também percebera, mas seus olhos não transpareceram nenhuma acusação, apenas uma profunda tristeza.

– Todos nós achamos, meu filho.

– Isso significa que outra pessoa vazou a informação.

Vin assentiu. Ele já havia entendido isso.

– Eu preciso perguntar ao senhor: outros membros da família sabiam que Dewain ainda estava vivo?

Vin esfregou o cabelo curto, crespo, no alto da cabeça.

– Eu não sei, está tudo muito nebuloso. A essa hora na semana passada meu filho estava... Aconteceu tudo muito rápido. Recebi uma chamada no trabalho. Liguei para as crianças e...

– Para a Lauren – Shona disse, baixinho.

Dawson aguardou. Ela finalmente se virou para eles.

– Ligamos para a Lauren. Ela é... ela era namorada do Dewain. Deixei uma mensagem, mas ela não retornou. – Shona olhou para o pai. – Lembra, paizinho, que ela nem deu as caras no hospital?

Dawson sentiu o estômago revirar. A polícia havia comunicado apenas o parente mais próximo de Dewain, e Dawson sabia que todos haviam sido instruídos a não contar a ninguém que o garoto ainda estava vivo, até que sua condição se estabilizasse.

– Sabe onde posso encontrá-la?

– Vou anotar o endereço – disse Shona, e correu para dentro.

Dawson voltou-se para Vin, que seguira a filha com o olhar.

– Houve algum problema com a gangue desde a morte de Dewain?

Ele negou.

– Desde que Lyron foi preso pelo assassinato, Kai assumiu o comando. Não é tão mau quanto Lyron. Acho que receberam ordens para deixar a gente em paz.

Dawson duvidava um pouco disso. Uma morte na família nas mãos da gangue não garantiria a segurança das três garotas. Não era assim que as gangues operavam. Vin Wright ficaria de olho nas filhas até a hora em que a família fosse liberada para se mudar do conjunto habitacional Hollytree.

Shona voltou à cozinha e entregou-lhe um pedaço de papel.

– Está tudo aí.

– Obrigado, vai ajudar muito...

As palavras dele foram interrompidas pelo toque de seu celular.

– Com licença – pediu ele, virando-se de costas.

Era da central.

– Finalmente consegui localizar um detetive – disse a voz do outro lado. – Não posso recorrer ao seu chefe, nem ao Sargento Detetive Bryant. Então, vou ter que passar isso a você.

Ele sabia que era o terceiro dos quatro na hierarquia de sua equipe, mas odiava ser lembrado disso.

– Espere um minuto – disse ele, cobrindo o telefone com a palma da mão. Então, virou-se para Vin Wright. – Obrigado pelo seu tempo. Prometo que vou entrar em contato.

Vin assentiu com tristeza e abriu a porta para o oficial.

– O que houve? – Dawson perguntou assim que alcançou o caminho de cascalho da entrada.

Ele parou de repente, quando a voz pronunciou as palavras que há seis anos ansiava em ouvir.

– Encontramos um corpo e, até a sua chefe estar disponível, você é o cara para cuidar disso.

Finalmente, mesmo que por pouco tempo, ele seria alçado ao posto de oficial encarregado.

CAPÍTULO
51

– **Pode falar, Kev** – disse Kim, atendendo o celular.
– Chefe, estou a menos de dois metros do corpo de uma mulher de vinte e tantos anos. Talvez seja a nossa...
– Qual é a cor da calça dela?
– Ahn... amarela?
– É ela – Kim murmurou, fechando os olhos.
Ela aguardou enquanto Dawson passava os detalhes.
– Estamos a caminho – disse, encerrando a chamada.
Ela virou-se para Bryant.
– Estamos atrasados demais.
Depois do que havia visto nas gravações das câmeras de segurança, Kim não sentia a menor simpatia por aquela mulher. Ainda assim, Inga tinha sido sua única pista concreta.
As duas garotas a conheciam, especialmente Amy. Mas Inga as havia traído do pior modo possível, e agora pagava por isso com a própria vida. Embora Kim tivesse preferido ver a mulher torcendo as mãos no banco das testemunhas, não chegava a sentir nenhuma compaixão diante de sua morte.
– Vai ver ela não teve escolha – Bryant sugeriu.
Kim apreciou seu gesto empático, mas não conseguiu concordar.
– Todo mundo sempre tem a porcaria de uma escolha. Ela não era nenhuma estranha para essas garotas, e mesmo assim armou para elas.
– Mas alguma coisa fez essa moça fugir da ambulância. Talvez um peso na consciência...
– Bryant, acorde – ela o cortou. Às vezes, o otimismo dele a tirava do sério. – Se fosse uma questão de consciência, ela teria levado o plano adiante e fugido com as crianças na primeira oportunidade. Ela fez o que fez para se proteger. Ficou apavorada.
– E agora está morta – disse Bryant, como se aquilo significasse alguma coisa. Como se limpasse a barra dela. Mas Kim não pensava assim.

Amy e Charlie estavam sendo submetidas, na melhor das hipóteses, a uma provação terrível, e, na pior, a uma morte hedionda.

– Bryant, me faça um favor: apenas dirija.

Não, ela não derramaria uma lágrima. Na verdade, seus ductos lacrimais estavam bem secos.

CAPÍTULO
52

Kim passou direto pelo cordão de isolamento, mostrou rapidamente seu distintivo e entrou na cena do crime. Era um beco estreito, entre um supermercado e uma loja de ferragens, perto da rua principal, a Brierley Hill.

Dawson parou diante dela. Seu rosto perdera toda a cor.

– Chefe, a coisa ali tá feia.

– Já sou crescidinha, Kev – ela disparou, tirando-o do caminho.

– Ah, inspetora, eu bem que achei ter ouvido sua agradável e carinhosa voz.

Keats, que acabara de se postar ao lado dela, era o patologista residente. Todo o cabelo que tinha parecia ter migrado para a parte de baixo do seu rosto, formando um grande bigode bem aparado e um cavanhaque pontiagudo.

Ela pegou as luvas de látex azuis que ele lhe ofereceu, iguais às dele.

– Keats, não estou nem um pouco no clima.

– Ah, minha querida, será que o Bryant...

– Keats, vai por mim – disse Bryant, surgindo entre os dois. – Ela realmente não está no clima.

Kim já começara a avaliar a cena, parando ao lado de um fotógrafo da polícia científica para poder examinar melhor.

O corpo estava posicionado num ângulo impossível. Lembrava aquelas figuras feitas com fita adesiva branca, que sempre apareciam em séries e filmes sobre crimes misteriosos.

O braço direito estava erguido acima da cabeça, mas o pulso apontava na direção oposta. O braço esquerdo descansava ao lado do corpo. O ombro parecia mais baixo, e a mão ficara voltada para cima.

O rosto de Inga estava inchado, dilatado. Carne vazara da bochecha e da testa, cobrindo todo o olho esquerdo. O olho direito mirava o céu, e uma trilha de sangue escorria do meio do rosto até debaixo do queixo. Kim avaliou que deveria ter um nariz quebrado escondido em algum lugar.

Havia tufos de cabelo loiro por toda a sua volta, como se ela fosse um cão trocando de pelo.

– Inspetora – Keats se aproximou, sinalizando para que ela o seguisse até a parte inferior do corpo.

Kim saiu do caminho quando o fotógrafo se ajoelhou para tirar fotos em close do rosto da mulher.

– Julgando por este primeiro exame, acreditamos que há vários ossos quebrados. Eu diria no mínimo quatro.

– Todos dos membros? – ela perguntou.

Ele assentiu, apontando para a perna direita. O tornozelo estava virado ao contrário.

Kim deu um passo à frente e espiou a área onde terminava a trilha de sangue vinda do nariz.

Uma linha fina atravessava a garganta, indo de orelha a orelha. Pela largura da ferida, Kim arriscaria dizer que fora produzida por algum tipo de barbante de jardim.

Ela soube na hora que aquela não era a cena do crime original. Inga havia sido torturada. Se tivesse acontecido ali, os gritos certamente teriam alertado alguém. Estavam no lugar para onde o corpo havia sido levado, provavelmente por algum veículo, e largado.

– Causa da morte? – Kim perguntou.

Keats deu de ombros.

– Difícil afirmar antes de um exame detalhado, mas acho que você gostaria de ver isso.

Keats deu dois passos em direção à parte superior do corpo e levantou delicadamente a gola do casaco que cobria o pescoço de Inga.

– Jesus Cristo – disse Kim, balançando a cabeça.

Ela o seguiu e contou os hematomas. Havia sete ou oito marcas redondas em volta do pescoço dela.

Bryant se aproximou e a acompanhou com o olhar.

– Ela resistiu, chefe?

Kim negou com a cabeça. As marcas eram muito profundas. Se tivessem lutado, se ela tivesse se debatido, seriam um pouco mais superficiais.

Dawson surgiu do outro lado do corpo.

– O que você acha, Kev? – ela perguntou.

Ele olhou primeiro as marcas, depois o restante do corpo.

— Ela foi torturada, chefe. Ele a estrangulou até fazê-la perder a consciência, e então bateu nela para reavivá-la.

Kim assentiu.

— Ela deve ter sentido a dor de cada pancada antes de morrer.

— Filho da mãe... — Bryant murmurou, afastando-se.

Kim concordava, mas encarava a cena com frieza. Inga havia feito escolhas. Participara do sequestro de crianças inocentes. Sim, aquela criatura deplorável sentira medo, mas agora estava livre desse medo. Para as duas garotinhas, o medo continuava. Pelo menos era o que ela esperava.

Elas estavam por ali, em algum lugar. Confusas, aterrorizadas e sozinhas. Em casa, seus pais tentavam manter a sanidade depois de terem sido atirados a um jogo cruel, um leilão mórbido para salvar a vida das próprias filhas. E aquela mulher havia sido um instrumento importante para causar tudo aquilo.

Kim deu uma última olhada no corpo, registrando-o na memória para não depender de fotos. Seu olhar parou no tornozelo revirado. O tecido do jeans amarelo naquela perna estava três centímetros mais arregaçado do que na outra.

Ela se agachou e, com cuidado, puxou-o mais para cima. Um rastro de tinta preta se revelou diante de seus olhos. Puxou o brim ainda mais para cima. Viu um retângulo com uma linha cortando-o ao meio. Havia um ponto de cada lado da linha.

Kim fez sinal para o fotógrafo.

— Fotografe isso bem de perto – disse ela, levantando-se.

— Um trabalho grosseiro, amador, feito de qualquer jeito – Keats observou.

Kim assentiu, e Bryant se inclinou para observar melhor.

— Quem avisou sobre o corpo? – ela perguntou.

— Um rapaz que estava entregando lanches no *pub* – Dawson respondeu. – Ele se embrenhou aqui para fazer xixi enquanto aguardava a próxima entrega. Já vomitou até a alma, não deve ter mais nada por dentro.

— E o que mais?

— A última coisa que verifiquei foi o horário. O dono do *pub* veio esvaziar uma lata de lixo aqui por volta das 11h. Nessa hora, a garota ainda não estava aqui.

— Não vai me atazanar para descobrir a hora exata da morte, como sempre faz? – Keats perguntou.

– Bem, se puder me dar algo mais preciso do que esse intervalo de duas horas, fique à vontade.

– Eu diria que foi há um pouco menos de duas horas – Keats sugeriu.

Kim assentiu, e seu celular vibrou no bolso de trás. Era um número que ela conhecia.

– Stone – ela atendeu.

– É a mulher?

Woody parecia estar tão a fim de socializar quanto ela.

– Sim, é a mulher.

– Então são duas mortes até agora. Confirma, Stone?

Ela começou a se afastar do grupo em volta do corpo.

– Estávamos tentando localizá-la desde...

– Mas não conseguiram, não é? Quem estava cuidando disso?

Kim sabia que Dawson havia feito todo o possível para encontrar Inga. Não, ela não deixaria aquilo acontecer de jeito nenhum. Woody não iria atirar Dawson aos leões.

– Senhor, Inga não queria ser pega nem por nós nem pelos sequestradores. Ela estava envolvida no rapto e, se eu tivesse que escolher entre a vida de alguém, escolheria a de Charlie e Amy, não a dela.

Ela o ouviu tomar fôlego do outro lado da linha.

– Stone, quem era o responsável por essa parte da investigação?

Meu Deus, o cara parecia um cachorro atrás do osso. Era óbvio que ele queria um nome.

– Eu, senhor. Eu sou a oficial encarregada, e era eu quem estava procurando Inga.

Ela sentiu que ele segurava a bola de estresse na mão esquerda.

– Sim, é claro que era você.

Kim resmungou ao ouvir que a ligação havia sido encerrada.

Então, voltou até o corpo de Inga.

Keats entreouvira parte da conversa.

– Quer dizer que você estava procurando esta moça? – ele perguntou.

Ela assentiu.

– Investigação em andamento.

Keats esperou que ela complementasse a explicação. Kim não disse mais nada, apenas deu uma última olhada no corpo.

Um ataque tão brutal normalmente exigia uma raiva insana, uma raiva incontrolável explodindo nas mãos do assassino. Mas Kim não conseguia se livrar da sensação de que aquilo havia sido feito por diversão.

Enquanto ela e Bryant voltavam para o carro, uma visão a surpreendeu.

– Ah, meu Deus. Bryant, por favor, me diga que aquilo não é um Audi – exclamou ela.

– Pois é. O cão de caça farejou sangue.

Mil comentários envolvendo cachorros passaram pela sua cabeça, mas Kim preferiu manter a boca fechada.

– Nem pense nisso! – gritou ela, levantando a mão enquanto Tracy se aproximava.

– Eu tenho tanta paciência, inspetora – disse Tracy, mexendo no cabelo loiro.

– Eu também, Tracy, e você está abusando muito dela.

– Pois a sua ameaça só me faz querer ficar aqui ainda mais – ela provocou.

– Qual das ameaças? – Kim perguntou, honestamente. Então, deu de ombros. – Não importa. Tenho certeza de que posso pensar em mais alguma.

Tracy andou atrás dos dois o caminho inteiro até o carro.

– Você sabe muito bem que há outros policiais que cooperam bem mais com a mídia. Também sabe que podemos ser úteis.

Ah, essa era uma piada muito boa. Kim não poderia deixar passar em branco.

– Se você me trouxer um jornalista que possa ser útil, conversarei com ele, mas como só tem você aqui, eu passo a vez, obrigada.

– Há quanto tempo essas duas garotinhas estão desaparecidas? – Tracy perguntou.

Kim virou-se de uma vez, invadindo o espaço de Tracy.

– Chefe... – Bryant alertou.

Ela o ignorou.

– Se repetir essa pergunta a mais alguém, juro que isso vai virar uma questão pessoal. Vou fazer você calar essa boca, nem que me custe o emprego.

Kim teve o cuidado de não encostar em Tracy, mas, se aquela mulher fizesse algo que comprometesse a segurança de Charlie e Amy, Kim iria fazer de tudo para que ela nunca mais tivesse um minuto de paz na vida.

Tracy virou as costas e foi para o carro.

– Chefe, você foi um pouco...
– Bryant, ou você fala comigo sobre o caso ou não abre a boca. – Ela realmente não estava no clima para ouvir avaliações sobre seu comportamento.

Ele respirou fundo e virou-se para o cordão de isolamento.

– Se esse cara estiver minimamente perto das garotas...

– Ok, acho melhor você não abrir a boca de jeito nenhum – ela disparou, entrando no carro.

Mas era tarde. As imagens já haviam se formado na sua cabeça.

CAPÍTULO
53

– Charl – disse Amy, chamando a amiga. – Você está tremendo!

Charlie tentava desesperadamente conter aqueles movimentos involuntários. Não sabia mais se tremia de frio ou de medo. Só sabia que, de repente, começava a bater os dentes, mas não sabia o que fazer para acabar com aquilo.

– Estou bem, Ames, só com um pouco de frio – disse ela, chegando mais perto até que a pele despida de sua coxa encontrasse a de Amy.

O maiô de natação molhado que grudara em seu corpo na noite anterior já havia secado contra a pele, e ela sentia um frio que chegava até os ossos. Estavam sentadas sobre a pequena toalha de Amy, mas o frio achava um jeito de atravessar o colchão e o tecido. Havia enrolado a própria toalha em volta das duas, como uma capa compartilhada. Amy segurava uma ponta, e ela, a outra.

O ruído da chave na fechadura a assustou. Não tinha ouvido os sinais de alerta. Pouco a pouco, ia ficando menos atenta ao que acontecia ao redor. Tentou afundar ainda mais na parede, segurando a mão de Amy bem apertado. Amy olhava assustada para a porta.

A figura entrou e parou.

Charlie protegeu os olhos da claridade que acabara de entrar. Era o homem grandão de novo. O que viera tirar suas roupas.

Amy chegou mais perto dela.

– Charl, o que ele...

– Shhh... – sussurrou Charlie.

O homem estava com uma das mãos nas costas. Ele parou com as pernas afastadas.

Quando trouxe a mão esquerda para a frente, viram um gatinho preto e branco, de olhos sonolentos e jeito manso.

Na mesma hora, Charlie teve uma reação carinhosa. Seus olhos se fixaram naquela bola de pelos que começava a abrir os olhos e tentar olhar em volta.

Ela sentiu algo estranho na boca do estômago.

Charlie olhou para a única parte do homem que conseguia enxergar. Os olhos dele estavam enrugados nos cantos. Sua boca sorria, mas não havia afeto. Seus olhos nem sequer miravam o gatinho. Ele olhava fixo para ela.

A apreensão em seu estômago aumentou. Era assim que ela se sentia antes de uma consulta ao dentista. Mas, agora, era ainda pior. Podia ouvir o coração batendo no peito. Queria pular e tirar o gatinho da mão dele, mas a tremedeira percorria seu corpo dos pés à cabeça.

Ela engoliu em seco, tentando controlar aquele movimento involuntário. A umidade foi sugada de sua boca.

Sua garganta se fechou com palavras assustadoras demais para serem ditas.

Charlie viu o homem levantar a mão direita e envolver o pescoço do gatinho.

Com um movimento brusco, ele torceu o pescoço do bichinho, dando uma volta inteira.

Tanto ela quanto Amy gritaram.

CAPÍTULO
54

Kim ouviu a gravação pela segunda vez. Toda a atividade na sala havia cessado. Todos os olhos estavam grudados no celular.

O grito soou medonho aos seus ouvidos, e Kim achou que fosse vomitar.

Ela deslizou o celular pela mesa e saiu correndo da sala.

Vinte passos adiante, foi golpeada pelo ar frio da noite. Deu alguns passos em volta do chafariz na entrada da casa, os punhos fechados ao lado do corpo. Tinha vontade de enfiar a cabeça dentro da água. Seu pedido de uma prova de vida acabara causando algum tipo de dor às meninas, e aquela nunca havia sido sua intenção. Estava ali para proteger aquelas garotas. Já deveria ter conseguido trazê-las de volta àquela altura. Eram apenas crianças. Estavam em pânico, nuas e, agora, sendo machucadas.

— Esse cara vai morrer no inferno! — ela gritou, chutando uma árvore.

— Que briga injusta. A árvore não lhe fez nada, inspetora.

Kim virou-se e viu Matt Ward encostado à lateral da casa.

— O que você quer?

Ele deu de ombros.

— Só vim ver como é a sua cara quando fica puta da vida, mas já vi melhores.

— Prefiro não mostrar minha frustração à equipe. Pode desanimá-los.

— E você acha que eles estão soltando confetes lá dentro? Todos ouviram exatamente a mesma coisa que você.

— Obrigada por me lembrar.

— Só que não saíram correndo da sala como uma criança mimada. Bela maneira de dar apoio à sua equipe, detetive inspetora. Eles ainda estão lá, atônitos, encarando o celular.

Kim partiu pra cima dele, toda a sua raiva voltando-se na direção do oficial.

— Você não sabe nada sobre mim ou sobre a minha equipe, então não se meta.

A expressão dele não mudou.

– Qual é o seu problema?

Kim estava chocada com a frieza daquela reação.

– Você não ouviu aquilo? Ou será que é tão sem coração e tão filho da...

– Eu ouvi. E depois ouvi de novo.

– Então sabe que elas foram machucadas porque eu pedi uma prova de vida.

Ele revirou os olhos.

– Qual é, inspetora. Pare de se fazer de mártir. É óbvio que você pediria uma prova de vida. Se eu estivesse aqui antes, teria feito a mesma coisa. Pare de carregar essa cruz e me escute, porque não é da minha natureza tentar fazer os outros se sentirem melhor, mas essas crianças não estavam sendo machucadas.

– Como assim?

– Eram gritos de horror, não de dor. Há uma diferença.

– Como você sabe?

Ele não se alterou.

– Acredite, eu sei.

Ela parecia duvidar. Ele se afastou da parede.

– Mas você está se esquecendo da coisa mais importante.

Ela não se deu ao trabalho de perguntar o quê. Ele diria de qualquer jeito.

– Agora você sabe que elas estão vivas. As duas.

Matt virou-se e voltou para a casa. Ela ficou vendo-o ir.

Kim definitivamente não gostava dele. Toda aquela frieza e distanciamento a deixavam nervosa. Durante a conversa, a expressão dele não sofrera a menor alteração.

Não gostava e não confiava nele, mas esperava com todas as forças que estivesse certo.

CAPÍTULO
55

Jenny Cotton raspou e jogou no lixo os restos da lasanha que aquecera no micro-ondas. Com gestos automáticos, levou aquele único prato até a pia e o lavou na mesma hora. Um sorriso triste se insinuou em seu rosto. Agora, não havia necessidade de deixar a pia limpa para quem viesse usar depois. Não mais. Mesmo assim, sua mão pegou o pano de prato.

O ato era um resumo dos últimos treze meses. Nada fazia muito sentido, mas seu corpo continuava funcionando.

Todos os dias ela o colocava para fazer coisas. Todas as manhãs, tentava sentir esperança. "Quem sabe hoje", dizia a si mesma, enganando a mente para que desse instruções aos seus membros.

Foi até a sala e arrumou as revistas que havia folheado. Desligou a TV que tinha ficado ligada, sem ninguém assistindo. Pegou o celular que não tocava há semanas. Ao lado dele, estava o outro. O telefone que mantinha como último vínculo com a filha. Aquele que dissera à detetive inspetora que não estava mais com ela.

É claro que a polícia o requisitara naquela época, e até ficaram bravos quando ela alegou que devia tê-lo perdido – uma alegação irrefutável. Dera permissão para que revistassem a casa, sabendo que não iriam encontrá-lo. Estava na gaiola de passarinhos, do lado de fora.

As mensagens ainda estavam ali, e muitas vezes ela voltava a lê-las, ainda procurando alguma pista. Mas as palavras nunca mudavam, e Suzie ainda não voltara para casa.

Havia algo de libertador em não precisar mais daquela simulação. Não teria mais que se arrastar para fora da cama toda manhã e se juntar ao resto do mundo. Não teria que botar uma roupa por cima do corpo e pentear o cabelo. Não precisaria mais seguir adiante.

Porque agora tinha certeza.

A visita da polícia havia confirmado seus piores temores. Acontecera de novo. Ela viu isso nos olhos da mulher. E, se aquelas mesmas pessoas tinham levado outras duas garotinhas, isso fazia a verdade encará-la de frente.

Suzie nunca mais iria voltar.

Ela subiu as escadas devagar, seus passos produzindo o único som em toda a casa. Pela primeira vez, Jenny não se importou com isso. A paz que a rodeava preenchia seu corpo. Havia uma aceitação. Um fim.

Ela não extraiu nada desses últimos momentos. Não sentiu vontade de obter qualquer prazer dos seus últimos minutos de vida.

O prazer estava no fim.

Ela se despiu e dobrou as roupas em cima da cama. Então, parou por um instante. Será que deveria escrever uma carta se explicando? Mas para quem?

Ninguém que a conhecesse iria se surpreender. A preocupação de seus amigos e familiares se resumia a um telefonema ocasional, movido pela culpa e pela responsabilidade. Haviam tentado incentivá-la, instigá-la, motivá-la a seguir em frente e, ainda que ela se mostrasse incapaz de fazer isso, eles insistiam em tentar.

Jenny esperava que entendessem que ela não estava fugindo *de*, e sim correndo *para*. Qualquer esperança que tivesse restado em seu coração já havia ido embora.

Ela mergulhou mais fundo na banheira e fechou os olhos.

Uma única dúvida a fez hesitar um momento. E se não conseguisse encontrar Suzie do outro lado? E se as suas ações a levassem a um lugar ainda mais escuro, onde tivesse que se resignar a procurá-la pela eternidade?

Ela balançou a cabeça ao sentir o medo recuar, tão rápido quanto havia surgido. Para isso, teria que acreditar em um ser superior.

E ela não acreditava. Não mais.

Pegou a lâmina e segurou na posição correta. Sabia que o corte tinha que ser vertical, não horizontal. Um sorriso se esboçou em seus lábios ao sentir que algo a atraía em direção à filha.

– Estou chegando, Suzie. Estou chegando – ela cochichou, a lâmina começando a descer.

E então, o telefone tocou.

O outro.

CAPÍTULO
56

– Certo, crianças, hora de ir pra casa.

Houve lamentos e protestos, mas ela os interrompeu levantando a mão.

– Preciso de todos vocês bem descansados, mas farei uma lista de prioridades para trabalharmos amanhã. Vejo vocês de volta aqui às 6h.

Um por um, todos foram saindo da sala.

– O senhor também, senhor Ward – ela disse para o negociador, que estava de cabeça baixa.

– Sim, só estou terminando uma coisa – ele respondeu sem olhar.

Quando a sala finalmente esvaziou, Kim deu a volta por trás dele para colocar as cadeiras de volta no lugar e fechar os arquivos.

Ela pegou a mochila embaixo da cadeira.

– Ei, aposto que você já terminou o que quer esteja fazendo, então, por gentileza...

– Pois é, eu não vou embora. Só não quis discutir isso com você na frente da sua equipe.

Ela soltou um longo suspiro.

– Precisamos mesmo fazer isso agora? Qual é, você está tentando arrumar briga...

– Nada disso. Só estou tentando fazer meu trabalho.

Kim bateu o punho na mesa, mas nem assim Matt a olhou.

– Como autoridade responsável por essa equipe, estou instruindo você...

– Bem, esse é o seu primeiro problema – disse ele, finalmente olhando para ela. – Eu não faço parte dessa equipe. Eu nem sequer trabalho para a força policial, então não comece com essa história de "meu chefe vai falar com o seu chefe" porque você já está olhando para o meu chefe agora.

Kim sentiu seu sangue ferver.

– Eu mesma travo as minhas batalhas, obrigada. Esta sala foi designada pela Polícia de West Midlands, portanto, como não membro da minha equipe, por favor, tenha a gentileza de se retirar...

– Você vai me tirar daqui fisicamente? – ele perguntou, exibindo o primeiro vislumbre de sorriso que ela via em seu rosto naquele dia.

– Se eu precisar... – ela disparou de volta.

Ambos se encaravam de lados opostos daquela mesa de trabalho improvisada.

Ela não iria ceder.

Ele levantou as mãos.

– Ok, eu acredito em você. – Matt se levantou e recolheu as três pastas de arquivo que estava analisando. – Vou me mudar para a cozinha, mas não deixarei esta casa até que as garotas estejam de volta em segurança.

Kim assentiu. Excelente. Os dois já podiam assar biscoitinhos e fazer as unhas um do outro.

Matt estava se revelando o homem mais irritante que ela já havia conhecido. Sua arrogância perdia apenas para a sua teimosia, que não era nada comparada à sua falta de emoção.

Ele parou à porta e virou-se para ela.

– Você se acostumou a fazer as coisas sempre do seu jeito, não é, inspetora?

Ela pensou um pouco, então assentiu.

– Pode apostar que sim.

– Bom, talvez seja hora de mudar um pouco.

– Senhor Ward, eu adoraria me sentar e dizer o que penso das suas opiniões a meu respeito, mas peço educadamente que se retire do que acabou de se transformar no meu quarto de dormir.

– Certo, certo – disse ele, indo em direção ao corredor.

A tensão no queixo dela começou a aliviar.

Então, uma leve batida soou na porta.

– Que diabos você quer agora...

– Senhora, só vim avisar que estou indo embora.

Kim sentiu-se mal na mesma hora. Costumava se esquecer da existência de Helen.

– Desculpe, não tive tempo de conversar com você hoje.

– Tenho muito pouco a relatar, senhora. Os casais continuam distantes um do outro, apesar de fingirem que não.

Kim assentiu. A fratura na amizade entre os casais não era problema dela.

– Acha que algum deles já fez contato?

Helen negou com a cabeça.

– Acredito que não. Estão esperando que você faça alguma mágica e traga as meninas de volta.

Eles, ela e todo mundo.

Kim inclinou a cabeça para o lado.

– Sabe se o resgate foi pago da última vez?

Helen negou novamente.

– Não acho que tenha sido. As duas famílias estavam em contato com os sequestradores o tempo todo, enquanto as ofertas iam e vinham, mas acredito que não houve dinheiro envolvido. Todos ficaram igualmente surpresos e chocados quando Emily foi encontrada.

Era o que Kim suspeitava. Queria uma confirmação da segunda família para se certificar, mas, no fundo, algo lhe dizia que aquilo tinha terminado por outra razão.

– Jenny Cotton tem certeza de que a outra família pagou – disse Kim, e ela entendia por quê. A filha deles havia sobrevivido, e a dela, não.

Helen não parecia convencida.

– Eu teria ficado sabendo, até porque isso teria provocado uma mudança bem evidente na atitude deles. Ninguém consegue alimentar uma expectativa desse tipo e esconder dos outros.

Kim virou-se na cadeira.

– Por que acha que eles soltaram uma das crianças?

Ela hesitou brevemente antes de responder.

– O inspetor-chefe achou...

– Helen – disse Kim, apertando os olhos. – Não estou perguntando ao inspetor-chefe. Se ele me dissesse que sou mulher, eu iria correndo até o banheiro para checar. Estou perguntando a você.

– Acho que algo deu errado do lado deles. Quebrei a cabeça tentando descobrir o que poderia ter acontecido na casa, mas não encontrei nada.

– Ok, Helen, obrigada. Nos falamos melhor amanhã. Descanse um pouco.

Os expedientes de dezesseis horas estavam cobrando seu preço sob aqueles olhos azuis.

– Farei isso, senhora. Espero que você também – disse ela, recuando e saindo da sala.

– Ei, Helen! Só por curiosidade, qual casal você acha que vai tentar primeiro?

Ela surgiu novamente à porta.

– Elizabeth e Stephen – disse, sem hesitar.

Kim não pediu que ela esclarecesse o motivo daquela certeza. Não precisava. Era o que sua intuição lhe dizia também.

Ela acenou, despedindo-se.

– Vejo você amanhã assim que...

As palavras de Kim foram interrompidas pelo toque do seu celular. Um número que ela não reconheceu.

Helen continuou à porta.

– Detetive Inspetora Stone.

Silêncio. Ela fez sinal para Helen sair.

– Alô, quem é? – Kim perguntou.

Nada.

Deus do céu, ela odiava malucos ligando.

– Escute, se você não tem nada melhor para fazer, sugiro que pegue...

– Inspetora – disse uma voz miúda que lhe era familiar, mas que não conseguia se lembrar de onde.

– Quem fala? – ela perguntou, estreitando os olhos.

– Aqui é... Jenny Cotton. Inspetora, eu... Bem... Eu acho que...

Kim já estava de pé.

– Senhora Cotton, aconteceu alguma coisa?

– É que o telefone, o outro telefone... Eu recebi uma mensagem...

– Senhora Cotton, não faça nada – disse Kim. – Estou indo até aí.

CAPÍTULO
57

Elizabeth sentou-se na beirada da cama, exausta.

Sentia a tensão se alastrar da ponta dos pés até o pescoço. Ainda assim, sua mente continuava a mil. Suas emoções derrapavam e colidiam como carros em uma pista de corrida.

Sentia muita falta dos filhos, daquele afeto doce de Amy, das travessuras insolentes de Nicholas. Sentia como se os dois tivessem sido arrancados dela.

Stephen entrou no quarto, vindo do banheiro, e pendurou suas roupas no encosto da cadeira que ficava junto à mala.

Ela deu a volta na cama e pegou o jeans dele.

– A gente precisa pelo menos discutir isso – disse ela, baixinho.

Ele conferiu o relógio, mas não disse nada.

Ela pegou a camisa azul-celeste dele.

– Stephen, não dá pra gente simplesmente fingir que isso não está acontecendo. Evitamos o assunto durante vinte e quatro horas, mas temos que falar sobre isso.

Ela segurou a camisa contra o corpo para dobrá-la. A consciência daquela traição a apunhalava a cada palavra que saía de sua boca.

Ele suspirou.

– Estamos morando na casa deles, comendo a comida deles, dormindo na cama deles, e você quer discutir quanto vamos pagar pra matar a filha deles?

Elizabeth agarrou a camisa com toda sua força.

– Você leu a mensagem. É a filha deles ou a nossa.

Ela conhecia Charlie desde que a menina tinha 4 anos. Amava aquela criança como a uma sobrinha, mas não como filha. Seu afeto por Charlie ficava um passo atrás.

Sua filha tinha um comportamento menos efusivo. A doçura de Amy era tranquila, serena. Ela deixava Charlie tomar a iniciativa em tudo que faziam; ficava satisfeita com o simples fato de estarem juntas.

Onde quer que estivessem agora, Elizabeth rezava para que ainda estivessem juntas. Era honesta o suficiente para admitir que Charlie era a mais forte das duas. Ainda na semana anterior, enquanto elas brincavam na piscina de bolinhas, um menino mais velho dera um empurrão em Amy, derrubando-a no chão. Elizabeth ficou cuidando de um pequeno corte no cotovelo da filha, mas viu o que aconteceu em seguida.

Charlie esperou que o menino ficasse em pé no alto do escorregador. O garoto estava batendo no peito, imitando Tarzan, e ela se atirou contra ele com toda a força. Ele rolou pelo escorregador, caindo de cara no chão. Ela ainda gritou: "Ops, me desculpe".

Que Deus a perdoasse, mas Elizabeth esperava que Charlie protegesse Amy como sempre fazia, apesar do que precisou dizer em seguida.

– Precisamos pelo menos discutir isso, Stephen – ela cochichou, odiando cada sílaba que saía de sua boca.

Falava em selar o destino da filha de uma para garantir a soltura da filha de outra. A dela.

Mas não tinha escolha.

– Preciso saber quanto podemos oferecer.

Pronto, as palavras que borbulhavam em sua garganta finalmente haviam sido libertadas. Agora, não poderia mais trazê-las de volta.

– Não acredito que você está levando essa ideia a sério. Você realmente faria isso com eles?

– E você não faria para trazer Amy de volta?

A preocupação exagerada de Stephen com a segurança da outra criança a irritava. Amava o marido, mas não era cega para os defeitos dele. Por que ainda não tinham feito uma oferta?

Ela decidiu atacar.

– Está preparado para deixar nossa filha morrer?

Ele engoliu em seco, desviando o olhar.

Ela atirou a camisa no chão e andou na direção dele.

– Você acha que eles não estão no final do corredor agora tendo essa mesma conversa?

Stephen segurou a cabeça entre as mãos.

De repente, Elizabeth se sentiu sozinha. Os dois deveriam ser uma equipe naquele momento. Ambos lutando pela vida da filha. Mas seu marido já abandonara o ringue.

Ela voltou a falar, agora dirigindo-se ao topo da cabeça dele.

— Robert provavelmente já ligou para o gerente do banco, para o contador e para quem mais ele ache que pode ajudá-lo. Pode até já ter feito uma oferta sem que a gente saiba.

Stephen levantou-se da cama e andou alguns passos.

Ela foi atrás.

— Stephen, o que há de errado com você? Precisamos tentar salvar nossa filha!

Ele virou-se para ela.

— Matando a de outra pessoa?

Elizabeth recuou um passo. As palavras estavam ali, mas não havia emoção nos olhos dele.

— Stephen, eu não quero... Quer dizer, o que...

Ele virou-lhe as costas de novo.

— Simplesmente não consigo pensar no que estamos sendo forçados a fazer. É uma barbaridade.

Havia uma falta de profundidade no seu tom que não combinava com o que estava dizendo.

— Quanto, Stephen? — ela perguntou. — Quanto dinheiro a gente consegue levantar para garantir a vida da nossa filha?

As evasivas de Stephen não iam funcionar.

Ele voltou a sentar-se na cama. Disparava olhares ao redor do quarto, como sempre fazia quando se irritava.

— Stephen, responda! Quanto dinheiro a vida de Amy vale para você?

Os olhos dele faiscaram. Muito bem, ela queria mesmo uma reação sincera, real.

— Eu não sei. É complicado.

— Não é, não. Você sabe o quanto tem.

— Elizabeth, agora é tarde demais — ele disse, evitando o olhar dela.

— Vamos lá, Stephen. Tem a conta da poupança.

— Liz, pare, por favor. Você não entende nada de finanças — ele respondeu, com raiva.

Ela chegou mais perto.

— Não dê uma de superior para cima de mim. Quanto tempo demora pra gente conseguir refinanciar a casa e levantar o dinheiro?

— Liz, pare. Isso é loucura!

— Se vendermos os carros e as joias, podemos chegar a...

— Liz, pela última vez, estou pedindo pra você parar com isso.

Elizabeth ficou imóvel. Havia se dado conta de que ele não lhe dera uma única resposta decente.

Parada junto à janela, sentiu a tensão aumentar em seus ombros. Queria sair do quarto e deixá-lo ali, sozinho. Mas não conseguiu.

Em vez disso, foi até ele e o obrigou a encará-la. Os olhos dele se encheram de raiva.

– Me diga, Stephen. Quanto vale a nossa filha?

Olhando-o nos olhos, ela viu o momento em que ele perdeu o controle, um segundo antes que seu punho lhe acertasse a boca em cheio.

CAPÍTULO
58

O TRAJETO DE OITO QUILÔMETROS de Pedmore a Netherton tinha vários trechos de gelo. Mais de uma vez, a roda traseira da moto quase escapou do controle de Kim. A subida até a casa parecia uma rampa de esqui, mas ela chegou exatamente nove minutos após receber a chamada. Embora tivesse deixado seus dados com Jenny Cotton, Kim nunca achou que ela fosse mesmo ligar.

A mulher já estava em pé junto à entrada, enrolada em um roupão branco e com o celular na mão. A expressão gélida em seu rosto não era por causa da temperatura.

Kim tirou o capacete e conduziu a mulher para dentro, fechando a porta.

– Obrigada por vir... Eu não sabia mais o que...

– Está tudo bem – disse Kim. – Você fez a coisa certa.

Não estava surpresa com o fato de Jenny ainda estar de posse do celular. Para ser sincera, se fosse ela, também não o teria entregado.

Jenny movia-se mecanicamente, como se estivesse anestesiada, em estado de choque. Enquanto andava, esbarrou em uma cadeira da sala de jantar.

Kim conseguiu ampará-la e a obrigou a se sentar. Ela mesma precisava de uma bebida quente e doce, mas a mulher à sua frente parecia precisar ainda mais.

Foi até a cozinha e encheu um pote de água. Depois de algumas tentativas, localizou canecas, café, adoçante e leite.

– Eu estava a ponto de... – a mulher sussurrou quando a chaleira desligou.

Kim virou-se para ela.

Lágrimas silenciosas rolavam pelo rosto de Jenny, que encarava o celular na mão.

– A ponto de quê? – Kim perguntou, apesar de já saber a resposta.

– De ficar em paz – ela respondeu, erguendo os olhos.

Kim colocou as canecas de café na mesa e sentou.

– Essa não é a solução – ela disse baixinho.

– Acaba sendo quando você nem sabe mais qual é o problema.

Kim achava que Albert Einstein quem havia dito a frase: "A vida só vale a pena se vivida em função de alguém".

Um ótimo exemplo disso estava sentado diante dela. Derrotada, aquela pobre mulher tentara existir sem a filha, mas fora incapaz de se mover em qualquer direção.

Kim estendeu o braço e tocou a mão dela suavemente.

– Você leu a mensagem de texto?

Ela assentiu, apertando o celular contra o peito.

Kim abriu a mão.

– Posso?

Hesitante, ela esticou o braço. Kim pegou o telefone e procurou a mensagem mais recente.

Não vinha de um número que já tivesse sido usado pelos sequestradores; ela havia anotado cada um deles acima de cada mensagem no quadro da sala de guerra. Os textos e os respectivos números estavam gravados em sua memória.

A mensagem era curta e simples.

Você quer jogar de novo?

Kim fechou os olhos. Na pior das hipóteses, estavam propondo a mais cruel das brincadeiras, uma tentativa de extorquir dinheiro de uma mulher ainda perdida no luto. Na melhor das hipóteses, estavam instigando uma mãe a negociar o corpo da filha.

A visão de Eloise sendo levada da casa dos Timmins veio à sua mente. A mulher dissera que ele não havia terminado com as outras. O que aquilo queria dizer? Quase com a mesma rapidez, Kim afastou o pensamento. Até mesmo o mais maluco dos videntes podia acertar, por coincidência, uma previsão de vez em quando.

Kim era policial. Lidava com fatos.

Ela se levantou e empurrou a cadeira junto à mesa.

– Preciso que me deixe levar esse telefone.

Jenny Cotton a olhou horrorizada. Seus olhos voaram até o celular, e Kim pôde sentir o desejo quase incontrolável da mulher de agarrá-lo e colocá-lo de volta junto ao peito.

Jenny usou os dedos da mão direita para torcer os dedos da esquerda.

– Existe alguma chance, por menor que seja, de você trazer o corpo da minha filha?

Kim odiava fazer promessas que não se sentisse capaz de cumprir, mas, ao olhar aquele rosto à beira do abismo, sentiu um aperto no peito.

– Se eles estiverem com ela, eu vou encontrá-la.

CAPÍTULO
59

Kim percebeu que não tinha como sair daquela situação.

Sentia frio, a garrafa de café estava vazia e ela tinha muito em que pensar. Precisava de água, mas um cara muito pentelho havia se instalado na cozinha.

A ideia de travar outra batalha não a agradava, mas a vida sem café não era uma opção, principalmente depois da meia-noite. Havia um monte de coisas sem as quais ela ainda conseguia funcionar: amor, ok; sexo, normalmente; comida, muitas vezes; mas café... jamais.

Decidida, agarrou a garrafa de café e saiu da sala de guerra. Dane-se. Ela não tinha medo de ninguém.

Entrou na cozinha com uma expressão calculada, mas parou de repente.

Matt segurava a cabeça entre as mãos, e sua respiração era profunda e uniforme.

Ela foi até a pia caminhando na ponta dos pés. Abriu a torneira só o mínimo e segurou a garrafa embaixo enquanto a água caía.

– Obrigado pela consideração, mas eu não estava dormindo.

Kim grunhiu por dentro e virou-se para ele.

– É mesmo? Seu ronco indicava outra coisa.

– Estava praticando uma profunda meditação mental, por meio da qual a mente consciente permanece alerta enquanto o subconsciente descansa. É especialmente útil quando precisamos lidar com pessoas difíceis.

– Deve ser mesmo bastante traumático para você conviver consigo mesmo.

– Opa, boa resposta, inspetora.

Kim já ia saindo da cozinha quando ele voltou a falar.

– O imbecil que cuidou da negociação no último caso deveria ser levado até um beco e executado com um tiro.

Ela voltou-se para ele.

– Por quê?

– Porque ele agiu como um comerciante num mercado. Sem estratégia, só marcando posição e dissimulando.

Kim deu mais dois passos em direção a ele.

– Continue.

Matt suspirou, coçando entre as sobrancelhas.

– Há alguns anos, houve um tigre na Bolívia.

– Um tigre?

– Desculpe. Um "sequestro-tigre" é quando alguém faz um refém para convencer uma pessoa querida ou um membro da família a proceder de determinada maneira.

Kim sentou-se à mesa.

– Um menino de 5 anos foi raptado para convencer o pai dele, um juiz, a libertar o irmão do sequestrador da prisão. O irmão, um ativista político, fora responsável pela morte de dezessete pessoas num ônibus urbano. Era trocar uma vida pela outra, não envolvia dinheiro. Uma escolha impossível, e algo que o juiz obviamente não tinha o poder de levar adiante.

– O que aconteceu?

– O corpo do menino foi encontrado dois dias depois à beira de um rio. Isso é o que acontece quando um negociador age com total falta de respeito pelo processo. Se estivéssemos lidando com um incidente expresso aqui...

– Expresso? – Kim perguntou. Não era um termo que ela já tivesse ouvido.

– É quando pedem um resgate pequeno, que a família pode pagar sem dificuldade. Fica subentendido logo de cara que o dinheiro será pago e que a criança será libertada, e a única coisa a ser negociada é o valor.

– Essas gangues costumam ser pegas?

Matt negou com a cabeça.

– Raramente. São competentes no que fazem, e, desde que você conduza bem a negociação, todo mundo sai ganhando.

Algo na voz dele chamou a atenção de Kim.

– Alguma vez dá errado?

Ele se levantou e virou para a pia.

– De vez em quando.

Era o primeiro vislumbre de emoção que Kim testemunhava vindo de Matt, mas algo a respeito daquele caso a intrigava.

– Ainda não recebemos nenhum pedido de qualquer quantia. Então, como você poderia iniciar as negociações?

Ele voltou com um copo d'água.

– Neste caso, não estou negociando dinheiro. Não ligo a mínima para quem vai pagar, nem quanto. Estou negociando vidas. Não faz diferença pra mim que a mensagem mencione apenas uma vida. Eu quero as duas.

– Você já viu algo assim antes? – Kim perguntou. – Uma situação como essa, de leilão?

Ele negou.

– Trabalhei em um duplo sequestro antes, dois irmãos. Mas o pedido era totalmente impossível.

Kim não ficou muito animada com essa notícia.

– O que você propõe, então?

– A primeira coisa que preciso fazer é avaliar as expectativas deles. Não pediram uma quantia definida, mas deve haver um valor que eles imaginam alcançar. Também vou tentar descobrir se eles têm preferência por alguma das famílias. Talvez estejam mais interessados na família Hanson, e os Timmins entrem na jogada só para ajudar a aumentar o valor, ou vice-versa. Cada resposta vai me dizer alguma coisa e me ajudar a definir o curso da ação a ser tomada.

– Um plano flexível?

– Precisa ser, pelo menos até que eu consiga algumas reações.

– Uau, você quase sorriu agora – ela comentou. – Cuidado, senão vou achar que você é até capaz de sentir alguma emoção.

A expressão dele ficou neutra novamente.

– Como a sua opinião não significa nada para mim, não vou perder o sono. Mas, em relação ao seu comentário, minhas emoções poderiam fazer com que essas garotinhas fossem mortas.

– Ok, mas com certeza você poderia fazer seu trabalho dando um sorrisinho de vez em quando, não? – ela perguntou.

– Talvez, mas se eu ficar de bom humor, posso deixar de considerar alguma coisa que não deveria excluir só porque o dia está bonito ou porque tive uma noite muito boa. Do mesmo jeito, se estiver de mau humor, porque você está me atazanando, por exemplo, posso adotar um comportamento irracional sem necessidade. E é um fato que negociadores mal-humorados apelam mais para estratégias competitivas e cooperam menos. – Ele ergueu as sobrancelhas. – Ou seja, por favor, não me atrapalhe.

Kim se levantou.

– Fique tranquilo. Para mim, não será nenhum esforço. – Ela andou em direção à porta. – Ah, e só para aumentar um pouco seu estresse, Jenny Cotton, uma das mães do...

– Eu sei quem ela é – ele a interrompeu.

– Bem, Jenny Cotton recebeu uma mensagem de texto perguntando se ela "quer jogar de novo".

Ele recostou-se na cadeira e coçou o queixo.

– Tá brincando?

Kim negou com a cabeça.

– Estou com o telefone aqui.

– Você não acredita que essa criança ainda esteja viva, não é?

Kim respirou fundo e balançou a cabeça. O enjoo que ainda corria em seu estômago vinha de saber que o contato feito poderia ajudá-los a encontrar as duas meninas. Estava usando a morte e a tristeza de uma família para tentar salvar outras duas.

– Você precisa responder – disse ele.

Ela abriu a boca para falar.

– Apenas diga "sim" e veja o que acontece.

Era o que ela planejara fazer.

Kim pegou a garrafa de café e caminhou em direção à porta, mas parou.

– Só por curiosidade, qual será o seu lance inicial?

– Era o que eu estava tentando definir quando você entrou no meu dormitório.

– Bom, então me conte quando achar que deve. Eu odiaria pressionar você só porque temos duas crianças desaparecidas.

– Inspetora, posso lhe garantir que eu nunca tenho pressa. Mas, só por curiosidade também, se você estivesse com o líder dos sequestradores ao telefone, qual seria o *seu* lance inicial?

Kim pensou apenas por uma fração de segundo.

– Traga as duas de volta agora, ilesas, e deixarei que continue vivo.

Ele a encarou por quase dez segundos. Ela nem sequer piscou, encarando-o de volta.

– Agora estou entendendo por que me mandaram pra cá.

CAPÍTULO
60

– CHARL, EU TÔ ENJOADA... – disse Amy, apertando o estômago.

Charlie sabia o que ela estava sentindo. O sanduíche trazido mais cedo havia sido requentado e tinha um cheiro estranho. Nenhuma das duas conseguiu comer tudo. Estavam chocadas demais com a imagem do gatinho morto que o homem ficara balançando pelo pescoço antes de fechar a porta.

Toda vez que fechava os olhos, via aquele lindo rostinho preto e branco olhando para ela. Sonolento, quentinho, mansinho.

Ela de repente sentiu vontade de comer ensopado. A mãe cozinhava esse prato de vez em quando, e Charlie sempre dizia que não gostava. Era uma mistura de legumes e carne picadinhos num caldo cheio de uns grãos brancos que a mãe dizia ser cevadinha, ou algo assim. Era uma das razões pelas quais ela sempre ficava feliz quando o inverno terminava: não precisava mais comer ensopado.

Mas, naquele exato momento, lembrar-se do prato fez brotar lágrimas em seus olhos.

– Eu a-acho que a gente já es-está aqui há três d-dias – disse Charlie, contando os riscos na parede. – Então, já deve ser q-quinta-fei...

– Charl, você tá gaguejando de novo – Amy comentou, colocando a mão no braço da amiga.

– É... por... c-causa do f-frio, Ames – Charlie respondeu.

Amy tirou a toalha em que se enrolara e cobriu Charlie, esfregando as mãos bem rápido nos braços dela, para cima e para baixo.

Esse ato simples fez cair as lágrimas que ficavam querendo saltar dos seus olhos quase o tempo todo.

– Estou assustada, Ames – disse ela, enxugando o rosto com o canto da toalha.

– Eu também, Charl, mas não vou deixar que nada machuque você. Prometo.

Charlie não conseguia controlar as lágrimas que jorravam pelas suas bochechas. Os soluços começaram no estômago e foram subindo até a garganta. Tentara se manter firme por Amy, e agora a desapontava.

Amy esfregou as mãos nas pernas da amiga.

– Vamos ficar bem, Charl, desde que fiquemos juntas. Nossos pais estão procurando por nós nesse momento. E eles vão nos encontrar, eu sei que vão.

– Você pr-precisa entrar aqui embaixo de novo – disse Charlie, meio engasgada. Amy não podia ficar descoberta por muito tempo. Seu maiô de natação não a protegia o bastante naquele quarto frio e úmido.

Amy se aninhou na amiga e ambas se aconchegaram debaixo da toalha.

– Você acha que eles v-vão encontrar a gente, Ames?

Amy deu uma risadinha, e o som secou a última lágrima de Charlie.

– Você não lembra quando a gente foi para Great Yarmouth?

Charlie pensou um instante.

Amy a cutucou.

– A gente viu aquele palhaço e foi atrás dele porque ele tava segurando aquelas bexigas do Olaf, e de repente a gente não sabia mais onde estava. Ficamos as duas um tempão andando e procurando o papai e a mamãe, até que nos sentamos e esperamos que eles encontrassem a gente. O parquinho já estava fechando e começou a escurecer, mas eles nos encontraram.

Charlie sabia que não era a mesma coisa.

– M-mas daquela vez eles sabiam onde a gente estava. S-sabiam onde encontrar a gente.

Amy encolheu os ombros.

– Mas eles não iam voltar pra casa sem ter achado – ela disse, simplesmente.

Charlie ficou imaginando se Amy havia percebido que as duas tinham trocado os papéis. Agora, ela é quem era a forte.

Havia aberto a boca para responder quando ouviu o som familiar dos passos se aproximando.

– Charl... Não... Ai, de novo...

– Já é noite, garotinhas – disse o homem.

Nenhuma das duas disse nada. Ficaram esperando ouvir o som da chave na porta.

– Vi uma amiga de vocês hoje. Vocês se lembram da Inga?

Amy ficou tensa e assentiu na direção da porta.

— Respond...

— Sim! — Charlie gritou. Depois de ver o que ele havia feito com o pobre gatinho, não queria deixá-lo irritado.

A mão de Amy largou seu lado da toalha e se aproximou do braço dela. Charlie segurou a amiga.

— Tampe os ouvidos — ela cochichou, mas Amy balançou a cabeça, olhando assustada para a porta.

— Muito bem, menininhas. Vocês vão gostar de saber que ela está morta...

O grito de Amy interrompeu a fala dele. Charlie podia imaginar o homem sorrindo do outro lado da porta.

— Ames, pare de ouvir — Charlie disse de novo. Ela tentou mover as mãos da menina para que tampasse os ouvidos, mas Amy resistiu.

— É isso aí. Inga já era, e fiz ela sofrer bem mais do que o Brad. Machuquei ela muito mesmo. Vocês estão ouvindo, não é, menininhas? Depois eu quebrei o pescoço dela.

Amy começou a sacudir a cabeça.

— Inga gritou e implorou, e berrava toda vez que eu batia nela com o cinto. Era triste de ver, mas vocês sabem por que ela tinha que morrer, não sabem?

As duas ficaram em silêncio. Tudo o que se ouvia era o som das unhas de Amy coçando a pele do braço.

— Ela teve que morrer porque não fez o que a gente mandou. Ela era parte dessa história, viu? Ajudou a gente a chegar até vocês. Contou tudo o que sabia sobre vocês, onde é que iam sempre. Fez isso porque nunca deu a menor bola pra nenhuma de vocês.

Mesmo naquela penumbra, Charlie podia ver que as bochechas de Amy haviam perdido toda a cor. Sua outra mão apertava o estômago, e ela continuava encarando a porta com os olhos arregalados.

— É mentira dele, Ames. Não ouça — disse Charlie. Ela conhecia Inga desde os 5 anos e não queria acreditar em nada daquilo.

Mas de que outro jeito eles saberiam alguma coisa sobre ela e Amy?

— E sabe o que a Inga me disse antes de eu matá-la? Que nunca gostou de nenhuma de vocês e que queria mais é que vocês duas morressem.

Nesse exato momento, Amy vomitou.

CAPÍTULO
61

Um ar frio acompanhou a equipe de Kim quando entraram na sala de guerra. Durante a noite, uma fina superfície de neve congelara, formando um tapete tênue e crocante.

— Tá um frio de rachar lá fora — Bryant trovejou ao passar atrás dela. Estavam pagando o preço de um mês de fevereiro mais quente do que a média.

— Peguem um café e vamos começar — disse Kim, enquanto os casacos aterrissavam na poltrona do canto.

Stacey parou ao lado da máquina de café.

— Matt, você gostaria...

— Estou ótimo, Stacey, obrigado — disse ele, acenando para a caneca da qual vinha bebendo durante os últimos quinze minutos, quando Kim lhe permitira voltar à sala. Não tinham trocado uma só palavra.

— Certo, pessoal. Novo dia, novas energias — disse Kim. A equipe ocupava seus lugares ao redor da mesa. Já era quarta-feira, e ela estava certa de que todos sentiam que o tempo havia se expandido desde o rapto no domingo.

— Stace, você primeiro.

Stacey ia começar a falar, mas parou quando a porta da sala se abriu devagar. Kim ficou em pé na mesma hora. Ninguém entrava naquela sala sem sua permissão.

O corpão de um metro e noventa de altura do Detetive Inspetor-Chefe Woodward parou à porta. O sangue de Kim gelou, e ela abaixou a mão para apoiar-se no tampo da mesa.

Deus, por favor, não permita que eles tenham encontrado os corpos.

— Só vim ouvir o *briefing*. Relaxem.

A sensação de alívio quase a fez desabar de volta na cadeira, mas conseguiu permanecer de pé e apresentar seu chefe a Matt e Alison. Ambos o cumprimentaram e acenaram.

Woody voltou ao canto da sala e ficou em pé, encostado à porta. Seu corpo estava perfeitamente aprumado, os braços cruzados sobre o peito cobrindo o logo da empresa esportiva na sua camiseta azul-claro. Graças a Deus o homem não tinha ido de uniforme. Embora aqueles trajes informais parecessem não pertencer a Woody, combinavam com o ambiente onde estava agora. Kim não tinha dúvidas de que ele se trocara em casa antes de ir para lá.

Ela virou-lhe as costas e fez sinal para Stacey retomar.

– Consegui o endereço da outra família, chefe. Não foi fácil.

– Mande para o celular do Bryant – pediu ela.

Stacey prosseguiu.

– Nada das operadoras de telefonia ainda. Uma delas até bloqueou meus e-mails como *spam*, então presumo que não tenha nada para nós. Também não descobri muita coisa sobre a vidente. Encontrei duas resenhas falando mal dela, mas e daí, né? Os críticos falam mal até dos Rolling Stones... O pessoal da cidade gosta dos espetáculos dela no centro comunitário, mas fora isso não descobri nenhum outro esquema dela para arrumar dinheiro: não tem livros à venda na internet, nem *audiobooks*, CDs, nada. Cobra cinco paus por ingresso e doa metade para a sociedade protetora dos animais. Nada nas redes sociais e nada de fraudulento que eu pudesse...

– Espere um momento – pediu Kim quando seu celular vibrou. Era um e-mail de Keats, que também parecia ter caído da cama. Era difícil de acreditar que ainda ontem eles haviam estado na cena do crime de Inga.

– Kev, autópsia às 9h.

Ele assentiu, confirmando. Estaria lá.

– Mais alguma coisa, Stace?

Stacey negou com a cabeça.

Anexas ao e-mail estavam as fotos da cena do crime. Ela abriu a primeira e passou o telefone para Alison.

– Role até chegar à foto da tatuagem. Alguém aqui deve saber o que significa.

Ela voltou sua atenção para a equipe novamente.

– Atendi uma ligação de Jenny Cotton ontem à noite. Ela também recebeu uma mensagem dos sequestradores.

Uma onda de surpresa percorreu a sala.

– O senhor Ward está com o celular dela, caso cheguem outras mensagens. O texto é curto e direto, pergunta se ela quer jogar de novo.

– Minha nossa, que crueldade! – disse Bryant, balançando a cabeça.

– Será que não é um trote? – Dawson perguntou.

Kim deu de ombros.

– Não dá pra saber. A mensagem não veio de nenhum desses números, mas como eles têm usado um diferente a cada vez, isso também não diz muito.

Stacey inclinou-se para a frente.

– Você acha que estamos lidando com os mesmos caras?

Kim suspirou.

– Ela vinha mantendo esse telefone há treze meses, esperando que talvez tocasse de novo. O fato de ter tocado exatamente agora, quando Amy e Charlie estão desaparecidas, não é coincidência. Também duvido que seja um trote aleatório. Ninguém sabe nada a respeito de Charlie e Amy.

Dawson acenou para ela.

– Chefe, podemos supor que...

– Não, Kev. Se Suzie Cotton ainda conta como um fator nessa equação, o melhor que podemos esperar é uma devolução.

A sala silenciou. Todos sabiam ao que ela se referia. Para Jenny Cotton, mesmo isso já serviria como desfecho.

– É horrível! – exclamou Alison, devolvendo o celular para Kim.

Ela concordou.

– Acho que podemos supor que isso é obra do Sujeito Dois. Alguma outra consideração? – Kim perguntou à comportamentalista.

– Se ele tiver passagem pela polícia, deve ser por crimes violentos, brutais. Pode ser alguém que trabalha em um matadouro ou que tenha outra profissão ligada à morte. Também pode ser alguém que já serviu ao exército.

– Um soldado? – Bryant perguntou.

– Por que não? – Kim incentivou.

Alison assentiu.

– É fato que, até recentemente, a arma mais eficaz nas forças armadas era o ódio. Os soldados eram instilados contra o inimigo para remover quaisquer inibições a respeito de tirar a vida de alguém. Se você odeia o detentor de uma vida, fica mais fácil destruí-la. A raiva e a agressão são o básico da vida militar, mas, para criar uma máquina de matar eficaz, é preciso desumanizá-la. É preciso remover a empatia, a compreensão, o perdão. Se não, um inimigo implorando pela vida pode criar um momento de hesitação longo o suficiente para que consiga recuperar o controle de uma arma e matar um pelotão inteiro.

Todos os olhares haviam se voltado para a comportamentalista.

– Tudo parece muito engenhoso, até que o soldado é trazido de volta à sociedade. Seu estado mental não é uma condição temporária, pois todo um conjunto de crenças foi alterado. Só que, de repente, onde está o inimigo? Quem vai fornecer orientações? Onde está o restante da equipe, unida em função de uma meta bem definida? Agora, a sociedade diz aos soldados que o que eles vinham fazendo estava errado. Que a violência é errada, que matar é errado. Mas não é possível esclarecer uma mente de uma hora para a outra só porque se espera que ela volte a existir em uma sociedade "normal". O ódio não desaparece. Ele só não dispõe mais de um alvo visível.

Kim olhou ao redor. Pelo menos dessa vez, Alison conseguira a atenção deles.

– Continue sua tese – disse ela. Aquele homem gostava de matar, estava evidente nos corpos de Brad e Inga. E ele aprendera aquilo em algum lugar.

– Se o Sujeito Dois atuou nas forças armadas, deve ter se sentido muito à vontade ali, e provavelmente não saiu porque quis.

– Estamos lidando com a porcaria de uma máquina – Dawson comentou.

Alison encolheu os ombros.

– Não exatamente. Ele deve ter pontos vulneráveis, mas que estão enterrados bem fundo e dizem respeito apenas aos próprios sentimentos. De volta à sociedade civil, esse indivíduo agora está em um território que não lhe é familiar. Possivelmente se sente confuso, perplexo e abandonado. Infelizmente, essas emoções também irão alimentar sua raiva.

Alison virou-se para Kim.

– Se eu estiver certa, as meninas devem temê-lo, e muito.

Kim não precisava dessa confirmação.

– Mas será que ele não sentiria nada ao machucar crianças inocentes?

Ah, que dádiva era esse otimismo infinito de Bryant. Ele gostava mesmo de pensar que todos tinham limites que não podiam ser ultrapassados. Como conseguia manter tal inocência fazendo o trabalho que fazia, isso era um mistério para Kim.

Alison negou com a cabeça.

– Ele não sente mais.

Kim virou-se para Dawson.

– Depois da autópsia, continue com aquela outra linha de investigação.

Dawson assentiu, pegou o paletó e foi em direção à porta. Woody deu um passo para o lado, mas deixou a porta aberta.

– Inspetora... só uma palavrinha – disse Woody, saindo da sala.

Bryant murmurou umas poucas notas da marcha fúnebre, bem baixinho, enquanto ela seguia o inspetor-chefe.

Kim alcançou Woody quando ele já estava junto ao carro, estacionado do outro lado do chafariz.

– Como você já deve imaginar, Baldwin me liga quase de hora em hora pedindo atualizações sobre o caso.

Ela ficou tentada a dizer que passaria essa informação aos sequestradores, mas fechou a boca a tempo.

– Você sabe o que está em jogo aqui, não sabe? – ele perguntou.

– A vida de duas meninas de 9 anos chamadas Charlie e Amy.

– E o que mais...?

– Senhor, com todo o respeito, está desperdiçando seu valioso tempo. E também o meu. Não há motivação maior para mim do que ver aquelas duas garotinhas bem, em segurança. Não vejo outra coisa que possa me inspirar a trabalhar mais rápido, com mais intensidade e dedicação do que já venho fazendo, e se...

– Eu sei, Stone. Não tenho nada a acrescentar quanto à forma como está conduzindo essa investigação.

Ela abriu um sorriso conciliatório.

– Senhor, preocupe-se com a política que eu me preocupo com as meninas.

Ele hesitou um momento antes de abrir a porta do motorista.

– Apenas traga as duas de volta, Stone – disse Woody, fechando a porta.

Ela virou as costas, voltou à sala de guerra e pegou o celular, que ficara passando de mão em mão.

Seu polegar tocou a tela, que acendeu na última foto tirada da cena do crime. Kim inclinou a cabeça enquanto ampliava a imagem.

Ela parou de repente.

– Stace, você recebeu esse e-mail do Keats?

– Sim, acabou de chegar...

– Amplie as fotos na tela inteira.

Enquanto Stacey teclava alguns comandos, Kim parou atrás dela.

– Vá até a última foto.

A oficial obedeceu.

Kim apontou para o ideograma chinês que preenchia a tela do notebook.

– Está vendo isso?

Stacey aproximou a imagem e balançou a cabeça.

– Dê mais *zoom*.

O símbolo cresceu de tamanho.

– Há riscos que vão de um lado a outro – Stacey observou, olhando mais de perto. – Nossa, um monte de riscos.

– Dê uma olhada no canto superior direito.

Bryant estava agora junto a Kim, olhando a tela.

– Sangue seco – disse ele, coçando a cabeça. – Não entendo...

– Este é o ideograma chinês para "mãe" – disse Matt, à esquerda de Kim.

Ela escondeu sua surpresa por ver que ele sabia aquilo. Observou mais de perto.

– O sangue seco indica que ela tentou raspar essa imagem recentemente?

Todos recostaram-se na cadeira e olharam para Kim, até que ela quebrou aquele silêncio reflexivo.

– Stace, quero que você concentre toda a sua atenção em Inga. Quero saber tudo a respeito dela. Acho que essa mulher, mesmo morta, ainda tem algo a dizer.

CAPÍTULO 62

Karen pegou o ursinho de pelúcia marrom que Robert havia levado ao hospital no dia em que Charlie nasceu. O bichinho havia sido alvo de todas as indignidades possíveis ao longo dos anos. Tinha sido coberto de vômito, arrastado pela orelha por toda a casa e tivera seu enchimento totalmente removido.

Nos últimos anos, ficara confinado no alto de uma estante, abrindo espaço para outras necessidades mais vitais de uma menina de 9 anos, mas ainda estava à vista.

Três semanas atrás, Charlie adoecera com a garganta inflamada e tosse. Não se sabe como, o ursinho deu um jeito de sair da estante e ir parar no travesseiro dela.

Agora, Karen estava sentada na beirada da cama com o ursinho apertado contra o peito.

Aquele quarto era seu lugar seguro, onde ela podia ficar rodeada por Charlie e todos os seus tesouros. Tudo no quarto trazia uma memória: uma moldura da Jamaica, coberta de conchinhas; um espelho na penteadeira, com luzinhas à pilha que acendiam; um conjunto de escova e pente comprado num dia de passeio em Londres.

Ali, naquele quarto, ela podia sentir a presença da filha; como se Charlie estivesse simplesmente no fim do corredor, tomando banho.

Era o único lugar da casa não invadido por estranhos. Sua casa não parecia mais dela. Era um campo de batalha, um hotel, uma fortaleza. No entanto, a sensação de deslocamento não vinha daquela atividade fora da rotina na casa, mas do que estava ausente ali: sua garotinha.

Ela abraçou o ursinho mais forte ao sentir uma onda de dor física irromper. Que aquele aperto no coração fosse capaz de se traduzir em dor física, isso era novidade para ela. Mesmo durante sua infância inteira, nos lares de adoção, nos orfanatos, mesmo nas surras que levara, nos abusos sofridos, nunca sentira a dor que sentia atravessá-la agora.

– Eu amo você, meu anjo – Karen sussurrou. – Aguente firme. Mamãe vai trazer você de volta.

As lágrimas arderam antes de cair, mas falar em voz alta com Charlie de certo modo aliviava a dor, pelo menos um pouco.

– Oi, querida. Achei mesmo que a encontraria aqui.

Junto à porta estava a única pessoa com quem podia compartilhar aquele quarto.

Ela deu um tapinha na cama, ao lado de onde estava. Robert sentou-se e a trouxe para perto.

Ela sabia o que as outras pessoas viam quando olhavam seu marido. Um homem alto, robusto, já com um número razoável de fios grisalhos. Com um nariz pronunciado e orelhas que se projetavam um pouco demais. Viam, também, os primeiros pontos de envelhecimento nas mãos dele, ainda ausentes nas dela.

Mas não viam o que ela via. Se prestassem um pouco mais de atenção aos olhos dele, entenderiam. Naqueles olhos havia amor, força, compaixão, uma natureza generosa. E ela via isso todos os dias.

– Nós vamos trazê-la de volta, meu anjo. Eu prometo. A cada hora a equipe faz mais progressos.

A voz dele era suave, carinhosa e confiante. Ela fechou os olhos contra o peito dele, permitindo-se um minuto naquele lugar seguro.

– Tadinho desse urso – Robert disse, tocando a orelha esquerda do brinquedo. – Você se lembra da vez em que a gente precisou lavá-lo porque ela decidiu fazê-lo comer um sanduíche de geleia?

Karen assentiu, recostada no calor do peito dele.

– A gente tentou de tudo pra tirar o urso da mão dela e, quando ela entendeu o que a gente queria, teimou ainda mais para não o largar.

Karen sorriu.

– Até que tivemos a ideia de jogar Twister, porque assim ela não poderia continuar segurando o ursinho. Então você escapuliu do jogo e enfiou o bichinho na máquina de lavar. Meia hora depois ela entrou na lavanderia e deu um grito ao vê-lo dando voltas pela portinhola da máquina. Achou que estivéssemos tentando matá-lo.

– Me lembro bem disso.

Robert suspirou.

– Naquela noite, fiquei acordado pensando se não teríamos causado algum dano psicológico permanente nela, pelo trauma de ter visto seu ursinho sendo tratado daquele jeito.

Como sempre, o marido aliviara a dor dela.

– E você ainda diz que eu sou superprotetora?

– Vocês são minha família. Eu amo vocês.

Ela sentiu o corpo dele tensionar um pouco, encostado ao dela. Robert era um pouco mais tradicional, achava que era sua função proteger as duas. E sentia ter falhado.

Karen segurou a mão dele.

– Você não poderia ter evitado o que aconteceu, Rob. Nenhum de nós poderia.

Ela acariciou a palma da mão dele.

Ele afagou o cabelo dela.

– Temos que trazê-la de volta, Kaz.

Ela assentiu. Sabia o que estava por vir.

No dia anterior, haviam conversado até tarde da noite. Seus pensamentos deram voltas e mais voltas, e haviam falado até a boca secar. Era como se a perda brigasse com a traição, a amizade com a prioridade, a sobrevivência com a integridade. Então, às 4h10 da manhã, chegaram a uma decisão.

Era hora de mandar uma mensagem de texto.

CAPÍTULO
63

Kim passou a maior parte da viagem reavaliando a decisão de impor um bloqueio de mídia.

Sabia que aquele tempo fora do radar da imprensa estava se esgotando. Os compromissos desmarcados e os dias sem ir à escola logo começariam a chamar a atenção. Isso para não falar da ameaça de Tracy Frost. As pessoas iriam comentar. Os amigos iriam ligar. Outros membros da família começariam a aparecer e, antes que se dessem conta, estariam na primeira página do *Sky News*.

Apesar de o bloqueio ter sido implantado antes de ela assumir o caso, Kim sabia que, se a medida se revelasse equivocada, ela é quem seria o bode expiatório, e sua carreira estaria acabada.

A maioria dos detetives se lembrava do caso de Lesley Whittle não só pelo horror do que havia acontecido com aquela garota de 17 anos, mas também como um exemplo do que acontecia se você entendesse tudo errado.

Lesley havia sido levada de casa em Shropshire, em 1975. O sequestrador já era conhecido pela polícia como "Pantera Negra", por usar uma balaclava preta em seus ataques a agências dos correios.

Nielson havia cometido mais de quatrocentos roubos e três disparos fatais antes de sequestrar a garota e colocá-la num fosso de esgoto de um parque em Staffordshire.

O bloqueio de mídia havia sido implantado desde o início, mas a investigação foi mal conduzida e duas tentativas de aceitar o pedido de Nielson de cinquenta mil libras falharam.

O corpo de Lesley acabou sendo descoberto, encapuzado e amarrado à lateral de um fosso de esgoto por um arame. Nunca foi comprovado se ela havia caído do patamar em que fora colocada ou se Nielson a empurrara de lá. Pesava apenas quarenta e cinco quilos, e seu estômago e intestinos estavam completamente vazios quando a encontraram.

O superintendente-chefe que conduzira a investigação acabou sendo rebaixado, passando a patrulhar as ruas, não uniformizado.

Se esse era o tratamento dispensado a um superintendente-chefe, Kim já imaginava que teria muita sorte se conseguisse trabalho como vigia noturna de um ferro-velho.

A decisão de manter o bloqueio tivera por base que o ganho por evitar o conhecimento público seria maior do que a perda causada por ir atrás de pistas falsas. A mídia faria uma cobertura alarmante do caso, atraída pela suculenta história do sequestro de duas garotinhas, e haveria uma multidão de repórteres fazendo matérias, entrevistando os pais, remexendo nas histórias paralelas e no passado dos envolvidos. Ambas as famílias teriam suas vidas inteiras expostas para o mundo inteiro ver, consumir e julgar. Kim sabia que esta seria uma experiência especialmente desagradável para Karen, para os outros nem tanto.

Mas haveria pouco a ganhar tornando o caso público. Nenhuma das linhas de investigação avançaria mais com a intromissão da mídia.

– Quanto falta para chegarmos? – Kim perguntou, cada vez mais impaciente. Aquele tempo gasto sentada no carro não ajudaria a resolver o caso.

Bryant consultou o GPS.

– Menos de três quilômetros.

Já fazia tempo que haviam deixado aquele núcleo de construções dos bairros industriais e enveredado pela primeira camada de área verde, apinhada de fileiras de casas, pontuadas por uma ou outra loja ou estabelecimento, mas cujos quintais davam para os campos. Agora, porém, estavam passando pelo pior pesadelo de Kim.

A estrada era ladeada por gramados dos dois lados, e o sinal do celular era instável.

O desconforto começou a se manifestar em seu estômago. Ficar tão distante da civilização a deixava nervosa. Sentia-se bem no meio de condomínios residenciais espaçosos e de antigas fundições de aço desativadas. Gostava de respirar aquela mistura de poluentes, que a lembrava de que ali havia milhares de outras pessoas disputando o mesmo espaço. Acostumara-se a acordar com o som da buzina dos carros e dos motores acelerando, não com passarinhos cantando. Vivia entre as sombras de torres e prédios, não de árvores.

O GPS indicou que o destino deles estava à direita.

– Será que essa mulher está tirando uma com a nossa cara? – Kim perguntou. Um código postal normal cobria cerca de doze casas. Ali, parecia cobrir uns bons quilômetros.

– Estamos procurando a Larksford Lane, número 4 – disse Bryant.
Passaram por um portão com o número 5 afixado.
– Não sei se os números estão aumentando ou diminuindo, então vou seguir em frente.
Uns quatrocentos metros adiante, viram o número 6.
Bryant passou direto e deu ré numa entrada de garagem pavimentada. Não teve pressa para manobrar. Há quilômetros não viam outro carro.
Passou de novo pelo número 5 e reduziu a velocidade para vinte por hora. À beira da estrada, corria uma cerca de quase dois metros de altura.
Finalmente chegaram a uma casa com entrada para dois carros, onde se via, com toda clareza, o número 3.
– Ok, em menos de dez minutos passamos de algo quase divertido para algo que está acabando com a minha paciência – disse ela, enquanto Bryant manobrava o carro de novo.
Dessa vez, refizeram o caminho ainda mais devagar. Kim inspecionou cada centímetro da cerca. Sabia que procuravam uma família que não queria ser localizada. Tinham mudado de casa e trocado o último sobrenome, Billingham, para Trueman.
– Ali! – ela apontou.
Um portão até a altura da cintura, com não mais de um metro de largura, separava as duas extremidades da cerca viva. Não havia caixa de correio, nem numeração.
Bryant estacionou com duas rodas sobre a calçada.
Depois do portão, a cerca viva de alfenas continuava sinuosa, envolvendo-os de maneira sufocante. Kim sentiu como se estivesse num labirinto.
Os dois avançaram alguns metros e foram saudados por um portão de ferro forjado, o único respiro entre dois muros de tijolos. A parte superior de cada muro era rematada por um colorido mosaico de cacos de vidro. Qualquer um que tentasse saltá-lo teria mais sorte se agarrasse a lâmina de um triturador com as mãos.
O próprio portão de ferro era adornado por uma série de estacas de ferro afiadas de cerca de trinta centímetros cada uma. Eram ornamentadas e combinavam com o padrão do portão, mas não deixavam de ser estacas afiadas.
– Pessoal sociável – Bryant observou.
Ele tocou o interfone embutido no muro da direita.
– Senhora Trueman? – perguntou ao ouvir uma voz em meio ao ruído de estática.

– Quem são vocês? – disse a voz, sem confirmar nem negar.
– Sou o Sargento Detetive Bryant, e essa é a Detetive Inspetora Stone.
– Por favor, mostre sua identidade para a câmera.
Bryant procurou a câmera enquanto tirava a identidade do bolso.
– Onde está a porcaria da câmera? – grunhiu.
– No próprio interfone, perto do botão que você apertou – uma voz misteriosa respondeu.
Bryant olhou mais de perto.
– Nossa, é minúscula.
Kim acompanhou o olhar do oficial. A câmera de segurança era do tamanho da cabeça de um parafuso.
– A mulher também – disse a voz.
Kim passou sua identidade e Bryant a mostrou.
– Ok, o que vocês desejam?
– Gostaríamos de entrar e conversar com a senhora – disse Bryant, curto e grosso.
Assim como Kim, ele também estava perdendo a paciência com aquele jogo de esconde-esconde.
– Eu gostaria de saber do que se trata, inspetora.
Kim inclinou-se para a frente.
– É um assunto que diz respeito à sua filha, senhora Trueman. Então, por favor, abra o portão para podermos conversar adequadamente.
Houve um clique bem audível vindo do centro do portão, e Bryant girou a maçaneta. Continuava presa.
– Chefe, eu acho que vou perder de vez a...
Um segundo tranco soou no alto do portão, e um terceiro na parte de baixo.
– Trava eletrônica tripla? – perguntou ele, espantado. – O que será que há aí dentro? Lorde Lucan ostentando o Diamante Hope e cavalgando o puro-sangue Shergar?
Kim suspirou e fechou o portão bem fechado.
– Não, Bryant. É só a filha dela.
Houve mais três cliques, e as travas fecharam novamente.
A casa havia sido construída no meio de quase um hectare de terra, e o caminho do portão até a propriedade dividia o gramado em duas metades simétricas.
À esquerda, diante da janela da cozinha, havia um único balanço. O muro com cacos de vidro rodeava toda a propriedade.

Conforme se aproximavam da entrada, uma pesada porta de carvalho foi aberta por uma mulher baixinha, de cabelos escuros, vestindo jeans e camiseta masculina. Suas roupas estavam salpicadas de tinta verde-limão.

– Senhora Trueman? – Bryant perguntou, estendendo a mão.

Ela o cumprimentou, mas não retribuiu o sorriso. Recuou um passo e os deixou entrar, dando uma olhada cautelosa do lado de fora antes de fechar a porta.

Kim notou que cinco portas e uma escada se projetavam daquele espaço, mas a mulher não indicou nenhuma direção.

– Você disse que era a respeito da minha filha?

Kim deu um passo adiante.

– Senhora Trueman, precisamos falar com a senhora sobre o rapto de Emily.

– Pegaram os bandidos? – ela perguntou, juntando as mãos.

Kim negou com a cabeça e o rosto da mulher desmontou.

Ela começou a torcer os dedos.

– E então?

– Estamos examinando o caso novamente, senhora Trueman, e apreciaríamos muito a sua ajuda.

De jeito nenhum Kim permitiria que aquela mulher suspeitasse que a situação estava se repetindo. A ansiedade que irradiava de Julia Trueman poderia espatifá-la em mil pedaços.

A senhora Trueman indicou uma porta. Os dois seguiram, seus passos ressoando pelo salão. Não havia nenhum som pela casa – nada de televisão, rádio ou conversas. O silêncio era denso, opressivo.

A porta dava para uma pequena sala de estar, com sofás rechonchudos em volta de uma lareira acesa. A parede atrás deles estava repleta de livros, do chão ao teto. Uma janela panorâmica dava para a parte de trás da propriedade, e um caminho de cascalho terminava num portão robusto de madeira, que se erguia tão alto quanto o muro.

Kim imaginou que aquele caminho desembocava em alguma alameda que, após alguns quilômetros de estrada, devia levar até a civilização.

A senhora Trueman sentou na beirada de uma poltrona. Os dois se acomodaram no sofá.

– Ontem conversamos com a senhora Cotton. Ela...

– Como vai ela? – a mulher interrompeu.

– Imagino que vocês não se falam mais, certo?

— E como poderíamos? – a mulher perguntou. – Eu recuperei minha filha, ela perdeu a dela. Nem sequer conseguiria encará-la. Éramos como irmãs. Sinto falta dela. Sinto falta das duas.

Ela olhou atrás deles, para a parede onde ficava a porta. A parede defronte à poltrona.

Os olhos de Kim pousaram sobre uma foto emoldurada na parede. Os seis estavam sentados em volta de uma imensa *paella*, todos com o rosto vermelho de sol.

— Foram nossas últimas férias juntos – disse a senhora Trueman, baixinho. – Suzie era uma criança linda, eu era sua madrinha. Jennifer e eu éramos amigas desde os tempos de escola. Mas tudo isso foi destruído naqueles poucos dias.

Kim estava a ponto de perguntar sobre o resgate, mas a mulher a olhou fundo nos olhos.

— Inspetora, a senhora sabe que tipo de pessoa é? Quero dizer, a senhora realmente sabe?

— Gosto de acreditar que sim.

— Eu também gostava... Até que uma mensagem de texto me fez questionar tudo. O que essas pessoas fizeram não dá pra esquecer. Nos transformou em algo saído dos nossos piores pesadelos. O desespero e o medo fazem coisas terríveis com a gente.

Kim queria fazer logo a pergunta, mas sentiu que já estavam indo nessa direção.

— Nossa amizade não fez a menor diferença quando a vida das nossas filhas entrou em jogo. Minha melhor amiga de repente virou minha inimiga. Ficamos presas nessa batalha surreal, e apenas uma de nós poderia vencer.

— Vocês pagaram o resgate? – Kim perguntou, baixinho.

A mulher olhou para ela, seu rosto totalmente desarmado. Seus olhos expressavam o terror daquela época. E a vergonha.

— Não, não pagamos. Mas a intenção era fazer isso – ela disse com sinceridade.

Kim e Bryant se entreolharam.

— Então, por que Emily foi solta e Suzie, não?

A senhora Trueman encolheu os ombros.

— Não sabemos. Já nos perguntamos isso um milhão de vezes.

Kim especulou quem teria tomado aquela decisão, e por quê.

De repente, a porta da sala se abriu devagar e uma cabeça apareceu.

Emily estava um pouco mais velha e bem mais pálida do que na foto da parede, mas Kim a reconheceu. A boca da menina se fechou quando ela percebeu a presença de estranhos. Seus olhos se encheram de preocupação, e ela olhou para a mãe imediatamente.

A senhora Trueman levantou-se e foi até ela.

– Está tudo bem, Emily, fique tranquila. Terminou sua lição de história?

A garota assentiu, mas seu olhar estava fixo em Kim.

Embora a senhora Trueman tentasse conter a filha, ela rodeou a mãe e entrou na sala.

– Emily, fique tranquila, está tudo bem. Volte lá pra cima e comece a...

– Encontraram a Suzie? – a menina perguntou, ansiosa.

Kim engoliu em seco e negou com a cabeça. Os olhos da menina se encheram de lágrimas, mas ela segurou o choro bravamente.

Já haviam se passado treze meses daquele suplício, mas era evidente que sua melhor amiga nunca se afastava de seus pensamentos.

– Emily, por favor, suba. Daqui a pouco vou lá conferir seu trabalho.

Emily hesitou um pouco, mas a mão pousada em seu braço levou-a a fazer o que a mãe pedia.

– Ela não está indo à escola? – Bryant perguntou.

A senhora Trueman fechou a porta e balançou a cabeça.

– Não, Emily está em ensino domiciliar. É mais seguro.

– Será que poderíamos falar com ela um minutinho? – Kim perguntou, com delicadeza.

A senhora Trueman negou com veemência.

– Não será possível. Nós não falamos mais sobre isso, nem com ela nem com ninguém. O melhor a fazer é esquecer.

Bem, aquilo não parecia estar funcionando. Cada minuto trancado dentro daquela fortaleza, sem interação com o resto do mundo, era um lembrete constante da razão pela qual as coisas tinham que ser assim.

– A Emily tem acompanhamento psicológico?

A senhora Trueman negou novamente.

– Não. Decidimos que era melhor apenas deixar isso para trás. Crianças se recuperam com facilidade, não se deixam abalar por muito tempo. Também não queríamos que um psicoterapeuta colocasse sentimentos de culpa na cabeça dela, que dissesse como ela deveria se sentir. Não ajudaria em nada.

Kim imaginou quantos sentimentos de culpa aquela mulher não estaria tentando enterrar.

– Bem, eu sinto muito, mas não posso permitir que cheguem perto dela. Vocês trariam tudo isso de volta.

Pelo que Kim podia ver, nada daquilo tinha ido embora. Para nenhum deles.

A senhora Trueman continuava junto à porta.

– Agora, se me dão licença, tenho coisas a fazer.

Kim se levantou, e de repente um pensamento a acometeu.

– Eles chegaram a indicar algum ponto de entrega?

Se a família havia se preparado para pagar, eles teriam que saber como fazer isso.

A mulher hesitou.

– Por favor, senhora Trueman. Entenda que precisamos da sua ajuda nesse momento.

– Vocês é que precisam entender que eu sei que eles ainda estão à solta por aí.

– Ok, senhora, mas eles não estão mais atrás de Emily.

– Eu ouço suas palavras, mas não acredito nelas. Nada que disser pode me convencer disso.

Kim deu um longo suspiro.

– Mas eu posso lhe dar essa informação, desde que você garanta que vai nos deixar em paz a partir de agora.

Vendo que não conseguiria ficar a sós com Emily, Kim teria que se contentar com o que a mãe estava disposta a dizer.

Ela aceitou a oferta.

– O dinheiro seria entregue na quarta-feira, ao meio-dia, numa caçamba na Wordsley High Street. – Ela franziu o cenho. – Mas vocês já deviam saber disso. Meu celular antigo ainda deve estar com vocês.

Droga! Kim percebeu tarde demais que havia cometido um deslize. Se a polícia realmente estivesse investigando o caso antigo, como havia dito à senhora Trueman, ela já teria checado todo o conjunto de provas, que ainda deveriam estar armazenadas. Afinal, o caso não havia sido encerrado.

– Eu só precisava checar se esta tinha sido mesmo a última comunicação entre vocês e eles – Kim acrescentou rapidamente.

A senhora Trueman assentiu.

Assim que deixassem a casa, pediria a Dawson que localizasse aquele celular.

Kim tirou um cartão do bolso e o colocou sobre a mesinha do saguão de entrada.

– Se você se lembrar de mais alguma coisa que possa ser útil, por favor, me ligue.

Estava a ponto de dizer que Jenny Cotton estava desesperada para enterrar a filha, mas segurou a língua.

Os dois estavam a caminho do carro quando Kim parou, virando-se para a mulher mais uma vez.

– Escute, eu entendo que você queira proteger sua filha, mas isso está indo longe demais. Você está sufocando a menina. Ela precisa conviver com outras pessoas. Precisa correr e rir com crianças da idade dela. Precisa construir memórias positivas para poder se livrar das ruins.

O rosto da mulher permaneceu impassível.

– Obrigada, mas acho que eu sei o que é melhor para a minha filha.

Kim negou com a cabeça.

– Não, você está fazendo o que é melhor para você. Ela vai crescer e se tornar uma garota nervosa, ansiosa, que se assusta com qualquer um que encontra pela frente.

– Inspetora, eu estou preservando a vida da minha filha.

Kim olhou ao redor, encarando aquele ambiente totalmente estéril de alegria.

– Bem, isso não parece exatamente uma vida, não é?

A pesada porta de carvalho começou a se fechar diante de Kim, mas não antes que ela visse uma sombra passar pelo alto da escada.

CAPÍTULO
64

Emily fechou a porta do quarto com cuidado e sentou-se na cama.

Era hora de fazer o dever de geografia, mas não conseguiu encarar a tarefa.

Embora estivesse inscrita no ensino domiciliar, sua mãe insistia para que seguisse um cronograma de aulas. Às nove da manhã, já estava sentada em sua mesa, e tinha quatro aulas de mesma duração ao longo do dia.

Aquilo de que a menina mais sentia falta na escola era a barulheira – das conversas, dos gritos, da algazarra.

Ali, na casa nova, não havia nada disso.

O muro e a cerca viva abafavam o ruído do trânsito da estrada. Nunca ouvia os vizinhos, cujas casas ficavam a cerca de dez minutos a pé da casa deles. Não tinha ideia se havia crianças da idade dela em algum lugar ali perto.

A própria casa era extremamente silenciosa. Aos fins de semana, a mãe zanzava pelo térreo limpando e arrumando, mas nunca havia nenhum ruído de fundo. Nem rádio, nem televisão. Era como se a mãe estivesse o tempo todo atenta aos sons da casa, na expectativa de captar alguma coisa fora de lugar.

Apenas o som barulhento dos pneus no cascalho fazia a casa ganhar alguma vida. À noite, quando o pai voltava do trabalho, a ansiedade da mãe encontrava algum alívio, e por algumas poucas horas eles fingiam ser normais.

Emily sentia falta de um monte de coisas da sua antiga vida, mas, principalmente, sentia falta da amiga.

Procurou debaixo da cama e pegou um álbum de recordações semipreenchido. A primeira página era uma foto de Emily e Suzie sorridentes, com o título "Nossas Viagens".

Havia várias páginas com fotos das duas de férias, andando de *kart*, brincando em parques de diversão, na praia e, a última, em um show do Justin Bieber.

Ela encarou a página seguinte em branco, ainda sem acreditar que não haveria mais fotos das duas. Que as suas lembranças eram tudo o que teria dali em diante.

Ficou um tempão olhando a última foto. Suzie estava muito feliz com a sua camiseta escrito "Belieber". Vieram rindo o caminho todo da Arena NEC, em Birmingham, até em casa, sonhando e discutindo qual das duas iria se casar com seu ídolo. Acabaram decidindo que iriam compartilhá-lo, para a diversão das mães delas, sentadas nos bancos da frente do carro.

Três dias depois, foram raptadas.

Emily olhou nos olhos da amiga, tão cheios de alegria e de vontade de brincar. Tão diferentes da última vez, quando haviam sido separadas uma da outra. A imagem de Suzie ficou embaçada à medida que o dedo de Emily tocava o rosto que ainda vivia em seus devaneios.

Ela se lembrava o tempo todo daquele suplício, como se tivesse acontecido há uma semana. Durante o dia, sentia a culpa de ter sobrevivido enquanto Suzie havia morrido. À noite, o medo reaparecia em seus sonhos. Especialmente as cenas daquele último dia.

Lembrava-se dos braços do homem em volta de sua barriga enquanto ele a puxava, separando-a da amiga. Da sensação do peito ossudo dele contra as suas costas enquanto a arrastava pelo quarto. De tentar agarrar a mão fria de Suzie. Achou que, se as duas segurassem bem firme, nada conseguiria separá-las. Mas estava errada.

Um soco na lateral da cabeça de Suzie a derrubou no chão, e Emily não conseguiu segurá-la. No outro segundo, foi agarrada pela cintura e erguida no ar. Gritara para Suzie acordar, mas ela permanecera no chão. Nunca mais viu a amiga.

O pavor daquela visão a atingiu no estômago, e as lágrimas começaram a rolar.

Limpou uma lágrima que caíra no rosto da amiga e apertou o álbum contra o estômago, os soluços se propagando pelo seu corpo.

– Ah, Suzie... Eu sinto muito, sinto muito, sinto muito.

CAPÍTULO 65

— *O QUE ESTÁ ABORRECENDO VOCÊ, CHEFE?* — Bryant perguntou quando entraram no carro, saindo da casa dos Trueman.

— Estou irada – disse Kim, agora irritada, também, com o fato de que ele a conhecia tão bem.

— Está parecendo uma criança que descobre, na manhã de Natal, que a meia dos presentes do Papai Noel está cheia de carvão. Na verdade... Provavelmente isso não foi...

As palavras dele se dispersavam enquanto tentava ligar o carro.

— É tudo uma questão de lógica – ela explicou. – Meu cérebro não vê problema em descartar uma informação, desde que ele entenda a lógica por trás disso. Mas tem uma coisa que não me sai da cabeça.

— E o que é? – ele perguntou.

— Talvez eu devesse ter prestado mais atenção – disse ela, olhando pela janela.

— Começou bem, mas precisa explicar melhor.

— Eloise.

Ele ligou o motor.

— Está brincando, não é? Está contestando o método de uma vida inteira por causa de uma maluca, uma sensitiva, uma... médium, ou seja lá o que aquela mulher é?

Kim percebeu o quanto aquilo soava ridículo, mas Stacey havia descoberto que a mulher não era o que ela esperava. Imaginara uma charlatã interesseira, uma manipuladora, alguém que se aproveita das vulnerabilidades alheias. No mínimo uma dessas coisas.

— Eloise disse que ele ainda não havia terminado com as outras, e ontem à noite Jenny Cotton recebeu uma mensagem perguntando se ela queria jogar de novo.

— Coincidência – disse ele, com desdém. – O que mais essa mulher falou?

— Citou o número 278. Disse duas vezes que era para eu me lembrar desse número.

– Algo mais?

Kim negou com a cabeça. Não iria compartilhar a terceira observação, sobre Mikey.

Relembrou as palavras de Eloise na hora em que Helen a puxou para fora.

– Na verdade, ela falou alguma coisa sobre alguém ser próximo do...

– Acho que você está dando importância demais a isso. Aquela mulher é uma palhaça, e cá estamos nós, aguardando o final da piada.

– Mas o que ela ganharia nos enganando? – Kim perguntou.

Bryant deu de ombros.

– Sei lá. Talvez o fato de ela se envolver em um caso importante aumente a venda de ingressos das apresentações. Talvez ela até fosse convidada para participar de um desses programas que passam na televisão de manhã. Vai saber.

– Mas é essa a questão. Se ela queria tirar proveito da história, por que não foi direto a um jornal ou uma rádio? Como me convencer de que não há nenhum esquema para ganhar dinheiro envolvido nisso? Enquanto eu não conseguir entender, não vou tirar isso da cabeça.

Bryant a olhou de canto.

– Para mim, não faz sentido. – Ele suspirou. – Você acredita mesmo que ela saiba de algo que possa nos ajudar a encontrar Charlie e Amy? E, se de fato souber, você realmente acreditaria nela? Tomaria alguma decisão a partir disso?

Kim contou pelo menos três perguntas ali, e a resposta para todas era não. No entanto, Eloise dissera que o outro jogo ainda não tinha terminado. E as coisas que havia dito sobre Mikey...

Droga, não tinha como ninguém saber nada a respeito disso.

CAPÍTULO
66

Dawson checou o endereço no papel que trazia na mão. Sim, era isso mesmo, Rosemary Gardens, 42. Era ali que estava agora. A casa ficava em uma ruazinha que saía da Amblecote Road, em Brierley Hill. As diferenças entre aquela casa e a do conjunto habitacional Hollytree eram grandes demais para dois lugares a pouco mais de um quilômetro de distância um do outro. Era como se aquela casa estivesse em outro planeta.

Dawson chegou a pensar que Shona talvez só quisesse se divertir um pouco às suas custas, colocando-o em um barco furado. Garotas de Rosemary Gardens não entravam por vontade própria no pardieiro de Hollytree, e, se o fizessem, estavam precisando ser trancadas em seus quartos.

Depois da conversa com a família de Dewain, aquele era o próximo passo lógico. Esperava sair dali com alguma pista sobre quem havia informado Lyron que Dewain ainda estava vivo. Alguém vazara aquela informação para o líder da gangue, e sua chefe confiara-lhe a tarefa de descobrir quem havia sido.

Ele já liderara os próprios casos antes, mas aquilo era diferente de um assalto à mão armada a um posto de combustível, um caso de lesão corporal grave ou mesmo de violência doméstica. Aquele caso havia afetado profundamente a sua chefe. Ouviu dizer que ela chegara a encurralar Tracy Frost na parede de uma academia da cidade. Não sabia se isso era verdade ou não, e com certeza jamais saberia pela boca dela. Mesmo assim, não seria nenhuma surpresa. Havia alguma coisa naquele garoto que tocara fundo em Kim. Mas ele não tinha a menor ideia do que poderia ser.

No dia em que os dois ficaram junto a Dewain no hospital, observando o movimento do seu peito induzido artificialmente, ele havia visto a mão direita dela tocar de leve, por cima do lençol branco, o pulso do garoto deitado ali, imóvel.

Era um caso que a própria Kim teria investigado se não estivesse tentando salvar a vida de Amy e Charlie. Então, passara o caso para ele. Não podia decepcioná-la. Não iria decepcioná-la.

Ele entrou na espaçosa varanda cheia de plantas verdes e frondosas em seus vasos. O som da campainha cantarolou em seus ouvidos.

A porta da frente foi aberta por uma garota bem jovem, com menos de 20 anos. Vestia uma *legging* estampada e uma sainha preta por cima. A camiseta básica, cor-de-rosa, pendia do seu ombro esquerdo, e a fragrância do perfume *Reckless*, da Roja Parfums, se espalhou no ar. Ele o reconheceu na mesma hora: era o mesmo perfume que havia comprado para a namorada no aniversário dela. Ela até mesmo brincara na época, dizendo que dar presentes caros era sinal de que ele havia feito alguma bobagem. E aquele perfume havia sido de fato caro. *Caro demais para uma adolescente*, pensou ele.

– Lauren Cain? – perguntou, mostrando seu distintivo.

Ela não desviou o olhar do rosto dele para checar a identificação antes de abrir a porta, apenas deu um passo para trás e ficou junto à entrada.

– Entra aí – disse ela, inclinando a cabeça com um sorriso.

Dawson entrou, tomando cuidado para não esbarrar na garota, e esperou enquanto ela fechava a porta. De repente, sentiu uma vontade inexplicável de abrir a porta novamente e ir embora.

– Pode entrar – ela disse, apontando para a sua direita com modos impecáveis.

Ele entrou numa sala que ocupava todo o comprimento da casa. Havia um espaçoso jardim com vista para a bacia do Lye e, mais adiante, as montanhas Clent.

– Sente-se, oficial – disse a garota, acenando com a cabeça.

Ela aproveitou para dar uma boa olhada nele, de cima a baixo, sem disfarçar nem um pouco.

Ele também fez uma rápida avaliação dela. O nariz quadrado roubava um pouco da beleza de seu rosto, mas Lauren era uma garota que sabia aproveitar o que tinha. O cabelo era tingido de um loiro atraente, e sua maquiagem estava perfeita. Mas o mais óbvio era sua sensualidade, que ele notou antes mesmo do perfume.

Apesar da abundância de poltronas, ela sentou bem ao lado dele no sofá. Seu joelho encostou no dele. Ele o afastou.

– Preciso falar com você a respeito de Dewain.

As sobrancelhas dela se ergueram um instante, num gesto calculado de surpresa.

Ele sentiu uma leve irritação percorrê-lo.

– Dewain Wright. Seu ex-namorado. O que morreu na semana passada.

Talvez ela tivesse percebido o tom incisivo na voz dele, mas ignorou-o.

Ela apertou a parte de cima do braço de Dawson como se fosse um brinquedo que não soubesse direito como manusear.

– Belos músculos – disse, inclinando novamente a cabeça.

– Obrigado – ele respondeu, afastando um pouco o braço e deslizando o máximo para a esquerda. – Você poderia me dizer o que lembra do dia em que o Dewain morreu?

Fizera aquela pergunta direta de propósito, esperando que ela admitisse ter recebido a mensagem que Shona lhe enviara.

A garota recostou-se no sofá e cruzou as pernas. Seu tornozelo roçou na pele dele.

Dawson levantou-se e foi até a lareira. A garota parecia não entender as dicas que ele dava.

– Na verdade, não me lembro disso muito bem. Desculpe. Você é casado?

– Isso realmente não vem ao caso – ele replicou, cortando-a. Precisava fazer suas perguntas e deixar de lado aquela adolescente com seus joguinhos. – Como você ficou sabendo da agressão? – ele pressionou.

Ela deu de ombros.

– Sinceramente, não me lembro.

Pela expressão da garota, Dawson percebeu que ela nem sequer estava tentando parecer convincente.

– Lauren, preciso que você...

Ela se levantou.

– Eu não tenho namorado, sabia?

– Você tinha ideia de que ele fazia parte de uma gangue? – ele perguntou, ignorando a sugestão na voz dela.

Ela revirou os olhos e deu um passo na direção dele.

– É claro que eu sabia.

Dawson recuou um passo.

– E era nisso que se baseava sua atração por ele? – ele perguntou, direto.

Ela encolheu os ombros.

– Eu realmente não...

– ...se lembra, não é? – Ele terminou a frase por ela.

A expressão da garota não mudou. Ela olhou para ele de um jeito tímido e inclinou a cabeça, como se fossem duas crianças brincando de roubar beijos num parquinho.

– Alguém informou você que ele havia morrido depois do ataque a faca?

– Acho que sim – ela assentiu. – É, foi isso, alguém me contou que ele havia morrido.

Por Deus, finalmente ela se lembrara de alguma coisa.

– Depois você recebeu uma mensagem de texto da Shona?

– Sim, recebi um recado dela. Uma ou duas horas depois, eu acho. – Ela deu mais um passo à frente, enrolando uma mecha de cabelo no dedo. – Meus pais vão demorar algumas horas para voltar, sabia?

Não fazia tanto tempo assim que Dawson saíra da adolescência, com todos os hormônios em ebulição, mas não se lembrava das garotas agindo daquele jeito. Naquela época, teria adorado, mas agora estava achando simplesmente irritante.

Para ele, aquela garota supersensual e sedutora era apenas uma testemunha. Uma pessoa que o interessava por causa de um crime que precisava solucionar.

– Lauren, eu tenho uma namorada e um filho. Tudo o que preciso de você são algumas respostas.

– Por mim, tudo bem – ela deu de ombros. Dawson percebeu tarde demais que havia deixado a conversa se desviar da morte de Dewain, mas havia uma insistência nos olhos daquela garota que começava a irritá-lo.

– A mensagem que você recebeu dizia que Dewain ainda estava vivo?

Ela desconversou.

– Acho que sim. Ei, eu já falei pra você que tomo anticoncepcional? – ela disparou, inclinando-se para cima dele.

Aquilo já era demais. O potencial que aquela situação tinha de incriminá-lo e atrapalhar sua carreira fez vários sinais vermelhos dispararem em sua cabeça.

Ele passou por ela e foi em direção à porta da frente.

Ela o seguiu logo atrás.

– Se eu quiser, posso dizer aos meus pais que você topou, sabia? – ela sussurrou, contrariada. Lauren finalmente captara a mensagem. Sua mudança repentina de atitude parecia a de uma menininha de 3 anos e que não ganhou o docinho que queria.

Dawson também se deu conta da delicadeza da situação. Estava sozinho numa casa com uma adolescente que tentara de tudo para fazê-lo se deitar com ela, enquanto ele havia agido dentro das regras. Lidava com alguém de 19 anos, e não precisava do consentimento dos pais dela para lhe fazer perguntas. O que ele precisava, e muito, era de uma testemunha. Para a própria segurança.

Quando já estava do lado de fora, ele se virou e fez a única pergunta que realmente importava.

– Me diga, Lauren. Você chegou a contar a alguém que Dewain ainda estava vivo?

Ela sorriu para ele, sedutora. Ele já sabia que palavras ela iria dizer antes mesmo que saíssem de sua boca.

Ela não se lembrava. É claro.

CAPÍTULO
67

Karen esvaziou a água da pia e pegou o detergente em gel. Sua bela cozinha sempre alcançara um nível de limpeza padrão laboratório, mas agora ela sentia que poderia realizar uma cirurgia cardíaca de peito aberto ali sem risco de infecção.

A casa entrara em uma rotina que rapidamente se estabeleceu. O guarda ficava sentado junto à porta da frente com pouco o que fazer. Helen se movia pelos bastidores ansiosa para ajudar quem quer que precisasse mover um músculo.

Havia horas em que a presença de Helen a irritava. Não a mulher em si, mas suas constantes tentativas de tornar a vida mais fácil para todos. Karen não queria que lhe tirassem as distrações. Queria recolher pratos, canecas, copos. Queria fazer qualquer coisa que ocupasse sua mente ou seu corpo, mesmo que por apenas um segundo.

Qualquer distração daquelas questões que rodeavam sua cabeça era um alívio bem-vindo. Ela sabia que Stephen e, em certa medida, até mesmo Elizabeth achavam o bloqueio de mídia uma medida equivocada. Até então, conseguira convencer os dois a confiar em Kim, mas não sabia quanto tempo aquilo ainda duraria. Stephen não era um homem fácil de persuadir.

Mas Karen ainda achava que os dois estavam certos em confiar no julgamento de Kim. Os caminhos das duas haviam se cruzado ao longo de boa parte da infância delas, e aquela garota rabugenta de cabelo escuro tinha sido um enigma para todos. Não queria saber de amigos; na verdade, evitava de propósito formar qualquer vínculo.

Como em uma prisão, as circunstâncias pessoais e as razões para estar sob assistência raramente eram compartilhadas, e só muito mais tarde Karen soube do trágico passado de Kim. Era realmente admirável que a jovem fosse capaz de funcionar mesmo carregando toda aquela bagagem.

Mas havia outra razão pela qual Karen confiava naquela mulher sem hesitar, e Kim nem sequer sabia disso.

Doze anos atrás, Karen havia morado em uma ocupação na periferia de Wolverhampton. Ficara dois anos sem emprego e perdera seu apartamento. Certo dia, aquela propriedade abandonada foi tomada por doze policiais e três assistentes sociais, por causa das sete crianças que moravam ali. Ela reconheceu Kim imediatamente e escondeu o rosto com as mãos.

Uma mulher, Lynda, havia se trancado no quarto e se recusava a abrir a porta, ameaçando atirar o filho de 2 anos pela janela se alguém entrasse. Enquanto o resto dos policiais desimpedia o edifício, Kim permaneceu na porta do quarto para fazer Lynda continuar falando.

Ela prometera a Lynda que ninguém colocaria a mão no filho dela e que os dois ficariam juntos até que a saúde da criança fosse avaliada.

No final, depois que o edifício foi liberado, a equipe toda se reuniu lá fora. Karen podia ouvir os policiais insistindo para que Kim os deixasse arrombar a porta, mas ela não arredara o pé dali.

Mais quarenta minutos de negociações se passaram antes que Lynda resolvesse abrir a porta. Duas assistentes sociais correram para pegar a criança, mas Kim barrou sua passagem.

– Eu dei minha palavra a ela. – Isso foi tudo o que ela disse.

Karen havia visto e ouvido tudo aquilo, pois estava dentro do quarto quando Lynda trancara a porta. Depois que o cômodo foi liberado, saiu rapidinho, sem ninguém perceber.

Sentindo-se humilhada com a situação, fora obrigada a refletir sobre a própria vida ao ver o sucesso daquela mulher. Kim era uma grande policial, ao passo que ela não passava de uma sem-teto, morando em um prédio abandonado.

Na manhã seguinte, Karen foi até uma agência de empregos decidida a só sair dali quando arrumasse trabalho.

– Ah, desculpe, não vi você aí dentro.

Embora reconhecesse aquela voz, Karen virou-se para ver Elizabeth saindo da cozinha.

– Será que agora a gente não pode nem ficar no mesmo ambiente mais? – Karen perguntou, triste.

Fazia tão pouco tempo que elas haviam se sentado naquele mesmo cômodo e segurado a mão uma da outra, confortando-se. Compartilhando uma dor que só as duas eram capazes de compreender.

– Sabe o que é... Acontece que...

Elizabeth não conseguia juntar direito as palavras. "Sabe", "acontece que"... O que estava acontecendo era que há apenas alguns dias as duas eram mais próximas do que irmãs. Agora, competiam pela vida de suas filhas.

A natureza surreal daquela situação era um golpe duríssimo para Karen. Qualquer que fosse o desfecho, as duas jamais iriam se recuperar.

Nunca mais teriam a oportunidade de compartilhar uma lembrança afetuosa durante o jantar numa agradável noite de sábado.

Agora, as duas estavam em pé, em cantos opostos daquele ambiente, separadas por mais do que um simples balcão de cozinha.

Karen queria dizer alguma coisa, qualquer coisa que pudesse levá-la de volta àquela noite em que confiara à sua melhor amiga o maior segredo de todos. Apenas Elizabeth sabia que Robert não era pai de Charlie.

Pela primeira vez nos últimos dias, olhou a amiga mais de perto.

– Seu lábio está inchado – disse ela, inclinando um pouco a cabeça para examiná-la de outro ângulo.

Elizabeth afastou-se alguns centímetros.

– Ah, não é nada. Eu caí no banheiro.

– Caiu em cima do quê? – Karen perguntou, nem sequer fazendo questão de esconder que não tinha acreditado nem um pouco na resposta. Elas se conheciam muito bem, há muito tempo.

– Foi só um escorregão...

– Você já "escorregou no banheiro" antes, Elizabeth. Eu me lembro bem.

Elizabeth deu um passo atrás.

– Não... Não foi isso...

– Você disse que não ia permitir que ele fizesse isso com você de novo.

– É por causa dessa situação toda. Eu o pressionei um pouco e...

– Escute, o Robert não me bateu, e estamos na mesma situação que a de vocês.

Karen não tivera a intenção de fazer as palavras saírem daquele jeito. Na cabeça dela, haviam soado muito diferente. Ao saírem de sua boca, porém, a sensação era a de que estava competindo por níveis de sofrimento e pressão.

Os olhos das duas finalmente se encontraram, e Karen viu as lágrimas se formarem no rosto de Elizabeth enquanto ela tocava com cuidado os próprios lábios.

Em uma situação normal, teria ido confortá-la, mas até isso soava como uma traição à própria filha agora. Como poderia ficar do lado do inimigo? Esse pensamento atingiu seu coração como uma punhalada, mas, qualquer que fosse o desfecho, as duas nunca seriam capazes de se olhar e não enxergarem seus pensamentos mais íntimos. O que cada uma se disporia a sacrificar em nome da própria filha.

Sua querida Charlie era o seu mundo. Karen daria a própria vida e a vida de quem quer que fosse para salvar a filha, até mesmo a de Amy. E ela sabia que Elizabeth se sentia exatamente do mesmo jeito. Nenhuma amizade poderia resistir a essa consciência.

Enquanto estavam ali, paradas, se encarando de lados opostos do balcão, as duas sabiam disso.

Karen voltou para a pia.

Não havia mais nada a dizer.

CAPÍTULO
68

Kim olhou para os dois lados da Wordsley High Street. A caçamba estava posicionada na esquina.

– Que horas são? – ela perguntou.

– 11h55.

Kim andou pela rua. Do lado esquerdo, havia uma fileira de lojas, incluindo lanchonetes, açougues, joalherias e um minimercado.

O lado oposto era ocupado por uma fileira de casas recentemente construídas.

Ela voltou ao meio da rua e continuou olhando para os dois lados. Vários grupos de pessoas passavam por ali, entrando e saindo das lojas.

O que teria tornado aquela rua vantajosa para os sequestradores?

– Bryant, quando essas casas foram construídas?

– Faz pouco tempo. A maioria são apartamentos pequenos, estilo quitinete.

Uma imagem começava a se formar na cabeça de Kim.

– Quer dizer que até um tempo atrás isso aqui era um espaço vazio?

– Imagino que sim. No que está pensando, chefe?

– Notei que daquele lado da rua não tem nenhum lugar onde um policial pudesse ficar à espreita. Não tem nada ali, ou seja, qualquer pessoa que ficasse zanzando teria chamado muito a atenção. O único ponto de visão está mais adiante. Estou deixando de considerar alguma coisa, porque... – As palavras dela se dispersaram quando localizou a última peça do quebra-cabeça. – E lá está.

Bryant olhou para a sua esquerda. Um ônibus de dois andares vinha pela rua, parando bem em frente à caçamba.

– Deus do céu, ninguém teria sido capaz de ver nada. Ele poderia ter esperado logo na esquina. De lá, ouviria o ônibus chegar.

Kim assentiu.

– Algumas pessoas desceriam a caminho das lojas. Ele teria pelo menos um minuto para abrir a caçamba e pegar alguma coisa.

– Simples, mas bem bolado.

Kim correu os seis metros até o fim do quarteirão, chegando a tempo de ver o número do ônibus enquanto ele virava a esquina.
– Caramba, chefe, o que foi agora? – Bryant perguntou, alcançando-a.
– O ônibus... Não acredito. O número do ônibus é 278!

CAPÍTULO 69

– **Deus do céu, Symes, você** precisava fazer esse estrago todo?

Will havia lido duas vezes o artigo de jornal, que trazia muito mais detalhes do que a reportagem da televisão.

Symes deu de ombros e sorriu.

– Fiz o meu trabalho e fiquei bem satisfeito com o resultado. Tá reclamando do quê? Ela tá morta, não tá?

Will balançou a cabeça e virou-se de costas. Era inútil tentar explicar àquele estúpido que ele estava correndo riscos sem necessidade. Quanto mais violentas fossem as mortes, maior a probabilidade de ele deixar vestígios que pudessem incriminá-lo. Ele já se sentia grato pelo idiota não ter estuprado a mulher. Com o rapaz do centro de lazer, Symes usara apenas os pés, segundo a reportagem que lera na internet. E seu tênis Tesco era comum o suficiente para não ser rastreado. Mesmo assim, correr riscos era desnecessário.

Ele foi até a mesa de celulares.

Ligou o celular número um e não se surpreendeu ao ver uma ligação perdida.

Ligou o celular número dois. Outra ligação perdida do mesmo número.

Ligou o celular número três e viu que tinha uma mensagem de voz e outra de texto.

Colocou os fones de ouvido e apertou o *play*.

A voz era tranquila e agradável.

– Aqui é Matt Ward, negociador. Ligue para mim para resolvermos isso. Posso ajudar você a conseguir o quer.

Will deletou a mensagem. Não precisava falar com nenhum negociador. Ele havia apresentado seus termos e o preço a pagar seria o deles.

– Você nem pensaria nisso, não é? – Symes perguntou.

– Pensar no quê?

– Em mudar o plano, fazer um acordo... Porque *nós dois* temos um acordo, lembra?

Will se lembrava, sim. Topara aquilo para poder manter Symes longe das garotas. Por enquanto.

Não podia correr o risco daquele idiota danificar a mercadoria antes de eles terem o dinheiro na mão. Depois disso, bem...

– Sim, nós temos um acordo – Will confirmou.

Ele rolou a tela até a única mensagem recebida que lhe interessava. Viera de um dos pais.

O jogo finalmente havia começado.

Com um sorriso, abriu e leu a mensagem de texto. Seus olhos se arregalaram de surpresa conforme lia de novo.

Virou-se para Symes, que aguardava ansioso.

Ao lhe passar o celular, disse:

– Bem, eu não estava esperando por isso.

CAPÍTULO
70

– **Será que isso realmente** vai ajudar, chefe? – Bryant perguntou, parando o carro.

– Não tenho a menor ideia, Bryant – ela respondeu com sinceridade. Só sabia que alguma coisa a levava a falar com a mulher.

A moradia, um bangalô humilde, ficava no alto de uma ladeira, em um pequeno condomínio residencial. Um Fiesta azul de dez anos atrás estava estacionado numa entrada bem cuidada.

– Pode esperar aqui se quiser – disse Kim, abrindo a porta do carro. Era meio da tarde de uma quarta-feira, e a inspetora imaginou que a mulher poderia ter saído para dar uma volta pelos mercados de rua.

De qualquer modo, não tinha ideia do que iria dizer a ela. Bryant acertara quando supôs que ela provavelmente não iria acreditar em nada do que saísse da boca daquela mulher. Mas lá estava ela, apesar de tudo.

– Sem ofensas, chefe, mas da última vez que fiquei esperando no carro você forçou a entrada num centro de lazer. Dessa vez eu vou junto.

Eles passaram em fila pela lateral do Fiesta e bateram à porta.

– Se eu perguntar com jeitinho, você acha que ela me passa os números da loteria de sábado?

– Cale a boca – ela o cortou.

Kim chegou mais perto, tentando ouvir algum som ou movimento. Nada. Bateu de novo e inclinou-se para olhar pela abertura da caixa de correio na parte inferior da porta. Viu que dava para um pequeno corredor, de onde se viam duas portas brancas lisas, mais nada. Apurou o ouvido para tentar ouvir sons de dentro da casa. Silêncio.

Bateu de novo, mais forte, e foi até o lado esquerdo da porta. Pressionou o rosto contra a janela, mas não dava para ver nada através da pesada cortina de renda.

– Bata de novo, Bryant – disse ela, afastando-se um pouco. A janela do outro lado da porta estava igualmente no escuro.

Kim olhou para Bryant e os dois olharam para o carro.

– Vou dar a volta até a parte de trás. Tente o vizinho – disse ela, acenando para a casa ao lado.

– Chefe ...

– Apenas vá, Bryant – ela grunhiu.

A lateral da casa estava desimpedida. Uma fileira de toras de madeira erguia-se um palmo do chão, marcando o limite entre a casa e a propriedade à esquerda.

A porta de trás era um painel simples de vidro fosco. Kim podia distinguir algumas formas do outro lado, mas nada além disso. A janela não tinha cortina e dava para ver uma cozinha pequena, bem iluminada.

Kim sentiu a frustração crescer em seu estômago.

– Vamos lá, Eloise. Onde diabos você se enfiou?

– Chefe, a vizinha disse que viu a mulher ontem à tarde com duas sacolas do supermercado Aldi.

– Dê uma olhada por essa janela – disse ela, recuando um passo. Os cinco centímetros de altura a mais do rapaz lhe permitiriam ver além da área imediata.

Bryant espiou lá dentro, dando uma olhada geral. Começou a balançar a cabeça e, então, parou. Ajustou melhor sua posição e pressionou o rosto contra o vidro.

– Espere um pouco, acho que talvez ...

– O quê? – ela perguntou.

Ele acenou para ela chegar mais perto.

– Vou ter que levantar você. Encoste o rosto na vidraça e olhe bem para a esquerda.

Kim olhou ao redor para ver se havia algum lugar para firmar o pé, mas não achou nada.

– Ok, vamos lá – disse ela.

Bryant formou um círculo com os braços em volta das coxas de Kim e a ergueu, elevando a cabeça dela cerca de trinta centímetros acima da dele. Ela seguiu as instruções e viu uma nesga de poltrona reclinável. Havia algo no alto, uma espécie de ninho cinza.

– Me coloque no chão – pediu Kim.

Ela foi até a porta de vidro e bateu com força.

– Fique olhando e veja se ela se mexe.

Ela bateu de novo na porta de vidro.

Bryant negou com a cabeça.

— Certo, vamos entrar – disse Kim, procurando alguma coisa pesada pelo jardim.

— Espere um pouco, chefe – disse Bryant, tirando um lenço do bolso.

Ele testou a maçaneta, e a porta abriu.

Bryant ergueu os ombros e sorriu para ela, parecendo um pouco orgulhoso demais por ter se saído bem.

— Sem comentários – disse ela, séria, passando por ele.

Kim atravessou a cozinha em apenas três passadas. A poltrona ficava ao lado de uma mesinha redonda, onde havia uma caneca com algum líquido frio e um exemplar de *Orgulho e preconceito*. Ao lado da caneca, uma tigela com vários cristais coloridos.

Ela foi até a poltrona e encarou a mulher. Os olhos estavam fechados, e a boca, levemente aberta.

Seu corpo parecia mais frágil vestido com um casaquinho de malha, as pernas cobertas por um xale. Kim a cutucou suavemente.

— Eloise – ela chamou.

Não houve resposta.

Kim chacoalhou a mulher mais forte e a chamou em voz alta, mas ela apenas tombou um pouco para o lado.

— Ela não está dormindo, chefe – Bryant disse.

— Que droga! – xingou Kim, recuando um passo.

— Está quieta demais. – Ele se inclinou para observar melhor. – Pode ter sido infarto ou algo assim, enquanto ela dormia.

Ela sacudiu a cabeça.

— Eu deveria ter ouvido o que ela disse. Não teria custado nada, não é?

Kim se afastou alguns passos e suspirou profundamente. Há apenas dois dias, aquela mulher havia tentado lhe dizer alguma coisa, mas ela fora teimosa demais para ouvir.

— É melhor chamar uma ambulância – disse ela, voltando ao corpo enquanto Bryant pegava o celular.

Kim registrou a imagem daquela pobre senhora que morrera sozinha. Olhando as estantes de livros, teve a impressão de que eles haviam sido seus únicos companheiros. Estava claro que a mulher gostava dos clássicos: Kim viu, de relance, um Tolstoi, alguns romances de Jane Austen e as obras completas de Dickens. Uma foto de dois cães enfeitava o parapeito da janela, mas Kim não viu nenhuma outra evidência da presença deles.

— Parece que ela era bastante...

Suas palavras se perderam enquanto examinava a foto à sua frente. Havia algo fora de lugar naquela cena.

Bryant terminou a ligação. A ambulância estava a caminho.

– Venha aqui – ela o chamou, inclinando a cabeça.

Ele foi.

– Está vendo alguma coisa estranha?

Ele correu os olhos pela mulher, desde o cabelo grisalho ondulado até os chinelos floridos que se projetavam por baixo do cobertor.

Ele negou com a cabeça.

– Tudo parece bem confortável e aconchegante para mim.

– Justamente – disse Kim, dando um passo à frente. Ela examinou o lado direito da mulher, depois o esquerdo.

– Veja esse xale, Bryant. Está cobrindo as mãos dela.

Bryant olhou para as duas mãos, que desapareciam debaixo das cobertas.

Olhou para Kim, intrigado, depois olhou de novo para as mãos da mulher.

– Não estou entendendo o que...

Ele interrompeu a frase ao perceber ao que Kim se referia.

– Ah! Entendi o que você quer dizer. É como se ela tivesse sido enfiada aí dentro.

Era essa a sensação que Kim havia tido. O xale fora colocado por cima da mulher, depois acomodado dos dois lados, na altura dos quadris. Era possível que ela mesma tivesse arrumado o tecido e enfiado as mãos embaixo, mas era improvável que alguém que tinha que segurar uma bebida enquanto lia um livro fizesse isso.

Kim avançou mais um passo e afastou as pernas, colocando uma ao lado de cada pé de Eloise. Apoiou as mãos nos braços da poltrona e inclinou-se para perto.

– Droga! – ela exclamou ao ver uma mancha na boca da mulher. – Bryant, tem um ponto azul-escuro no lábio dela.

Kim avançou e tocou o lábio inferior com cuidado.

– Meu Deus! – ela gritou, dando um pulo para trás.

– O que foi, chefe?

Kim logo se recuperou do choque, e sua mente foi a mil. Avançou de novo, colocando dois dedos no pescoço da mulher.

Virou-se assustada para o oficial.

– Bryant, diga para o pessoal da ambulância correr. Nossa vítima ainda está viva.

Bryant hesitou apenas um segundo, mas pegou o celular.

– Eloise, se estiver me ouvindo, fique tranquila. Vai dar tudo certo. Uma ambulância está vindo, e não vamos deixá-la sozinha.

Não houve resposta.

Kim pousou a mão no ombro da mulher, seu coração ainda pulsando agitado.

Bryant concluiu a chamada.

– Eles vão chegar em dois minutos – disse, sacudindo a cabeça.

Embora nunca tivesse visto isso, Kim sabia que vítimas de asfixia podiam entrar em coma antes de morrer. Quem quer que a tivesse asfixiado talvez imaginasse ter concluído o serviço, mas aquela senhora ainda estava presa a um fiozinho de vida.

– Acha que a nossa máquina de matar descobriu algo sobre Eloise e ficou com medo de que ela abrisse a boca?

– Impossível, Bryant. O Sujeito Dois andou ocupado matando gente por aí, e o Sujeito Um precisa vigiar Charlie e Amy. Pra mim, isso é obra do Sujeito Três.

Ao ouvir o som de sirenes a distância, Kim se deu conta de que, naquela noite, Eloise não havia se referido a algo que "arde demais". Ela tentara, na verdade, avisar que Kim talvez chegasse "tarde demais".

Kim só não sabia se ela havia se referido a si mesma ou às garotinhas.

CAPÍTULO
71

K**IM E** B**RYANT FICARAM OLHANDO** a ambulância ir embora.

Ela teve o impulso de pegar o carro e ir atrás, pelo simples fato de não haver ninguém mais ali para fazer isso.

Assim que a ambulância saiu, uma viatura chegou. Eram os oficiais que tomariam conta da casa para que os dois pudessem ir embora.

Kim já havia comunicado o ocorrido a Woody, que garantiu que mandaria uma pequena equipe da polícia científica até a casa. Ela o colocou a par do andamento da investigação. Quando terminou, o silêncio do outro lado da linha foi profundo.

Mas o desapontamento de Woody não era nada comparado ao que ela mesma sentia.

Dois pequenos grupos de vizinhos haviam se aglomerado naquela rua tranquila, mas ninguém se atreveu a chegar perto.

– Veja só aquele pessoal – Bryant disse. – Estão aliviados por não ter sido com eles.

Eloise daria entrada no hospital da mesma forma que havia saído de casa: sozinha.

– Woody disse algo de útil? – Bryant perguntou, ligando o carro.

Ela negou com a cabeça.

– Mas não posso culpá-lo. Charlie e Amy já deveriam estar em casa a essa altura.

– Caramba, chefe. Não seja tão rígida consigo mesma. Ninguém seria capaz de se esforçar tanto quanto você para trazer essas crianças de volta. Você só vive e respira em função de...

– São crianças, Bryant. Duas garotinhas. Onde quer que estejam, estão em pânico, confusas, talvez machucadas, e que Deus permita que não seja nada pior. – Lembrou-se das roupas que haviam encontrado no jardim. – Eu preciso trazer as duas de volta. Preciso mantê-las seguras.

– Mantê-las, chefe?

Ela não percebeu o que havia dito. A imagem de Mikey brotou em sua mente.

– Eu quis dizer "deixá-las" seguras – corrigiu-se, tirando Mikey da cabeça.

– Vamos encontrar as duas, tenho certeza – garantiu Bryant, olhando fixo à sua frente.

– Como pode estar tão certo?

– Porque você não vai descansar enquanto a gente não conseguir.

Kim não conseguiu conter o sorriso que se insinuou em seus lábios. Lá estava ela: a simples verdade que eliminava qualquer dúvida.

– Ok, Bryant, me leve de volta para a casa agora.

CAPÍTULO 72

– *O QUE ISSO TEM A VER CONOSCO, DOUTORA?* – Kim perguntou, encarando Alison. Uma imagem aérea de Black Country havia sido colada com fita adesiva à parede. Estavam indicados no mapa o local do rapto, o início e o fim da linha de ônibus e o ponto da entrega, todos marcados com pinos vermelhos.

A impaciência em sua voz se devia ao fato de que as garotas não voltariam para casa naquela noite.

A própria linha do tempo de Kim começava a ficar confusa. Tinha certeza de que o último *briefing* deles havia acontecido pelo menos três dias atrás, e não naquela manhã. Ela lembrou a si mesma de que ainda era quarta-feira.

A imagem de Eloise sendo levada de casa não saía de sua mente. Kim tinha vontade de chutar a própria bunda por não ter dado nem um minuto sequer de atenção àquela mulher. Decidiu que ligaria para o hospital, mas só mais tarde. Precisava de um pouco de paz mental. Talvez, se tivesse simplesmente dado a Eloise a oportunidade de falar, poderia ter evitado aquilo de alguma forma.

O caso vinha afetando todos eles. Ao redor daquela mesa, a equipe se encontrava agora em estados variados de desalinho. A gravata de Bryant havia caído alguns níveis. A camisa de Dawson estava amarrotada, e as linhas vermelhas nos olhos de Stacey mais pareciam um mapa rodoviário.

Mas, naquela noite, tinham mais trabalho a fazer.

Os pinos azuis no mapa aéreo indicavam os locais onde Suzie e Emily haviam sido raptadas e o ponto no qual Emily havia sido encontrada.

O amarelo indicava o local em que Inga fora encontrada.

Alison se levantou e estudou o mapa um minuto.

– Não sou especialista em perfis geográficos, mas a maior parte dos dados tem como premissa a maneira pela qual um assassino irá interagir com uma cena do crime ou onde e como um corpo foi descartado. Supõe-se que, se um corpo é encontrado num local diferente daquele onde foi cometido o homicídio, o assassino provavelmente vive naquela área. Ao contrário, se o corpo é deixado na própria cena do crime, é possível que o assassino não seja daquele local.

Ela cobriu a boca para abafar um bocejo. As noites em claro também estavam cobrando um preço dela, Kim pensou.

– Se a cena do crime estiver próxima de uma grande estrada, é provável que o assassino não tenha familiaridade com a área. Mas, se estiver a um quilômetro e meio ou mais de uma estrada principal, sugere que o criminoso é daquele local.

Alison continuou falando enquanto examinava os pontos indicados.

– Algumas suposições são sempre seguras. Uma delas é que cada criminoso tem sua marca. Assassinos organizados se mantêm por perto, e os desorganizados circulam mais. E a maioria das pessoas tem um "ponto de ancoragem".

Ela virou-se para Kim. Sua expressão dizia "Isso é tudo o que tenho".

– Obrigada, doutora – Kim agradeceu. Não era muito, mas a culpa não era de Alison.

Deveria haver um padrão ali, em algum lugar. A questão era descobri-lo.

– Matt, algum contato com os sequestradores? – ela perguntou.

– Estou tentando – ele respondeu, sem olhar para ela. Estava focado nos pontos.

– Gostaria de detalhar mais alguma coisa?

– Não.

Kim sentiu sua irritação crescer. Tinha uma visão bem clara do que era uma equipe, e não incluía a palavra "eu". Mas Matt obviamente pensava diferente.

– Stace, quero que você desenhe um círculo em volta daqueles pontos e verifique se houve alguma atividade criminosa na área recentemente. Talvez alguma coisa se destaque. Ainda preciso descobrir o que fez os sequestradores abortarem o plano da última vez. Por que Emily foi solta sem nenhum pagamento e Suzie não? Agora, além de dois assassinatos, temos uma tentativa de homicídio claramente ministrada por outra pessoa. Quem será a porcaria do Sujeito Três?

Todos a olhavam, concordando.

– Quero todo mundo tentando descobrir quem poderia ser essa terceira pessoa.

– É difícil quando a gente não sabe nem quem são as duas primeiras – Bryant interveio.

Aquela era a eterna pedra no caminho de Kim. Se tivessem pelo menos alguma informação a respeito de um dos sequestradores, poderiam trabalhar em cima das associações conhecidas. Mas não tinham nem isso.

– Kev, alguma coisa útil sobre a autópsia de Inga?

– As roupas dela têm história: encontramos vestígios de óleo de motor, de verniz de madeira e até de cocô de rato. No total, dezessete ossos fraturados, trinta e oito pontos de contato com o pé ou o punho e nove círculos em volta do pescoço.

Kim notou que Dawson não precisara consultar suas anotações para informar os dados.

Os números lhe diziam que a mulher havia tentado de tudo para evitar o inevitável.

Seu assassino era um monstro sem qualquer empatia. Era explosivo, não ligava para a vida humana. Corria riscos desnecessários, e só existia uma razão para haver um homem assim entre os sequestradores.

A noção disso foi como um soco em seu estômago.

– Elas não vão voltar – Kim sussurrou, olhando ao redor. – Esse é o propósito do Sujeito Dois. Sua tarefa é matar as meninas.

Todos os olhares se voltaram para ela. No fundo, Kim sabia que aquela era a verdade. Era a única razão para manter um risco daqueles na equipe. O Sujeito Dois tinha um propósito: limpar a sujeira.

– Eu concordo – disse Matt.

– Mas qual seria o sentido do leilão? – Bryant perguntou.

– Aumentar o valor da recompensa – respondeu Kim. – Há uma diferença entre lutar por seu filho e fazer isso antes que alguém faça primeiro. Cria uma urgência, um desespero.

Matt virou-se para Bryant.

– Imagine um cara correndo, sozinho, uma corrida de dez mil metros. Ele simplesmente corre, tranquilo, pois sabe que vai chegar em primeiro. Agora, coloque mais oito caras na mesma pista, todos com vontade de vencer. Nosso corredor precisará se esforçar mais. Precisará encontrar reservas de energia que nem sequer suspeitava ter.

– Quer dizer que o único propósito de tudo isso é elevar o preço? – Stacey perguntou.

– Na verdade, eles irão ganhar dos dois lados – disse Kim. – Cada família receberá um ponto de entrega e um horário diferente. E eles vão levar tudo embora.

Matt concordou.

– É uma suposição e tanto – disse Alison, duvidando.

– Disse a especialista em perfis – Kim observou. Nesse momento, o telefone de Matt tocou, indicando a chegada de uma mensagem de texto.

A sala ficou em silêncio, e todos os olhares se voltaram para ele.

– São os caras – disse Matt.

Kim acompanhou os olhos dele movendo-se pela tela.

Ele ergueu o rosto e encarou a equipe.

– Que merda! Isso não é nada bom.

CAPÍTULO 73

Kim reprimiu sua raiva e reuniu todos os pais na sala de estar. Helen ficou de pé junto à janela. Matt, encostado no batente da porta. O resto da equipe permaneceu na sala de guerra.

Seu olhar percorreu cada um deles individualmente. Ela se deteve por alguns segundos no lábio de Elizabeth, que nesse momento, olhou para o chão.

– Quem de vocês fez contato com os sequestradores?

Elizabeth e Stephen ficaram sem chão. Eles se entreolharam antes de lançar um olhar acusador aos amigos.

– Eu fiz contato – disse Robert, tranquilo. Não havia um tom de desculpas em sua voz. Estava apenas declarando um fato.

– Como pôde fazer isso? – Elizabeth gritou.

Ele virou-se para encará-la.

– Como poderia não ter feito?

Stephen avançou na direção dele, mas Matt imediatamente se colocou entre os dois.

Robert não recuou.

– Seu desgraçado idiota! – Stephen disparou por cima do ombro de Matt. – Como pôde fazer uma coisa dessas? Você sabe muito bem que...

– Stephen, calma – Robert o interrompeu.

O que será que Robert sabe muito bem?, Kim se perguntou. E, a julgar pela perplexidade no rosto de Elizabeth, ela estava se perguntando a mesma coisa.

Stephen permitiu que Matt o empurrasse delicadamente até o outro lado da sala.

Karen virou-se para ele, os olhos fuzilando.

– Se não consegue se controlar, então, por favor, saia da minha casa.

Kim percebeu que a raiva de Stephen não havia diminuído nem um pouco, e interveio rapidamente.

– Se conseguirmos nos acalmar agora, todos nós, veremos que o nosso maior problema é o fato de que os sequestradores não vão lidar com o negociador. Acabamos de receber uma mensagem de texto. Eles só responderão às solicitações dos pais.

Robert compreendeu.

– Eu sinto muito, mas eu não podia...

Kim ergueu a mão. As desculpas dele eram sinceras, mas não iriam ajudar. Agora, só poderiam avançar com o que tinham. A única surpresa de Kim foi ter sido Robert, e não Stephen, o primeiro a ceder. Sua intuição dizia que havia uma razão para isso, mas, por enquanto, ela decidiu ignorar.

– Vocês receberam alguma resposta?

Robert assentiu.

– Quinze minutos atrás.

– Dizendo o quê?

– Que não era uma opção.

Kim ficou confusa. Achava que Robert tivesse feito uma oferta em dinheiro.

– Qual foi a sua proposta?

Robert a olhou fundo nos olhos.

– Perguntei quanto ele queria pelas duas.

Um pequeno soluço escapou dos lábios de Elizabeth, e Stephen sacudiu a cabeça. Karen continuou olhando para a frente, sem reagir. Ela já sabia disso.

Todos se entreolharam por um momento.

– Ok – disse Kim. – Matt vai trabalhar com vocês dois a melhor maneira de se comunicarem com eles. Ele vai negociar através de vocês.

– Essa é a coisa mais ridícula que eu já ouvi – Stephen explodiu.

Um suspiro de exasperação circulou pela sala.

– Por que tudo acaba caindo em cima de nós? O que exatamente vocês estão fazendo para trazer nossas filhas de volta?

Kim já estava farta daquelas perguntas dele. Nem de Woody ela tinha que ouvir tanta merda.

– Senhor Hanson, minha equipe e eu...

– Eu não quero mais saber o quanto seu time está se esforçando. Quero saber em que ponto vocês estão na investigação. Quero saber quando você vai admitir a derrota e procurar a imprensa. Será que as duas vão ter que voltar em dois sacos de defunto para que vocês...

– Lá fora, agora – Kim disse entredentes.

Quase sentiu a lufada de ar quando todas as cabeças se viraram ao mesmo tempo para encará-la.

Ela passou direto por Lucas e escancarou a porta. Stephen seguiu-a bem de perto, no mesmo ritmo apressado.

Ele começou a falar antes que ela parasse de andar. Ela teria preferido uma distância maior entre a casa e o som de sua voz, mas parou. Ali teria que servir.

– Detetive inspetora, eu não gostei nem um pouco...

– Eu não quero saber do que você gosta ou não. O que eu quero é que você nunca mais fale desse jeito sobre a sua filha ou a deles.

– O que eu penso é que...

– Melhor deixar o que pensa dentro da sua cabeça. Agora, preste muita atenção. Eu já estou por aqui de você ficar dando palpite em cada coisa que faço nesse caso. Isso atrapalha, e eu não serei empurrada de um lado para o outro como certas mulheres, senhor Hanson. Estamos entendidos?

O olhar dele era desafiador.

– Não, inspetora. Não estamos.

Ela deu um passo adiante, chegando bem perto do rosto dele.

– Então eu vou soletrar para você. Eu não sou sua mulher e não vou engolir as merdas que você fala. Se fizer mais alguma coisa para atrapalhar essa investigação, incluindo bater na sua mulher, Karen não será a única a pedir que vá embora. – Kim chegou ainda mais perto. – Só que, no meu caso, farei isso com algemas e escolta policial. – O rosto dela estava a três centímetros do dele. – Estamos entendidos agora?

Ele recuou um passo. Aquela era a sua resposta.

Kim tentara ter empatia com a situação dele, mas o fato de Stephen não parar de atormentá-la a obrigou a ultrapassar os limites.

– Inspetora, é bom que saiba que eu não acho você capaz de conduzir essa investigação.

Kim segurou a língua e o seguiu de volta até a casa.

Stephen desapareceu pela sala, mas, antes que ela pudesse entrar, Bryant se colocou no caminho.

– Chefe, só um minuto – disse ele, fechando a porta e conduzindo-a para fora.

– Bryant, seja o quer for, dá para esperar.

– Não, realmente não dá.

– Como assim? – ela replicou, ansiosa para voltar à casa.

— Parece que você está se perdendo, chefe — ele respondeu, voltando a encará-la.

— Espere aí, quem você pensa que é para...

— Ok, vou tentar colocar de outra forma. Você está perdendo o caso, Kim. E estou lhe dizendo isso como amigo. Você não está comendo, não está dormindo. Você está brigando com todo mundo, e agora acabou de trazer o pai de uma das garotas para fora e deu o maior esporro nele. Converse comigo.

Ela olhou brava para ele.

— Você sabe que existe um limite e que você está perigosamente perto de ultrapassá-lo, não sabe?

Bryant deu de ombros.

— Ok, depois você me dá uma bronca. Mas, agora, você bem que podia desabafar um pouco, não podia?

— Não tenho nada para desabafar, você é que tem que parar de me atormentar. Se você se atrever a questionar minha posição na frente dos...

— Eu nunca faria isso, você sabe muito bem. E, se acha que descontar em mim ajuda, faça isso. Eu aguento. Mas você precisa dar um jeito de descarregar isso.

— Não tenho nada para...

— Puta merda, Kim! — ele gritou.

Kim ficou perplexa. Era raro Bryant xingar daquele jeito, e ele dificilmente gritava. E nunca fizera isso com ela antes.

— Eu sei exatamente o que você está fazendo. Está pegando a frustração de todo mundo e despejando em si mesma. Qualquer sentimento negativo vira responsabilidade sua porque, afinal, aquelas duas meninas ainda estão desaparecidas. Você está tentando arcar com os medos de uma dúzia de pessoas, e, por mais forte que você seja, isso é impossível de conseguir.

Kim sentiu crescer aquela raiva que já conhecia bem.

— Pegue essa sua análise e enfie no rabo. Como você se atreve a supor que...

— Eu me atrevo porque ninguém mais se atreveria, e porque alguém precisa lhe dizer que isso não é culpa sua.

Kim sabia que essa era a sua oportunidade para dizer como se sentia. Bryant encontraria um jeito de fazer com que ela se sentisse melhor. Ele sempre encontrava.

Mas, além de um amigo, ele também era membro de sua equipe. E ela não permitiria que nenhum deles enxergasse seus medos. Duas pessoas tinham sido mortas e havia uma terceira lutando pela própria vida. Charlie e Amy ainda estavam desaparecidas, assustadas, correndo riscos.

Ela não podia se dar ao luxo de se sentir melhor.

Não antes de conseguir trazê-las de volta para casa.

CAPÍTULO
74

Elizabeth esperou até que a porta se fechasse atrás dos dois.
– Que merda foi aquela lá embaixo?
Stephen passou sem olhar para ela.
– Ela só queria falar reservadamente sobre...
– Não é isso, Stephen. Isso eu sei o que foi. Ela levou você lá fora para dar umas palmadas na sua bunda, e fez muito bem. Mas não é disso que estou falando.
Ele balançou a cabeça.
– Então não tenho ideia do que você está falando.
Elizabeth sentou-se do outro lado da cama. Sentiu-se melhor dando as costas para ele.
– Por que não fizemos nenhuma oferta, Stephen?
Seu coração batia forte no peito, mas ela não podia deixar de ter essa conversa. Não tinha medo de que ele a agredisse novamente. Seu verdadeiro medo vinha de uma percepção que tentava desesperadamente vir à tona em sua mente.
– Nós não terminamos de... Estávamos discutindo...
– Robert e Karen conversaram e discutiram, mas depois tomaram uma atitude. Tentaram salvar Amy e Charlie. Por que não fizemos isso?
– Foi um gesto vazio da parte dele. Robert sabia que eles não iriam aceitar...
– Não ouse ir por esse caminho, Stephen. Não ouse diminuir o que o Robert fez só para se sentir melhor consigo mesmo. Ele pelo menos tentou.
– Qual é, Liz?! Qualquer um pode mandar uma mensagem de texto.
– Então por que nós não mandamos? – ela perguntou, indo direto ao ponto.
Cada resposta era como um prego cravado em seu coração – e ela sabia onde aquelas respostas iam dar. Elizabeth não queria ouvir a verdade, mas precisava ouvi-la.
– Quanto a gente tem na poupança, Stephen?
– Liz, eu não sei. Teria que pegar o computador agora...

— Amy está há três dias nas mãos dos sequestradores e você ainda não checou nossa conta nenhuma vez?

Ela sentiu a agitação dele do outro lado da cama.

— Não tem mais nada lá, não é?

— Não seja ridícula. É claro que...

— Pare de mentir, Stephen. Eu sei que não tem mais nada lá. E a casa?

Stephen não abriu a boca.

— Você fez uma segunda hipoteca da nossa casa?

— Liz, me deixe explicar ...

Ela se levantou. Não sentia mais raiva. Sentia-se morta por dentro.

— Ok, estamos falidos. Não temos mais dinheiro, e você não teve a decência de me contar que a razão pela qual não fizemos uma oferta foi porque *não tinha como*.

— Liz, sente-se aqui, vamos...

— Robert sabia disso, não é? Ele sabia que não podíamos jogar para salvar nossa filha... Foi por isso que ele tentou salvar as duas.

Stephen se levantou e foi até ela. Sua expressão era de puro desespero.

Ela ergueu as mãos.

— Não encoste em mim.

— Nós vamos superar isso.

Elizabeth deu um sorriso triste e se afastou. Naquele momento, percebeu que não amava mais o marido. Mas seu coração não tinha como odiá-lo. Ele já estava ocupado demais lamentando a perda da filha.

Durante todos aqueles anos juntos, Elizabeth adiara seus planos em função dele. Concordara em concluir seus estudos mais tarde. Apoiara cada promoção dele. Passara muitas noites esperando por ele.

Ela havia sido compreensiva da primeira vez. As dívidas de jogo de Stephen limparam as economias dos dois. E ela acreditou quando ele disse que aquilo nunca mais iria acontecer.

Durante o casamento, Elizabeth consolava-se dizendo que toda parceria era como uma folha de balanço: havia ativos e passivos dos dois lados. Mas, agora que estava somando tudo e vendo o valor líquido, ela percebeu que a companhia tinha ido à falência.

— Você está enganado, Stephen. Eu nunca vou me recuperar disso. Nosso casamento acabou, não importa o que aconteça daqui para a frente.

Stephen deu mais um passo na direção dela. Ela ergueu as mãos e o olhou nos olhos. Não fez nada para esconder a repulsa que sentia.

Ele recuou.

– Sinta-se à vontade para ficar aqui, Amy ainda é sua filha. Mas você vai dormir no sofá.

A cabeça dele pendeu para baixo, como um filhote abandonado. Ela não sentiu nada.

Elizabeth estendeu a mão direita.

– Me dê as chaves do carro. Vou buscar meu filho.

CAPÍTULO
75

Julia Trueman terminou de colocar os pratos na lava-louça. Alan voltara para jantar, tomar um banho, trocar de roupa e sair para a reunião mensal dos corretores regionais de sua imobiliária.

Agora, aquela era a única ocasião em que ele as deixava sozinhas à noite.

O jantar havia sido meio sem graça. Emily estava dispersa e quieta, respondendo a tudo com monossílabos.

Alan então olhava para a mulher, que apenas dava de ombros. Preferiu não comentar com o marido a visita da polícia. Era assunto encerrado. O rapto estava no passado, e ela queria mantê-lo quieto ali.

Apesar do suplício que vivera, Emily não era uma criança triste. Seguiu em frente mais ou menos equilibrada, e não tinha mudanças de humor repentinas. Então, Julia achou que ela estivesse nervosa por causa da visita da polícia. Sabia que Emily ainda sentia falta de sua velha amiga. O álbum de recordações que as duas haviam montado nunca ficava longe de sua cama. E ela tinha poucas oportunidades de fazer novas amizades.

Julia sabia que o aspecto social da vida da filha havia sido podado por ela e por Alan. Emily não frequentava a escola e não tinha permissão para participar de nenhuma rede social. Era possível rastrear as pessoas por meio dessas redes. Julia sabia. Tinha checado isso.

Embora Julia tivesse ouvido o que aquela policial disse sobre Emily, preferiu ignorar.

Quando Alan saiu, ela desligou a TV e foi checar o alarme na cozinha. Todas as quatro luzes de emergência piscaram para ela. A tela dividida em quatro não mostrava nenhuma atividade. Deu um suspiro de alívio e foi até a pequena sala da frente.

Aquele era o seu ambiente favorito na casa inteira. Entre outras coisas, porque dali era possível ficar de olho na porta da entrada principal.

Ela correu os olhos pelas estantes de livros e parou em um romance de Val McDermid. Fez uma pausa antes de se sentar, pensando se não deveria dar uma última checada em Emily.

A menina reclamara um pouco de dor de cabeça e se recolhera mais cedo.

Julia já havia checado a filha depois que Alan saíra.

O quarto estava escuro, mas o zumbido baixinho do iPod de Emily confirmou que ela havia caído no sono ouvindo as duas mil músicas do dispositivo.

Julia nem se dava ao trabalho de tirá-lo de lá. Mas, embora as músicas não fossem se esgotar, a bateria do iPod uma hora acabaria.

Não, ela decidiu. Precisava dar algum espaço à filha.

Nas primeiras semanas após o sequestro, Julia dormiu no quarto de Emily. A casa havia sido vendida barato para conseguirem fechar negócio rápido. O lugar em que moravam agora constara nos catálogos de Alan durante um tempo, e ele havia mostrado a ela. Era uma propriedade afastada, com privacidade e um sistema de segurança moderno. Tudo isso acabou tomando a decisão pelos dois.

Depois que se mudaram, ela voltou a dormir na própria cama, mas acordava quase de hora em hora para checar a filha. A mesma coisa com o sistema de segurança. Desde a mudança para a nova casa, sentar-se diante do monitor durante o dia acabara virando um vício, uma compulsão nos primeiros dias. Agora, ela se limitava a fazer isso a cada duas horas.

Julia sentou e abriu o livro. Havia uma ansiedade crescente em seu estômago que chegava até a garganta.

Tentou ler umas duas páginas, mas as palavras se misturavam, como se fossem de uma língua estrangeira. As frases não faziam sentido.

Julia disse a si mesma que era por causa da visita da polícia mais cedo.

Ela fechou o livro. Sabia que não era isso. Quando seus pensamentos paravam em Emily, a ansiedade reagia, como um vespeiro cutucado.

Ela se levantou. Não dava para segurar mais. Precisava checar de novo. Arriscaria ver outra vez aquela expressão de tolerância, de paciência cansada, no rosto da filha.

Subiu as escadas se esforçando para ficar calma. Amanhã ela tentaria melhorar isso. Essa ideia a fez se lembrar de quando parou de fumar. Na época, dizia a si mesma que pararia depois daquele último cigarro, porque aquele ela precisava muito fumar.

A porta de Emily estava exatamente do jeito que ela deixara.

Julia abriu-a bem devagar. As evidências diante dela diziam que estava tudo como deveria estar, mas a inquietação em seu estômago dizia outra coisa.

O feixe de luz que vinha do corredor iluminava o vulto da filha dormindo.

Justin Bieber soava sobre o travesseiro.

Ela se aproximou da cama e tocou a filha de leve no quadril. Sua mão foi engolida pela colcha felpuda.

O coração de Julia batia forte no peito, abafando o som baixinho da música.

Ela correu para ligar a luminária da mesinha de canto. Na mesma hora, o quarto se iluminou, revelando aos seus olhos o que seu coração já sabia.

Emily tinha ido embora.

O grito que saiu da boca de Julia preencheu a casa inteira.

CAPÍTULO
76

– Ok, pessoal. São quase dez da noite e já estamos nisso há quinze horas. É hora de aceitar que está tarde.

Kim passou a mão pela testa. Havia pouco mais a ser feito àquela altura.

Todos começaram a arrumar a área de trabalho.

– Podem deixar como está. Mais tarde eu arrumo.

Bryant a encarou, mas ela o ignorou. As últimas horas haviam sido gastas examinando anotações do antigo caso, relendo relatos de testemunhas e tentando achar algum tipo de vínculo geográfico.

– Você vem, Matt? – Bryant perguntou da porta.

– Ainda não. Me mandaram ficar depois da aula – ele respondeu.

Bryant sorriu e hesitou um momento. Kim sabia que ele a procurava com o olhar, mas não olhou para ele.

Todos fizeram questão de desejar boa-noite a Matt. Malditos traidores. Aos poucos, ele dera um jeito de conquistar e se enturmar com a equipe; preparava um café aqui, buscava um *delivery* ali. Isso podia funcionar com a equipe e seus critérios flexíveis, mas não funcionaria com ela.

– E então, qual é a sua estratégia? – ela perguntou quando os dois se encararam de lados opostos da mesa. – Não venha dizer que não é da minha conta, porque é, e muito.

– Bem, já que você perguntou com essa delicadeza, eu vou lhe dizer.

– É sério?

– Sim. Você precisa de toda ajuda possível. Vou abordar o Stephen bem cedo amanhã para que ele faça uma oferta.

– Você já sabe que eles não têm dinheiro algum?

– Você também percebeu isso?

– Difícil não perceber. E é óbvio que o Robert também sabia, por isso tentou negociar as duas meninas. Não posso culpá-lo por isso, mesmo que ele tenha pisado na bola com você ao fazer a oferta.

– Mas veja bem, você novamente está usando a emoção ao invés da lógica.

Kim sentiu sua irritação crescer mais uma vez.

– Estou reconhecendo a generosidade dele, e não lhe dando uma medalha de ouro.

Matt deu de ombros.

– Você está entrando demais nessa história. Está muito envolvida.

– Não seja ridículo – disse ela, irritada.

– Acha mesmo que estou sendo ridículo? Por que levou Stephen Hanson lá fora, então?

– Não gostei nem um pouco de ele ter feito aquela referência aos sacos de defunto na frente de todo mundo.

– Não tem nada a ver com o fato de ele bater na mulher? – Matt perguntou.

– A dinâmica dos casais não me interessa.

Ele estalou a língua.

– Olha, estou ouvindo as suas palavras, mas não sinto convicção por trás delas. Você está emocionalmente envolvida.

– Não estou. Mas, mesmo que estivesse, isso seria tão ruim assim?

Ele pensou por um momento, então assentiu.

– Ok, você fez bem em levar o Stephen para fora pelo que ele disse, mas o Stephen é um homem fácil de confrontar. Ele é um babaca e você não gosta dele. Mas você teria essa mesma conversa com o Robert?

– É claro que sim! – ela disse sem pestanejar. E era verdade. Ela não se apegava a ninguém, como sua agenda telefônica podia provar.

– Bem... então vamos concordar em discordar.

Kim fingiu um bocejo.

– Eu gostaria de ir dormir agora.

Ela olhou enfaticamente para a porta.

Matt recolheu suas pastas e saiu da sala sem dizer nada.

Kim não gostou da observação dele, até mesmo porque ia no mesmo sentido do que Bryant havia dito um pouco antes. Ela não estava emocionalmente envolvida. Estava motivada e determinada a trazer Charlie e Amy de volta. E não se permitiria pensar de outro jeito.

Na sala de guerra, parecia que uma gráfica tinha explodido na mesa de jantar. Ela começou arrumando a pilha de Bryant.

– Ahn... Parece que temos um problema – disse Matt, voltando a entrar.

Ela revirou os olhos.

– Eu já disse que...
– Tem um homem na minha cama.
– O quê...?

Matt fechou a porta, mas continuou falando baixinho enquanto colocava suas pastas de volta à mesa.

– Stephen Hanson está dormindo no sofá, então acredito que a mulher dele já saiba a respeito do dinheiro.

Ela abaixou os olhos em direção às pastas, depois subiu novamente para ele.

– Eu notei que há pelo menos quatro sofás, cinco poltronas e um pufe gigante. Ou seja...

As palavras dela pairaram no ar quando seu telefone começou a tocar.

Não era um número que ela reconhecia. Pensou imediatamente que poderia ser um dos sequestradores ligando de um celular novo, mas o número começava com o prefixo da área.

– Stone – ela atendeu.

Silêncio do outro lado da linha.

Ela olhou para Matt, que havia parado de mexer nos papéis.

– Stone – repetiu.

Nada ainda, mas a chamada continuava aberta. Por trás do silêncio, havia o zumbido do trânsito.

– Alô? – Kim chamou, baixinho.

– É a moça da polícia?

A voz era suave, jovem e assustada.

– Aqui é Kim Stone.

– Oi, é a Emily... Emily Trueman. Eu fugi de casa.

– Ah, meu Deus – exclamou Kim. Matt a olhou com expectativa. – Emily, onde você está?

– Eu peguei um ônibus. Acho que estou em Lye.

– Descreva onde você está. O que está vendo ao redor?

– Tem um *pub* chamado The Railway. Três homens estão fumando do lado de fora. Tem um restaurante indiano na esquina e uma pizzaria perto do...

– Ok, Emily, preciso que você vá para essa pizzaria e não saia de lá.

Kim conhecia aquela pizzaria. Era bem iluminada e movimentada, e ficava em um cruzamento de quatro ruas. O The Railway era um *pub* pequeno, mas relativamente tranquilo.

– Não tenho nenhum dinheiro – disse Emily.

– Só diga que você se perdeu e que a polícia está indo buscá-la. Pode fazer isso por mim, Emily?

– A-acho que posso.

– Ouça, você precisa fazer o que estou lhe dizendo. Não saia dessa pizzaria. Estou indo buscar você, mas você precisa ficar lá dentro. Entendeu?

– Entendi.

Era uma vozinha assustada, e Kim se deu conta de que, apesar de tudo o que Emily sofrera, estava lidando com uma menina de 10 anos que parecia ainda mais nova do que era. Só no conjunto Hollytree ela conhecia pelo menos cinco crianças da mesma idade que eram orgulhosas detentoras de ordens de comportamento antissocial. Mas já havia escurecido, estava tarde, e a garota estava longe da mãe pela primeira vez em vários meses.

– Não se preocupe, Emily. Vai dar tudo certo. Conversamos melhor quando eu chegar aí. Agora, vá para a pizzaria. Chegarei em poucos minutos.

– Ok – disse Emily.

Kim encerrou a chamada e virou-se para Matt. Suas opções eram severamente limitadas.

– Você tem carro, não tem? Então vem comigo.

CAPÍTULO
77

Dawson contou sete grupinhos de jovens encarando-o enquanto dirigia pelas ruas daquele conjunto habitacional, a caminho do bloco de apartamentos que se erguia imponente no centro de Hollytree.

Kai certamente já sabia que ele estava chegando.

Conforme andava em direção à entrada do Highland Court, olhou para a câmera que se projetava do prédio. Hollytree tinha vinte e sete câmeras estrategicamente posicionadas, e todas elas haviam sido vandalizadas, pintadas e destroçadas inúmeras vezes. Como consequência, a administração admitiu a derrota e deixou de fazer reparos e substituições no sistema de câmeras de segurança.

Dawson não hesitara em vestir seu colete tático antes de sair da casa dos Timmins. Embora aquela veste pesada não oferecesse uma proteção real caso alguém quisesse mesmo lhe causar dano – afinal, uma ferida a faca no pescoço ou na coxa poderia acabar com ele com igual eficiência –, de algum modo, fazia com que se sentisse melhor.

Estava otimista quando apertou o botão do elevador, mas sem expectativas. Kai Lord morava no décimo terceiro andar. O último.

Soltou um suspiro de alívio quando o elevador se abriu. Havia sido um dia longo.

Dawson não se surpreendeu ao ver outro grupo de jovens quando saiu do elevador, mas ficou admirado quando eles se afastaram para deixá-lo passar.

Como as outras microgangues que avistara no caminho até ali, aquela também era composta por uma mistura de cores. A Hollytree Hoods nunca fora uma gangue racial; era territorial, e controlava tanto a área do conjunto habitacional quanto os seus arredores. Mas o fato de que pertenciam ao grupo ficou óbvio quando passou por eles. Todos vestiam as cores da gangue: alguns usavam bandanas na cabeça; outros, em volta do pulso. Um deles havia até mesmo enfiado a bandana pelos passantes de cinto do jeans.

Ele ouviu o som de assovios enquanto batia à porta. Ao virar-se, deu de cara com um garoto baixinho e ruivo, cuja marra parecia exagerada demais para ser autêntica. O sorriso insolente confirmava que o som de deboche viera mesmo dele.

Dawson balançou a cabeça e voltou-se para a porta, que já estava sendo aberta.

Kai Lord não demonstrava nenhuma surpresa, como Dawson havia previsto.

Numa rápida avaliação daquele homem, o oficial descobriu-se pensando num pitbull Staffordshire. Kai não era alto, mas robusto. Usava o jeans baixo o suficiente para deixar à mostra a cintura da cueca Armani. Estava sem camisa, e Dawson entendia por quê. Sua pele bronzeada destacava a barriga tanquinho e o peitoral definido.

Kai não franziu o cenho nem sorriu quando deu um passo para o lado, abrindo passagem para Dawson.

O corredor era estreito e sem janelas, mas iluminado pela luz que vinha da sala.

Dawson entrou em um cômodo dominado por uma televisão gigantesca. Contou três consoles de *videogame* empilhados atrás dela e uma variedade de *joysticks* e controles espalhados pelo chão.

Em vez do tradicional conjunto de três peças de sofá, Kai optara por cinco poltronas de couro reclináveis, dispostas em um semicírculo ao redor da imensa tela.

Havia um cheiro de maconha no ar, mas não era opressivo.

Kai sentou-se relaxado na poltrona do meio.

– O que você quer, parceiro?

Dawson continuou em pé. Não era amigo daquele líder de gangue.

– Você conhecia Dewain Wright?

– Ele era meu chegado, sacou?

– Você sabia que ele queria pular fora da gangue?

– Mais ou menos.

– Ele pediu para você deixá-lo sair?

Dawson sabia que havia poucas formas de sair de uma gangue. A mais bem-sucedida era "passar da idade". Arrumar emprego, namorada, casar, ter filhos. Funcionava melhor para membros mais distantes do que para os mais entrosados. Mas Dewain era adolescente, e estava longe de "passar da idade".

– Não. O garoto ficou meio cabreiro por um tempo, sabe?

– Cabreiro?

Kai rodou a mão no ar como se fosse óbvio.

– Esquisitão. Perdendo o pique. Não aparecia mais no pedaço. A gente saca o jeito, né, cara? – disse ele, com ar de sabichão.

– Que jeito? – Dawson perguntou.

– Jeito de quem quer cair fora. Tipo ir se afastando aos poucos, achando que ninguém vai perceber.

Dawson sabia que esse era um dos métodos, mas tinha que ser bem planejado, feito aos poucos. Bem devagar.

– Mas o Lyron percebeu?

– Era muito vacilo não perceber. Muqueta não ia resolver, então o Lyron decidiu riscar o cara.

Dawson ficou satisfeito por entender que "muqueta" era dar um murro, e "riscar", dar uma facada.

Estava surpreso com a franqueza de Kai, mas o jovem sabia que Lyron havia sido preso por homicídio e não voltaria a circular tão cedo.

– Quando você soube que Dewain ainda estava vivo?

Kai deu de ombros.

– Não lembro, parceiro.

– Você estava no hospital? – ele pressionou.

O rapaz levantou os ombros outra vez.

– Ok, então você foi cúmplice do assassinato? – ele forçou. – Participou da briga no corredor, causando a distração necessária para que o seu "parceiro" entrasse no quarto e terminasse o serviço?

Kai não se alterou, dando de ombros novamente.

– Meu Deus, vocês são todos gente ruim mesmo...

– Não, cara. Você está enganado – disse Kai, mostrando o primeiro indício de emoção. – É assim que o Lyron pensa: sangue pra entrar, sangue pra sair. Eu não sou assim.

Dawson sabia o que aquilo significava. Para entrar na gangue, era preciso cometer algum crime; para sair dela, só pagando com sangue também. E Dewain pagara um preço alto.

– Ah, claro. Você fez tudo certo nessa história da morte do Dewain, não é? – Dawson comentou.

Por trás do exterior tranquilo, ele viu a irritação brilhar naqueles olhos apertados.

– Emprego tá difícil, né?

– Quem contou pra ele, Kai? – Dawson perguntou. – Quem contou pro Lyron que o Dewain ainda estava vivo?

Silêncio. Kai não deu de ombros, nem respondeu.

Dawson soltou um longo suspiro e balançou a cabeça. Não iria conseguir mais nada. Ao olhar pela janela, viu três grupos em volta do poste de luz onde havia encostado seu carro.

Ele virou-se para o líder da gangue.

– Vou conseguir sair daqui vivo?

Kai sorriu.

– Você não veio me pegar, eu não vou pegar você. Sacou?

Dawson assentiu e foi em direção ao corredor. O cheiro de maconha havia diminuído, sendo substituído por um cheiro mais forte que ele reconheceu.

É claro. Como não percebera aquilo antes? Dawson praguejou contra a própria estupidez.

Kai bateu três vezes na única porta fechada do corredor.

– Lauren, pode sair. Já terminei.

Ele desceu pela escada, esforçando-se para pensar com clareza.

Por mais gentil que Kai fosse, Dawson não podia esquecer que alguém avisara Lyron que Dewain ainda estava vivo. Lyron concluíra o serviço e ficaria preso por um bom tempo. Agora, Kai era o rei do castelo. Bela promoção.

O grupo que havia ficado de guarda na porta de Kai estava, agora, junto ao carro dele. Havia uma energia pesada que ele não sentira antes. Ele os encarou, sentindo a tensão no ar.

Dawson virou-se e olhou para o décimo terceiro andar. Viu a silhueta de Kai delineada contra a janela.

A sombra virou-se de costas e se afastou. Na mesma hora, o primeiro golpe poderoso acertou a parte de trás da cabeça de Dawson.

CAPÍTULO 78

Dawson arfou, tentando alcançar a porta do carro.

O segundo golpe acertou sua têmpora direita. Imediatamente, um véu escureceu sua visão, como uma cortina de céu noturno, com estrelas e tudo.

Sentiu um golpe no rim direito, dado por algo mais do que um punho. Suspeitou que havia sido atingido por um soco-inglês, sentindo quatro pontos de dor explodirem pelo seu corpo. Um gemido escapou de seus lábios enquanto seu corpo dobrava de dor. Lutou para permanecer em pé enquanto os golpes continuavam chegando.

Dawson sabia que, se cedesse ao instinto do corpo de se dobrar na cintura, estaria facilitando a vida de seus agressores.

Ele pôs os braços em volta da cabeça e sentiu outro murro acertá-lo atrás da orelha.

– Parem com essa merda! – ele conseguiu gritar enquanto se contorcia e se revirava, tentando evitar os golpes.

– Cala essa boca, seu otário!

– O Kai deu ordens... pra vocês ...

– Foda-se o Kai, cara. Isso é porque você inventou de entrar aqui no pedaço.

Um pé acertou bem atrás do seu joelho e ele caiu no chão. De novo, tentou proteger a cabeça.

Um sapato acertou algum lugar perto das suas costelas, mas o colete ajudou a amortecer o golpe.

– Ele tá de colete, cara – gritou o que o havia chutado.

– Risca ele, cara, risca ele! – gritou outro.

Dawson ergueu a cabeça e viu uma lâmina em uma das mãos. Um medo real se infiltrou em seu estômago. Que parte do corpo deveria tentar proteger? Sua raiva aumentou diante da sua incapacidade de revidar. Odiava brigas de gangues. Teria encarado qualquer um deles no mano a mano, mas aquilo estava longe de ser uma luta justa.

Podia ouvir o som de pés se arrastando perto de sua cabeça enquanto o grupo se mexia em volta dele.

– Sai da frente, porra! – ouviu alguém gritar.

O que estava com a faca tentava chegar mais perto, mas os outros que o socavam estavam no meio do caminho, atrapalhando.

Ele se contorcia e revirava, seu corpo se debatendo desesperadamente enquanto sua mente tentava se preparar para a facada. Todos os seus membros se agitavam para impedir a lâmina de acertá-lo.

Sua mente gritava que isso iria acontecer. A qualquer segundo, poderia sentir uma lâmina fatiando sua carne.

– Ei, cambada de delinquentes, saiam de cima dele – uma voz feminina gritou.

– Vai se danar, sua vadia – um deles xingou.

A voz era familiar, mas Dawson não conseguia localizar quem era. Mesmo assim, os chutes pararam por alguns segundos, e só isso já o fez sentir-se grato. Seu corpo exultava com aquele pequeno respiro.

Uma luz brilhou sobre eles enquanto a mulher falava.

– Em três segundos consigo identificar cada um de vocês!

A voz era firme e confiante.

– Jackpot, eu sei que é você aí no fundo.

Dawson ouviu o farfalhar de roupas quando eles deram meia-volta e fugiram, cada um para um canto. Na confusão, um pé perdido ainda pisou em sua mão.

Não conseguiu segurar o grito que escapou de sua boca.

Uma mão pousou atrás do seu cotovelo.

– Ei, você está bem?

O olhar de Dawson percorreu os saltos altos, a calça colada nas panturrilhas bem torneadas e a jaqueta grossa.

– Ah, meu Deus, você não... – ele disse sem pensar.

Tracy Frost deu um tapinha na cabeça dele e ergueu uma sobrancelha.

– Disponha! – ela disse, ajudando-o a se levantar.

Ele percebeu imediatamente que sua reação havia sido inapropriada. Na verdade, sentia-se grato por Tracy estar ali naquele momento.

– Desculpe, não quis parecer um babaca mal-agradecido. Obrigado por tirar os caras de cima de mim.

– Tem que ser assim, não é? Uma boa ação se paga com outra. Lembro que uma vez me senti grata pela sua ajuda e sua discrição. Então estamos quites.

– Acho que você acabou de salvar a minha vida.

Ela estalou a língua duas vezes, negando.

– Não seja bobo. Se eles quisessem você morto, eu estaria chamando uma ambulância nesse momento. – Ela se aproximou e o olhou de cima a baixo. – Mas eu acho que você sobrevive.

Apesar da dor que queimava em seu corpo, a mente de Dawson funcionava a mil, e ele se deu conta de que aquela maldita repórter andara seguindo-o. E, apesar de sentir-se grato por ela estar ali, não deixaria que arrancasse nada dele.

– Ouça, Tracy. Não importa o quanto você tenha me ajudado agora. Não vou comentar mais nada com você.

A declaração a pegou de surpresa, mas ela logo se recompôs.

– Ótimo. Quer dizer que perdi uma noite inteira seguindo você para nada?

– Você não estava aqui por minha causa, estava? – ele perguntou. Um sorriso começou a se formar em seu rosto, mas a dor no queixo o impediu de continuar.

Sua mão direita imediatamente esfregou a parte machucada.

– Sim, eu estava seguindo você. Achei que seria mais fácil do que rastrear a Pérola.

Ele ficou intrigado.

– Pérola?

Tracy deu de ombros.

– É como chamamos sua chefe na redação. Quer dizer, uma ostra, fechada, impenetrável. É um dos seus apelidos mais gentis, para ser honesta.

– Ei, calma aí! – disse Dawson, sentindo o corpo tensionar. – Você nem a conhece direito. Ela é...

– Nem se dê ao trabalho – disse Tracy, erguendo a mão. – Não vou acreditar em uma palavra do que você disser, então é melhor poupar seu fôlego – completou, virando-se de costas.

O argumento o convenceu, mas ele havia acabado de se dar conta de outra coisa.

– Tudo bem. De toda forma, seu segredo está bem guardado comigo.

– Que segredo?

– Que você não está no Hollytree por minha causa – disse Dawson. – Está querendo saber o que aconteceu com o Dewain. Porque, no fundo, você se importa.

Ela deu um longo suspiro.

– Ok, você quase acertou. Eu quero mesmo saber o que aconteceu com o Dewain, mas não se engane. É só pela matéria.

Aquelas palavras soaram forçadas demais, como se ela tivesse acrescentado um toque extra de brutalidade para causar efeito.

Ele tentou sorrir enquanto ela sumia na escuridão.

Então, falou alto o suficiente para ela ouvir.

– Como eu disse, Tracy, seu segredo está bem guardado comigo.

Na verdade, não importava o motivo de Tracy estar ali. Ele apenas sentia-se grato por ela ter aparecido. Tinha a sensação de que acabara de driblar a morte.

CAPÍTULO
79

Seis minutos após a ligação de Emily, Kim e Matt estacionaram na faixa amarela dupla em frente à pizzaria.

Kim saltou do lado do passageiro antes mesmo que o carro parasse completamente. Havia três pessoas na fila do balcão, e as que já tinham sido servidas estavam por ali comendo churrasquinho turco.

Kim avançou até o começo da fila, ignorando os gritos de protesto.

– Polícia. Onde está a garotinha? – ela perguntou ao gerente.

– Está ali – disse o homem, apontando para as máquinas caça-níqueis. Kim olhou para onde ele havia apontado. Duas garotas davam gritinhos enquanto a máquina cuspia moedas de duas libras.

Emily não estava ali.

– Onde? – ela gritou. Todos se viraram para olhar.

O gerente olhou por cima dos clientes que esperavam ser servidos e deu de ombros.

– Droga, ela foi embora – disse Kim, passando correndo por Matt. Ele a seguiu até o lado de fora. – Onde está a menina? – Kim gritou, olhando para os dois lados. A pizzaria ficava no final da Lye High Street, a rua pela qual eles tinham vindo. Com certeza teriam visto se a menina tivesse ido naquela direção.

Mas Kim não viera prestando muita atenção. Achou que Emily estaria na pizzaria.

Outra rua seguia em direção ao shopping Merry Hill, e a rua oposta levava direto ao anel rodoviário de Stourbridge.

– Que droga! Por onde começo a procurar? – perguntou-se em voz alta. Havia quatro direções possíveis para seguir.

– Calma – disse Matt.

– Como posso ter calma enquanto uma menina de 10 anos está perdida por aí? Preciso ligar para a mãe dela. E se ela foi levada...?

– Pense racionalmente. Ela já é crescida o bastante para conseguir chegar até aqui e ligar para você. Então, se ela saiu por vontade própria, para onde poderia ter ido?

Kim parou e olhou em cada uma das direções. Emily tinha saído da pizzaria. O gerente tinha visto a menina. O que a teria feito sair de lá e para onde poderia ter ido?

Kim olhou para o outro lado da rua, em direção ao *pub* The Railway. Havia dois homens fumando na entrada. O restante da rua, até onde ela podia ver, estava iluminado apenas pela luz dos postes e por um posto de combustível logo após uma clínica veterinária.

Do outro lado da rua, havia um restaurante indiano mal iluminado. Não se viam outras luzes depois, então Kim excluiu que Emily pudesse ter ido naquela direção.

Na Lye High Street havia duas vitrines iluminadas.

– Vou checar o posto e você vai por aqui – ela instruiu.

Para sua sorte, Matt preferiu não discutir, e apenas fez o que ela pediu.

Kim andou devagar por aquela rua movimentada, checando cada entrada de loja. Seu coração batia mais forte a cada passo. Sabia que devia ter ligado para a mãe de Emily assim que desligara, mas não tivera dúvidas de que estaria com a menina em poucos minutos.

Se suas ações resultassem em algum dano para Emily, Kim nunca iria se perdoar.

Ela atravessou a rua para checar o outro lado e passou por uma rua escura, que levava até um estacionamento na parte de trás das lojas. Tinha certeza de que Emily não teria ido por ali. Até mesmo ela teria hesitado em fazê-lo.

Uma sombra ergueu-se atrás dela na entrada de uma loja de conveniência. Ela se virou rapidamente. Era o dono fechando.

– Viu uma garotinha de 10 anos por aqui? – ela perguntou, olhando o interior da loja por cima dos ombros dele.

Ele negou com a cabeça e se afastou dela.

Havia dois homens xingando na frente de um caixa eletrônico. Ela se aproximou.

– Ei, viram uma menininha andando por aqui?

Ela notou que eram dois jovens com menos de 20 anos. Um deles a olhou de cima a baixo e o outro negou com a cabeça.

Um casal estava em um carro estacionado na faixa amarela dupla. Pareciam estar discutindo. Kim bateu forte na janela, dando o maior susto nos dois.

A mulher no assento do motorista abaixou o vidro com a boca pronta para xingar.

– O que você...?

– Viram uma menininha zanzando por aqui sozinha? – Kim perguntou.

A mulher balançou a cabeça, sua raiva desaparecendo.

Droga. Havia acontecido há poucos minutos. Como é que ninguém tinha visto uma garotinha de 10 anos andando sozinha àquela hora da noite?

Emily, onde é que você está?, Kim gritava em silêncio.

Ela tomou fôlego e continuou andando. Mais alguns metros e uma luz forte brilhou do outro lado da rua, iluminando suas botas.

Uma onda de esperança a invadiu. As luzes chamativas vinham da vitrine dupla de um minimercado.

Kim pensou imediatamente que, se fosse *ela* andando por aquela região, ali era onde teria entrado.

Atravessou a rua correndo e olhou pela vitrine. O caixa não estava no balcão da frente.

Por favor, esteja aqui, Emily, ela rezou, abrindo a porta.

Um sininho soou em algum lugar no fundo da loja.

Uma mulher de uns 50 e poucos anos apareceu. Vestia uma calça azul-marinho e um blusão preto de lã com o zíper fechado até a gola.

– Você viu uma menininha por aqui? – Kim disparou.

– E quem é você? – a mulher perguntou.

Kim quase gritou de alívio. Emily estava ali. Caso contrário, a resposta teria sido um simples "não".

Kim nunca se sentira tão feliz em mostrar seu distintivo.

– Detetive Inspetora Stone. A garota ligou para mim há pouco para vir buscá-la.

– Venha comigo – disse a mulher.

Kim foi até os fundos da loja e atravessou uma porta com a placa "Somente funcionários".

Emily estava sentada no canto de uma salinha onde havia um pouco de chá, café e alguns armários de metal com cadeados.

Ela correu e segurou as mãos da menina.

– Emily, por que você saiu da pizzaria?

A garotinha estava pálida e tremia sem parar. As palmas de suas mãos estavam geladas.

– Eu... tive que sair – respondeu ela, olhando aterrorizada para a detetive.

Kim agachou até ficar no nível de Emily. Ela não parecia tão assustada na hora em que ligou.

– Emily, o que aconteceu?

– Era ele – disse a menina, enquanto corria uma primeira lágrima. – Eu o vi. Vi o homem que me raptou.

CAPÍTULO
80

Kim ainda mantinha a mão no ombro de Emily quando entraram na pizzaria. Havia bem menos gente, e apenas duas pessoas de pé junto ao balcão.

Matt vasculhava a área em busca de um "carro azul tipo furgão", a única descrição que Emily fora capaz de dar.

Embora Kim não tivesse certeza, Emily insistia que era ele e que seus olhares haviam se cruzado. Ela não tinha dúvidas de que ele também a vira, por isso saíra correndo. Se ele ainda estivesse na área, Kim esperava que Matt o encontrasse. Não ia deixar aquela garota sozinha nem por um segundo.

Mas ela suspeitava que a busca seria infrutífera. O homem que Emily havia visto já tinha de dez a quinze minutos de vantagem.

Se Emily estivesse correta a respeito da direção que o homem tomara, ele teria atravessado o semáforo e ido em direção ao anel rodoviário de Stourbridge. Isso significava que poderia estar em qualquer lugar agora.

Kim captou o olhar do gerente da pizzaria e acenou em direção ao salão, isolado por um cordão que indicava que o lugar fecharia em breve.

– Podemos?

Ele assentiu e apertou um interruptor para iluminar um canto mais afastado.

– Obrigada – disse ela, abrindo o cordão preto para deixar Emily passar.

Ela teria preferido continuar nos fundos do mercadinho, mas a mulher deixara claro que estava fechando e precisava trancar o lugar.

Kim esperou que a menina se acomodasse e sentou numa cadeira diante dela.

– Por que você fugiu de casa?

Emily ficou encarando a mesa.

– Eu não conseguia mais suportar aquilo. É uma prisão. Não posso nem me mexer sem a minha mãe perguntar o que estou fazendo. Nos últimos treze meses, saí de casa seis vezes, uma para ir ao médico, duas para ir ao dentista e três para comprar roupas.

Kim simpatizou com ela. Havia internos na Featherstone com mais liberdade do que aquela criança.

Emily olhou em direção à vitrine, ansiosa.

– Ele não vai voltar, Emily – disse Kim. – Nada vai acontecer com você enquanto eu estiver aqui. Fique tranquila.

Emily sorriu e assentiu.

– Eu sei, mas agora não paro de ver o rosto dele.

Kim supôs que a garota só se sentiria segura quando os pais chegassem para buscá-la.

Ela inclinou-se para a frente e perguntou baixinho.

– Por que você me ligou?

– Porque ouvi o que você disse para a minha mãe. Não que vá fazer diferença, mas eu sei que você entendeu. E sei que você perguntou se podia conversar comigo, então peguei o cartão que deixou em cima da mesa.

Kim comoveu-se com a tristeza daquela garota. Mesmo assim, sabia o que tinha que fazer.

– Emily, você sabe que precisa ligar para a sua mãe, não é?

Ela concordou, e seu lábio inferior tremeu.

– Ela não vai ficar com raiva. Nesse momento, ela só deve estar muito assustada.

– Isso nunca vai mudar, não é? – Emily perguntou, com ar triste.

Kim não disse nada. Suspeitava que a criança tinha razão.

Ela estendeu a mão.

– Se me der seu telefone...

Emily negou com a cabeça.

– Não tenho celular. Minha mãe diz que dá pra entrar na internet por ele, então não me deixa ter um.

Kim pegou o próprio aparelho.

– Qual é o número da sua casa?

A garota respondeu e ela discou na hora. Estava ocupado. Ela apertou o botão de ligar várias vezes. Na quinta vez, o sinal de chamada foi interrompido na metade.

– Alô?

Kim conseguiu detectar ansiedade e medo em apenas uma palavra.

– Senhora Trueman, aqui é Kim Stone. Nós encontramos...

– Por favor, desocupe essa linha. Minha filha foi...

— Sua filha está comigo — Kim respondeu prontamente.
— C-como assim?
— Ela está segura, senhora Trueman. Não aconteceu nada.
— Graças a Deus... Ah, minha nossa...! Obrigada...
Kim passou o telefone a Emily.

Ambas ouviram os soluços da mãe do outro lado, e lágrimas também começaram a correr pelo rosto da garota.

— Mãe, me desculpe. Eu não pensei que... — Emily assentia, ouvia, então assentia de novo. — Eu sei, mãe. Eu também te amo.

Ela devolveu o celular a Kim.

— Inspetora, estou indo praí. Por favor, não tire os olhos da minha filha nem por um segundo.

— Fique tranquila, senhora Trueman — disse Kim. Ela explicou em detalhes onde estavam e desligou.

Atrás de Emily, Matt surgiu balançando a cabeça. Como Kim suspeitara, o homem que a criança havia visto não estava mais na área. Matt pegou uma cadeira e sentou-se a um metro da mesa.

Kim voltou-se para Emily.

— Sua mãe ama muito você, mas muito mesmo. Ela só está fazendo o que acha que é melhor para você.

— Eu sei. É por isso que eu não fico brava com ela. Ela não tem culpa de nada.

Kim ferveu de raiva. A culpa era dos desgraçados que haviam sequestrado as duas meninas antes, e provavelmente ainda estavam com mais duas agora.

— Você pode conversar comigo, tá? — Emily disse, baixinho. — Ainda vai demorar um pouquinho para a minha mãe chegar.

Kim queria muito ter aquela conversa, mas não podia. Ela sorriu para a criança.

— Eu não posso, querida. Não tenho permissão dos seus pais para fazer nenhuma pergunta a você.

— Mas eu posso fazer — disse Matt, puxando a cadeira mais para a frente.

— Não, Matt. Não posso permitir que...

— Eu não estava pedindo sua permissão. Não estou submetido às regras da polícia e, se a sua natureza sensível não tolera isso, sugiro que não atrapalhe.

Kim concluiu que, independentemente do que ela dissesse, Matt não a obedeceria.

Emily ficou observando os dois.

– Emily, tampe os ouvidos um pouco – pediu Kim, aproximando-se de Matt. – Não posso impedir que você fale com ela, mas, se você disser uma palavra que perturbe essa menina, vou cortar suas bolas e dependurar numa...

– Não tenho a menor intenção de perturbá-la – ele sussurrou de volta. – Mas não é pela sua ameaça, e sim porque não sou um babaca insensível.

Kim afastou-se dele. Desde que ele tivesse entendido a mensagem, estava ótimo para ela.

Ela fez sinal para Emily destampar os ouvidos e Matt inclinou-se para a garota. Quando começou a falar com ela, seu tom era doce. Kim disfarçou sua surpresa com aquela gentileza repentina.

– Emily, eu gostaria de mostrar uma foto. Acho que pode ser o homem que raptou você. Tudo bem se der uma olhada?

Era o retrato falado feito a partir da descrição de Brad do falso policial. A imagem não significara nada para os Hanson ou para os Timmins.

Emily engoliu em seco e olhou para Kim, que estendeu a mão e tocou seu braço sobre a mesa.

– Você não precisa se não quiser, ok, querida?

– Isso pode ajudar a encontrar a Suzie?

Foi a vez de Kim engolir em seco e desviar o olhar. Será que aquela menina tinha esperança de que a amiga ainda estivesse viva?

– Não se preocupe, eu sei que ela está morta. Mas ainda assim poderia voltar para casa.

Kim sentiu um nó se formar em sua garganta antes de assentir.

– Poderia, sim, Emily.

– Então me mostre a foto, por favor. Suzie teria feito isso por mim.

A criança não era tão infantil quanto ela havia pensado.

Matt tirou o papel do bolso e o abriu. Ao vê-lo, Emily puxou o ar bruscamente e virou o rosto, assustada.

– É o mesmo homem que você viu há alguns minutos?

Ela confirmou com a cabeça, mas se recusou a olhar de novo. Apenas agarrou a mão de Kim com mais força. Matt dobrou o papel e guardou.

– Muito bem, Emily. Não vou mostrá-lo de novo. Foi esse o homem que raptou você?

– Sim. Ele tinha um gatinho ruivo, disse que estava doente e que precisava de carinho. Eu segurei o gatinho, e então ele grudou uma fita na minha boca e me enfiou numa van. Depois, jogou o gatinho para fora e me amarrou. Dirigiu por um tempo e depois atirou Suzie dentro da van também.

Ela fechou os olhos.

– Fiquei feliz quando vi a Suzie, porque era minha melhor amiga. De repente, não estava mais tão assustada.

Kim recostou-se na cadeira e ouviu, sentindo de vez em quando um aperto mais forte da mão de Emily enquanto Matt fazia perguntas com toda a delicadeza. A memória que a garota tinha do período de cativeiro era extraordinariamente detalhada.

– O que aconteceu naquele último dia? – Matt perguntou. Ela sabia o que ele tentava descobrir.

– O homem grandão entrou e me agarrou pelo cabelo. Suzie tentou me segurar. Ela berrava... nós duas berrávamos, mas ele deu um soco nela e ela caiu de costas. Eu olhei para trás, gritei o nome dela, mas ela não se mexeu.

Kim abaixou o olhar e ficou encarando uma migalha que não havia sido removida da mesa.

– Ele me colocou numa van, dirigiu um tempo e então me tirou de lá. Me fez girar algumas vezes, depois me empurrou e eu caí no chão. Ouvi a van indo embora, mas não consegui ver nada. Estava vendada e muito zonza.

Matt inclinou-se um pouco mais.

– Emily, você consegue se lembrar de mais alguma coisa desse dia? Ouviu algum barulho ou viu algo que pudesse lhe dizer onde você estava?

Ela negou com a cabeça.

– Eu estava apavorada demais. Não sabia o que podiam fazer comigo. Eu só chorava e...

– Está tudo bem, Emily – Kim a consolou. A menina tinha já recordado muita coisa. Infelizmente, nada que pudesse de fato ajudá-los.

Uma repentina rajada de ar chamou a atenção de Kim.

Julia Trueman foi correndo até onde estavam. Seus olhos eram dois círculos vermelhos em um rosto pálido, mas seu olhar estava fixo na filha.

Kim saiu do caminho, seguida por Matt.

Um homem atraente, de cabelo loiro e curto, vinha logo atrás. Não parecia tão assustado quanto a esposa, mas sem dúvida a preocupação marcava seus traços.

A família se juntou e todos se abraçaram. Choraram, depois se abraçaram de novo.

– Tem mais coisa aí – Matt disse a Kim, baixinho. – Talvez se conseguíssemos um pouco mais de tempo com ela...

– Inspetora, eu lhe agradeço muito – disse o senhor Trueman, separando-se do abraço.

Kim estendeu-lhe a mão.

– Foi ela que ligou para mim, senhor Trueman. Ela queria ajuda.

A senhora Trueman se endireitou. Seus olhos estavam cheios de medo, mas sua boca estava séria. Julia provavelmente culpava Kim pela fuga de Emily. Se Kim não tivesse aparecido na casa e feito tantas perguntas, nada daquilo teria acontecido. Kim suspeitava que talvez ela tivesse razão.

Mas Kim sabia que precisava fazer uma última tentativa. Com o olhar, fez sinal para que os dois viessem até ela, enquanto Matt distraía Emily.

– Escutem, eu entendo o quanto isso é difícil para vocês, mas ajudaria muito se Emily pudesse conversar um pouco mais conosco. Ela está implorando para colaborar, e acho que ela se lembra de detalhes que podem nos ajudar, mas que não estão acessíveis na parte consciente de sua mente. – Kim respirou fundo antes de continuar. – Se pudéssemos considerar a possibilidade de uma hipnose...

Um pequeno grito escapou da boca da senhora Trueman, e o marido tocou seu braço para reconfortá-la.

– Inspetora, temos feito o maior esforço para manter Emily longe dos eventos passados. Não acho que...

– E como isso está funcionando para vocês? – Kim perguntou com delicadeza. – Não quero ser invasiva, mas sinto que, para Emily, é como se o sequestro tivesse acontecido na semana passada. Ela ama muito vocês dois, mas não é uma criança feliz.

– Mas e se autorizarmos que ela preste ajuda e eles voltarem atrás dela? Eles nunca foram pegos.

Kim notou um leve tom de acusação na voz da mulher, mas não disse nada. Julia tinha o direito de se sentir assim.

Ela sabia que restava apenas uma opção.

– Eles fizeram de novo, senhora Trueman.

– Ah, meu Deus, não! – ela disse, cobrindo a boca. Seu marido soltou um palavrão bem baixinho.

– Não posso dar nenhum detalhe a vocês. Há um bloqueio de mídia, então preciso pedir que não comentem com ninguém, mas o caso é que duas garotinhas foram levadas no último domingo.

– E você acha que foram os mesmos caras que levaram Emily? – o senhor Trueman perguntou.

– Temos quase certeza disso – ela respondeu, e então virou-se para a esposa. – Se nos permitirem trabalhar com Emily, juro que não vou descansar enquanto esses homens não forem presos.

Kim não percebera que Emily estava perto, até que ela se postou entre os pais.

– Por favor, mãe, me deixe ajudar. Eu faria qualquer coisa para trazer Suzie de volta.

Quando viu os pais se entreolharem, concordando, Kim teve vontade de abraçar aquela corajosa garota.

A senhora Trueman assentiu.

– Ok. Diga o que precisamos fazer.

Kim agradeceu e os guiou até a porta.

Ela parou na esquina da pizzaria e ligou para Woody. Ele prometeu que haveria um profissional qualificado à disposição dela na manhã seguinte.

– Ei, acabei de pegar um café pra mim. Quer um também? – Matt perguntou.

Ela hesitou, então aceitou. Não via problema em tomar um café com ele, mesmo que não fosse exatamente naquele lugar que ela gostaria de estar naquele momento.

Preferiria estar dirigindo pelas ruas em busca do homem que Emily havia visto, mas sabia que àquela altura ele já estaria longe.

O mais importante era: será que ele a tinha visto?

CAPÍTULO
81

Kim olhou para Matt.

– E agora, vamos criar um vínculo? Trocar histórias de vida até alcançar um respeito mútuo?

– Nossa, isso exigiria bem mais do que uma xícara de café.

Kim bebeu um gole. Para uma pizzaria, até que o cafezinho deles era bom.

– Eu consegui ver, sabia? – ela disse, com um meio sorriso.

– O quê?

– Um pouco de emoção em você. Vazou um pouquinho enquanto falava com Emily. Mas não se preocupe, mal deu para perceber.

– Você simplesmente não consegue, não é? Comprei um cafezinho para você. Tudo o que estou pedindo são dez minutos de trégua, mas você não consegue.

O argumento a convenceu.

– Tudo bem. Qual é a sua história? Você já trabalhava como negociador para a polícia?

Ele assentiu.

– Sim, para a Metropolitana de Londres.

– Não mais?

– Não.

– Cruzes, e eu achando que eu é que não era sociável.

– Desculpe. Realmente não sou muito bom em bater papo.

As semelhanças entre os dois começavam a assustá-la. Droga, ela odiava quando Bryant estava certo.

Kim percebeu que Matt se animava mais quando o assunto era trabalho. Fazer perguntas sobre isso talvez o fizesse falar mais, o que seria menos esforço para ela.

– A Polícia Metropolitana mandou você para o exterior?

Ele assentiu.

– Me passaram uma tarefa no México. A neta de um membro da Casa dos Lordes havia sido sequestrada. Ela foi trazida para casa quarenta e oito horas depois.

– Todos os casos se resolvem bem assim?

Ele negou com a cabeça.

– Cada gangue é diferente. Na América do Sul, a principal razão para o sequestro de crianças é o financiamento de organizações terroristas. Embora seja um trabalho, você nunca pode perder de vista o tipo de pessoa com a qual está lidando.

– Continue – Kim incentivou. Estava curiosa, e era bom dar à sua mente alguns minutos de descanso em relação ao caso. – Por favor, me conte tudo.

Ele deu um gole no café.

– O primeiro passo em uma negociação é definir se você será adversário ou parceiro. Você vai combater ou cooperar? Como eu disse antes, não são muitos os pais que concordam com uma estratégia de combate quando você está negociando a vida de seus filhos. As gangues normalmente apresentam suas exigências de maneira direta, e nós adotamos uma técnica com base nas informações disponíveis.

– Que tipo de técnica?

– Há várias. No nosso caso, os sequestradores estão usando a abordagem do leilão, um processo de estimular lances para criar competição. Há a tática da manipulação, quando uma parte faz ameaças extremas, que não são negociáveis. Há, também, a tática do "boi de piranha", quando se finge que um assunto é muito importante, e mais tarde fica claro que não era tão importante assim. Tem a retração, que é quando você tem uma reação física muito forte a uma oferta, como quem se assusta e toma fôlego de repente. É mais eficaz ao telefone, por mensagem de texto nem tanto. Existe a tática de fazer ofertas muito altas ou muito baixas, a de exagerar na quantidade de informações, fatos e valores a fim de confundir a outra parte, a tática de vencer pelo cansaço, e, é claro, a velha estratégia do policial bonzinho e do policial malvado.

– Qual funciona melhor?

Ele pensou um momento.

– Não faz muita diferença, desde que você siga fielmente as regras. As gangues conhecem as técnicas melhor do que nós. Eles sabem que elas serão usadas. Há uma espécie de acordo implícito de que, se todos jogarem direito, os dois lados irão ganhar.

– Então o sequestrador consegue adivinhar a tática que você usará?

Matt assentiu.

— A chave é continuar fiel à estratégia. Membros de gangues não gostam de surpresas. Se você muda no meio da negociação, eles ficam nervosos, e isso nunca é bom.

— E tudo sempre segue conforme o plano?

Ele negou com a cabeça.

— Teve um caso no Panamá em que dois de nós estávamos trabalhando para garantir a soltura do filho de 5 anos de uma autoridade do governo. Infelizmente, houve relatos muito exagerados sobre uma herança que tinha sido recebida há pouco tempo. Adotamos a estratégia do policial bonzinho e do policial malvado, e em dois dias conseguimos uma redução para um terço do valor. O sistema estava funcionando bem. Eu era o policial mau e quase não fazia concessões a eles, e o oficial local, Miguel, oferecia concessões maiores. Nos revezávamos para atender o telefone e íamos reduzindo as exigências. Sabíamos que o menino estava bem. Os pais haviam recebido um e-mail com fotos dele de cuequinha, perseguindo uma galinha. É isso que eles fazem. Levam a criança para uma aldeia afastada e a deixam sob os cuidados de membros da família. A criança é alimentada e até brinca com outras crianças. O negócio deles não é matar crianças. Geralmente, fazem isso para bancar um ideal no qual acreditam.

— E o que aconteceu? — Kim perguntou.

— Estávamos bem perto de um acordo. Sabíamos disso e eles também. Mais um dia e teríamos conseguido. Até que Miguel recebeu uma chamada enquanto eu estava fora da sala. Ele mudou o plano e fez uma oferta final inegociável.

— Por quê?

Matt suspirou e deu de ombros.

— Ele tentou introduzir um elemento surpresa, achando que isso iria desencorajá-los e fazê-los desistir. Quis impressionar a família, fazê-los poupar algum dinheiro.

— E então? — Kim perguntou. Um forte temor já havia se instalado em seu estômago.

— Eles encerraram a ligação e não ligaram mais. O corpo de Ethan foi encontrado seis horas mais tarde.

— Meu Deus.

Matt ficou girando a xícara com a mão esquerda, a direita fechada em punho.

— Há quanto tempo isso aconteceu?

– Quatro dias e meio.
– Meu Deus, Matt. Agora entendo porque você...
– Não se dê ao trabalho – disse ele, erguendo a mão. – Guarde sua compaixão para o pobre menino.

Kim assentiu.

– Há algum esforço para pegar essas gangues?
– Às vezes, organizam operações para investigar o ponto de entrega, mas sem muito empenho. Vinte e quatro por cento da população do Panamá vive na pobreza. O volume de crimes supera muito o contingente que se dedica a combatê-lo.

Kim ficou em silêncio um momento.

– No nosso caso, o que podemos esperar agora?
– Um ultimato. Muito provavelmente vão querer lembrar os pais da perda que podem sofrer, só para fazê-los cavar um pouco mais fundo. Podem mandar aos pais uma mensagem de voz das crianças gritando, ou um apelo pessoal feito por elas. É por isso que elas estão ainda vivas.

Kim compreendeu.

– Depois que recebe esse ultimato, é preciso correr contra o tempo. As meninas já não têm mais utilidade. Foi o que aconteceu com a Inga. – Ele fez uma pausa. – Você já deve imaginar que talvez não cheguemos ao último lance, não é? No dia da entrega, as garotinhas provavelmente já estarão mortas.

Kim engoliu em seco e assentiu.

Ela sabia.

CAPÍTULO
82

Kim entrou na sala de guerra e sentou-se à mesa, que ainda estava cheia de papéis do trabalho feito naquele dia.

Matt se instalara na cozinha para fazer anotações.

Ela se admirou com a capacidade dele de se adaptar tão rapidamente a uma nova investigação. Seu último caso havia culminado na morte de uma criança, e apenas alguns dias depois já estava ali, debruçado em outro caso.

Ela olhou para a foto de Charlie e Amy. Não tinha certeza se seria capaz de se adaptar tão depressa.

Kim ainda não gostava daquele homem, mas havia um respeito relutante por ele que era obrigada a reconhecer, mesmo que apenas para si mesma.

Ela se levantou e ficou olhando o mapa. A chave devia estar ali. Tinha que estar.

Todo o resto que haviam descoberto não significava nada. A única coisa que importava agora era onde as meninas estavam.

A negociação não iria adiantar. O melhor que ela poderia esperar era um adiamento, mas as garotas só sobreviveriam se ela conseguisse descobrir onde estavam antes do dia da entrega.

Decidiu jogar uma água no rosto ali mesmo no banheiro do térreo, fazer um café e estudar o caso mais uma vez.

Então, seu celular apitou em cima da mesa. Ela foi checar a nova mensagem e estranhou ao ver que era de Bryant. O estranhamento aumentou ainda mais quando leu o que dizia: "Venha aqui fora".

Já passava de meia-noite, não era hora de continuar a discussão que haviam tido mais cedo. Conversariam sobre isso depois que o caso fosse encerrado. Então, o que diabos ele estava querendo com aquilo?

Ela pegou a jaqueta e atravessou a sala.

– Tudo certo, senhora? – Lucas perguntou em seu posto.

Kim assentiu, abrindo a porta.

Bryant estava a uns seis metros de distância, à direita do chafariz. O olhar dela foi até a mão dele, que segurava uma guia de passeio para cachorros. Na ponta, estava Barney.

Bryant soltou a guia e Barney disparou na direção dela. Ela se abaixou e abriu os braços. O corpo quente e peludo do cão saltou, caindo nos braços dela.

– E aí, garoto, como vai? – ela perguntou, abraçando-o.

Kim segurou a cabeça do animal e olhou bem fundo nos olhos dele, vibrantes e excitados. Depois, beijou sua cabeça e o apertou contra o peito.

– Como é bom ver você! – disse, coçando as costas de Barney. O cachorro soltou um grunhido de prazer.

Bryant havia acabado de diminuir a distância entre os dois.

– Já que não vai conversar comigo... converse com ele – disse, entregando a guia a Kim.

Ela negou com a cabeça. Não precisava da guia. Seu cachorro nunca saía de perto dela.

Kim foi andar pela lateral da casa com Barney pulando nos seus calcanhares e fuçando sua mão com o nariz. Ela se abaixou e sentou no caminho que circulava a propriedade. Na mesma hora, o cão se aninhou em seus braços.

Ele virou-se e deu uma grande lambida no rosto dela. Ela riu alto, abraçando-o.

– Ah, que saudade que eu estava de você, meu garoto. Sentido! – disse ela, e o cão se afastou uns dois palmos, sentando-se. Ela o ensinara a fazer aquilo.

Kim acariciou o topo da cabeça do cachorro e continuou apalpando cada parte do corpo dele. Qualquer aumento ou perda de peso era difícil de perceber por trás daquele pelo grosso e brilhante. Fazia isso para checar se o cão tinha alguma área com pelos embolados, algo inevitável em um border collie.

Barney olhava fixo para a frente enquanto ela se certificava do seu bem-estar. Foi recompensado com um carinho na cabeça.

– Muito bem, garotão! Você é ótimo!

Sem dúvida, estavam cuidando bem dele.

Ele se aninhou nela outra vez, e Kim colocou o braço em volta dele.

– Eu sei, garoto. Também senti sua falta.

Por um momento, Kim havia se esquecido do frio da lajota gelada e dura sob a sua calça, e nem sequer sentia o vento gelado no pescoço. Tudo o que importava era Barney e o conforto que ele trazia.

– Ele está certo, sabia? – Kim sussurrou no ouvido de Barney, acenando na direção de seu único amigo humano, que a esperava na entrada da casa.

– Eu nunca vou dizer isso a ele, mas estou *muito* assustada, meu garoto. Com muito medo de não conseguir trazer essas meninas vivas para casa.

Algo no vento lhe dizia que talvez já fosse tarde demais.

E, mesmo que não fosse, o que será que aqueles malditos haviam feito com as garotas? Ela sabia que as duas estavam em pânico e, pior ainda, nuas. De todas as coisas que os sequestradores haviam feito, esta era a que mais fazia seu sangue ferver: a humilhação de tirar as roupas das meninas só para fazer a porcaria do preço aumentar. Era um nível de depravação que ia além de qualquer coisa que ela já tivesse visto em seu trabalho.

Kim recostou a cabeça na parede e fechou os olhos. Por apenas alguns minutos, permitiu que o calor e a proximidade de Barney a confortassem, e quase sentia o desespero sendo drenado de seu corpo, escorrendo ao seu lado no chão frio. O calor do cachorro circulou pelo corpo dela enquanto o acariciava ritmicamente, enterrando a mão em sua pelagem farta.

Kim se permitiu uns bons dez minutos da companhia terapêutica de Barney. Dez minutos que valeram muito para ela.

Ela abriu os olhos e se endireitou, beijando o cachorro no nariz.

– Obrigado, meu maravilhoso amigo.

Ela se levantou e sacudiu a poeira da parte de trás da calça. Barney a acompanhou até a frente da casa, onde Bryant caminhava tranquilamente em volta do chafariz.

Ele fizera bem em falar com ela mais cedo. Agora ela sabia que estava sendo muito rude, gritando com todos ao seu redor, incluindo o pai de uma das meninas. Stephen Hanson era um dos homens mais insuportáveis que ela já havia conhecido. Mas a filha dele estava desaparecida, e por um momento ela se esquecera disso. Não deveria. E somente Bryant tivera coragem para lhe dizer isso.

Barney parou entre os dois, olhando ora para um, ora para o outro.

Kim limpou a garganta.

– Escute, Bryant. Sobre o que aconteceu mais cedo...

– Está tudo bem, Kim – disse ele, com um sorriso meio torto. – Agora me deixe levar o Príncipe Barney para casa. A gente se vê em algumas horas.

Ela sorriu e assentiu, observando seus dois únicos amigos no mundo sumirem de vista.

Quando voltou para a casa, estava mais esperançosa do que nos últimos dias.

Ela iria trazer aquelas garotinhas de volta nem que fosse a última coisa que fizesse na vida.

CAPÍTULO 83

– **Ames, você precisa parar** com isso. Seu braço está sangrando – disse Charlie.

As marcas de coceira no braço de Amy estavam virando feridas.

– Não consigo, Charl. Elas pinicam o tempo todo. Eu preciso coçar.

– Mas você precisa tentar parar. Esses arranhões podem infeccionar.

– Era o que o seu pai sempre dizia quando ela arrancava uma casca de ferida ou ficava remexendo nela. Não sabia o que significava "infeccionar", mas não parecia ser boa coisa.

Tentara ocupar a mente de Amy fazendo-a andar com ela pelo quarto. Percorreram aquele pequeno espaço protegendo-se com a toalha, que agora cheirava tão mal quanto elas. Aquela movimentação era a única coisa que as fazia parar de bater os dentes e impedia o frio de alcançar-lhe os ossos.

Depois da última refeição, Charlie fez um oitavo risco no tijolo. Um risco por refeição. Ela percebeu que estava demorando mais tempo para conseguir fazer o risco do que da primeira vez. Seus gestos já não eram tão firmes, e ela não lembrava direito se já havia feito o risco ou não. Chegou a esquecer o que estava tentando fazer em outra vez, apesar de estar com o prendedor na mão.

Mas isso não era nada em comparação às marcas nos braços de Amy. Charlie sabia que ela provavelmente continuava arranhando a pele quando as duas pegavam no sono. As linhas vermelhas, antes tênues, haviam se transformado em marcas profundas, colorindo todo o antebraço. Agora, as unhas rasgavam a pele.

Charlie queria ajudar a amiga a parar de se machucar, mas não sabia mais o que fazer.

A caminhada pelo quarto deixara seus músculos cansados. Tudo o que ela queria era dormir.

– Charl, será que a gente vai conseguir sair daqui?

Charlie lembrou que havia garantido a Amy que conseguiriam. Agora, não tinha mais certeza.

– Vamos sim, Ames – respondeu, enquanto a amiga se aninhava nela. A cabeça de Amy encostou no ombro de Charlie, que também se apoiou na amiga.

Charlie sentia seu corpo desabando de exaustão. Rezou em silêncio a prece que fazia toda vez que fechava os olhos.

Rezo para que a mamãe e o papai nos encontrem e nos levem para casa logo, para ficarmos quentinhas de novo. E, por favor, Deus, faça a Amy parar de coçar o braço. Amém.

Seu corpo ameaçava cair no sono e, conforme aquela escuridão tranquila descia sobre ela, o medo começava a diminuir, só um pouquinho. A respiração ritmada de Amy ao seu lado embalava seu próprio corpo naquela jornada.

Uma batida repentina na porta fez as duas se sentarem depressa. Amy juntou as mãos bem apertadas. Charlie não tinha certeza se passara horas dormindo ou se nem sequer havia caído no sono. Sabia apenas que o medo estava de volta. Ela o sentia como se lhe rasgasse a barriga.

– Eu só queria dar boa-noite a vocês, garotinhas. Gosto muito dessas conversas que temos no fim da noite, mas esta será a nossa última. Não vejo a hora de encontrar vocês amanhã. Porque vou fazer as duas gritarem.

Amy soltou um grito e Charlie puxou-a para perto, mas foi incapaz de falar. O medo paralisara sua garganta, porque uma parte de sua mente compreendera a verdade.

No dia seguinte, iriam morrer.

CAPÍTULO
84

A MAIOR PARTE DA EQUIPE JÁ havia entrado na sala, um por um. Faltava um minuto para as seis e cinco deles já estavam lá.

Kim olhou para Stacey.

– Notícias de Dawson?

Stacey negou com a cabeça.

Kim checou o celular, mesmo sabendo que teria visto se houvesse alguma mensagem. Rolou a tela até o número dele e apertou "Ligar". Ele não a enrolaria em um caso como aquele.

O celular dele soou no corredor. Um segundo depois, ele surgiu à porta. Kim encerrou a chamada.

– Meu Deus, o que é isso? – Bryant e Stacey perguntaram juntos, olhando perplexos para o rosto dele. Alison e Matt não disseram nada, mas suas caras de espanto estampavam a mesma dúvida.

– O que diabos aconteceu com você? – perguntou Kim.

O olho esquerdo dele estava roxo e inchado. O lábio inferior, cortado no meio, e um machucado se espalhava por todo o lado direito de seu queixo.

Ele sentou-se com cuidado, e Kim concluiu que aqueles não eram os únicos machucados.

– Alguns amigos do Kai não ficaram felizes em me ver.

– Consegue identificá-los? – Kim perguntou. Ela mesma queria pegar os desgraçados.

Dawson negou.

– Estava escuro demais. – Ele levantou a mão. – Mas estou bem... E a ajuda veio de alguém totalmente improvável, mas falarei sobre isso outro dia.

Sua expressão implorava para que ela seguisse adiante.

– Kev, você ao menos passou no...

– É sério, chefe. Eu estou bem.

Kim sabia que a ansiedade dele em mudar de assunto era uma questão de orgulho. Poucos homens sentiam-se à vontade para se sentar entre colegas e contar que levaram uma boa surra, mas Kim tinha certeza de que ele havia apanhado por estar em total desvantagem numérica.

Iria verificar aquilo mais tarde. Por ora, respeitaria a vontade dele e seguiria em frente.

– Ok, pessoal, vamos começar.

Stacey espiou a tela de seu computador.

– Chefe, antes de começar, eu consegui algumas informações sobre Inga Bauer. Não tenho certeza se vai ajudar, mas a família dela era da Alemanha Oriental. Parece que o pai foi a penúltima pessoa a ser baleada tentando fugir para o Ocidente, dois anos antes da queda do muro. Parte da família da mãe era britânica, e as duas chegaram aqui em 1991. Nada aconteceu durante uns dois anos até que, em 1993, Inga foi voluntariamente entregue pela mãe à assistência social, aos 8 anos. Ficou sob os cuidados do sistema até se tornar adulta.

– O que houve com a mãe? – Kim perguntou.

Stacey deu de ombros.

– Não consegui encontrar nada: nenhuma certidão de casamento, nenhum atestado de óbito... Também não consta que tenha pedido alteração de nome.

– Quer dizer que ela simplesmente largou a menina? – Bryant perguntou. – Que dureza. O lugar de uma criança é ao lado da mãe...

– Ok – Kim o cortou. – Isso não vai ajudar muito agora, mas obrigada, Stace.

Stacey assentiu.

– Kev, você pegou o celular no arquivo de provas?

Ele negou, erguendo as mãos.

– Não estava lá, chefe.

Kim sacudiu a cabeça.

– Como assim não estava lá?

– Não consta nem na página de índice.

Kim precisava considerar a hipótese de que Julia Trueman tivesse mentido e não tivesse entregado o celular. Assim como Jenny Cotton havia feito.

Mas não era algo que estivesse em condições de pensar naquele momento.

Ela prosseguiu.

– Matt acha que vai haver algum tipo de ultimato hoje, para aumentar a aposta. Se isso acontecer, nosso tempo estará contado. Será uma questão de horas até que Charlie e Amy sejam mortas.

– Está falando sério? – Stacey perguntou, enquanto Bryant soltava um palavrão baixinho.

Matt sentou-se mais perto da equipe.

– Chega uma hora em que as meninas já cumpriram seu papel e passam a ser apenas um fardo, não importa o desfecho.

Todos assentiram, compreendendo.

– A chave está nesses mapas – Kim retomou. – Não é preciso ser especialista em perfil geográfico; todos conhecemos a área, então podemos usar o senso comum. Esses mapas vão nos ajudar a demarcar uma localização. Por falar nisso, Emily Trueman fugiu de casa na noite passada. – Kim ergueu as mãos para acalmar os rostos preocupados. – Está tudo bem, ela já está em casa, está segura. Mas, enquanto nos esperava chegar, ela diz ter visto o homem que a raptou da última vez.

– Seria muita coincidência, chefe – comentou Bryant. – É a primeira vez que ela sai de casa em treze meses, e encontra justamente o cara que a sequestrou?

Colocando daquela forma, Kim entendeu aonde ele queria chegar. Ela mesma não estava convencida, mas Emily demonstrara muita certeza.

– Apenas levem em conta essa possibilidade ao examinarem os possíveis indícios nesses pontos – ela aconselhou.

– Será que os pontos do caso anterior não confundem mais do que ajudam? Nada sugere que eles estejam usando o mesmo local outra vez – Dawson argumentou.

– E nada sugere que não estejam fazendo isso, especialmente porque não foram pegos antes. Stace, você descobriu alguma coisa que ajude a explicar o que levou ao desfecho da última vez?

– Tudo o que consegui foi um boletim de acidente de trânsito na via expressa Kidderminster, uma travessia de farol vermelho na rua Thorns e a grande inauguração de um supermercado.

– Ok, vamos nos preocupar com isso mais tarde. Por enquanto, nosso foco são os mapas. A resposta está neles. Coloquem-se na mente do sequestrador.

Todos concordaram, voltando os olhares para as cópias impressas dos mapas.

Kim realmente não aguentava mais olhar para aqueles pontos. Ela pegou a cafeteira, vazia depois de todos terem tomado café ao chegar, e esbarrou de leve em Bryant ao passar atrás dele. Ele tossiu em resposta. Sabia que era o jeito dela de agradecer pelo que fizera na noite anterior.

– Kev – chamou ela, olhando em direção à porta.

Ele deixou a folha de papel sobre a mesa e a seguiu.

– E então, qual é a real situação do caso Dewain Wright?

Dawson parecia confuso.

– Não consegui dormir direito essa noite.

Ela deixou a cafeteira de lado e apoiou-se na pia.

– Me conte o que houve.

Kim ouviu enquanto ele contava os detalhes de cada um dos interrogatórios que havia feito. Não interrompeu nenhuma vez e, quando ele terminou, começaram as primeiras movimentações no andar de cima.

– Simplesmente não sei em que direção seguir com esse caso agora. Você tem alguma ideia?

Kim ouvira cada palavra e sabia exatamente com quem falaria em seguida, mas não era esse o foco daquela conversa.

– Acho que você devia dar um tempo. Pare de ficar remexendo, tentando forçar uma resposta. Isso só vai colocar sua pele em risco. – Ela deu um tapinha na testa dele. – Deixe a coisa germinar aqui dentro por um tempo. Uma hora pinta uma luz.

– Tem certeza? – ele perguntou, parecendo mais jovem do que era.

Ela assentiu.

– Tenho sim.

– Sabe, chefe, eu fiz uma coisa tempos atrás. Não me orgulho nem um pouco disso...

– Kev, todos nós já fizemos coisas – disse ela.

Ele suspirou.

– Não vou dizer o que foi, mas foi para me enturmar. Entendo por que esses garotos acabam em gangues. Acho horrível, mas entendo. Os próprios garotos conhecem as técnicas de recrutamento, sabem que são ardilosas, e mesmo assim caem nelas. Só querem fazer parte de uma turma.

Dawson balançou a cabeça com certo desespero, e Kim teve a sensação de que aquela investigação paralela o havia levado a um lugar aonde ele não desejava ir.

Começou a escolher com cuidado as palavras que diria em seguida, mas Matt surgiu à porta de repente.

Ela voltou a atenção para ele, sinalizando para que falasse.

– Muito bem, detetive inspetora. Estou pronto para enviar algumas mensagens.

CAPÍTULO 85

Kim parou junto ao corrimão enquanto os casais desciam a escada.

– Posso falar com vocês na sala?

Elizabeth acomodou-se na ponta do sofá com Nicholas no colo. Stephen escorou na parede, ao lado da janela.

Karen sentou-se no braço da poltrona ocupada pelo marido. Não estavam conversando ou se olhando naquele momento, mas suas mãos deram um jeito de se juntar.

Matt estava concentrado em suas anotações, e então Nicholas começou a chorar. Estava irritado com a mãe, que não largava dele nem um segundo sequer.

Matt olhou para ela, que entendeu o recado. Ele precisava da atenção total de todos.

– Elizabeth, você se incomodaria se a Helen levasse o Nicholas para a cozinha?

Ela hesitou, mas acabou concordando. Helen interveio e levou o menino no colo. Pelo jeito como segurava a criança, Kim percebeu que não era algo natural para ela, assim como para a própria Kim. Mas pelo menos Helen foi capaz de resolver a situação.

Quando teve a atenção de todos, Matt falou.

– Ok, vamos começar a negociar com esses canalhas.

Robert assentiu, mas Stephen pareceu surpreso.

– Não temos nenhuma intenção de ceder, e sim de tentar ganhar tempo.

O alívio de Stephen fez Kim desejar que Matt tivesse prolongado seu sofrimento por mais tempo. Só um pouquinho mais.

– Estamos chegando perto de conseguir as meninas de volta, mas temos que jogar o jogo, se não eles vão descobrir. – Ele virou-se para Stephen. – Quero que você comece com uma pequena oferta de...

– Ah, sim, precisamos ficar o mais perto possível da realidade – Elizabeth interveio, irritada.

Matt a ignorou.

– Sua oferta inicial deve ser de 894 mil libras. Quero ver que resposta eles vão dar. Depois, quero que o Robert envie uma oferta mais alta, de 1 milhão e 750 mil libras.

Kim sabia que a estratégia de Matt era descobrir se os sequestradores reagiriam da mesma forma às duas ofertas. Caso o fizessem, eles saberiam que ambas as famílias estavam sendo visadas ao mesmo tempo, e a teoria dele sobre a volta da meninas estaria correta.

As duas famílias ouviam com toda a atenção enquanto Matt explicava que cada mensagem deveria ter um texto diferente.

– Ok, mas qual é exatamente a estratégia? – Stephen perguntou.

Matt o ignorou e passou um pedaço de papel a Elizabeth.

– É isso que eu quero que vocês mandem, exatamente com essas palavras.

Stephen ficou atrás da esposa para ler por cima do ombro dela.

Elizabeth o ignorou e continuou lendo.

– Alguém poderia me dizer que diabos vocês esperam conseguir com isso? – Stephen perguntou com raiva.

– Pare com isso! – Elizabeth o cortou.

– Tenho o direito de saber. Ela é minha filha.

Karen levantou-se e foi até ele.

– Stephen, acalme-se, por favor.

Ele se afastou.

– Não vou aceitar ser tratado como se não tivesse voz aqui dentro.

Kim estava de pé, com os braços cruzados. Todos os olhares da sala haviam se voltado para Stephen. Ela estava perplexa com a capacidade daquele homem de se tornar a atração principal em uma situação que era muito mais importante do que ele.

– Stephen, cale a boca – disse Robert, mas sem levantar a voz, sem demonstrar raiva. De um jeito calmo e assertivo.

Aquilo chamou a atenção de Stephen.

Kim deu um passo à frente.

– Pessoal, isso não vai nos ajudar a...

– Vamos lá, Robert, me mande calar a boca de novo – Stephen provocou. Seu rosto havia sido tomado por uma raiva reprimida.

– Meu Deus do céu – Matt sussurrou.

Robert respirou fundo.

– Stephen, isso não é uma competição. Nossas filhas precisam que sejamos fortes.

Kim notou uma leve tensão nas costas de Elizabeth, que lançava um olhar de advertência ao marido.

Sabia o que estava prestes a acontecer.

Droga. Ela deu mais um passo à frente, colocando-se entre os dois homens.

– Pessoal, vamos nos acalmar um minuto...

– Você ainda não sabe, não é? – Stephen disse com raiva, encarando Robert por cima do ombro de Kim.

– Stephen! – As duas mulheres gritaram juntas.

Stephen estava alheio a qualquer coisa que não fosse a própria fúria.

– Sabia que a Charlie nem é sua filha? – ele disparou. – Pois é, sua mulher teve um casinho com um antigo namorado... Você vai mesmo arruinar sua vida por uma criança que nem é sua?

Um grito escapou dos lábios de Karen. Matt virou-se para ela.

Robert ficou lívido por alguns segundos, até que seu olhar pousou na esposa.

A sala ficou em silêncio. A expressão de Elizabeth era de horror, os olhos fixos na amiga.

– Karen...? – Robert perguntou.

Todos os olhos voltaram-se para ela. Seu rosto havia perdido toda a cor, toda a expressão. Suas mãos se juntaram, apertadas.

A hesitação de Karen era a resposta que ele temia. Ela deu um passo à frente.

– Robert... Eu...

Robert virou as costas e saiu da casa.

CAPÍTULO 86

A SALA PERMANECEU EM silêncio por cerca de dez segundos, até que Matt quebrou o encanto.

– Passem os celulares – ele instruiu.

Todos olharam para ele.

– Suas filhas não precisam desse maldito drama de novela. Me deem os telefones.

Karen olhava fixo para o corredor, e Elizabeth olhava para ela.

Kim fez sinal para Matt, indicando que iria intervir. A atmosfera estava tensa demais para que ele fizesse o serviço sozinho.

– Vamos dar os celulares para o Matt e seguir com o plano.

Ela pegou o telefone da mão de Elizabeth, depois o de Karen, que estava em cima da mesinha de centro, e passou os dois para Matt. Ele saiu da sala sem dizer nada.

– O que foi? Eu só contei a verdade – disse Stephen, sem se dirigir a ninguém em particular.

– Não era sobre você. Você não tinha que contar nada – Karen disse com dificuldade, suas palavras saindo entrecortadas. Então, virou as costas e saiu da sala.

Que merda, Kim pensou. Não era paga para lidar com aquilo. Pelo menos em uma coisa ela concordava com Matt: aquele drama doméstico não ajudaria em nada a trazer Amy e Charlie de volta.

Kim deduziu que Karen confiara a informação à sua amiga mais próxima que, por sua vez, a compartilhara com o marido. E Stephen escolhera o pior momento para dividi-la com todos. Mas não era só isso: o único motivo para ter compartilhado a informação era sua incapacidade de garantir a soltura da própria filha. Escolhera o ataque como forma de defesa.

Aquele era o problema de se ter segredos. Todos acham que podem confiar em alguém. Agora, aquela situação ilustrava perfeitamente por que Kim nunca confiava nada a ninguém.

Helen voltara à sala e ficara por ali, observando de longe. Stephen não demonstrava nenhum arrependimento. Portanto, não valia a pena se desgastar.

Kim andou decidida em direção à cozinha, mas parou à porta ao ouvir a voz de Elizabeth.

– Eu sinto muito, Karen. Stephen nunca deveria ter...

– Como você pôde fazer isso? – Karen gritou. – Você foi a única pessoa a quem confiei esse segredo, e foi contar logo pra *ele*! Como pôde fazer uma coisa dessas comigo, Liz? Como...

Kim passou pela porta, mas nenhuma das duas a notou.

Ela seguiu em frente. Nada daquilo ajudaria a trazer as meninas de volta.

CAPÍTULO
87

Kim e Bryant estacionaram na frente do escritório na Stourbridge High Street. Não era o que ela tinha imaginado. Não havia um letreiro na porta falando sobre empoderamento, parar de fumar ou perder peso, apenas uma persiana vertical e o nome do lugar gravado em uma placa de metal.

A família Trueman chegaria a qualquer minuto.

Kim olhou pelo retrovisor do lado do passageiro, observando se chegava algum carro.

– Chegaram – disse ela, abrindo a porta do passageiro.

Uma Range Rover branca estacionara bem devagar na rua, a uns três carros atrás deles.

Kim se aproximou com um sorriso que esperava ser reconfortante para os três ali dentro.

– Obrigada por virem – ela agradeceu a Julia e Alan Trueman. – E obrigada pela sua coragem – completou, virando-se para Emily.

– Isso vai doer...?

Kim sorriu e negou com a cabeça.

– Não, mas pedirei à hipnoterapeuta para explicar tudo a você. Assim você se sentirá confortável com o que vai acontecer.

Kim guiou o grupo prédio adentro. Podia sentir a tensão deles.

A recepção dava para um escritório pequeno, onde uma mulher na faixa dos 50, quase 60, estava sentada atrás de uma mesa. Tinha o cabelo grisalho preso num coque com um lápis. Seus olhos azuis-claros espiavam por trás de grandes óculos. Um relógio de pulso masculino, volumoso, contrastava com o delicado cristal que pendia do seu pescoço.

– Viemos ver a doutora Atkins – Kim anunciou.

A mulher abriu um sorriso caloroso.

– Sou eu mesma, mas pode me chamar de Barbra.

Kim a cumprimentou e a apresentou o grupo.

– Estava esperando por nós?

– Não imaginei que fossem tantos, inspetora, mas está tudo certo.

– Isso é um problema?

– Aqui fora, não, mas lá dentro, sim. Mas veremos isso num minuto.

Ela levantou-se e deu a volta na mesa, os olhos postos em Emily.

– Suponho que é com essa jovenzinha que irei trabalhar hoje, certo? – Ela pegou a mão de Emily e a levou até o sofá. – Está assustada, querida?

– Um pouquinho – Emily confessou.

Kim notou que Barbra continuava segurando a mão da menina.

– Não precisa ter medo. Não vai doer nada, e não irei levá-la a nenhum lugar que você não queira ir, ok? Funciona mais ou menos assim: imagine que você ouve a primeira frase de uma música, mas não consegue se lembrar do título nem do cantor. Você sabe que a informação está aí dentro, mas simplesmente não consegue trazê-la para a sua mente.

Emily assentiu, entendendo.

– É só isso que a gente vai fazer. A única diferença é que você vai se sentir muito relaxada e à vontade, como se tivesse tido uma ótima noite de sono.

Ela voltou-se para os demais.

– Alguma pergunta?

O senhor Trueman deu um passo à frente.

– Você já fez isso antes? Quero dizer, com vítimas?

Kim notou o olhar de Julia para o marido. A "vítima" estava ali ouvindo cada palavra.

Barbra assentiu, e Kim percebeu que ela ainda não havia soltado a mão de Emily. Estava mantendo contato, criando um vínculo de confiança entre as duas.

Kim também notou que Barbra havia posicionado um dedo no pulso de Emily, monitorando seus batimentos cardíacos sem que a garota percebesse. Ela gostou imediatamente da abordagem da doutora. Afinal, uma paciente em pânico dificilmente reagiria bem ao procedimento. Pela linguagem corporal de Emily, Kim percebeu que ela começava a relaxar. Os ombros da menina haviam se recostado no sofá.

– Sim, senhor Trueman, já fiz isso muitas vezes. Tenho auxiliado vítimas de crimes a recuperarem detalhes que, às vezes, remontam há décadas.

– Há alguma chance de os efeitos da hipnose perdurarem? – Julia perguntou.

Barbra negou com a cabeça.

— Isso não é um espetáculo de palco. Tudo o que vamos fazer é revirar algumas pedrinhas da mente para ver se há alguma coisa escondida embaixo. O único efeito permanente é que qualquer memória que a gente resgate provavelmente continuará ali. — Barbra virou-se para Emily. — Preciso que você entenda isso, ok, querida?

Emily olhou para a mãe que, por sua vez, olhou alarmada para Kim.

A inspetora deu um passo à frente.

— Emily já nos contou toda a sua experiência com detalhes. Estamos procurando apenas alguma informação que ela tenha esquecido ou suprimido.

A senhora Trueman assentiu, um pouco mais tranquila.

Barbra aguardou mais alguns segundos. Quando viu que ninguém perguntaria mais nada, apertou a mão de Emily e ficou de pé.

— Certo, estou pronta para começar, mas não posso permitir que todos fiquem na sala. Seria muita pressão sobre a Emily. Posso permitir a presença de duas pessoas.

Na mesma hora, Bryant recuou e Julia avançou.

Kim olhou para o senhor Trueman. O rosto dele denunciava a batalha interna que travava com seu instinto de proteção em relação à filha, mas acabou fazendo um gesto na direção de Kim. A inspetora agradeceu com um aceno.

Barbra abriu a porta da sala de tratamento e fez sinal para que Julia e Emily entrassem. Então, voltou-se apenas para Kim, perguntando baixinho.

— O que estamos procurando especificamente, inspetora? Uma descrição do agressor ou...?

— Localização — Kim respondeu. — Algo que me permita identificar onde ela foi mantida.

Barbra assentiu e entrou na sala, seguida por Kim

— Emily, sente-se naquela poltrona grande, por favor. Senhora Trueman, se quiser, pode sentar-se ao lado dela.

Kim fechou a porta e ficou de pé no canto da sala. Depois, pegou o celular e o ergueu.

— Posso gravar a sessão? — perguntou, olhando para Julia e Barbra. As duas concordaram.

A poltrona que envolvia Emily era de couro macio, cor de canela, e tinha o encosto um pouco inclinado.

Julia sentou-se à direita da garota, e Barbra, à esquerda.

– Ok, Emily, quero que você fique confortável. Procure uma posição em que se sinta bastante à vontade.

Emily se ajustou na poltrona e assentiu para ela.

A luz externa era suavizada pelas persianas verticais, e em frente à poltrona havia uma fileira de fotos em branco e preto, de várias cidades.

– Muito bem, garota! Agora, quero que olhe para qualquer uma dessas fotos na parede. Qualquer uma mesmo. Apenas escolha a que chamar mais a sua atenção e foque-se nela.

Emily escolheu uma foto de Nova York.

– Agora, respire bem profundamente, devagar e de maneira uniforme. Inspire pelo nariz, conte um, dois, três, quatro, cinco. Depois, solte o ar pela boca. Muito bem. Inspire pelo nariz, um, dois, três...

Kim notou que a voz de Barbra havia diminuído para um tom suave, modulado, quase um sussurro. A mão esquerda de Julia tremia. Kim captou o olhar dela e sorriu, grata pela cooperação da mulher.

Voltou-se para Emily bem na hora em que os olhos da menina piscaram demoradamente, fechando-se.

– Ok, Emily, agora quero que você relembre o dia em que foi levada. Você foi colocada na traseira de uma van... Conte pra mim como foi tudo isso.

– Eu e a Suzie... chorando... assustadas...

– Você conseguia ver alguma coisa?

Emily negou com a cabeça.

– Escuro.

– O trajeto foi normal ou cheio de solavancos?

– Normal, depois com solavancos. Tentava me segurar, mas balançava muito. Suzie bateu a cabeça.

Kim começou a tomar notas mentalmente. Talvez tivessem sido levadas por estradas de terra.

– Continue, Emily. Conte o que houve quando a porta da van foi aberta.

– Cabeça... coberta... um saco...

Os olhos de Emily piscaram, e o maxilar de Julia imediatamente se contraiu.

– Eles cobriram seu rosto?

Emily assentiu.

– Você consegue ouvir alguma coisa, Emily?

– Não... silêncio...
– Sente cheiro de alguma coisa?
– Pisando... na lama...
– Seus pés estão na lama, Emily?

A garota concordou.

– Muita lama.
– Você está sendo levada para alguma casa?

Emily assentiu.

– Frio... escadas... paredes... frio...
– Está sendo levada para baixo?
– Uma mão... aqui... – Emily pôs a mão na nuca. – Empurrando para baixo.

Julia fechou os olhos e mordeu o lábio inferior.

– Paredes... umidade... frio...
– Certo, Emily. Você e Suzie estão em um quarto?

Emily fez que sim com a cabeça.

– Há alguma janela no quarto?

Ela negou, franzindo o nariz.

– Cheiro...
– Cheiro de esgoto?

Emily negou.

– Coisa velha...
– Ok, Emily. Você pode avançar agora para a hora em que eles fizeram você sair do quarto?

A garota assentiu, mas seu padrão de respiração se alterou.

– Agarrou... meu cabelo... Suzie... berrando... segurando...

Kim viu quando Julia levou a mão direita à boca, mordendo-a de nervoso. A mulher recorria a todas as suas reservas de determinação para conseguir se manter quieta.

Kim andou calmamente pela sala e pousou a mão direita no ombro de Julia.

– Continue, Emily – Barbra disse, baixinho.

– Ela soltou... precisou soltar... Suzie levou um soco no rosto... foi o homem... ela caiu de costas... não se mexia...

Barbra engoliu em seco.

– Vocês estão subindo as escadas de volta?

Emily assentiu.

– Rápido... empurrão... tropeça...
– Está sendo levada para fora?
– Isso... empurrando... tropeça de novo...
– Ainda sente seus pés afundando na lama, Emily?
Ela negou.
– Não... é grama...
– Consegue ouvir alguma coisa?
– Sim... uma máquina... gritos... bem longe...
Barbra olhou na direção de Kim. A inspetora fez sinal para que continuasse.
– Como é esse som? – Barbra perguntou.
– Gritos, mas bem longe...
– O barulho está ficando mais perto?
Kim olhou para o celular para confirmar se estava gravando.
Emily apertou os olhos e negou com a cabeça.
– Está ficando mais distante? – Barbra perguntou.
A garota assentiu.
– Você está sendo colocada de novo na van?
– Uma batida... rápido... balançando muito... não consigo me segurar... parou... mais rápido agora... alguma coisa bateu na van... uma batida de lado...
– Emily...
– Esquerda... esquerda... direita... esquerda...
– Onde você está agora, Emily?
– Tirada da van... estão me fazendo girar e girar e girar... – Ela esfregou a parte de cima do braço com a mão esquerda. – Dói... apertando...
O rosto de Emily se contraiu com a memória da dor.
Barbra olhou para Kim. Aquilo era tudo o que iriam conseguir.
Procuravam informações sobre a localização, e Barbra fizera a menina relembrar o percurso da chegada à saída.
Kim sinalizou para Barbra trazê-la de volta.
– Ok, Emily. Agora, quero que você...
– Ele disse... alguma coisa... me girou... e girou... e empurrou... e... *A gente ainda se vê de novo, querida...*
Julia gritou e Kim fechou os olhos.
Ela finalmente entendeu por que haviam deixado Emily sobreviver.
O plano era raptá-la de novo.

CAPÍTULO
88

– *Eu sabia! Eu sabia!* – Julia gritou na calçada, já fora do prédio. – Todos acharam que eu estava simplesmente ficando neurótica. – Ela virou-se para o marido. – Até você achou isso, mas eu sabia que não tinha terminado. Sabia que, enquanto eles estivessem por aí, Emily corria perigo.

Bryant sacudia a cabeça, ainda sem acreditar. Emily se aninhou entre a mãe e o pai. A revelação claramente a deixara nervosa. Ela olhava fixo para o chão, confusa.

Kim não sabia o que dizer. As medidas que Julia havia tomado – mudar de casa, mudar o sobrenome, manter Emily estudando em casa – provavelmente tinham salvado a vida da filha. Kim não conseguia ignorar seu remorso por tê-la acusado de sufocar a criança quando, na realidade, suas ações haviam sido muito necessárias.

Pai e mãe agarravam a filha numa atitude protetora.

– Eu abriria mão de tudo – disse Alan, baixinho. – Desistiria do meu negócio, moraria numa cabana no mato para proteger minha família.

Estava claro que Alan Trueman se sentia responsável pelo incidente. Seu sucesso financeiro havia chamado a atenção dos sequestradores, que o consideraram lucrativo o suficiente para raptarem sua filha e planejarem fazer isso uma segunda vez.

Kim não conseguia imaginar o quanto aquilo havia impactado aquela pequena família.

– Ninguém tem culpa de nada aqui. A culpa é apenas deles – Kim disse com toda a franqueza. – E, embora eu saiba que Emily está bem protegida com vocês, ficaria mais tranquila se permitissem a presença da polícia em casa. Pelo menos por um tempo.

Os Trueman entreolharam-se e concordaram. Bryant afastou-se um pouco do grupo e pegou o celular para ligar na delegacia.

– Alguma coisa do que foi dito aqui vai ajudar vocês a pegar esses criminosos?

Kim sentia a ansiedade irradiando daquela família. Nem toda a força policial do mundo faria com que se sentissem seguros até que os sequestradores fossem pegos. E, ainda que isso acontecesse, nunca mais veriam o mundo com os mesmos olhos.

Kim olhou para Alan, depois para Emily. Um novo tipo de medo transparecia nos olhos da menina.

– Sim, senhor Trueman – ela assentiu. – Sua filha foi muito corajosa, e agora dispomos de mais algumas informações para capturá-los.

Ela tocou o ombro de Emily, que ergueu o olhar em sua direção.

– Prometo que vou encontrar essas pessoas e garantir que nunca mais machuquem você, está bem?

Emily assentiu e chegou mais perto do pai.

– Você vai tentar trazer Suzie de volta?

Kim olhou bem fundo nos olhos daquela menina corajosa. Não havia como alimentar a falsa esperança de que sua amiga estivesse viva. Assim como Jenny, queria apenas que Emily conseguisse tirar aquilo da cabeça.

Mas ela assentiu.

– Prometo fazer o meu melhor.

Kim agradeceu a todos novamente e foi até Bryant.

Uma segunda pessoa já esperava junto ao carro.

Dessa vez, Kim soube que tinha um problema.

CAPÍTULO 89

— Publicarei isso hoje, detetive inspetora — disse Tracy, aproximando-se.

— Tracy, vá se fod...

— Ora, ora... Se não me falha a memória, essa é a criança que sobreviveu do último sequestro que vocês não conseguiram resolver — disse Tracy, com arrogância.

Se alguma vez Kim desejou que a agressão física não fosse contra a lei, foi naquela hora.

O cabelo loiro de Tracy ondulava para fora do seu gorro com orelhinhas. Kim se perguntou como alguém tão sem coração podia usar um gorro daqueles, com orelhinhas.

— Eu acho que essa história criou pernas...

— É verdade. Agora, use as suas e caia fora.

— Chefe, não dê corda — Bryant aconselhou.

Tracy ignorou a piadinha de Kim. Estava acostumada com isso.

— Acho que o primeiro artigo vai ser sobre a pisada na bola que vocês deram no último caso. Depois, sobre a cagada que fizeram no caso atual e, para finalizar, um artigo sobre você, a estrela do show — disse ela, sarcástica.

Kim não se importava que publicassem um artigo com críticas a ela. Se algo acontecesse às meninas, ela mesma o escreveria.

— Que tal você começar a agir como uma pessoa decente e esquecer esse assunto?

— Isso iria ferir minha dignidade profissional de repórter, não acha?

Bryant soltou uma gargalhada.

— Você acha mesmo que tem alguma noção do que é dignidade? — Kim retrucou.

— Tenho sido muito paciente com você, Stone. Isso funcionou por alguns dias, mas agora você está abusando dessa virtude.

— Você não tem virtudes. Sua "paciência" não passa de uma reação à minha ameaça de expor quem você realmente é, e essa ameaça ainda está em vigor.

– Boa sorte com isso, então. Meu editor vai perdoar qualquer coisa quando eu levar essa história para ele.

Kim sabia que sua ameaça não surtiria mais efeito. Ela abriu a boca para retrucar, mas Tracy ergueu a mão enluvada.

– Escute, estou lhe fazendo um favor contando meus planos a você. Pelo menos assim você tem alguma chance de lutar.

– Uau. Fico muitíssimo agradecida – Kim ironizou.

– Você teve tempo, Stone. Estou apenas fazendo meu trabalho.

– Você tem intenção de furar o bloqueio? – Bryant perguntou.

Ela confirmou e virou-se novamente para Kim.

– Faça o seu pior, Stone. Enquanto isso, o jornal vai vender um zilhão de exemplares.

Kim não se atreveu a dizer nada. Qualquer coisa que dissesse seria distorcida, deturpada, exagerada. E era exatamente por isso que Tracy a provocava.

– Vou interpretar esse silêncio como um "sem comentários" da sua parte, inspetora – disse Tracy, saindo a passos firmes.

Kim observou o Audi arrancar a toda velocidade. Não havia nada que ela pudesse fazer.

– Acha mesmo que ela vai furar o bloqueio? – Bryant perguntou.

Foi absolutamente por acaso que Tracy Frost não havia sido a responsável pela morte de Dewain Wright. Mais dez minutos e teria sido.

Kim respirou fundo.

– Ah, sim. Ela com certeza vai.

E, quando o fizesse, as meninas seriam mortas. Os sequestradores vinham evitando despertar a atenção da mídia. Assim como a polícia, não queriam alarde.

A família Cotton havia sido destruída pela perda de sua filha Suzie. Agora, Kim tinha outras duas famílias prestes a sofrer o mesmo destino.

CAPÍTULO

Will guardou o celular de volta no bolso e tentou ficar calmo. Se Symes não estivesse cochilando no sofá, já teria começado a andar pela sala.

Teria andado em círculos até que a raiva saísse de seus ossos.

Eles tinham a porcaria de um plano, mas diversas mudanças vinham sendo feitas no jogo.

Era um jogo de xadrez, de estratégia, de espera, de oportunidade. Precisavam prever cada movimento e ter ao menos três lances predefinidos para cada eventualidade. Havia uma precisão naquele jogo que precisava ser respeitada.

Não se para uma partida de xadrez na metade para começar a jogar damas.

Não podiam saltar as peças do oponente em casas alternadas esperando coroar uma dama ao final. Não havia elegância, não havia beleza no que estavam dizendo para ele fazer.

Estava odiando tudo aquilo.

Will sabia que ainda estava muito perturbado pelo que acontecera na noite anterior. Estava parado no cruzamento, esperando o semáforo abrir, quando virou a cabeça e viu a menina. A que ele vinha procurando desde que a deixara ir. Por um breve momento, sua mente ficou confusa, e ele se perguntou se não estaria apenas transportando o rosto dela para o de outra menina qualquer, parada na porta daquela pizzaria.

Até que viu o medo nos olhos dela. Então, teve certeza.

Atravessou no vermelho e estacionou o carro no posto de combustível. Mas, quando voltou, ela já tinha ido embora.

Ele quase decidiu procurá-la, até que um Astra prateado freou, cantando pneu, e estacionou na faixa amarela dupla.

Permanecer na área quase compensara o risco, mas não o suficiente. Sempre vira aquela garota como sua galinha dos ovos de ouro. E, naquele momento, precisava que algum dos seus planos desse certo.

Explorar a conta bancária da família renderia milhões, mas a família se escondera muito bem. Descobrir o novo endereço não havia sido difícil. Ele tivera ajuda. Chegar até a menina era o verdadeiro desafio.

Ele tentou se consolar com seu outro joguinho menor, o atual. Mas, comparado a Emily Billingham, aquele dinheiro não passava de uns trocados.

A frustração de ter visto Emily de novo ainda corria em suas veias.

– Symes, acorda! – gritou ele, virando-se para o sofá.

O bronco continuava roncando forte, de boca aberta.

Will deu a volta e cutucou o braço dele.

Symes se endireitou e acordou na mesma hora.

– Os pais estão precisando de um empurrãozinho.

Symes ficou confuso.

– Achei que seria mais tarde.

O grandalhão obviamente havia prestado mais atenção ao plano do que ele imaginara.

– Houve uma mudança. Os pais precisam ser lembrados do quanto amam seus anjinhos.

O rosto de Symes iluminou-se.

Will balançou a cabeça.

– Não, elas ainda não são suas.

Segundo o plano, o lembrete seria um ultimato, uma ameaça psicológica para fazer os pais abrirem a carteira.

Segundo o plano, usariam as vozes apavoradas das meninas para obrigar os pais a fazerem tudo o que os sequestradores quisessem.

Mas o plano havia mudado.

Will lamentava por dentro. Havia sido bem mais fácil da primeira vez. Era apenas ele e um objetivo simples: conseguir dinheiro.

Symes queria as meninas mortas.

O patrão queria as duas vivas.

E Will não se importava mais com isso.

Symes juntou as mãos e estalou os dedos.

Will odiava quando o plano mudava. Porque, agora, também teria que adaptar o seu joguinho secreto.

Virando-se para Symes, ele sussurrou:

– É hora de fazer as meninas gritarem.

CAPÍTULO
91

Quando chegou à casa dos Timmins, após a sessão de hipnoterapia de Emily, Kim quase colidiu com Helen, que vinha carregando uma bandeja de xícaras até a cozinha.

– Como estão as coisas por aqui? – Kim perguntou, andando ao lado dela.

– Karen está tentando desesperadamente não sucumbir. Elizabeth se ocupa com Nicholas, e ninguém viu Stephen a manhã inteira.

Kim não o culpou. Estava surpresa por Karen não ter dado um pé na bunda dele, expulsando-o da casa. Mas, ao contrário de Stephen, a prioridade de Karen ainda era recuperar sua filha, assim como a filha deles.

– Notícias do Robert?

Helen negou.

– Karen está tentando falar com ele no escritório, mas ele não está lá... Ou melhor, "não está" – disse ela, fazendo o sinal de aspas com os dedos.

Não foi surpresa para Kim. Descobrir que não era o pai biológico de Charlie já era ruim o bastante, mas descobrir isso numa sala cheia de gente, a maioria de desconhecidos, era absolutamente terrível.

Quando entrou na sala de guerra, o silêncio era opressivo.

– O que aconteceu? – ela perguntou, fechando a porta.

Todos os olhos se voltaram para Matt.

– Recebemos o ultimato... e não parece nada bom.

Sentindo a boca secar, ela se sentou na cadeira.

Os celulares estavam em cima da mesa.

– Vamos lá.

Matt localizou a mensagem e apertou o *play*.

Kim encarou a parede enquanto ouvia uma voz de criança gritando "Não!" várias vezes. Depois, a criança começou a chorar, e em seguida ouviu-se um grito.

Ela compreendeu o que Matt havia comentado antes. O grito era diferente. Este era de dor.

Sentia-se extremamente grata por ele ter ficado com os celulares de Elizabeth e Karen.

– O áudio no outro celular é o mesmo?

Matt negou com a cabeça e pegou o segundo telefone, o de Karen. Ele deu *play* na mensagem.

A voz de Charlie imediatamente preencheu a sala.

– Sai pra lá... Não encoste em mim...

Kim podia sentir o medo na voz da menina, mas não houve choro. Em seguida, um grito.

As duas mensagens foram um soco no estômago, mas a segunda, ainda mais forte.

A filha de Karen era uma lutadora. Havia segurado o choro, determinada a não dar esse gostinho ao sequestrador. Kim gostou de pensar que teria feito exatamente a mesma coisa.

– Tem mais um detalhe. Eles mandaram uma segunda mensagem para os dois telefones. Estão exigindo dois milhões, sem negociação.

Kim ergueu uma sobrancelha a Matt.

– Por quê?

– As mudanças são imprevisíveis. Alguma coisa aconteceu para que mudassem de estratégia. Não é um bom sinal.

O estômago dela revirou um pouco mais, como se concordasse com isso.

– Será que houve algum problema com o cativeiro? – Stacey perguntou.

Kim balançou a cabeça.

– Eles devem ter se preparado bastante para isso. É mais provável que tenha sido alguma coisa que aconteceu aqui – disse ela, pensativa.

A manhã tinha sido agitada.

Stephen bancara o idiota.

Robert havia ido embora.

E Emily fora até a hipnoterapeuta.

Kim não fazia ideia de qual desses eventos podia ter assustado os sequestradores, mas de uma coisa ela tinha certeza.

A ampulheta havia sido virada.

CAPÍTULO 92

— Vamos lá, pessoal. Colhemos algumas informações novas com a Emily. Quando elas foram tiradas da van, o chão era lamacento, e o lugar, silencioso. A casa tinha um cheiro ruim. Imagino que era de mofo. No dia em que foi solta, Emily ouviu gritos ao longe, além do som de uma máquina. Ao sair de lá, a van passou por um gramado e, pela descrição que Emily fez do trajeto, pode ter seguido por uma estrada de terra que coubesse somente um veículo. Ela ouviu alguma coisa bater na lateral do carro. Suponho que tenham sido galhos de árvore.

Kim olhou para cada um.

— Sei que não é muita coisa, mas gostaria que vocês analisassem o trajeto de trás para a frente, partindo de onde Emily foi entregue.

Dawson pigarreou.

— O que foi?

— Chefe, será que não é muito arriscado supor que elas estão no mesmo lugar da última vez?

Kim abriu a boca para responder, mas Matt foi mais rápido.

— É uma suposição razoável. Se o local funcionou da primeira vez, não haveria razão para acharem que não poderia funcionar de novo. Eles conhecem a área, então faz sentido.

Kim encarou o mapa até que os pontos começassem a sumir na página. Ela sabia que a chave era uma questão de lógica. Só precisava localizar essa chave e colocá-la em jogo.

Sua intuição dizia que a nova estratégia dos sequestradores era um lance desesperado, motivado por algum desdobramento recente ocorrido na casa dos Timmins. No entanto, da última vez não houvera nenhuma mudança na negociação que pudesse ter catalisado a soltura de Emily.

Ela parou de caçar o próprio rabo quando o som de uma nova mensagem ressoou em algum celular da sala.

Todos pararam, alertas.

— É para mim — disse Matt, pegando um dos telefones.

Era o velho Nokia que pertencera a Jennifer Cotton.

Ninguém moveu um músculo enquanto os olhos de Matt corriam da esquerda para a direita na tela.

– Ele quer cinquenta mil, no mesmo lugar de antes. Hoje, às 18h – disse Matt, olhando diretamente para Kim.

– Isso é uma boa notícia? – Dawson perguntou, olhando para ela e, depois, para Matt.

– Isso não muda nada – Kim respondeu. – Pode ser apenas uma farsa, ou uma distração. Uma maneira de dispersar nossas forças. O pedido real é o de dois milhões. Eu disse a vocês que precisávamos nos convencer de que Suzie Cotton está morta. Isso não mudou.

– Chefe, está mesmo pedindo que a gente ignore isso? – Dawson perguntou.

Kim respirou fundo quando a imagem de Jenny Cotton surgiu diante de seus olhos.

Que Deus a perdoasse, mas ela estava.

CAPÍTULO
93

Kim sentiu que havia um desacordo na sala. Sentadas à mesa, algumas pessoas se entreolhavam.

– Por favor, concentrem-se nos mapas – ela disse, sem erguer os olhos. – O relógio está correndo.

Toda vez que tentava estudar o mapa, seu cérebro gritava apenas uma pergunta: que diabos havia levado à soltura de uma das meninas? Devia ter acontecido alguma coisa no lugar em que estavam sendo mantidas.

– Stace, veja se encontra mais alguma informação naquelas notícias antigas...

– Senhora, tem um segundo?

O rosto de Helen apareceu pela porta.

– Entre, Helen – disse Kim.

A mulher conquistara o direito de ultrapassar aquela fronteira. Quem sabe, em outra encarnação, não fosse Kim a chamá-la de *senhora*?

Helen foi até a mesa com uma expressão confusa no rosto.

– A senhora perguntou se eu me lembrava de algum detalhe do dia em que Emily foi solta. Bem, tem só uma coisa, que acabei de me lembrar. Quer dizer, provavelmente não significa nada, mas...

– Diga, Helen. O que é?

– Lembro que saí da casa para tomar um pouco de ar e que havia um policial ali, do lado de fora. O rádio dele estava ligado. Tinha acontecido um acidente, acho que na estrada Kidderminster. Era em West Mercia, mas parecia ter sido bem feio, porque o trânsito ficou lento e o congestionamento chegou até Lye. Realmente não acho que tenha alguma relação, mas...

A voz dela foi diminuindo, e Kim percebeu a ansiedade em seu rosto. Todos ali sabiam que o tempo estava cada vez mais curto.

– Obrigada, Helen – ela agradeceu, e a mulher saiu da sala.

Kim olhou para Stacey.

— O boletim do acidente de trânsito.

Stacey começou a pesquisar no computador. Kim ficou atrás dela enquanto o arquivo do boletim era aberto.

A primeira parte informava o básico. Um homem havia se ferido, blá-blá-blá.

— Vá até o relatório completo — disse Kim, sentindo a excitação crescer em seu estômago. Stacey o abriu e ela leu rapidamente.

Um caminhão de meia tonelada havia derrapado em uma estrada de pista dupla, atravessando o canteiro central depois de se chocar contra as barreiras de proteção.

— Nossa, isso foi bem feio! — disse Stacey, lendo junto.

— Mostre a vista aérea do acidente.

Stacey clicou de novo, dando um *zoom* na área.

Kim tocou a tela.

— Aqui. Dê uma olhada nesse terreno. O chão faz um declive e termina numa vala. Significa que foi necessário um guindaste para tirar o veículo dali. Então, provavelmente houve um monte de...

— Sirenes — Bryant interveio, juntando-se a elas. — Corpo de bombeiros, ambulâncias e viaturas da polícia, todos indo para lá. Deve ter sido uma grande confusão.

Alison inclinou-se para a esquerda para olhar também.

— O Sujeito Dois não deve ter se assustado com todo esse barulho. O Sujeito Um, com certeza sim. Era algo que não fazia parte do plano, e aconteceu tão próximo à hora da entrega que ele provavelmente entrou em pânico.

Kim concordou com a especialista em comportamento, mas ainda faltava esclarecer por que Emily havia sido solta antes do recebimento do dinheiro, e Suzie, não.

Stacey selecionou outras opções no computador, ampliando e diminuindo o *zoom* do mapa.

— Há duas propriedades próximas do local, uma de cada lado da estrada. Os sons devem ter sido ouvidos desde longe, mas com maior intensidade aqui.

Kim sabia que estavam perto de encontrar alguma coisa. Com tanta atividade acontecendo, os sequestradores não iriam correr o risco de alguém bater à porta deles.

– Stace, preciso que continue procurando outras pistas. Se não tivermos sorte em nenhuma dessas duas propriedades, vamos ter que achar outra saída. Mas é aqui. Tenho certeza.

– Entendido, chefe.

De repente, era como se tivessem injetado adrenalina na sala.

– Bryant, Dawson, peguem seus casacos. É hora de encontrar essas crianças.

CAPÍTULO 94

Karen segurou forte no marido quando o som alto dos passos começou a ecoar pela casa. Robert voltara há quase meia hora e ela não conseguia desgrudar dele. Ninguém mais sabia que ele estava ali.

Da cozinha, Robert também espiou o corredor, mas os dois não se separaram. Ela virou-se e olhou para ele.

– Rob...

Ele balançou a cabeça.

– Talvez não seja nada, querida. Quantas vezes não vimos esse pessoal entrar e sair daqui apressados? – Ele acariciou o cabelo dela. – Precisamos fazer isso. Precisamos entender o que está acontecendo, e só vamos conseguir se pegarmos o celular de volta. Temos que salvar nossa filha.

Karen sentiu um alívio inundar seu corpo ao ouvi-lo dizer essas palavras. Durante as poucas horas em que Robert estivera fora, seu mundo perdera todo o sentido. Sua linda filha estava desaparecida e seu marido também a deixara. No seu coração, tinha certeza de que ele iria voltar. Ele perdoaria qualquer coisa dela. Não imediatamente, ela sabia. Haveria muitas lágrimas, explicações e pedidos de desculpa. Ele precisaria de um tempo para compreender por que ela o enganara, mas seu amor pelas duas não seria destruído.

O fato de ele ter voltado acalmara alguns de seus medos.

Apesar daquilo que ele estava propondo.

– Mas...

– É o único jeito, Karen – ele disse, gentilmente. – Mas você precisa me ajudar a fazer isso.

Karen respirou fundo e assentiu.

Robert afastou-se uns passos dela e pegou dois pratos, sinalizando para que ela encostasse mais na parede.

Ela cobriu os ouvidos quando ele atirou os pratos no chão.

CAPÍTULO
95

STACEY QUASE CAIU DE COSTAS.

– Que diabos foi isso...?

Ela se levantou na mesma hora, mas Matt chegou mais rápido à porta. Alison empurrou a cadeira para trás.

Stacey tirou Matt do caminho.

– Fiquem aqui – disse aos dois ao abrir a porta. Não sentiu necessidade de lembrar que era a única policial na sala.

– Você é uma mentirosa de merda, Karen! Como pensou que eu iria me sentir?

A voz de Robert ecoava pelo corredor. Stacey foi em direção à cozinha.

Os dois estavam de lados opostos da bancada, e uma pilha de cacos se amontoara num canto.

O rosto de Robert estava tomado pela raiva, enquanto Karen chorava com as mãos no rosto.

– Sinto muito por ter mentido pra você...

– Sente muito? – ele gritou. – Você roubou dez anos da minha vida com as suas mentiras... e "sente muito"? Você me fez acreditar que ela era minha filha...

– Senhor Timmins – interrompeu Stacey, entrando na cozinha. – Por favor, acalme-se.

A expressão dele era de indignação.

– Não venha me dizer para ficar calmo – ele gritou, passando o braço pelo tampo do balcão.

As louças do café se espatifaram no chão.

– E onde está aquele filho da puta egoísta?

Robert avançou na direção dela, alcançando o corredor. O porte dele obrigou Stacey a dar um passo para trás, mas ela ergueu os braços para tentar impedi-lo. Ele os afastou com um tapa e gritou por cima da cabeça dela.

– Stephen Hanson, pare de se esconder! Mostre a cara, seja homem!

Matt apareceu atrás dela.

– Senhor Timmins, acalme-se – ele pediu.

– Querem parar de dizer pra eu me acalmar? Onde diabos se meteu aquele imbecil?

Elizabeth apareceu no alto da escada. Robert começou a andar até ela.

– Esse covarde desgraçado está aí em cima com você?

Matt tentou subir as escadas primeiro, mas Robert o empurrou para trás.

Helen chegou da sala e olhou para Stacey.

– O senhor Hanson está lá fora? – Stacey perguntou enquanto Robert subia as escadas.

Helen negou.

– Vamos, Elizabeth, me diga onde ele está. Quero ter o prazer de meter o pé na bunda desse cara e jogá-lo bem longe da minha casa.

– Eu juro, Robert, ele não está comigo e com o Nich...

– Estou aqui – disse Stephen, aparecendo atrás dela.

Stacey notou a surpresa de Elizabeth. Onde quer que Stephen estivesse, não era com ela.

– Robert... por favor... – disse Elizabeth.

Todos foram em direção à escada. Robert estava quase lá em cima, mas Matt ainda tentava chegar primeiro.

– Como você pôde fazer isso, seu filho da puta? Só queria desviar a atenção da sua falência, coisa de que nem a sua mulher sabia!

Stephen deu um passo à frente, ficando ao lado da esposa. Apenas três degraus os separavam.

– Não é de mim que você devia ter raiva. É da piranha da sua mulher que mentiu pra você.

O punho de Robert voou para a frente, passando de raspão por Elizabeth, e acertou em cheio o nariz de Stephen.

Stephen cambaleou para trás. Provavelmente imaginara que o plácido Robert jamais chegaria a agredi-lo.

Matt finalmente conseguiu se postar entre os dois, mantendo-os à distância de um braço.

Stacey estava na metade da escada quando ouviu Alison pedir que tomasse cuidado.

Ela parou na hora e, quando virou para trás, viu Lucas e Helen na porta da entrada.

Robert, Stephen, Elizabeth e Matt estavam no alto da escada. Ela estava na metade, e Alison, ao pé da escada.

Imediatamente, duas perguntas lhe vieram à cabeça.

Quem estava tomando conta da sala de guerra, e onde raios Karen havia se metido?

CAPÍTULO
96

Kim havia dirigido pouco mais de um quilômetro quando seu celular tocou. Ela o passou a Bryant.

– Coloque no viva-voz.

– Chefe, temos um problema – disse Stacey, sem fôlego.

Ótimo, ela precisava mesmo de mais um problema.

– O que foi? – ela gritou, enquanto Dawson se inclinava para ouvir.

– Está a maior confusão aqui. Robert voltou, quebrou um monte de pratos. Gritou com a Karen e depois acertou um soco na cara do Stephen.

Kim sabia que ela ainda não havia chegado ao problema. Aquela era apenas a introdução. A grande reviravolta ainda estava por vir.

– Saí da sala para ver o que estava acontecendo, e então tudo virou uma loucura...

– Stace, diga logo – Kim a interrompeu, mas tinha a sensação de que já sabia do que se tratava.

– Os celulares sumiram. No meio da bagunça, Karen desapareceu. Helen está atrás dela agora, mas os dois celulares não estão mais na sala.

– Merda! – Kim berrou. Haviam criado a porcaria de uma distração para pegar os telefones, e só havia uma razão para isso. – Eles querem assumir o controle, e agora vão ler a mensagem pedindo os dois milhões.

– E provavelmente vão topar – Dawson acrescentou.

– Isso vai selar o destino das meninas – disse Bryant.

Kim lembrou que os pais também teriam acesso aos áudios dos gritos de dor, algo que decidira não compartilhar com eles.

Agora, sim, tinham um grande problema.

– Mas por que acha que eles vão matá-las, chefe? – Stacey protestou. – Talvez honrem o comprom...

– Stace, a partir do momento que os pais topam a oferta, os sequestradores não precisam mais das garotas.

CAPÍTULO
97

Will leu a mensagem de texto e um sorriso começou a se espalhar lentamente pelo seu rosto. O planejamento e a execução que haviam levado ele e Symes até aquele momento finalmente mostravam ter valido a pena. Estavam prestes a receber o pagamento.

Os dois.

Agora que os pais haviam aceitado os termos, tudo ficava mais fácil. Não havia nenhuma razão para mudar o plano que adotara da última vez.

Will sentia no sangue que havia ganhado o jogo. Dois milhões de libras, e nenhum de seus parceiros iria querer uma parte disso. Cada um tinha as próprias motivações para participar do crime. A de Symes, Will já sabia qual era: ele só queria machucar, causar dor e, eventualmente, a morte. A ideia de destruir a vida de duas garotinhas o fizera atravessar aquela semana.

Quanto ao chefe, ele não tinha certeza.

Will fizera dois acordos separados, e teria que trair um dos dois. Prometera a Symes a morte delas, e prometera ao chefe a vida das duas.

Teria que decidir qual das traições funcionaria melhor para ele.

Symes estava com ele naquele momento. O chefe, não.

– Não está na hora de eu receber minha parte? – Symes perguntou, andando de um lado para o outro na sala.

Will hesitou, mas apenas por um breve segundo.

– Sim. Dessa vez, você vai fazer o quiser.

CAPÍTULO
98

– Ei, chefe... Só para constar, esse não é o caminho para Kidderminster.

– Obrigada por me lembrar, Bryant, mas você viu a imagem aérea da estrada. O barulho causado pelo acidente deve ter ecoado num raio de aproximadamente dois quilômetros, em todas as direções. Precisamos reduzir isso. Emily disse que o barulho era ao longe, então já eliminamos o local do acidente. Mas ela também disse outra coisa. – Kim se lembrou, e parou o carro.

– Não estou entendendo – Dawson disse do banco de trás.

Bryant olhava ao redor.

– Emily foi encontrada aqui – ele ponderou.

A estrada dava para um novo condomínio residencial, construído à margem do cinturão verde, na periferia de Harvington.

– E o que ela disse foi: esquerda, esquerda, direita, esquerda.

– Tem certeza? – Bryant perguntou.

Kim pegou o celular e repetiu a gravação, avançando quase até o final. Dez segundos depois, a voz de Emily confirmou o que ela havia dito.

Pela expressão de Bryant, agora ele havia entendido.

– Saquei, vamos refazer o caminho de trás para a frente, a partir de onde eles deixaram a menina.

Kim assentiu.

– Kev, ligue para a Stacey de novo. Quando começarmos a rodar, vá dizendo a ela onde estamos. Ela vai indicar se estamos perto ou longe do alvo.

Dawson pegou o celular e Kim deu a partida, dirigindo bem devagar.

– Ah, já entendi – exclamou Bryant. – Vamos virar à direita, esquerda, direita, direita, invertendo o que Emily disse. Mas não sabemos se é a primeira à direita, a segunda à direita ou a terceira à direita.

Enquanto Bryant raciocinava, Dawson explicava a Stacey o que estavam fazendo.

– O local onde Emily foi deixada não importa – ela explicou. – Para eles, o mais importante era não serem vistos. Não devem ter seguido por estradas principais ou ruas residenciais. Queriam passar despercebidos.

– Certo.

– Entendeu, Kev? – ela perguntou.

– Sim, chefe.

Kim seguiu até uma ruazinha à direita, e virou nela. Agora, precisava de uma estrada de terra à esquerda.

As quatro entradas que se seguiram à esquerda eram todas residenciais. A quinta, ladeada por arbustos. Entrou nela.

A rua se estendia por aproximadamente quinhentos metros antes de chegar ao pequeno centro de Belbroughton.

– Esse lugar é muito movimentado – disse Kim. – Não deve ter sido por aqui.

Ela manobrou o carro na entrada do estacionamento de um *pub* e voltou, procurando outra entrada à esquerda.

Kim continuou por mais quinhentos metros, mas sua intuição lhe dizia que algo não estava batendo.

– Chefe, Stacey disse que estamos a quase cinco quilômetros do local do acidente, e nos afastando cada vez mais.

– Merda! – gritou Kim, parando o carro.

Havia cometido algum erro. O alerta de Eloise soou em seus ouvidos. Ela iria se atrasar.

CAPÍTULO
99

– V-vamos, Ames, você tem que ficar comigo. Ele vai v-voltar já, já.

A mão direita de Amy segurava a mão esquerda de Charlie. Lágrimas corriam por todo o seu rosto.

– Tá doendo muito!

– Eu sei, Ames, m-mas a gente precisa aguentar firme.

Charlie sabia que o dedo mindinho de Amy estava quebrado. Havia ficado igual ao dela, quando se machucara jogando basquete.

A dor latejava em seu pé direito, no lugar em que o homem havia pisado com força. Naquela hora, além da dor, sentiu seus ossos serem esmagados por aquela bota pesada, mas não chorou, ainda que o esforço para conter as lágrimas quase a matasse agora. Doía muito, mas ela precisava se concentrar no plano.

– Ames, isso e-está piorando. A gente p-precisa aguentar firme.

As lágrimas não paravam de cair dos olhos de Amy.

– Não consigo, Charl. Não consigo...

– C-consegue, sim. Eu não conseguiria, m-mas você consegue.

Charlie sabia que as duas precisavam tentar.

– Sei que a s-sua mão está doendo, m-mas eles vão machucar a gente mais ainda.

Amy chorou mais alto, e Charlie a puxou para perto.

– Venha c-cá, me escute. Eu v-vou fazer um piquenique e estou levando açaí – Charlie começou. Esse jogo sempre acalmava Amy.

– Banana.

– C-cereja.

– Doce de coco.

– Empadinha.

– Hmmm... Figo – disse Amy.

– G-gelatina.

– Hot-dog.

As lágrimas foram parando. Charlie seguiu com o jogo, mas continuava atenta ao som dos passos.

– Iogurte.
– Jabuticaba.
– Kit-Kat.
– Limonada.
– Maçã.
– Nutella.
– Ovo de Páscoa.
As respostas de Amy chegavam mais rápido.
– Pêssego.
– Q... Ah, o Q sempre cai pra mim – disse Charlie.
– É porque você sempre começa o jogo, sua boba – disse Amy, dando de ombros.

Charlie começou a rir, mas parou quando ouviu uma porta se abrindo ao longe.

Amy também ouviu. Ela arregalou os olhos, e sua mão começou a coçar a pele.

Charlie pôs a mão no braço de Amy. Elas não tinham mais tempo.
– Ames, você precisa ser c-corajosa e fazer o q-que eu disse.
Amy balançou a cabeça e apertou a mão de Charlie.
– Eu não consigo...
– Você t-tem que fazer. – Charlie apertou a mão de Amy. – Prometa para mim, Ames. P-prometa que vai fazer isso.
Lágrimas rolaram dos olhos de Amy.
– Mas você vai...
– Eu vou estar bem atrás de você, m-mas, por favor, faça o que eu disse.
Charlie fez força para esconder a mentira em sua voz. Se Amy soubesse que ela não era mais capaz de correr, nunca faria o que estava pedindo.

Mas, se fizesse, uma delas conseguiria viver.

CAPÍTULO
100

Kim parou um momento para pensar. Ela confiava na memória de Emily, mas sabia que estava deixando de considerar alguma peça essencial do quebra-cabeça.

– É claro! – ela gritou. Então, ligou o carro e voltou de ré até a ruazinha que havia desconsiderado.

– O que foi? – Bryant perguntou.

– Até agora, eu vinha imaginando que Emily estava na mesma direção que o motorista – disse Kim, começando a refazer o trajeto de volta ao ponto de partida. – A pobrezinha foi atirada na traseira da van e ficou balançando de um lado para outro lá dentro. É por isso que a gente estava se afastando cada vez mais. Emily obviamente estava voltada para a direção oposta.

Bryant franziu o cenho, intrigado, e Dawson repetiu a Stacey o que Kim acabara de dizer.

– Espere aí, me deixe entender isso. Precisamos fazer o inverso do que acabamos de fazer porque a esquerda de Emily é a nossa direita?

– Justamente – disse Kim, xingando a si mesma pelo tempo perdido.

Minutos depois, estavam de volta ao ponto de partida.

– Ok, vamos começar de novo – Kim instruiu.

Ela seguiu em frente enquanto Bryant ia dizendo o que via.

– Casas... Casas... Uma rua privativa... Agora viramos.

Kim virou à esquerda.

Havia um *pub* em uma esquina e dois sobrados geminados na outra. Depois, uma cerca viva erguia-se dos dois lados.

Kim seguia devagar enquanto Bryant continuava a guiar.

– Vire aqui – ele instruiu.

Ela virou bruscamente à direita e a rua se estreitou. Agora, estavam em uma rua de uma mão só. Sentia a esperança começando a brotar em seu estômago. Aquilo parecia mais plausível.

– Kev, você está acompanhando?

– Sim. Stacey disse que estamos indo na direção...

– Vire aqui! – Bryant gritou.

Kim entrou à esquerda numa rua de mão única, com tufos de grama saindo do asfalto. Passou por dois buracos em poucos segundos.

Um galho bateu na porta do motorista.

– Chefe, acho que estamos perto – disse Bryant.

Ah, sim, ela sabia que estavam. Segundo Emily, aqueles buracos também estavam ali treze meses atrás.

– Kev, a que distância estamos do lugar do acidente?

– Um quilômetro.

Kim continuou procurando a próxima entrada.

– Chefe! – Bryant gritou.

Ela acompanhou o olhar dele e freou o carro bruscamente. Um tronco serrado bloqueava a rua.

Kim e Bryant se entreolharam.

– Agora estamos perto mesmo.

CAPÍTULO
101

Não era sempre que Symes tomava tantos cuidados antes de matar alguém, mas agora era diferente. Havia passado uma semana de tortura, apenas imaginando aqueles corpinhos puros dobrando-se ao seu desejo violento. Contudo, e por mais estranho que fosse, até mesmo curtira aquela expectativa agoniante. Só tivera um medo: que Will voltasse atrás em seu acordo.

Mas no dia anterior Will lhe dera passe livre para cobrar seu pagamento, e agora ele curtia o luxo de saber que isso estava sob seu controle. Tomou banho, aparou a barba, como sempre fazia. Symes sabia que, uma vez dentro do porão, não sairia de lá por um bom tempo.

Passara horas imaginando a sensação de quebrar aqueles ossinhos com as mãos. Seria como partir uma asinha de frango?

Haveria, é claro, a violência pela qual ansiava, aquela de chutar e socar, mas ele sabia que precisava exercitar o autocontrole. Depois de esperar tanto tempo, não poderia acabar com aquilo em questão de minutos. Demoraria horas, talvez dias. Sabia como levar alguém à beira da morte e trazê-lo de volta, prolongando a agonia e também seu prazer. Faria isso até se cansar.

Symes destrancou a porta que dava para as escadas do porão.

Entraria naquele quarto sabendo que era a última pessoa que elas iriam ver.

CAPÍTULO 102

– Ok, vamos lá.

Os três saíram do carro.

Um dos lados da rua tinha uma cerca viva, mas era plano.

– Kev, você ainda tem sinal?

Ele assentiu.

– Você vai pelo campo.

Ele se enfiou pela cerca viva, deixando Kim com Bryant. Do outro lado da rua, a história era outra. Havia um terreno gramado em declive, e, depois, uma subida íngreme pela encosta de um morro.

– Meu Deus, chefe, eu não sou o Bear Grylls! – Bryant reclamou, tentando acompanhá-la na subida.

Kim o ignorou, concentrada em seus passos.

A grama era densa, escorregadia. Uma escuridão iminente pairava atrás de um sol que já esperava para se pôr.

Aguentem firme, meninas, Kim ia rezando em silêncio. *Só mais um pouquinho.*

CAPÍTULO 103

Charlie ouviu o som de passos descendo a escada.

– Está pronta, Ames?

Sua amiga parecia em pânico, mas assentiu.

Ela ouviu a chave de metal deslizar para dentro da fechadura. Quando a porta se abriu, seu estômago começou a revirar. Amy estava aninhada atrás dela, esperando.

A perna direita dele ficou mais ou menos à altura do corpo dela.

– Olá de novo, minhas garotinhas...

Charlie não ouviu mais nada. Apenas avançou, a boca bem aberta.

Ela agarrou o tornozelo do homem com as duas mãos e enfiou os dentes na panturrilha dele.

– Que merda é essa?

Ela mordeu o mais forte que conseguiu. Por cima do jeans, sentiu o naco de carne em sua boca.

Ele soltou um grito e levantou a perna.

– Sua putinha de merda ...

Pelo canto do olho, Charlie pôde ver que Amy estava paralisada. *Por favor, Amy, vamos lá*, ela torceu em silêncio.

O homem sacudia a perna, mas Charlie não o largava. Ele se abaixou e a agarrou pelo cabelo, forçando-a a abrir a boca. Então, girou a menina e a colocou diante dele.

– Corra, Amy! Agora! – ela gritou.

Amy deu um gritinho e se arrastou, devagar.

– Vai! – Charlie gritou.

Charlie começou a se debater com violência, e Symes foi obrigado a usar as duas mãos para contê-la. Ele não conseguiu agarrar Amy.

Em meio a soluços, Amy foi se aproximando da porta.

– Sua putinha de merdaaaa!

As palavras viraram um urro quando Charlie enfiou os dentes no antebraço esquerdo dele. Dessa vez, foi direto na carne. Sentiu na língua o gosto do sangue.

– Me solta! Sua pirralha...

Ele gritava ao mesmo tempo que tentava arrancá-la dele, mas Charlie se recusava a soltar. Ela ignorou a dor, juntou toda a sua energia e enterrou os dentes ainda mais fundo no braço dele.

O homem deu outro grito e acertou um soco no rosto dela.

Uma agonia percorreu toda a cabeça de Charlie, mas ela viu a sombra de sua amiga escapando do quarto.

– Você vai se arrepender disso, sua cadelinha raivosa!

Charlie virou-se para a porta e gritou:

– Corre, Amy, corre!

CAPÍTULO
104

Kim chegou ao alto do morro e soltou um palavrão. Os músculos das pernas queimavam depois do esforço de subir por aquela grama à altura do joelho.

– Opa, maravilha! – ela disse quando Bryant a alcançou, bufando.

Ao examinar a paisagem, viu o que estava ocultado pelas árvores naquela vista aérea.

Havia construções a leste, ao norte e a oeste de onde estavam. Apenas aquela construção bem diante deles havia aparecido na tela.

– Meu Deus. Qual delas, chefe?

Kim balançou a cabeça. Tudo o que sabia era que, assim que saíssem da segurança daquela grama alta, poderiam ser vistos de todas as três propriedades.

– Droga! Se a gente escolher a alternativa errada...

Ela não terminou a frase. Bryant sabia que qualquer movimento precipitado àquela altura poderia resultar na morte das meninas, ou faria com que fossem enfiadas numa van e levadas a outro local. Se isso acontecesse, as garotas estariam perdidas.

Bryant mordeu o lábio.

Kim sentiu seus batimentos acelerarem. Um pequeno erro agora e as duas famílias estariam destruídas para sempre.

Ela fechou os olhos e recorreu a todos os seus sentidos.

O vento uivava em seus ouvidos, e uma chuva fina batia em seu rosto. Tinha apenas uma chance de encontrar as meninas antes que o tempo finalmente se esgotasse. Precisava tomar uma decisão e torcer muito para que estivesse certa.

Ela se concentrou.

Vamos lá, garotas, me mandem algum sinal. Por favor, me ajudem a encontrá-las.

Ela abriu os olhos, deu dois passos e parou.

– Bryant, o que é aquilo?

Bryant acompanhou o olhar de Kim. Trezentos metros adiante, ao pé do morro, vindo da direita, notaram uma movimentação na paisagem. E vinha na direção deles.

Os dois forçaram a vista ao máximo.

Duzentos e cinquenta metros. Eles se entreolharam.

– Chefe, parece que é uma criança – disse Bryant.

Exatamente o que Kim imaginara.

As pernas de Bryant começaram a se mexer ao mesmo tempo que as de Kim. Ela conseguiu alcançá-lo antes que ele deixasse a segurança da grama alta.

– Abaixe-se – disse ela, segurando-o pelo braço.

– Chefe, o que você está...

– Shhh! Quieto, Dawson.

Bryant pegou o celular e Kim levantou a cabeça para dar uma rápida olhada.

A figura estava a duzentos metros e vindo bem na direção deles.

– Que diabos estamos fazendo, chefe? É uma das meninas!

Ele olhava para Kim como se ela tivesse enlouquecido.

Kim levantou a cabeça. Cento e cinquenta metros. Abaixou-se de novo, depressa. Aquele cabelo escuro, comprido e esvoaçante lhe deu a certeza de que era Amy, correndo na direção deles vestindo apenas o maiô azul de natação.

– Chefe, precisamos pegá-la.

– Espere um minuto. – Ela olhou de novo. Setenta e cinco metros.

Então, finalmente viu o que esperava ver.

– Vá quando eu disser – ela orientou Bryant.

O som dos soluços e da respiração ofegante da menina agora chegava aos ouvidos deles. Bryant começou a rastejar pela grama. Ela o segurou pelo braço.

– Espere!

O som do esforço da criança se aproximava cada vez mais. Amy estava se cansando. Correra o tempo todo morro acima.

– Chefe, eu preciso...

– Espere – Kim sussurrou, apurando o ouvido.

Agora, ouviam o som de outros passos na grama.

– Volte aqui, sua putinha...

— Agora! — Kim gritou, e os dois emergiram da grama alta. Amy estava vinte metros à esquerda deles. Seu perseguidor, apenas três metros atrás dela.

Os dois pararam imediatamente, assustados.

— Pegue a menina, Bryant! — Kim gritou.

O homem já dera meia-volta, mas Kim foi para cima dele e o derrubou no chão.

Ele se contorceu debaixo dela, mas Kim acertou-lhe um murro na têmpora direita. O homem se debatia, tentando tirá-la de cima dele, mas ela o puxou pelo cabelo, como quem pega um cavalo pela crina, fazendo a cabeça inteira dele arquear para trás. Kim acertou-lhe outro murro no lado direito do queixo.

O homem deu um pinote e ela caiu para a esquerda. O desespero em fugir dava mais força aos movimentos dele, mas a motivação dela era igualmente forte.

Ele virou-se de lado, mas ela decidiu usar o pé, acertando-lhe um chute bem no meio das pernas.

— Pro chão, agora!

Bryant surgiu ao lado dela.

— Estou aqui, chefe. Deixa comigo.

Kim o ignorou e rodeou sua vítima. Ela sabia que aquele era o Sujeito Um. A baixa estatura e o torso fraco indicavam que estava lidando com o homem que mandava as mensagens. Alguém fisicamente incapaz de infligir aquele nível de violência sofrida por Brad e Inga.

O homem que fizera aquilo ainda estava com a outra criança.

— Diga onde estão os outros, seu desgraçado! — Kim gritou na cara dele.

— Vá se foder! — ele disparou.

Kim teria gostado de ficar ali e inventar novos métodos de tortura para fazê-lo falar, mas não tinha tempo para isso. Charlie ainda estava em algum lugar ali embaixo.

Ela olhou para trás e viu Amy de pé, sozinha, parecendo ainda menor com o casaco de Bryant.

— Bryant, não deixe esse cara sair daqui.

Kim subiu o morro correndo. Ela sabia que, se tivessem entrado em ação cedo demais, quem quer que estivesse perseguindo a criança teria dado meia-volta. E sua intenção era pegar os dois.

Ela ajoelhou diante da menina, que tremia descontroladamente.

– Está tudo bem, Amy. Você está segura agora. Ninguém mais vai machucar você.

Kim notou que pelo menos um dedo da mão direita dela havia sido quebrado.

– Você pode ser corajosa só mais um pouquinho?

Amy assentiu.

– Muito bem, querida. Estou indo buscar a Charlie, mas preciso saber onde ela está.

– Ela mordeu o homem. Esperou ele chegar e mordeu a perna dele. Disse que eu é quem tinha que fugir correndo, por causa do pé dela. Eu não queria, mas ela me fez prometer.

– Está tudo certo, Amy. Charlie agiu bem. Quer dizer que o homem machucou o pé dela?

Amy assentiu.

– Deu um pisão bem forte.

– Ok, Amy. Você está se saindo muito bem. Onde Charlie estava quando você correu?

– Lá embaixo... Tem quartos ali... As paredes são frias.

Kim olhou para a base do morro. Havia quatro construções separadas.

– Amy, pode me dizer em qual dessas casas você estava?

A garota olhou para onde Kim apontara e indicou a construção mais à direita. Vista de lado, parecia uma casa de fazenda.

– Muito bem, querida. E pode me dizer como era esse homem?

– Grandão – ela disse, erguendo o olhar. – Maior do que você. Careca, sem barba.

Amy fechou os olhos e tremeu violentamente.

Kim pousou uma mão em seu braço.

– Você se saiu muito bem, Amy. É uma menina muito corajosa.

Naquele momento, Dawson chegou correndo pelo alto do morro.

– Não perca Amy de vista nem por um segundo – ela instruiu quando ele se aproximou. – Chame uma ambulância, e ligue para o corpo de bombeiros para remover aquele tronco, mas não faça nenhuma ligação para a casa dos Timmins, entendeu? Nem mesmo para Stacey.

Dawson assentiu e ajoelhou ao lado de Amy.

– Chefe, você não pode ir lá sozinha – Bryant disse quando a viu descer o morro.

Dawson precisava ficar para cuidar de Amy, e Bryant precisava vigiar seu sequestrador.

Charlie dependia dela. Não havia escolha.

Kim olhou para Dawson. Não sabia quanto tempo iria demorar para chegar ajuda. Estava desarmada e sem a menor ideia de onde estava.

Mas havia um psicopata em algum lugar daquela construção com uma menina de 9 anos.

Ela virou-se de costas e saiu correndo.

CAPÍTULO
105

A NOITE COMEÇAVA A CAIR quando Kim parou diante da primeira construção. Era uma edificação sem janelas, sem fachada alguma. Ela imaginou que talvez tivesse sido usada como estábulo de vacas.

As portas eram de metal e estavam enferrujadas, trancadas com cadeado.

Ela deu a volta pela lateral da casa e se aproximou de uma van branca, estacionada debaixo de um toldo sem paredes laterais.

Kim entrou no lugar pelas portas que haviam sido deixadas abertas pelo Sujeito Um ao sair perseguindo Amy. Sentiu na hora o cheiro de umidade.

À sua esquerda, havia uma porta dupla de estábulo que levava até a cozinha. Ela entrou com cuidado para não fazer barulho.

As portas dos armários que ainda restavam estavam todas despencando, revelando espaços vagos que um dia tinham sido ocupados por utensílios. Teias de aranha pendiam de todos os cantos, e havia fezes de roedor espalhadas pelas superfícies.

As paredes eram um mural de manchas pretas e verdes de umidade.

Kim avançou para o aposento seguinte. O espaço, que antes deveria ter sido uma pequena sala de estar, agora estava sendo usado como uma espécie de sala de controle.

A janela havia sido coberta por uma cortina azul-marinho simples, presa com pregos na parede acima da estrutura.

À esquerda da área, havia uma mesa com uma fileira de celulares. Na parede da janela, outra mesa com três monitores de computador. Um sofá ocupava o restante do espaço disponível.

Kim se aproximou da segunda mesa. Todas as três telas exibiam uma imagem estática. Droga. As câmeras haviam sido destruídas, e ela não conseguia ver onde ele estava. Entraria ali totalmente no escuro.

Ela saiu da sala. Mais adiante havia outra porta de madeira. Kim a abriu com cuidado, mas o trinco de metal fez um clique ao ser acionado.

Quando terminou de abrir, deparou-se com degraus de pedra que desciam para a escuridão.

Ela colocou uma mão em cada parede lateral e foi sentindo a altura dos degraus com a ponta do sapato.

Quando não sentiu mais nenhum degrau, pegou o celular do bolso e tocou na tela, criando um pequeno facho de luz naquela escuridão absoluta.

Apontou-o para a direita, depois para a esquerda.

Estava no meio de um corredor que parecia se estender por todo o comprimento da casa. À esquerda havia uma parede de tijolos, mas à direita o corredor parecia dobrar ao final.

Kim virou à direita e apontou a luz do celular para baixo.

Pisou com cuidado em um trecho com cacos de vidro espalhados pelo chão, de uma lâmpada que havia caído do teto, e virou-se ao ouvir um som à esquerda. A luz do celular não localizou nada. Kim suspeitou que pudesse ter sido um rato.

Passou por uma porta aberta e examinou o espaço com o facho de luz. Era um pouco maior do que uma cela de prisão.

Em um dos cantos, havia um pequeno amontoado de pacotes de suco e embalagens de sanduíche. No outro, um colchão e um balde. O fedor chegava até ela no corredor.

Deu mais dois passos e dirigiu a luz do celular para a frente. Mais meio metro e dobraria a esquina ao final do corredor.

– Mais um passo e eu corto a porra da garganta dessa menina!

Kim parou. Um gritinho escapou dos lábios da criança. *Graças a Deus*, ela pensou, fechando os olhos. Charlie ainda estava viva.

Embora nunca o tivesse visto, Kim sabia do que aquele homem era capaz.

Tentar apelar para qualquer resquício de compaixão não iria funcionar. Ele não tinha mais isso.

Aquele homem não era um psicopata. Era um produto, moldado e programado para matar. A guerra havia tirado proveito de um homem com uma propensão à violência e ampliara isso, destruindo seus últimos vestígios de humanidade.

Kim avaliou suas opções. Até aquele momento, ele não sabia que estava lidando com uma mulher.

– Posso sentir seu cheiro, sua cadela – ele disse.

Ok. Mas a voz estava a menos de um metro de distância, e ele parecia estar se divertindo com aquilo. Isso era bom. Tudo o que o desviasse de querer machucar Charlie seria positivo.

A própria arrogância do homem a impediu de agir. Quando ele deu um passo à frente, surgindo sob a luz do celular, Kim ficou chocada com o seu tamanho. Calculou cerca de 120 quilos de músculos em mais de um metro e noventa de altura.

Ele agarrava Charlie com força à frente do corpo, a faca colada na garganta da menina.

O olho esquerdo dela estava fechado, e o lábio inferior, cortado.

O outro olho estava arregalado de pânico.

Symes riu alto.

— Mandaram uma vagabunda sozinha pra me pegar? Só pode ser uma piada...

Embora a voz dele soasse alegre, Kim sentiu que estava ofendido.

Ela abaixou o olhar.

— Está tudo bem, Charlie. Já resgatamos a Amy, e eu vou tirar você daqui.

Ele riu de novo.

— Nada disso. Ela não vai conseguir salvar você, garotinha — ele disse a Charlie. — Vou cortar sua garganta, como prometi fazer, e matar essa piranha logo depois. Tudo o que ela está dizendo é uma grande besteira.

Ele avançou um passo em direção a Kim. Sua perna direita estava rígida, e Kim imaginou que fosse por causa da mordida de Charlie. Um fio de sangue corria pelo seu antebraço.

Apesar do tamanho daquele homem, Kim achava que poderia encará-lo no mano a mano. Se não houvesse uma criança e uma faca entre eles, é claro.

— Eu não estou sozinha, sabia? — ela disse.

Ele tentou olhar atrás dela.

— Trouxe seus amigos imaginários?

Kim tentou manter um tom de voz baixo e tranquilo.

— Esse lugar vai ferver de gente daqui a pouco. É só uma questão de tempo até eles chegarem.

Symes não parecia preocupado.

— Não preciso de muito tempo.

Ela continuava com o polegar na tela do celular, evitando que ficasse tudo escuro. Queria fazer contato visual, mas o olhar dele vagava pelo espaço.

Kim avaliou a distância entre os dois. Não contava com nenhum tipo de distração, o que a impedia de investir e agarrar Charlie. A mão dele estava firme no pescoço da menina. Pronta para cortar sua garganta.

– O que espera ganhar com isso? – ela perguntou.

Kim sabia que não conseguiria convencê-lo a entregar a criança na lábia, mas precisava ganhar tempo.

– Você sabe que acabou. Já pegamos o outro, o planejador.

– Como sabe que ele era o planejador? – Symes perguntou, puxando Charlie contra o corpo.

Não havia gostado de saber que ela não o via como o cérebro por trás da operação.

– Se você confirmar essa informação, podemos fechar um acordo – ela propôs. – Ele pega prisão perpétua, mas você pode escapar disso. Nós podemos...

– Vá se foder, vadia. Acha que estou preocupado em cumprir pena? Que piada ridícula.

– Mas o que você vai...

– Promessa é dívida. Não entendeu nada, sua cadela idiota? Eu *quero* matar a menina. Eu *vou* matá-la, e depois...

– Chefe, você está aí embaixo?

Os olhos de Symes saltaram na direção da voz de Bryant. Era tudo de que ela precisava.

Kim ergueu o celular, iluminando em cheio os olhos dele, e avançou para puxar Charlie pelo braço.

Com um movimento, pôs a menina atrás dela e estendeu a mão para pegar a faca. Assim que encostou no cabo, Symes puxou a lâmina.

A carne de sua mão direita se abriu. A luz do celular apagou.

Soaram passos na escada.

Ela sentiu que foi empurrada para trás e tropeçou por cima de Charlie.

No escuro, Kim não tinha ideia do que estava acontecendo.

Até que Symes passou a chave na porta e a trancou.

CAPÍTULO 106

S YMES ATIROU CHARLIE NO CHÃO, no canto mais afastado. Ela gemeu e se enrolou como uma bola.

– O que os seus amigos vão fazer agora? – ele perguntou.

O telefone ainda estava na mão de Kim. Ela tocou a tela, que acendeu de novo.

Kim ouvia Bryant esmurrando a porta de metal. Precisaria de equipamento especial para conseguir entrar. Mas, até lá, as duas estariam mortas.

O homem de pé diante dela sabia disso.

Ele olhou para ela e para Charlie, depois para ela de novo.

– Vamos ver... Quem será que eu vou pegar primeiro?

– O que você quer com tudo isso? Nunca foi dinheiro, não é? – Kim perguntou, sentindo o desespero tomá-la. Precisava desviar a atenção dele de Charlie. O sangue da mão cortada pingava sobre seu jeans.

Ele andava de um lado para o outro entre as duas, garantindo que ela e Charlie ficassem separadas.

– Ah, não! Você sacou direitinho, piranha. Eu gosto é de matar. Quanto mais violência, melhor. E já tomei minha decisão.

Ele se aproximou até ficar diante dela. Ela ouvia Bryant gritando e batendo na porta, mas seu colega não tinha como avançar aqueles três metros que os separavam.

Tão perto, mas tão longe, ela pensou e, bem nessa hora, Symes ergueu o pé e chutou sua mão machucada.

A dor disparou pelo braço de Kim. Sua visão escureceu.

O próximo golpe a acertou nas costelas. Ela caiu de lado, o celular escapando da mão.

Em seguida, o pé dele acertou em cheio seu queixo. A dor explodiu na cabeça de Kim.

– Vou deixar você viva, assim vai poder assistir ao show.

Com outro chute, acertou o cotovelo esquerdo dela.

– Pare com isso! – Charlie gritou.

– Não se preocupe, garotinha. Sua vez já vai chegar.

No escuro, Kim tentava se arrastar para fora do alcance dele. Sabia o que ele estava fazendo. Queria incapacitá-la por todos os ângulos, impedindo-a de se mexer. Como havia feito com Inga.

O próximo golpe acertou a parte superior de sua coxa esquerda. Por sorte, ela se esquivara de lado, evitando que o pé dele estraçalhasse seu joelho.

Ela se esforçava para raciocinar, apesar da dor que a consumia de todas as direções.

Outro chute acertou seu tornozelo direito.

Pela luz do celular, via o prazer nos olhos dele. O homem estava só se aquecendo.

Kim pensou em todas as pessoas que agora se espalhavam por aquela propriedade. Nenhuma delas podia ajudá-la.

Sentia-se como o aperitivo antes do prato principal. Quando ele terminasse com Charlie, voltaria a ela, como sobremesa.

Ele deu um passo para trás e admirou a obra que vinha lapidando. Não havia mais nenhuma parte do corpo de Kim que conseguisse mover com facilidade.

Estava impedida de lutar. A agonia inundou seu corpo, mas não iria chorar. O som baixinho de Charlie gemendo num canto a obrigava a se manter consciente.

Ela sentiu a náusea subir até a garganta. Tossiu para fazê-la voltar, e todo o seu corpo reagiu ao movimento.

Não estava armada. Ele tinha uma faca, e ela mal conseguia se mover três centímetros em qualquer direção.

Symes voltou a atenção para o canto mais afastado. Um grunhido de expectativa soou de sua garganta.

Kim piscou forte, tentando impedir seu corpo de perder os sentidos. Se sucumbisse à dor, mesmo que por um minuto, a criança seria morta.

Symes começou a se afastar, e Kim não conseguia acompanhá-lo.

Estava indo em direção ao seu prêmio, sua recompensa por um trabalho bem-feito. Kim estava impotente para detê-lo.

Então, a luz do celular apagou.

CAPÍTULO 107

Kim ouvia as vozes do outro lado da porta, mas eles não conseguiam entrar. Charlie gritava, encolhida no canto.

Enquanto tentava se concentrar, uma ideia veio à mente de Kim. Algo que Alison havia dito.

Ela usou toda a sua força para mover a única coisa que ainda conseguia: sua boca.

– Soldado, que diabo você acha que está fazendo?

O silêncio tomou conta do ambiente.

– Acha que temos tempo para isso, soldado?

– C-como assim...?

Kim aproveitou o momento. De repente, uma esperança cresceu dentro dela, entorpecendo um pouco a dor.

– Foi pra isso que treinamos você, soldado?

Ela se arrastou alguns centímetros pelo chão. Seu corpo gritava para parar, mas ela se recusava a ouvir.

– Desde quando você machuca criancinhas, soldado?

Mais alguns centímetros.

– Ah... eu... eu...

– Quando foi que treinamos você para fazer isso, soldado? – ela gritava, ocultando o som do seu corpo se movendo lentamente pelo chão.

A dor percorria todos os músculos antes de projetar sua voz, mas ela se esforçava para mantê-la firme. Esperava que a repetição daquele título, "soldado", o confundisse por tempo suficiente.

– Acha que seu pelotão aceitaria você de volta agora?

– Mas... eu não estou... não tem nenhuma...

– Soldados nunca deixam de ser soldados! – Kim vociferou.

– Eu não... não estou vendo...

– É claro que você está me vendo, soldado – Kim gritou. No escuro, seus olhos mal vislumbravam a posição dele. Ele estava de pé, com as pernas afastadas, a meio metro de Charlie.

Apenas mais alguns centímetros.

– Para trás, soldado. Volte para o alojamento.

– Mas... você não é... de verdade...

Kim tomou impulso com a perna esquerda e o chutou com força na panturrilha direita. Ele desabou no chão, caindo para a frente.

Kim ouviu Charlie afastar-se dele.

A queda trouxe Symes de volta à realidade, fazendo-o focar novamente em Kim.

– Sua cadela escrota! – ele gritou. Ela notou a raiva na voz dele, assim como a dor. Mas sabia que o golpe não iria incapacitá-lo por muito tempo.

Kim tentou se afastar engatinhando, ouvindo-o se arrastar atrás dela. Seus joelhos esmagavam os cacos da lâmpada que caíra do teto.

As mãos dele agarraram seus tornozelos e ela caiu para a frente, de cara no chão.

No segundo seguinte, ele saltou sobre ela, com um joelho de cada lado, colocando-a de costas no chão.

Kim se retorceu debaixo dele, tentando se soltar, mas o peso do homem a prendia contra o piso. Ela deu mais um pinote, mas ele só riu.

Então, sentiu o frio da lâmina em sua garganta.

– Vou curtir cada segundo disso... e depois será a vez da menina.

Kim sentiu a poça de sangue debaixo da mão direita.

Ela ergueu a mão e a abriu bem espalmada, os dedos bem esticados, escancarando o corte.

Bateu a mão no chão e sentiu os cacos da lâmpada se enfiarem na ferida. Foi imediatamente tomada por uma forte náusea, como se uma centena de facas dançasse na palma de sua mão.

Ela engoliu em seco, desesperadamente, a dor tentando assumir o controle.

De repente, fogos de artifício explodiram diante dos seus olhos, iluminando o rosto dele. Era Charlie, que o ofuscava com a luz do celular.

Symes arregalou os olhos, tentando ajustar a visão.

Kim ergueu o braço e o atingiu em cheio no rosto. Os cacos de vidro espetados na palma de sua mão furaram o globo ocular dele.

Symes gritou como um animal ferido. A faca caiu retinindo no chão quando ele levou as mãos aos olhos.

Charlie foi mais rápida do que Kim e pegou a faca.

Kim saltou e agarrou a menina, protegendo-a com o corpo, como se fosse uma concha.

Symes rolava pelo chão, berrando.

Então, a porta de metal se abriu. Naquele momento Kim poderia ter chorado.

– Meu Deus, chefe – exclamou Bryant, iluminando-a com uma lanterna.

Uma chave reserva pendia da fechadura.

Ela ergueu a mão contra a luz, tentando proteger os olhos.

Caquinhos de vidro caíram do seu ferimento.

Bryant voltou dois passos no corredor.

– Paramédicos! Desçam aqui, rápido – ele gritou. O sangue continuava jorrando da mão dela.

Dawson foi o primeiro a aparecer, saltando imediatamente sobre Symes e fazendo-o ficar de pé. Bryant ofereceu uma mão a Kim, mas ela o ignorou, levantando-se sozinha.

Symes ainda tentou avançar para cima dela, mas Dawson o segurou firme.

Ela cambaleou até ele.

– Quer dizer que mandaram uma vagabunda sozinha para pegar você, não foi?

– Você não perde por esperar – ele disparou, enquanto uma mistura de sangue e fluido intraocular escorria por sua bochecha. – Ainda vou pegar você, sua vadia!

Ela o encarou uma última vez no olho bom.

– Kev, tire esse cara da minha frente.

Dawson o empurrou brutalmente contra a parede. Symes gritou de dor.

– Vamos! – disse Dawson, empurrando-o pelo corredor.

Kim virou-se para Charlie, que estava sentada no chão, encostada à parede, tremendo.

– Charlie, está tudo bem agora. Ele não vai voltar, eu prometo.

A garotinha assentiu, mas era nítida a descrença em seus olhos. Havia pouca coisa que Kim pudesse fazer para que a menina se sentisse segura, mas com o tempo ela iria acreditar.

– Você foi muito corajosa, sabia? Seus pais vão ficar muito orgulhosos de você.

– Chefe, podemos fazer aquela ligação? – Bryant perguntou.

Kim negou enquanto um paramédico chegava para atendê-la. Ainda precisavam pegar o Sujeito Três.

– Examine o pé da menina – disse ela, apontando para Charlie.

Bryant passou a lanterna para o segundo paramédico, que dirigiu o facho de luz à criança. Então, deu um passo à frente e pegou Charlie no colo como se ela não pesasse nada.

– Temos ambulâncias lá fora. Eles precisam examinar a sua mão.

Bryant saiu, carregando Charlie escada acima.

Um paramédico segurou a mão de Kim com cuidado enquanto outro iluminava o corte com a lanterna.

– Vou precisar levar você ao hospital. Pode ter havido algum dano nos nervos.

Kim negou com a cabeça.

– Tire os cacos e passe uma bandagem.

– Não, precisamos fazer um raio-X. Você apanhou feio.

Kim recolheu a mão.

– Ou você faz isso, ou eu mesma faço.

Ainda havia questões a serem resolvidas.

O paramédico a olhou com ar de reprovação.

– Você vai ter que assinar um termo de responsabilidade negando o atendimento.

Ela olhou para a mão machucada e ergueu as sobrancelhas.

Ele sorriu.

– Ok. Deixa pra lá.

Kim olhou fixo para a parede enquanto o paramédico removia os cacos com uma pinça. A maioria deles havia ficado bem enterrada no olho de Symes.

– Dá para ir mais rápido? – ela reclamou. Já estava retomando o sentido das outras partes do corpo, e ainda tinha muito trabalho a fazer.

– Estou sendo o mais cuidadoso possível – ele argumentou.

– Ok, mas não precisa. Só tire o vidro e limpe bem – retrucou ela.

Quando Bryant voltou, a mão de Kim já estava enfaixada com gaze e bandagem, parecendo três vezes maior.

– Você precisa ir ao hospital assim que...

– Ok, ok. Já terminou? – perguntou ela, virando-se para o paramédico.

Ele fechou a valise e balançou a cabeça.

– Ela é toda sua – disse para Bryant.

– Bem-vinda, parceira – o oficial a saudou.

Lentamente, Kim começou a se levantar. A dor mandou uma dezena de lembretes para todo o seu corpo.

– Você parece um pouco acabada, chefe.
– Vou sobreviver – ela respondeu, seguindo pelo corredor.
– Bem... quer uma ajudinha para subir as escadas?
– Nem se atreva a me perguntar isso de novo, Bryant.
– Ok, entendi. Eu vou primeiro.

Ela sentiu-se grata. Se ele fosse na frente, não veria a labuta dela para conseguir subir.

Kim sabia que tinha que voltar à casa dos Timmins. Ainda havia uma peça final no quebra-cabeça que precisava ser encontrada.

Quando chegou ao terceiro degrau, ela parou.

– Não consigo – Kim suspirou.
– Bem que eu disse que...
– Não é isso – ela o interrompeu, balançando a cabeça. – Eu não posso simplesmente sair daqui.

Os restos de outra criança ainda estavam ali, em algum lugar, e lá fora havia uma mãe que sonhava tê-los de volta.

Ela voltou ao corredor e Bryant a seguiu, iluminando a área com a lanterna que pegara de volta do paramédico.

– Chefe, o que espera encontrar aqui?
– Pegue as chaves – disse ela, apontando para a fechadura da porta de metal.

Bryant as pegou e Kim foi para a esquerda, para a extremidade sem saída. Havia uma segunda porta de metal.

– Abra – disse Kim, sentindo algo remexer em suas vísceras enquanto a chave girava na fechadura.

Ela pegou a lanterna com a mão esquerda e iluminou o cômodo silencioso.

O facho de luz se deteve no canto superior direito.

Kim fechou os olhos por uma fração de segundo e deu um profundo suspiro. Uma mãe estava prestes a ter o que queria.

Haviam encontrado o corpo da garota.

Jenny Cotton poderia enterrar sua filha.

CAPÍTULO
108

Kim esperou seus olhos se ajustarem à escuridão e se aproximou do vulto encostado no canto à direita.

Seu coração parou por um breve segundo.

– Chefe...! O que foi isso? – Bryant sussurrou atrás dela.

Ela também tinha visto. A figura no canto havia se movido.

Kim avançou devagar, seus olhos se recusando a piscar.

– Está tudo bem, Suzie. Você está segura agora – Kim murmurou.

O pequeno vulto encolheu-se ainda mais no canto, a cabeça voltada para a parede.

Kim iluminou o ambiente com a lanterna, tomando cuidado para não ofuscar a menina.

Embora fosse um ano mais velha do que Amy e Charlie, aquela criança encolhida parecia bem mais nova.

Vestia uma *legging* preta e uma camisa bem maiores do que ela, o que a fazia parecer ainda menor. Seu cabelo castanho-claro havia sido cortado curto, rente ao couro cabeludo.

Como no quarto vizinho, havia um balde no canto. O chão estava todo coberto de pacotes de suco e embalagens de comida.

Kim sentiu lágrimas arderem em seus olhos. A criança havia ficado treze meses ali.

Sentiu um forte nó na garganta, emocionada.

– Suzie, aqueles homens maus foram embora. A polícia os levou. Nunca mais vão machucar você.

Não houve resposta.

Kim sentiu quando Bryant entrou no quarto, atrás dela, mas fez sinal para que voltasse.

Ela se aproximou alguns centímetros da criança.

– Não precisa ter medo. Pode acreditar em mim, você está segura agora.

Silêncio.

O coração de Kim se encolheu ao pensar no terror que aquela criança havia experimentado. Precisava oferecer-lhe algo familiar.

Ela se aproximou um pouco mais.

– Eu conheci sua mãe, Suzie. Ela sente muita saudade de você.

Suzie balançou a cabeça, ainda encarando a parede.

– Está zangada com a sua mãe, Suzie?

Ela balançou a cabeça de novo.

Kim avançou mais alguns centímetros. Precisava fazer a menina olhar para ela, fazê-la entender que estava segura. Mas Suzie não abria mão da segurança do próprio canto.

Kim então se deu conta da própria estupidez. Quantas vezes aquela criança não teria imaginado aquela porta se abrindo, rezando para ser tirada dali?

– Você tem medo de olhar pra mim?

Kim interpretou a ausência de resposta como um sim.

– Acha que eu vou desaparecer?

Silêncio.

Kim pensou que a criança talvez achasse que aquela intrusa era fruto da própria imaginação, e que, se abrisse os olhos, ela iria desaparecer. Kim mordeu o lábio inferior, tentando controlar as lágrimas. Queria correr até o canto e pegar a menina nos braços, mas não podia correr o risco de apavorá-la ainda mais.

– Suzie, eu vou estender a mão e tocar o seu pé direito. Se você sentir o peso da minha mão, vai saber que eu não estou na sua imaginação. Que eu sou de verdade. Está bem?

Não houve resposta.

Kim tocou o tornozelo da menina. O contato funcionou como uma catapulta, e Suzie deixou o canto e se atirou nos braços de Kim.

Enquanto abraçava aquele corpinho frágil, Kim fechou os olhos.

O choro agora era alto e convulsionado, mas ela estava feliz por ver todas aquelas lágrimas.

– Está tudo bem agora, querida. Aqueles homens nunca mais vão machucar você. Eu prometo.

Suzie se aninhou ainda mais em Kim, que acariciava seu cabelo.

Mesmo com a raiva por aqueles homens fervendo dentro dela, Kim embalou a criança para a frente e para trás, sussurrando palavras tranquilizadoras em seu ouvido.

As lágrimas começaram a diminuir.

– Suzie, você está machucada? – Kim perguntou, baixinho.

Ela negou com a cabeça, mas Kim podia sentir os ossos daquele corpo dolorosamente magro em seus braços.

A criança recebera apenas o suficiente para sobreviver. A julgar pelo que havia no andar de cima, a casa não parecia nem um pouco equipada para oferecer refeições adequadas.

– Ok, querida. Agora, precisamos tirar você daqui.

Suzie se aninhou ainda mais nela.

Com delicadeza, Kim a segurou pelos braços, afastando-a um pouco.

– Não tenha medo, Suzie. Prometo que vai correr tudo bem, mas tenho que subir aqueles degraus, e preciso que você me ajude.

Suzie assentiu discretamente, e Kim se afastou um pouco, bem devagar.

– Ok. Se você segurar na minha mão, acho que eu consigo.

De novo a criança assentiu, e Kim se deu conta de que ela não havia falado nem uma palavra sequer.

Mas não era uma coisa com a qual pudesse lidar no momento. Ela estava viva. Todo o resto podia esperar.

Bryant subiu na frente das duas.

A escada era estreita, e Kim foi subindo de lado, sem soltar a mão de Suzie.

– Muito bem, Suzie. Você está indo muito bem. Agora, quando a gente chegar lá fora, você vai ver um monte de gente, mas não se preocupe. Ninguém vai incomodar você.

Kim sentiu a mãozinha dela apertando a sua. Ela continuou falando para que a menina tivesse algo em que se concentrar.

De repente, lembrou-se das sirenes e do barulho que ela mesma tinha ouvido aos 6 anos, quando foi levada de seu apartamento. Naquela hora, desejara segurar a mão de Mikey, mas não foi possível. Ele estava morto.

Ela afastou a lembrança e se concentrou em aliviar os medos de Suzie.

– Estamos quase lá, querida – disse Kim, quase saindo da casa.

Ao se aproximarem da porta, ouviu vozes vindo da sala de controle. A coleta de provas já estava em andamento.

Kim apertou bem forte a mão da menina.

– Lembre-se do que eu disse. Ninguém vai perturbar você, está bem?

Suzie assentiu quando saíram lá fora, no frio.

O céu já estava bem escuro, iluminado apenas pelas luzes azuis das sirenes.

Suzie arregalou os olhos ao ver aquela atividade toda – duas ambulâncias e três viaturas policiais produziam um espetáculo considerável.

Kim virou-se e tocou o queixo da menina, fazendo-a olhar para ela.

– Suzie, este homem aqui é um grande amigo meu. Eu seria capaz de confiar minha vida a ele. Ele vai levar você direto para a sua mãezinha.

A menina a apertou com mais força, e instintivamente a mão enfaixada de Kim acariciou o topo de sua cabeça.

– Prometo que você vai ficar bem, querida, mas precisamos levá-la para casa.

A criança precisaria de uma avaliação médica. Estava gravemente subnutrida. Em algum momento, também precisariam fazer-lhe algumas perguntas, mas nada era mais importante agora do que levá-la para a mãe. E Bryant faria isso.

Um pouco relutante, Suzie permitiu que Bryant pegasse sua mão e a conduzisse morro acima, até onde Kim estacionara o carro, o que parecia ter ocorrido há três dias.

Dawson foi até ela e acompanhou seu olhar.

Ele balançou a cabeça.

– Não é possível, chefe. Essa não pode ser Suzie Cotton.

Kim permitiu-se sorrir.

– Mas é, Kev. É ela.

O olhar dos dois se encontrou, ficando assim por um momento. Ele balançou a cabeça de novo.

– Chefe, é que... – Ele coçou o queixo. – Quer dizer... como é que você sabia que ela estaria lá?

– Eu não sabia, Kev. Apenas não podia deixá-la aqui de jeito nenhum.

Ele abriu um sorriso.

– Você realmente...

– Em que pé estamos? – ela perguntou, olhando ao redor.

Ele se virou na direção dos veículos.

– Já lemos os direitos para os sequestradores. Will Carter foi levado para a delegacia, e Symes está na primeira ambulância, escoltado por três policiais. As meninas estão com uma policial na segunda ambulância, que já está de saída.

Ela viu Bryant e Suzie chegarem ao topo do morro e desaparecerem de vista.

Pensou em Jennifer Cotton, que logo receberia um presente. A vida da mulher havia terminado com o desaparecimento de Suzie, mas agora teria um novo início. Kim ficou admirada ao perceber que as duas haviam conseguido resistir, tamanho era o vínculo entre mãe e filha.

De repente, enquanto se comovia com essa ideia, tudo se encaixou no lugar.

– Dawson, me arrume uma viatura, agora – ela disse.

Finalmente era hora de ir atrás do Sujeito Três.

CAPÍTULO 109

A viatura da polícia estacionou na entrada da garagem dos Timmins. Kim não havia se comunicado com eles durante a jornada em que a trama se concluíra.

– Chefe, pode me contar o que está acontecendo? – perguntou Dawson.

Kim negou com a cabeça.

– Você vai ter trabalho.

Ela desceu do carro e a porta da frente se abriu. Não estavam voltando da mesma forma que haviam saído – com pressa, em pânico, cheios de medo.

Quatro pais ansiosos aguardavam na frente da casa. Karen e Robert estavam de mãos dadas. Elizabeth, um passo atrás deles, abraçava Nicholas bem apertado. Stephen, mais afastado à esquerda, segurava o celular. Suas expressões tinham em comum uma mistura de medo e expectativa.

Kim permitiu-se abrir um sorriso.

– Recuperamos as duas.

A declaração foi seguida por uma explosão de gritos e choros. Kim não conseguiu distinguir o que vinha de quem.

– Amy está com um dedo quebrado, e Charlie, com um machucado no pé e outro no rosto. Fora isso estão vivas e bem, e são incrivelmente corajosas.

Kim olhou para Karen ao dizer essas últimas palavras.

– Estão a caminho do Hospital Russells Hall para serem examinadas, então sugiro que vão para lá. – Ela virou-se para Dawson. – Meu colega irá escoltá-los na viatura.

– Vamos todos no meu – disse Stephen, apontando para um Range Rover preto. Em meio àquela euforia, haviam deixado as desavenças em segundo plano. Por enquanto.

Quando passavam por ela, Kim não resistiu a levantar uma última questão.

– Ei, Stephen – disse ela, sorrindo. – Você gosta de mim agora?

Ele parou diante dela. Aquele semblante agressivo e hostil tinha ido embora, dando lugar a um rosto aliviado e alegre.

– Sim, inspetora. Gosto muito de você.

Kim observou enquanto eles entravam no carro. Stephen e Robert se sentaram na frente, e Elizabeth acomodou Nicholas na cadeirinha de bebê.

No último segundo, Karen hesitou em subir. Ela voltou correndo e deu um abraço bem apertado em Kim.

– Muito obrigada por tudo, Kim. Devo minha vida a você.

Kim retribuiu o abraço, mas logo afastou a mulher.

– Vá, Karen. Vá ver sua filha.

Karen não precisou que lhe dissesse duas vezes.

Quando todos entraram no carro, Dawson foi até Kim.

– Chefe, descobri a resposta. Já sei quem entregou o Dewain.

A tristeza em seu rosto denunciava que ele havia chegado à mesma conclusão que ela.

– Eu sabia que você descobriria. Leve esses pais até o hospital e depois peça a ordem de prisão. É com você agora.

– Obrigado, chefe – ele agradeceu, indo para a viatura.

– Ei, Kev – ela chamou enquanto ele abria a porta do carro. – Não sei em que tipo de encrenca você se meteu quando garoto, mas agora você faz parte da turma, ok?

Ele abriu um sorriso e fez uma continência caricata.

Ela esperou os dois veículos saírem e entrou na casa.

Matt estava saindo da cozinha.

Alison, parada ao pé da escada.

Helen veio da sala.

Kim fechou a porta e virou-se para eles.

Ainda havia uma ponta solta que era preciso amarrar.

CAPÍTULO
110

S*tacey surgiu no corredor* e a olhou de cima a baixo.

– Meu Deus, chefe! O que houve?

Kim ergueu a mão ilesa e sorriu.

– Estou ótima, Stace.

A oficial deu um passo adiante.

– Acabei localizando a Karen, mas ela já tinha mandado a...

– Stace. Está tudo bem. Conseguimos pegar todo mundo.

Kim virou à esquerda e entrou na sala.

Helen foi atrás dela, com as mãos na garganta.

– Isso quer dizer que as garotas estão bem? Ah, Deus, que alívio!

– Claro que você está aliviada – disse Kim, inclinando a cabeça. – É o que queria esse tempo todo.

Helen franziu o cenho e Kim teve vontade de acertar um soco naquele rosto agradável, reconfortante.

– Você se deu mal, Helen. Sei exatamente o que você queria, e não vai se safar dessa.

Matt parou junto à porta, com Alison e Stacey logo atrás. A perplexidade dos três era evidente.

Helen olhou para cada um deles.

– Kim, que conversa estranha é essa?

– É "senhora" para você, Helen, e já está na hora de parar com essa farsa.

Helen balançava a cabeça em silêncio, mas Kim podia ver a agitação em seus olhos. Estava tentando compreender o que teria dado errado.

E Kim teve o maior prazer em explicar.

– Ficou claro para mim desde o início que os seus meninos não trabalhavam sozinhos. Suas personalidades eram muito extremas para funcionar sem uma autoridade por trás. E o que poderia ser melhor do que uma figura materna para manter dois meninos na linha? O primeiro sequestro foi concebido apenas por Will. O plano era dele, mas deu errado por causa do acidente na estrada. Cerca de dois meses depois, você foi informada sobre a sua aposentadoria compulsória. Entrou com recurso, mas perdeu. Agora, esvazie os bolsos.

Os olhos de Helen saltaram de Kim para os espectadores na entrada da sala.

Kim deu um passo que fez a dor disparar por todo o seu corpo. Ela percebeu que talvez não estivesse em condições de arrancar o celular da mão da mulher, mas o faria se precisasse.

– Kim, você enlouqueceu? Eu sou a oficial de acompanhamento familiar! – Helen protestou.

– Helen, não me faça esvaziar seus bolsos por você.

Helen vasculhou os bolsos de trás e pegou um iPhone.

– Agora os da frente – disse Kim, cansada de esperar.

Devagar, Helen levou a mão ao bolso frontal direito, de onde tirou um segundo celular. Um Nokia.

– Eu uso dois telefones...

– Esse telefone não é seu. É de Julia Trueman, também conhecida como Julia Billingham, e você o roubou da sala de provas. – Kim virou-se para trás. – Stacey, pegue o telefone.

Stacey avançou pela sala e pegou o telefone da mão de Helen. Apertou algumas teclas e então confirmou. Era o celular de Julia.

– Você procurou por Will no número que ele usou para extorquir dinheiro das famílias. Aposto que disse a ele que poderia garantir que tudo daria certo dessa vez. Que estaria aqui a postos para garantir que tudo corresse bem. Então fui eu que acabei facilitando as coisas para você, pedindo que fosse escalada para esse novo caso. Você sabia que qualquer um que assumisse este caso pediria a mesma coisa. Fiquei imaginando por que aquela segunda mensagem estava demorando tanto a chegar. As meninas já tinham sido levadas há quase doze horas, mas você precisava de tempo para chegar aqui e avaliar a situação.

– Kim, você está equivocada. Eu não fiz nada. Eu não machuquei...

– E quanto a Inga Bauer? Eu não conseguia entender o que poderia ter convencido Inga a se voltar contra essas garotinhas, sabia? De início, achei que tivesse sido por amor... e de certo modo foi, não é, Helen? Mas não o amor de um homem. Foi você quem a cortejou durante meses, que descobriu que ela havia sido abandonada quando criança e que ansiava por um amor maternal. E foi exatamente isso o que você deu a ela. Manipulou a necessidade que ela tinha de uma mãe, o desejo de ser amada incondicionalmente. Você deu a Inga esse amor, e depois tirou a vida dela.

O rosto de Helen não se alterou. Não havia um pingo de remorso pelo que havia feito.

– Então surgiu Eloise, e você ficou apavorada. Entrou em pânico quando viu que ela poderia dizer alguma coisa que a incriminasse. Quando ela disse que havia ressentimento envolvido na investigação, você imediatamente tomou a iniciativa de mandá-la embora. Mas Eloise a deixaria entrar na casa dela se você se oferecesse para ouvi-la, e você sabia disso. Então, foi até lá e fez seu trabalho sujo, tentando fazer parecer que ela havia morrido durante o sono.

Helen recuou um passo, ficando visivelmente pálida.

– Mas ela não morreu, Helen – Kim disparou. – E irá identificar você.

A cabeça de Helen começou a balançar devagar, como se seu cérebro não conseguisse processar a complexidade daquilo tudo. Havia calculado muito mal as coisas.

– As roupas das meninas também precisavam chegar aqui de alguma forma, não é? – Kim controlava sua raiva. – Você andou por essa propriedade e escondeu aquelas peças de roupa para que os pais encontrassem. Como pôde fazer uma coisa dessas, Helen?

Kim não estava no clima de esperar por uma resposta.

– E então veio a dica final. O ponto-chave foi sua oportuníssima menção a algo que se esquecera de contar. Mas essa sempre foi sua intenção, não foi? Era parte do seu plano posar de salvadora da pátria, entregando aquela repentina lembrança que seria a chave para desvendar a localização das garotas. Achou que isso faria de você a heroína, não é, Helen? Que força policial poderia aposentar uma oficial tão indispensável para o resgate seguro de duas garotinhas? Você submeteu Charlie e Amy a uma semana do mais abjeto terror apenas para bancar a heroína e manter seu maldito emprego. Mas agora me diga, Helen. Você achou mesmo que seus comparsas simplesmente iriam embora da casa quando você dissesse que era a hora? Que deixariam as meninas ali, vivas, e não seriam pegos nem a identificariam? Você realmente achava que era isso que eles iriam fazer?

Finalmente, a máscara de Helen caiu, revelando uma expressão de genuína perplexidade.

– As garotas nunca correram perigo real – ela protestou.

– Meu Deus! Você ainda não entendeu, não é? – Kim se irritou. – Eles iam *matar* as meninas! A motivação de Will era o dinheiro, mas a de Symes era destruir a vida delas.

Agora, a expressão de Helen era de incredulidade. Mais um erro de cálculo. O que ela esperava de Will, afinal? Lealdade? Confiança?

– Não... não... não...

– Por que, Helen? – Kim perguntou, dando um passo na direção dela. – Você ficou mesmo tão arrasada com a sua aposentadoria que precisou fazer isso?

– Talvez você consiga entender, Kim – Helen disse, baixinho.

– Entender o quê?

Helen finalmente a olhou nos olhos. Seu olhar era frio e severo.

– Eu dei tudo de mim nesse emprego. Dei minha vida. Dediquei cada minuto do meu tempo à polícia. Fiz tudo o que me foi pedido. Não tenho marido, não tenho família, apenas esse emprego. E estava a ponto de perdê-lo. Tinha o direito de fazer isso. Pedi para ficar e fui recusada, apesar de todo ano abrirem concurso para novos policiais. Fui descartada a uma altura da vida em que não posso mais construir nada. Estou velha para ter filhos, não tenho mais uma boa aparência. Daqui a dois meses, serei um nada. Serei aquela mulher que vaga pelos supermercados, que tenta puxar conversa com qualquer um que se disponha a ouvi-la. Você pediu uma prova de vida para as garotinhas, mas e a minha prova de vida?

Helen esboçou um sorriso.

– Você também vai sentir isso, Kim. Você é muito parecida comigo. Deu tudo de si para esse caso. Ainda consegue se lembrar de onde mora? Por acaso tem uma pessoa amada, um filho, ou mesmo um cachorro? Aposto que não, porque também se permite ser engolida pelo trabalho. E, daqui a vinte anos, quando tiver a mesma idade que...

Kim deu um passo à frente, encarando-a bem de perto.

– Eu nunca vou me ressentir ou me perturbar pelas escolhas que faço, e jamais colocaria a vida de duas garotinhas em risco ou torturaria suas famílias porque não tive o que queria, entendeu? Você é uma vadia maluca e psicótica... E eu tenho sim um cachorro.

A raiva de Helen finalmente transpareceu em seu rosto. Ela avançou com as mãos sobre Kim, tentando esganá-la.

Kim evitou o ataque facilmente, esquivando-se de lado, e Helen desabou no chão.

Ela olhou para aquela figura patética que quase custara a vida de duas garotinhas.

– É bom praticar seus ataques antes de ir para a prisão, porque eles vão adorar você lá.

CAPÍTULO
111

Dawson parou na porta da frente e hesitou antes de bater. Estava mais por dentro da cultura de gangues do que gostaria de admitir, e agora aquilo lhe custava uma lembrança que vivia entranhada em seu cérebro.

Dois dias após seu aniversário de 15 anos, um grupo de garotos um ano mais velhos parou de repente de chamá-lo de "saco de banha", "rolha de poço" e todos os demais apelidos direcionados a garotos gordos. Em vez disso, foi acolhido no grupo e recebido com um sorriso. Havia sido convidado a se encontrar com eles na Cradley Heath High Street depois da aula. Foi a tarde mais feliz que ele já vivera na escola.

Ficaram esperando por ele do lado de fora do mercado, com muitos sorrisos e tapinhas nas costas. Durante dez minutos, bateram papo em volta dele, fazendo-o sentir parte da gangue, enturmado.

Então, de repente, ele viu o chefe do bando, Anthony, fazer um gesto de cabeça, apontando para uma senhora que vinha andando com o auxílio de duas muletas. Dois dos quatro garotos foram em direção a ela e chutaram sua muleta direita, que se soltou de sua mão. Enquanto a mulher cambaleava, tentando manter o equilíbrio, Anthony correu e arrancou-lhe a bolsa do ombro direito.

Dawson seguiu seu instinto e também começou a correr. Quando passou pela mulher, ela já havia caído no chão, deitada. Algo o obrigou a olhar para o rosto dela, pois receava que tivesse batido a cabeça e morrido. Foi quando ele percebeu que os olhos dela estavam cheios de terror. Naquele breve instante, ele soube que a vida da mulher nunca mais seria a mesma.

Só quando chegou à segurança de sua casa é que Dawson finalmente entendeu por que havia sido convidado a se juntar ao grupo: porque era gordo. Achavam que não conseguiria correr tão rápido quanto os outros, e, se alguém saísse a persegui-los, seria o primeiro a ser pego.

A vergonha o consumiu durante meses, mas depois diminuiu, assim como seu índice de massa corporal. Mas o mesmo não ocorreu com a lembrança do medo estampado nos olhos daquela idosa. Isso ficaria gravado nele para sempre.

Ele entendia por que Dewain Wright havia se juntado à gangue, mas o garoto tinha sido traído da pior maneira possível.

Dawson respirou fundo e bateu três vezes na porta.

A porta se abriu devagar.

Shona Wright surgiu diante dele com um medo genuíno nos olhos.

– Posso falar com você e com o seu pai?

Dessa vez, não havia mais aquela atitude insolente de antes.

Ele a seguiu até a sala, onde duas adolescentes assistiam à televisão sentadas no chão, de pernas cruzadas, no meio de um pequeno piquenique.

– Rosi, Marisha, vão para o quarto – disse Shona, apressando as duas.

Vin estava sentado na ponta do sofá.

Shona ficou em pé junto à porta fechada.

Dawson olhou para ele, para ela, e por fim virou-se para Vin.

– Eu sei o que você fez ao seu filho – disse ele, simples e direto.

Vin o encarou por um bom tempo, até deixar a cabeça cair entre as mãos.

– Pai...? – disse Shona, ainda em pé junto à porta.

Dawson olhava o pai da garota, esperando alguma explicação. Os ombros largos do homem sacudiam suavemente, e lágrimas caíam no chão.

Ele virou-se para Shona. Podia ver que a mente dela havia aceitado a verdade, mas seu coração ainda se recusava.

Dawson suspirou e então falou baixinho.

– Shona, foi seu pai que contou a Lyron que Dewain ainda estava vivo.

– Não seja ridículo! – disse Shona, irritada. – Vocês não batem bem da cabeça. – Ela deu um tapinha na têmpora. – É muita falta de noção.

Dawson olhou para Vin. Ela também.

Shona encarou os ombros caídos do pai, esperando que ele refutasse aquelas palavras. Começou a balançar a cabeça devagar, de um lado para o outro, mas Dawson percebeu que ela a abaixava cada vez mais.

Ele deu um momento para os dois digerirem a informação.

De início, Dawson achara que Lauren havia sido a responsável por contar a Lyron sobre Dewain, principalmente depois de descobrir que ela agora estava com Kai. A garota não parecia esperta o suficiente para ter feito isso de propósito, mas tampouco se importava com Dewain a ponto de poder tê-lo feito sem querer.

Lauren era apenas uma garota que gostava de viver impetuosamente. Suas algemas de classe média haviam sido afrouxadas, permitindo que se aventurasse na cultura de gangue de Hollytree. Quando uma emoção barata era assassinada, havia outra esperando para tomar seu lugar.

Dawson descobriu o verdadeiro culpado enquanto voltava para a casa dos Timmins, depois de terem encontrado as garotas. Stephen Hanson se oferecera para segurar Nicholas enquanto a esposa entrava no carro. Ela recusara, apertando a criança ainda mais junto ao corpo. Com um de seus filhos ausente, aquela mulher angustiada se apegava ainda mais ao que estava ali.

– Shona, seu pai fez isso por você e pelas meninas – Dawson explicou. – Enquanto Dewain estivesse vivo, todas vocês corriam perigo. Eles nunca iriam deixá-las em paz. A vida de vocês se transformaria em um inferno ainda maior. Toda a família viraria alvo da gangue, e seu pai sabia disso.

Os soluços no canto da sala ficaram mais altos.

– Ele nunca iria se recuperar, Sho – Vin gritou, erguendo a cabeça. Seu nariz escorria, misturando-se às lágrimas que corriam pelo rosto. Sua voz era atormentada e rouca. – Meu filho já tinha ido embora. Estava sendo mantido por máquinas e tubos. O cérebro dele estava morto, eles disseram.

Vin soltou um gemido, e Kev podia jurar que aquele era o som de um coração partido.

– Eu implorei, eu supliquei para que nos deixassem mudar daqui, mas eles não fizeram isso, Sho. Não éramos um grande risco, e Lyron teria nos achado em qualquer lugar para onde tivéssemos ido. Eu não podia arriscar perder todos vocês. Ah, meu menino! Meu menino corajoso...

Shona lutava contra aquela tempestade de emoções ao seu redor. Correu até o pai e ajoelhou-se no chão. Os braços dele a acolheram na mesma hora, e os dois choraram juntos.

Naquele instante, naquele segundo, Dawson não se sentiu nem um pouco triunfante por ter chegado à conclusão do caso. Vin Wright havia se deparado com uma escolha impossível. Estava preso a um lugar no qual era impotente para proteger seus filhos, e sacrificara seu único menino.

Dawson falou baixinho.

– Senhor Wright, vou aguardar no corredor um minuto, mas depois o senhor sabe o que vou ter que fazer.

– Eu sei, filho. Eu sei.

As palavras dele saíram sufocadas pela emoção. Dessa vez, Dawson não se sentiu mal por ter sido chamado de "filho".

Dawson se conhecia o suficiente para saber que, no dia seguinte, sua compaixão seria substituída por orgulho. Tratava-se de um caso difícil, e ele o havia resolvido. Um crime havia sido cometido e o perpetrador seria punido.

Ele não tinha dúvida de que se sentiria melhor no dia seguinte. Naquele momento, porém, sentia-se um lixo.

CAPÍTULO
112

Kim olhava muito concentrada para o seu prato.

Geralmente, aquele olhar fazia com que a maioria de seus colegas se rendesse a ela. Mas não funcionou com aqueles biscoitos.

A receita e as instruções de preparo haviam sido tiradas de um site para crianças, e ela tinha feito tudo direitinho. Pelos menos achou que tivesse.

O site também reunia fotos enviadas por crianças de 12 anos, orgulhosas de seu resultado final. Kim não pensava em fotografar nem mandar nada.

O título da receita era "bolinhos de pedra", mas os dela não pareciam bolinhos, e sim *frisbees* gigantes. Os montinhos de massa, depois de colocados na travessa e levados ao forno, haviam se esparramado, como se quisessem se arrastar para fora da bandeja.

A cozinha era sua inimiga. Tentara fazer pratos complexos, que exigem mais concentração do que um teste de QI, e o resultado final havia transbordado do prato como um guisado liquefeito. Também tentara pratos simples, como aqueles bolos de pão de ló que as crianças aprendem a fazer na escola, e nem isso dera muito certo.

Erica, sua mãe adotiva, era uma cozinheira maravilhosa que fazia pratos complexos parecerem muito simples. Para Kim, a coisa era exatamente o inverso. Mas, em homenagem à única pessoa que ela amara como mãe, continuaria tentando.

Woody insistira para que tirasse alguns dias de licença até que sua mão estivesse de fato curada. Por sorte não houve danos aos nervos, e foram necessários apenas doze pontos para costurar a palma da mão.

– Por favor, não diga que você tentou cozinhar de novo – exclamou Bryant, entrando na cozinha. – Se preparar uma refeição decente com as duas mãos boas já é difícil para você, imagine com cinquenta por cento dessa capacidade reduzida...

– Bryant! – ela ameaçou.

Ele colocou uma caixa de pizza sobre o balcão.

– Quer experimentar um desses? – perguntou ela, oferecendo os biscoitos.

– Muito tentador, Kim! Mas acho que vou passar essa.

Ela pegou dois pratos do armário, com a mão esquerda, meio sem jeito.

– Viu só como eu sou bonzinho? Trouxe algo que dá para você comer com uma mão só.

Kim pegou um pedaço de pizza e o colocou no prato.

– Por favor, me conte alguma coisa... qualquer coisa. Estou quase pirando aqui.

– Na verdade, tem uma coisa que Woody me pediu para comunicar a você – disse Bryant, com um sorriso.

– Vá em frente.

Ela estava ansiosa para ter notícias sobre o caso.

– Você vai receber uma condecoração.

Kim revirou os olhos, sarcástica.

– Ah, que ótimo...!

Bryant conferiu algo em seu notebook.

– Droga! O Dawson ganhou.

– Ganhou o quê?

– A aposta sobre a sua reação a essa notícia. Ele acertou na mosca, falou até que você iria revirar os olhos. Olha só, está escrito aqui: "Vai revirar os olhos".

Kim soltou uma risada sem querer.

Todos na equipe a conheciam bem o suficiente para prever suas reações. Condecorações de seus superiores não a faziam dormir melhor à noite. Na verdade, não passavam de um amortecedor, algo para compensar a próxima vez em que recebesse uma repreensão, falhasse em seguir determinado procedimento ou em cumprir alguma ordem.

– Por falar nisso, seu escritório está parecendo uma floricultura agora. Há cestas de flores das garotinhas, buquês dos pais, e a mãe da Suzy mandou até o rim dela.

– Mandou o quê?!

– Brincadeira. Mas tenho certeza de que ela doaria um rim para você, se precisasse.

Bryant abaixou e balançou a cabeça.

– Meu Deus, Kim. Eu queria que você estivesse lá quando ela abriu a porta. Nunca vou esquecer aquele olhar em seu rosto. Foi uma choradeira...

e eu sou homem o suficiente para admitir que também derramei algumas lágrimas.

Kim sorriu. Era isso que a fazia dormir melhor à noite.

– Já fizeram um *check-up* na Suzie e, embora ainda vá levar um tempo para ela se recuperar, aos poucos ficará bem de novo.

Kim se permitiu curtir aquela notícia.

– Sério, Kim, se você não tivesse insistido em...

– Você falou com os outros?

Ele assentiu.

– Karen e Robert estão providenciando papéis para a adoção. Têm quase certeza de que o Lee vai abrir mão dos direitos de paternidade por um valor pequeno, e eles estão felizes em pagar. – Ele sorriu. – Os dois vão superar isso. Por mais que sejam um casal improvável, eles se amam, e Robert morreria por aquela criança.

Kim se lembrou daquela garotinha descabelada e corajosa.

– Eles têm motivos para se orgulharem dela.

– Falei com a Elizabeth hoje de manhã. Ela pediu para o Stephen arrumar outro lugar para morar, mas não estipulou uma data. Se ele jogar as cartas direito agora, acho que ela talvez o perdoe.

Kim concordou.

– Pode ser, mas é bom que ele também se prepare para uma mudança de cenário. Acredito que ela não seja mais a pessoa que era dez dias atrás.

Ela afastou o prato e foi até o armário. Pegou um pacote de café. Estava vazio. Pegou outro, fechado.

Bryant levantou-se.

– Quer que eu...?

Kim o encarou, séria.

– Ei, Bryant, estou com dificuldades para passar fio dental à noite. Você pode ficar até mais tarde para me ajudar?

– Hmmm, não, obrigado. Vou ficar quieto aqui, só assistindo.

Ela pegou uma tesoura e apoiou o pacote na dobra do cotovelo. Fez três cortes com a mão esquerda e pronto.

– Ei, Kim, se eu estivesse naufragado em uma ilha deserta, sabe o que gostaria de ter comigo? – Bryant perguntou.

– O quê?

– Você.

Kim riu enquanto colocava café no filtro. Então, virou-se e o encarou por um momento.

– E aí, você vai continuar dando uma de desentendido?

Ele deu um sorriso forçado. Sabia o que ela queria ouvir.

– Ok, vamos lá. Symes está agora vendo o sol nascer quadrado. Você estava certa em achar que ele não havia participado do primeiro sequestro. Ele nem sequer sabia que Suzie estava presa ali. Se tivesse sido informado disso, nós dois sabemos que ela estaria morta. Suzie era o pequeno projeto pessoal de Will. Symes não solicitou advogado e parece feliz em cumprir pena. Acho que parte dele até deseja a prisão perpétua. Parece gostar do regime autoritário, da estrutura do sistema. É um cara profundamente perturbado.

Sem dúvida, e Kim sabia muito bem o quanto.

– Ah, e ele perdeu de vez a visão no olho esquerdo.

– Bem, eu é que não vou chorar por isso. E quanto a Will Carter?

– Está jogando toda a culpa em Helen, e não comenta nada sobre o caso anterior.

Kim fechou o único punho que era capaz de mexer.

– Ele ficou treze meses com aquela criança ali embaixo. Francamente, se tivesse que escolher um dos dois para torturar, eu o escolheria. Como ele foi capaz de mantê-la assim durante tanto tempo?

Bryant concordou.

Kim suspeitava que Will tivesse se enganado antes, achando que Suzie estava morta quando saiu para soltar Emily. Só ao voltar é que se deu conta de que ela ainda estava viva. Não havia evidência de que Will fosse capaz de cometer um assassinato com as próprias mãos.

Por causa da intenção de Will de sequestrar Emily uma segunda vez, Kim se perguntava se ele decidira manter Suzie viva para aplicar o mesmo golpe nos pais. Então, quando se viu incapaz de raptar Emily novamente, manteve Suzie viva como opção para conseguir alguns trocados.

Mas, enquanto Will se recusasse a falar, eles provavelmente nunca saberiam.

– E a Helen?

Bryant tensionou o maxilar, mas continuou falando baixinho.

– Está alegando esgotamento mental, estresse pós-traumático e responsabilidade diminuída. Já citou todos os distúrbios mentais possíveis causados por estresse no trabalho.

– Está brincando, não é?

– Não. Ela conseguiu um superadvogado da Coroa, mas o nosso será melhor.

Tem que ser mesmo, Kim pensou.

– Bem, é isso – Bryant deu de ombros.

Já era o bastante.

– Ah, faltou falar do Kev. Está todo convencido, como se tivesse descoberto o sentido da vida depois de resolver o caso de Dewain Wright. A propósito, Vin vai admitir a culpa, então não haverá julgamento.

Kim aceitou a notícia com pesar. Queria odiar aquele homem, mas não conseguia. Abominava a decisão que ele havia tomado, mas, sob uma lógica totalmente distorcida, conseguia entender. Vin Wright havia feito sete solicitações à administração para se mudar de Hollytree, mas não conseguira pontuação suficiente para ser transferido a um conjunto melhor. Havia tomado uma decisão com a qual teria que conviver o resto da vida.

Um silêncio se pôs entre os dois.

– Ela estava muito errada, sabia? A Helen. Stacey me contou o que ela disse a você, e ela não tem razão.

Kim assentiu, compreendendo. Os paralelos que a mulher havia traçado entre as duas ficaram em seus pensamentos e ela não gostou de vê-los se acomodando ali. Abaixou a mão esquerda e encontrou o calor suave da cabeça de Barney. Sabia que Helen estava enganada, mas talvez não de todo. Mas aquilo era algo que ela deixaria para refletir depois. Não agora, não com Bryant.

– Ah, tem outra coisa que eu queria perguntar. Você falou sério quando disse à Suzie que confiaria sua vida a mim?

Kim deu uma risada.

– Ah, crianças... elas são tão ingênuas! Acreditam em tudo.

Bryant sorriu.

– Sim, foi o que eu pensei – disse, levantando-se. – Já ia me esquecendo. Hoje foi a última reunião de Matt conosco. Ele pediu para lhe dar isto.

Era um pedaço de papel dobrado.

Ela o deixou sobre o balcão da cozinha e acompanhou Bryant até a porta.

– Daqui a dois dias passo aqui de novo para me certificar de que não está comendo a comida que você mesma faz.

– Ótimo. Aproveite e traga alguma coisa bem gostosa.

Ele riu enquanto se encaminhava para a saída.

Ela fechou a porta e voltou para a cozinha. O cheiro de café fresco preenchia o ambiente.

Kim olhou para o bilhete de Matt, certa de que não seria nada bom.

Cada conversa entre os dois havia sido uma pequena guerra, na qual tentavam superar um ao outro ou ter a última palavra, como numa partida de tênis estagnada em um empate.

Matt Ward não era um homem fácil de se relacionar. Cada momento na companhia dele havia sido um desafio, uma luta.

Ele era cansativo e difícil, exatamente como ela.

Kim abriu e leu o bilhete.

Pego você às 20h. Sem negociação. Esteja pronta.

Ela encarou o papel durante um minuto inteiro, então conferiu o relógio.

Deu o último gole no café antes de correr, sorrindo em direção ao chuveiro.

Ela nunca recusara um desafio na vida.

Naquela noite, teria um encontro.

CAPÍTULO
113

Com uma sacola apoiada no antebraço direito, Kim entrou silenciosamente no quarto do hospital.

O silêncio foi quebrado pelo som ritmado de um bipe, que viajava do dedo indicador até a máquina. Uma bolsa de soro a nutria, gotejando por meio de um tubo intravenoso.

Kim colocou a sacola na cadeira ao lado da cama e se aproximou.

– Boa noite, Eloise – disse ela, baixinho.

Não tinha certeza se a mulher na cama podia ouvi-la. O corpo dela não reagira.

Eloise parecia ainda menor do que naquela noite em que aparecera no jardim. Seu rosto gentil estava um pouco mais devastado pela idade, e uma massa de cabelos grisalhos emoldurava sua expressão suave e tranquila.

Kim achou estranho que aquela mulher fosse tão sozinha. Seu jeito dava a impressão de que deveria ter sido mãe de alguém.

Durante toda aquela semana, Kim estivera rodeada por exemplos de amor materno e paterno.

Jenny Cotton havia sido incapaz de levar sua vida adiante, paralisada pela perda da filha. Elizabeth Hanson havia aceitado ter menos do que poderia para dar aos filhos uma vida estável. Karen Timmins mentira ao mundo para proteger a filha.

Mesmo Vin Wright sacrificara a vida de um dos filhos para proteger outros três.

Helen se valera daquele vínculo mágico da maternidade para manipular uma jovem e fazê-la agir contra os próprios instintos. Abusara da carência de Inga, distorcendo-a para fins desprezíveis.

Para Kim, aquela era uma prova adicional de que certas pessoas não foram feitas para ter filhos. E sua mãe estava no topo dessa lista.

Essas lembranças a ameaçaram por uma semana inteira, mas sua determinação as manteve longe. Não iria revisitar seu passado. Era um lugar que a faria sofrer.

Kim sabia que um dia, em algum momento, isso a pegaria de jeito. As sombras sempre se mantinham à espreita, esperando para ganhar forma.

Mas não seria naquele dia, nem naquele momento.

– Eloise, eu não cheguei atrasada – ela sussurrou. – Consegui pegá-las de volta. Todas elas.

Ela ficou um tempo em silêncio, acariciando a pele do polegar da mulher.

– E, se você se encontrar com Mikey, diga a ele... diga a ele que... que eu sinto saudades dele todos os dias.

Kim sentou-se, pôs a mão dentro da sacola e tirou um livro. Por um momento, ele ficou sobre o seu colo.

Pensou em seus colegas, todos celebrando um trabalho bem-sucedido. Ela, em silêncio, aplaudiu seus esforços. Mereciam comemorar aquele momento de vitória. Juntos, haviam salvado a vida de três garotinhas.

Kim se permitiu sorrir.

As três crianças estavam em casa, seguras, acolhidas pelas próprias famílias.

Saber disso era o suficiente para ela.

Soltando um longo suspiro de satisfação, ainda sorrindo, voltou-se para a mulher.

– Ok, Eloise. Escolhi *Grandes esperanças*, de Charles Dickens. Espero que seja um dos seus favoritos.

Kim virou a página e começou a ler.

MENSAGEM DA AUTORA

Em primeiro lugar, queria agradecer imensamente por você ter escolhido ler *Infâncias roubadas*. Espero que tenha curtido esse terceiro episódio da jornada de Kim e que se sinta da mesma maneira que me sinto. Embora Kim não seja exatamente uma personagem das mais calorosas, sua paixão e energia são de alguém com verdadeira sede de justiça.

Se você gostou mesmo deste livro, serei eternamente grata se escrever uma resenha. Adoraria saber o que você achou, e sua opinião também pode ajudar outros leitores a se depararem com um dos meus livros pela primeira vez. Ou talvez você prefira recomendá-lo a seus amigos ou à sua família.

Cada história tem a intenção de entreter e levar o leitor a uma jornada excitante, emocionante. Alguns assuntos em meus livros exigem estômago para serem digeridos, mas meu objetivo é tratar cada situação com respeito e sensibilidade, sem sensacionalismo. Espero que você nos acompanhe, a Kim Stone e a mim, em nossa próxima jornada, aonde quer que ela nos leve.

Caso continue conosco, adoraria saber mais de você, então não deixe de entrar em contato pelo meu site ou pelas minhas redes sociais.

E, para se manter atualizado sobre os meus últimos lançamentos, basta se cadastrar no link do site abaixo.

Muito grata pelo seu apoio. Eu o valorizo imensamente.

Angela Marsons

Para conhecer mais o trabalho da autora, acesse:
www.bookouture.com/angela-marsons
www.angelamarsons-books.com
www.facebook.com/angelamarsonsauthor
www.twitter.com/WriteAngie

AGRADECIMENTOS

Sempre tive curiosidade em saber de que modo as circunstâncias afetam o comportamento. O quanto somos capazes de mudar nossa maneira de agir sob pressão extrema? Permanecemos fiéis à pessoa que pensamos ser ou algum instinto primário pode assumir o controle?

Não poderia encontrar uma forma melhor para explorar esse assunto do que escrever sobre o que talvez seja nosso impulso mais instintivo: o de proteger, especialmente quando se trata de uma criança.

Espero ter estado à altura do tema.

Nunca encontrarei palavras para expressar toda minha gratidão à minha parceira, Julie. Sua honestidade e constante disposição para acreditar guiaram-me ao longo dessa minha jornada de escrita. Ela é minha caixinha de opiniões, minha primeira leitora, minha crítica mais severa e minha mais entusiástica apoiadora. Vinte anos de recusa sempre fizeram-na reagir dizendo "azar deles", com o infalível incentivo de "siga em frente com o próximo". Todo mundo deveria ter uma Julie.

Como sempre, gostaria de agradecer à equipe da Bookouture por manter seu entusiasmo em relação a Kim Stone e suas histórias.

Oliver Rhodes é um verdadeiro mago, e sua paixão, assim como a de Claire Bord, por livros e por autores na Equipe Bookouture são um estímulo e uma inspiração.

Minha editora, Keshini Naidoo, é incrivelmente talentosa, versada, e acrescenta mais aos livros do que jamais poderá imaginar.

Kim Nash continua a acolher, abrigar, proteger, encorajar e apoiar toda a família da Bookouture, oferecendo seu ombro amigo ao mundo.

Obrigado a todos vocês por tudo. Vocês me inspiram a ser o melhor que posso ser.

Gostaria de agradecer a meus colegas escritores na Bookouture. São pessoas talentosas, singulares, e todas contribuem para um ambiente divertido, de apoio e compreensão. Minha amiga de escrita Caroline Mitchell iniciou sua jornada comigo e está sempre disposta a me oferecer palavras de sabedoria, conselhos úteis e fotos incrivelmente engraçadas. Lindsay J. Pryor tem um talento brilhante e é uma pessoa muito afetuosa. Renita D'Silva tem uma das mais belas almas que já conheci. Todos são meus excepcionais colegas de escrita, mas também se tornaram amigos muito queridos.

Meus sinceros agradecimentos a minha mãe e meu pai, que falam sobre os meus livros para todos que encontram, quer estejam interessados ou não. O entusiasmo e o apoio de vocês são algo maravilhoso.

Minha eterna gratidão a todos os incríveis blogueiros e resenhistas que dedicaram seu tempo a conhecer Kim Stone e acompanhar sua história. Essas pessoas têm uma voz potente, e a compartilham generosamente não apenas por ser parte de seu trabalho, mas também porque têm uma paixão. Nunca vou me cansar de agradecer a essa comunidade por seu apoio, tanto a mim quanto aos meus livros. Muito obrigada a todos vocês.

Finalmente, um caloroso agradecimento à adorável Dee Weston, meu porto seguro, que sempre me apoia com sua amizade em tempos de necessidade.

Este livro foi composto com tipografia Electra LT e impresso
em papel Off-White 70 g/m² na Formato Artes Gráficas.